AF304096

Marlena Anders, geboren 1994, lebt in Wolfsburg. Neben ihrer Arbeit als Projektmanagerin hat sie die Liebe zum geschriebenen Wort nie losgelassen. Einen lang gehegten Wunsch hat sie sich bereits erfüllt: Umgeben von ihrer persönlichen Bibliothek bannt sie fantastische und gefühlvolle Geschichten auf Papier.

MARLENA ANDERS

Einmal Irland und ins Herz

Erstausgabe Juni 2024

Copyright © 2024 dp Verlag, ein Imprint der
dp DIGITAL PUBLISHERS GmbH
Made in Stuttgart with ♥
Alle Rechte vorbehalten

Einmal Irland und ins Herz

ISBN 978-3-98778-988-5
E-Book-ISBN 978-3-98778-684-6

Covergestaltung: ARTC.ore Design
Umschlaggestaltung: Larissa Siepmann

Unter Verwendung von Abbildungen von
shutterstock.com: © Art Stocker, © grafxart, © Konmac,
© Denise Kappa, © djgis
stock.adobe.com: © KhWutthiphong
Lektorat: The Write Script
Satz: dp DIGITAL PUBLISHERS GmbH
Druck und Bindung: Books on Demand GmbH, Norderstedt

Kapitel 1

Hazel

Das sind immer wieder die gleichen Themen, die sie aufgreift. Super lame.

Ich habe mir eigentlich nur vorgenommen, die Benachrichtigungen für dieses Video auszuschalten. Nachdem es heute Morgen online gegangen ist – Planungstool sei Dank – sind die Benachrichtigungen auf meinem Handy explodiert. Verschiedene Apps zeigen mir eine nicht endend wollende Liste mit Likes, Kommentaren und geteilten Beiträgen an. Diese Erfahrung begleitet mich, seitdem ich mich selbstständig gemacht habe. An oberster Stelle wird eine Analyse der Interaktionen eingeblendet: *Der Beitrag gefällt 36 Prozent mehr Nutzer*innen als dein vorheriger. Gut gemacht!* Und ich liebe alles daran. Die Begeisterung für das Ergebnis einer endlos scheinenden Renovierung. Die Faszination, nachdem ein Haus, ein Raum oder ein Möbelstück eine Verwandlung durchlebt hat, die vielleicht sogar einen neuen Nutzen verleiht. Das ist es, wofür ich brenne.

Eigentlich.

Ich zwinge meine Aufmerksamkeit auf das Handydisplay vor mir. Der erste Kommentar hatte mich neugierig gemacht. Schließlich hat es seinen ganz eigenen Reiz, die Reaktionen auf die eigene Arbeit quasi live mitzuverfolgen. Allerdings ist es eine klebrig-süße Falle, denn auf jeden positiven Kommentar folgt kurze Zeit später ein kritischer Beitrag. Das Tückische an ihnen ist nicht immer der Inhalt. Es liegt an dem Zeitpunkt. Meistens treffen sie einen unvorbereitet. So wie mich gerade. In einem Moment, indem ich nicht auf der Hut gewesen bin und mein Innerstes, meine verletzliche Seite, nicht tief genug versteckt habe. So wird aus der aufwallenden Neugierde tiefes Bereuen.

Ich scrolle weiter, vorbei an euphorischen Kommentaren, den freudigen Reaktionen, die mein Herz jedes Mal schneller schlagen lassen, bis ich bei dem nächsten herablassenden Kommentar hängen bleibe.

kann ihrer Stimme echt nicht mehr zuhörn wann hält sie nur die Klappe

Mein erster Impuls ist, direkt auf die Nachricht zu antworten: *Keiner zwingt dich dazu, dir den Beitrag anzusehen.* Doch das wird mir nur einen kurzen Moment der Befriedigung geben. Nicht mehr Angriffsfläche geben. Das ist die Devise.

Einige meiner Branchenkollegen haben ebenfalls reagiert. Die Reihe von Herzen, die sie unter dem Beitrag hinterlassen haben, sind sowohl Zuspruch als auch Trost.

Ich presse die Augen so fest zusammen, bis Lichtpunkte hinter meinen Lidern aufblitzen. *Es hat einen*

Zeitpunkt gegeben, an dem du Spaß daran hattest, er- innere ich mich selbst daran. *Anderen Menschen gefällt es auch, sonst wärst du nicht da, wo du heute bist.* Ich weiß nicht recht, was diese Worte mit mir anstellen. Ich fühle so viele Emotionen gleichzeitig: Trauer, Wut, Hilflosigkeit und so viel mehr, die mich erneut hinterfragen lassen, weshalb ich diesen Job überhaupt mache. Es ist ein Auf und Ab. Euphorie und Wehmut liegen so dicht beieinander, dass ich nicht immer dazwischen unterscheiden kann. Und inzwischen bin ich müde.

Ein Blick auf die Uhr verrät mir, dass ich weit hinter meinem Zeitplan liege. Sie ist das einzige Accessoire auf der sonst weißen Wand. Für den heutigen Nachmittag habe ich mir ein ambitioniertes Ziel gesetzt: Ein neues Video schneiden, einen Beitrag Korrektur lesen und für morgen Abend einplanen und versuchen, meine Technikprobleme in den Griff zu bekommen, die mich seit Anfang der Woche daran hindern, weiteres Material in meinem Studio abzudrehen. Genug Ideen sind da. Es wäre wohl zu einfach, wenn alles reibungslos klappen würde.

Stattdessen hänge ich in meiner Gedanken-Zeitschleife, die mich wie erstarrt zurücklässt. In letzter Zeit passiert das häufiger. Öfter als mir lieb ist, öfter als ich mir eingestehen möchte. Ich kenne den Grund, auch wenn ich bisher nicht wirklich gewagt habe, ihn mir einzugestehen. Aktuell fühlt es sich mehr danach an, als würde mir meine Arbeit alle Kraft aussaugen. Das Problem? Das zuzugeben, fühlt sich wie Scheitern an.

Es passt nicht zu dem Bild, das ich von mir selbst habe. Worüber ich mich in den vergangenen Jahren definiert habe. Die Gewissheit, dass ich zuverlässig, kreativ und fleißig bin. Eigenschaften, die mir geholfen haben, *Blazing Imagination* als meine Firma aufbauen, die ersten Aufträge zu sichern und mir die notwendigen Kontakte in der Branche aufzubauen. Es war nicht immer leicht, oft anstrengend, aber so unglaublich lohnenswert. Doch das, was sich früher so natürlich wie Atmen angefühlt hat, fällt mir aktuell so schwer.

So.

Schwer.

Ich habe erneut die Worte meiner Mitbewohnerin Julie im Ohr, die letztens sagte, dass *ich* eigentlich zu jung für eine *Midlife-Crisis* sei. Was ihr nicht bewusst ist, ist, dass es sehr wohl auch eine *Quarterlife-Crisis* gibt. Und die schlägt genauso rein.

Es klopft beinahe unhörbar an der Tür.

»Komm rein«, sage ich, bevor sich diese öffnet. Meine beste Freundin und ebenfalls Mitbewohnerin streckt den Kopf durch den Türspalt. Maisies frisch gefärbten Haare glänzen violett im Licht der untergehenden Sonne, das ihre Silhouette von hinten einrahmt.

»Ich war mir nicht sicher, ob du schon fertig bist«, sagt sie mit einem entschuldigenden Lächeln und öffnet die Tür weiter, um hindurch zu treten. Das goldene Abendlicht fächert sich hinter ihr auf und streckt seine Finger in mein Zimmer aus. Es genügt ein Schritt und Maisie nimmt den gesamten Raum ein, aber auf positive Weise. Unsere erste Begegnung ist auf dem Unicampus vor drei Jahren gewesen. Der Gurt meiner Umhängetasche war gerissen und alle meine Unisachen verstreuten sich auf dem Boden. Sie kannte mich bisher nicht und trotzdem zögerte sie nicht, mir beim Aufsammeln zu helfen. Das war der Beginn unserer Freundschaft. Sie hat etwas an sich, eine Unbeschwertheit, die ich bis heute bewundernswert finde. Wenn ich an einem Problem zu scheitern drohe, bewahrt Maisie einen kühlen Kopf.

Mit einem Mal wirkt mein Zimmer mit seinen weißen Wänden weniger karg, meine Gedanken weniger düster, der Berg an Arbeit weniger bedrohlich. Der Druck auf meinem Brustkorb lässt minimal nach, der mich schon eine geraume Zeit begleitet und den ich zu ignorieren versuche.

»Was gibt es?«

»Rico fragt, ob wir heute Abend dazustoßen wollen. Er schmeißt eine Party im *Reece*. Geschlossene Gesellschaft.« Bei den Worten wackelt sie bedeutungsvoll mit den Augenbrauen. Das Zeichen für die stille Übereinkunft, welche Erwartungen Maisie an solche Art von Abenden hegt. An solche, die mit Pizza auf der kleinen Dachterrasse unseres Wohnkomplexes enden, obwohl dort eigentlich der Zutritt verboten ist, um dem grauenden Morgen zuzusehen.

»Was hat er denn zu feiern?«

»Ach, du weißt schon ... eigentlich nichts. Das Leben. Und alles dazwischen.«

Die letzte Party ist noch gar nicht so lange her, was nicht heißt, dass ich mich sonderlich gut an diese erinnere. Die vielen Shots in zu kurzer Zeit an meinem sechsundzwanzigsten Geburtstag haben eklatante Gedächtnislücken hinterlassen.

Oder habe ich vergessen wollen?

»Ich würde ja gern, aber ...« Mit einem Seufzen lasse ich mich nach hinten aufs Bett fallen. Es mag theatralisch sein, aber es ist ein beruhigendes Gefühl, in einem Moment der Ratlosigkeit in die weichen Kissen einzutauchen. Das Bett federt einen Moment nach. Mit geschlossenen Augen ist es leicht, sich vorzustellen, ich läge in einer Hängematte im Wind, fernab aller Sorgen.

Die Matratze gibt erneut nach, als Maisie neben mich klettert.

»Aber?«, hakt sie in der perfekten Mischung aus Behutsamkeit und Aufmunterung nach. Sie hat das großartige Talent, eine wunderbare Zuhörerin und Ratgeberin zu sein, ohne fordernd zu klingen. Es gibt mir das Gefühl, mit ihr über meine Probleme sprechen zu können, ohne Angst haben zu müssen, verurteilt zu werden.

»Arbeit«, entgegne ich und stöhne. Es ist das Erste, was mir durch den Kopf schießt. Es ist nicht gelogen – aber auch nicht die ganze Wahrheit. Da gibt es noch etwas.

»Du bist unverbesserlich mit deinem Ehrgeiz«, sagt sie. In ihrer Stimme klingt das Lächeln mit, das auf ihren Lippen liegt. »Du wirkst in letzter Zeit so ruhelos. Ist das alles, was dich bedrückt?« Maisie scheint etwas zu ahnen. Natürlich.

Ich greife nach meinem Smartphone und checke die Uhrzeit, nur um Zeit zu schinden. Meinem straffen Zeitplan nach hätte der Blogbeitrag in vierzig Minuten fertig sein müssen, doch ich habe ihn bisher noch nicht gegengelesen. Morgen früh habe ich einen Interviewtermin und fühle mich planlos. Am Montag soll ich einen Redebeitrag im Radio erhalten, den ich bisher

genauso wenig vorbereiten konnte. Das wären alles
gute Gründe, um kurzweilig neben der Spur zu sein.

»Wann soll es bei Rico losgehen?«, frage ich, statt
mich in fadenscheinigen Ausreden zu verstricken. Maisie ist schlau genug, um das zu durchblicken. Ganz abgesehen davon, dass sie mich besser kennt als ich mich
wahrscheinlich selbst.

Doch ich höre Maisies Antwort nicht. Eine Push-Benachrichtigung erscheint auf dem oberen Bildschirmrand, die jeden Gedanken aus meinem Verstand fegt.
Der Grund, weshalb ich die letzten Wochen nur halbherzig bei jedem Projekt dabei bin, das ich anfange.

*Bleibt es bei heute Abend, Wein und gutem Essen, dir
und mir? – Tyler*

Am liebsten würde ich die Mitteilung mit dem Daumen nach oben schieben. Einfach weg aus dem Display,
hinein in eine Gedankenschublade, die ich nie wieder
öffnen würde. Es ist pure Verdrängung. Ungesund und
zerstörerisch, aber das Einzige, was mich derzeit vor
dem Ertrinken rettet.

Es hat eine Zeit gegeben, in der mein Herz beim Lesen
einen Hüpfer gemacht hat. In der ich nachts bei dem
Gedanken und die Sehnsucht an ihn mich zerrissen
hat, während ich die Stunden abwartete, ihn wiederzusehen. Dabei ist nichts vorgefallen, das die schwindende Liebe erklären könnte. Kein Streit, kein Fremdgehen, kein gebrochenes Herz.

Es ist einfach so passiert. Mit mir scheint etwas nicht
zu stimmen, seitdem sich aus der Verliebtheit ein
schlechtes Gewissen entwickelt hat, das mich an den

Knöcheln hinabzieht. Nach langem dagegen Ankämpfen fehlt mir die Kraft, mich weiter an der Oberfläche zu halten, die Verpflichtungen aus meiner Selbstständigkeit, meine mentale und körperliche Gesundheit und der Beziehung zu Tyler nicht gerecht werden zu können. Und er hat Besseres verdient, als sich durch mich so herunterziehen zu lassen.

Die Erkenntnis hat sich wie ein Raubtier angeschlichen, leise, ohne Vorwarnung, und als sie mich packte, habe ich mich aus ihrer Umklammerung nicht mehr retten können. Nun begleitet sie mich bei jedem Schritt, jedem Atemzug, wie ein mahnender Schatten. Ein Schatten, der verurteilend über meine Versuche wacht, in denen ich mich dagegen wehrte.

Das mir bei jedem Kuss, jeder Berührung, jedem Lächeln ins Ohr flüstert: *Du bist so eine schamlose Lügnerin.*

Ja, vielleicht bin ich das. Vielleicht hat mein Kopf aber nur noch nicht aufgeben wollen, von dem sich mein Herz bereits losgesagt hatte. Noch immer habe ich die Stimme meines Therapeuten im Ohr. *Sie sollten Ihre größte Priorität sein. Es ist in Ordnung, mal nur an sich zu denken.* Vielleicht hat er recht, aber das Richtige zu tun, fühlte sich nie falscher an.

»Du hast mit Tyler noch nicht gesprochen, oder?« Maisie versteht es genau, die unausgesprochenen Gedanken aufzunehmen. Ich bewundere sie regelmäßig für ihr Gespür, immer die richtigen Worte zu finden. Die Stimmung so fein zu nuancieren. Als sich unsere Blicke begegnen, schwingt Bedauern in ihrem Blick mit.

»Kannst du mir verdenken, dass ich nicht die Böse in seiner Geschichte sein möchte?«, frage ich resigniert.

»Objektiv gesehen gibt es keinen Grund, ihn nicht zu lieben. Objektiv betrachtet ist er der beste Partner, den man sich wünschen kann.«

»Das heißt nicht, dass er es für dich ist.«

Frustriert ziehe ich ein Kissen heran und verstecke mein Gesicht darin. »Du sagst das so selbstverständlich in deinem jugendlichen Leichtsinn«, murmle ich ermattet. Keine Ahnung, ob Maisie mich versteht, meine Stimme klingt nur dumpf durch den Stoff hindurch.

»Vielleicht erkennt er das nicht sofort, aber irgendwann wird er dankbar dafür sein, dass du ihn gehen lassen hast.«

»Das klingt erst recht nach einer Begründung, die sich ein Bösewicht zurechtlegt.«

Maisie lacht.

»Wieso sagst du immer so kluge Sachen, Mimi?«

»Ich helfe immer da, wo ich kann«, sagt sie und klingt dabei etwas selbstgefällig. »Nein, ernsthaft. Ich unterstütze dich bei allem, egal wie du dich entscheidest – wobei, sagen wir, bei *fast* allem. Wenn es unethisch wird, bin ich raus. Aber ehrlich. Sag mir, wie ich helfen kann, und ich bin dabei.«

»Ich glaube, hierbei kannst du mir leider nicht helfen, Mimi. Ich muss es tun, oder?« Ein trauriges Lächeln stiehlt sich auf meine Lippen, ohne dass ich es verhindern kann. Wenn ich nicht als Feigling in die Geschichte – unsere Geschichte – eingehen will, muss ich einmal den Mut aufbringen. Die Wahrheit sagen. Eigentlich soll die Wahrheit einfach sein. Dafür, dass sie immer glorifiziert wird, will sie nur selten jemand hören.

Wenn ich mit mir ehrlich bin, tun die herabsetzenden Kommentare am meisten weh, da sie gar nicht so weit von der Wahrheit entfernt sind. Ohne dass sie es ahnen. Ohne dass ich mir bewusst bin. In meinem Kopf gehen die gleichen Themen ein und aus, ohne dass ich es ändern kann.

Ist doch komisch, oder?

Kapitel 2

Hazel

Weniger komisch ist es, verfroren und im Nieselregen vor der Haustür zu stehen und eine innerliche Debatte zu führen, ob ich jetzt klingeln soll oder nicht. Ein Teil von mir sträubt sich dagegen, doch ist da auch der Teil, der endlich zur Ruhe kommen möchte. Es wäre nicht fair, Ty noch länger im Dunkeln zu lassen, obwohl meine Gefühle so eindeutig sind, dass nicht einmal ich selbst sie weiter ignorieren kann.

Die Tür geht auf und Tys Anblick bringt meine Entschlossenheit ins Wanken. Eine Hälfte schreit *Zuhause*. Das ist er für mich gewesen, die letzten zwei Jahre. Zuhause. Anker. Ruhepol.

Bald jedoch kommt ein neuer Name hinzu.

Seine Haare stehen nach oben ab, als wäre er erst soeben mit den Fingern hindurch gefahren. Der Dreitagebart steht ihm gut. Meine Fingerspitzen kribbeln bei der Erinnerung daran, wie gut es sich anfühlt, über diesen zu streichen. Jeder Zentimeter in seinem Gesicht ist mir so vertraut, dass, wenn ich die Augen schließe, ich sein Antlitz vor mir sehe, zusammengesetzt aus allen wertvollen Momenten, die ich mit ihm zusammen verbracht habe.

Ein träges Lächeln hebt seine Mundwinkel, als er mich sieht, schließlich gibt es keinen Grund für ihn alarmiert zu sein.

»Hey«, sagt er. Seine Stimme klingt weich und rau gleichzeitig. Nicht selten sagte ich ihm, er hätte eine Vorlesestimme, auch wenn er mir nicht glauben wollte.

»Hey«, sage ich und trete auf ihn zu. Mein Körper reagiert ganz natürlich auf die Vertrautheit, die der Kuss innehat. Die Begrüßung schmeckt nach Abschied. Sie ist vertraut und schmerzvoll zugleich.

Vielleicht lässt mich Ty ein wenig verloren zurück, als er sich von dem Kuss löst. Es ist schwer für mich, bei meinen eigenen Gefühlen durchzublicken. Ich fühle mich zerrissen, habe Schuldgefühle. Davon bemerkt er nichts, stattdessen schmunzelt er über meinen Gesichtsausdruck.

»Schön, dass du da bist«, sagt er und schiebt eine Strähne hinter mein Ohr, die mir aus dem Zopf gerutscht ist. Die Wärme seiner Haut ist tröstlich. Doch sie droht mich zu verbrennen, wenn ich mich nicht von ihm löse. Kalte Panik breitet sich in meiner Magengegend aus, bei dem Gedanken daran, was ich gleich in Begriff bin zu tun. Was ich tun muss. »Wie war dein Tag?«

Ich gebe mir einen Ruck und trete ein.

»Durchwachsen«, sage ich, während ich mir den Schal abwickele und die Schuhe ausziehe. »Ich habe heute im Studio ein Video vorbereitet und zumindest zwei weitere Ideen ausprobiert. Ich bin mit den Ergebnissen jedoch nicht ganz zufrieden. Bei meinem

Mikrofon ist ab und so ein Kratzen zu hören, wenn ich reinspreche.«

An den Eingangsbereich schließt sich das geräumige Wohnzimmer an. Auf der Küchentheke sehe ich, dass Ty schon einige Vorbereitungen für heute Abend getroffen hat. Eine Flasche unseres Lieblingsweins steht bereit, zwei Weingläser und to-go-Essen von unserem Lieblingsrestaurant.

In der Luft liegt der Duft nach Flieder und Kardamom. Die Kerze auf dem Couchtisch war ein Geschenk, da er sich etwas wünschte, was ihn an mich erinnert. Mir entgeht die bittere Wendung der Geschehnisse nicht.

»Vielleicht brauchst du ein Neues.« Ty lächelt mild.

»Wenns nur das wäre, wäre das Problem leicht zu beheben.«

Wir bewegen uns in den Wohnbereich und nehmen wie Spiegelbilder zeitgleich auf dem Sofa Platz. Ich ziehe die Beine an und wappne mich gegen das, was unweigerlich als Nächstes kommt. In meinem Kopf habe ich tausende Varianten durchgespielt, wie ich dieses Gespräch beginne. Mir Worte zurechtgelegt, die verdeutlichen sollen, wie ernst es mir ist und sehr es mich selbst verletzt, sie aussprechen zu müssen. Doch es läuft nicht immer so wie geplant. Mein Kopf ist wie leer gefegt. Meine Gedanken reichen nicht einmal zu dem Punkt, der den Satz beenden soll.

»Möchtest du etwas trinken?«, fragt Tyler und spielt gedankenverloren an den Stoffbändern an seinem Handgelenk. Ein Zeugnis der vielen Festivals, auf denen er in den letzten Jahren gewesen ist.

Ja. Nein. Wann ist der richtige Zeitpunkt, um darüber zu sprechen, weshalb ich hergekommen bin? Wie lange kann ich es aufschieben, bevor es lächerlich wirkt? Wäre es nicht für uns beide besser, wenn ich das Thema so schnell und schmerzlos wie möglich anspreche?

Es ist jedoch, als hätte ich die Kontrolle über meinen Körper verloren. Ich denke die Worte, die ich aussprechen möchte, doch irgendwo zwischen meinem Gehirn und meinem Mund gehen sie verloren. So öffne und schließe ich meine Lippen, ohne dass ein Ton über sie kommt.

Plötzlich ist mein Mund so trocken, dass ich einen Schluck Wasser gut gebrauchen könnte, und mir wird bewusst, dass Ty immer noch auf eine Antwort wartet. Erwartungsvoll sieht er mich an.

»Wir müssen reden.« Ein Teil von mir hasst mich selbst dafür, dass ausgerechnet diese Worte meinen Mund verlassen. Mein Blick springt überall hin, nur nicht zu Tyler. »Ich glaube nicht, dass du meine Ehrlichkeit zu schätzen wissen wirst.«

Als seine Antwort ausbleibt, hebe ich den Kopf. Sein Blick sucht mein Gesicht nach der Antwort auf seine stummen Fragen ab.

»Ist das ein schlechter Scherz?«, fragt er leise. Als die Erkenntnis dämmert, verändert sich etwas in seinem Ausdruck.

Es ist schmerzhaft mit anzusehen. Die Verwirrung. Das Verstehen.

»Das war nicht nur so leicht dahingesagt«, stellt er nach einem Moment fest.

Mein Hals ist wie zugeschnürt, daher kann ich nur nicken. Auf meine stumme Erwiderung hin erhebt Ty sich wortlos und tritt an die Theke. Er greift zum Wein und schenkt beide Gläser ein, ehe er mir eins reicht. »Ich glaube, den brauchen wir jetzt beide.«

Das Knistern der Kerze auf dem Couchtisch füllt die Stille aus, die droht, sich ins Unendliche auszudehnen. In meinen Ohren rauscht das Blut. Mir ist schlecht. Mein Körper ist völlig darauf eingestellt, dieser Situation entfliehen zu wollen. Es ist schwer, dagegen anzukämpfen. Es ist schwer, das Gespräch mit Ty zu führen, das er so sehr verdient hat.

»Wenn ich nun sagen würde, ich hätte es geahnt, wäre es gelogen gewesen«, beginnt er mit ruhiger Stimme. »Weil es weit weniger als eine Ahnung war. Es war wie ein flüchtiger Ton, nicht zu greifen. Der Missklang war so marginal, dass er in der Symphonie drum herum beinahe unterging.« Selbst jetzt drückt er sich so bedacht, so sanft aus. Als Musikdozent fliegt ihm die Metapher wie von selbst zu, ohne dass es aufgesetzt wirkt.

»Ich wünsche mir, dass du mir glaubst, wenn ich sage, erst sehr spät verstanden zu haben, was dieser Missklang für mich bedeutet.« Ich räuspere mich. »Ty, du weißt ...« Meine Stimme zittert, ich muss noch einmal ansetzen. »Du weißt, dass es mir aktuell nicht so gut geht. Mir fehlt aktuell für so vieles die Kraft.«

Plötzlich bin ich froh, das Weinglas in der Hand zu halten, und meinen Fingern eine Beschäftigung zu geben. Mit meinem Daumen fahre ich immer und immer wieder eine imaginäre Linie entlang, als wäre darauf ein Gedanke eingraviert, den ich so ausradieren könnte. Ich muss nur aufpassen, nicht vor Anspannung das hauchdünne Glas zu zerbrechen.

»Ich bin für dich da, das weißt du doch«, sagt er mit einem Stirnrunzeln.

»Das weiß ich. Aber irgendwo zwischen all den Versuchen, nicht den Anschluss zu verlieren, habe ich etwas verstanden. Das ist etwas, wo ich alleine durchmuss«, erwidere ich leise. »Ich habe das Gefühl, mich zu zerreißen.« Mir ist es wichtig, das klarzustellen. Ty soll nicht auch nur den Hauch des Zweifels bekommen, dass ich nicht ehrlich mit ihm gewesen bin.

»Wie lange weißt du es schon?«

Das ist eine gefährliche Frage. »So richtig bewusst geworden ist es mir erst jetzt«, antworte ich ausweichend. Gezweifelt habe ich schon länger, doch gleichzeitig wollte ich wirklich, dass es funktioniert. »Ich hoffe, du kannst mir glauben. Es wäre wohl zu viel verlangt, von Verständnis zu reden. Aber ich ... ich möchte nicht, dass du denkst, es wäre deine Schuld oder so.«

Ty lässt sich mit seiner Antwort Zeit. »Natürlich glaube ich dir. Ich kenne dich, ich vertraue dir, daran hat sich nichts geändert. Dass du ... du ...«

Ihm fehlen genauso wie mir die Worte zu beschreiben, was in diesem Moment mit uns passiert.

»Es tut mir so leid. So, so sehr«, sage ich und hasse mich dafür, dass meine Stimme ausgerechnet in diesem Moment versagt. Dass sie ausgerechnet jetzt bricht und piepsig klingt. »Ich wünschte, es wäre anders.«

»Lässt sich noch etwas an deiner Meinung ändern?«

In seiner Stimme schwingt ein Funken Hoffnung mit. Ich weiß, dass Ty es mir nicht absichtlich schwer machen möchte, und ich hasse es, dass ich diese zerstören muss. »Ich befürchte nein ... Ich kann dir nicht versprechen, dass danach alles wie vorher wird.«

Puh. Das auszusprechen tut fast körperlich weh. Obwohl es die Wahrheit ist. Obwohl es auch erleichternd ist, die Worte endlich los zu sein.

»Dann macht alles wohl keinen Sinn mehr«, murmelt Ty und lehnt sich zurück. Mit einem Mal wirkt er, als hätte ihn alle Kraft verlassen. Ich bin mir nicht sicher, ob er dies überhaupt hatte laut aussprechen wollen. Er wirkt so ... gebrochen, dass sich alles in mir zusammenzieht.

»Nein, nein! Das darfst du nicht denken. Bitte«, flehe ich. »Es tut mir leid, dass ich dir damit aktuell so weh tue. Aber es wird vergehen. Der Schmerz wird vergehen. Ich weiß, dass es sich aktuell nicht danach anfühlt.«

Fast schon erwarte ich, dass eine schnippische Antwort zurückkommt. *Woher willst du das schon so genau wissen? Schließlich wirst nicht* du *gerade verlassen.*

»Ich kann dir nicht böse sein. Worauf sollte ich, schließlich können Gefühle nicht erzwungen werden.« Er seufzt, tief und schwer. »Ich kann dich nicht zwingen, mich zu lieben, Hazel. Aber verzeih mir, wenn ich sage, dass es natürlich trotzdem wehtut.«

Ich muss bei seinen Worten schlucken und mich zwingen, ruhig weiter zu atmen, als ich das verräterische Brennen hinter meinen Augen spüre. Ja, das habe ich wohl verdient. Das muss ich aushalten, auch wenn es schwer ist.

»Ich wünschte, ich müsste dich nicht enttäuschen«, flüstere ich. »Ich würde dir so gern davon erzählen, was ich mir alles für uns gewünscht habe, aber ich befürchte, damit würde ich dir mehr wehtun als trösten und das ist das letzte, was ich möchte.« Ich glaube, das ist das Erwachsenste, was ich jemals von mir gegeben habe. »Mir war es wichtig, dir gegenüber fair zu sein.«

»Das weiß ich sehr zu schätzen, denke ich ... Aber ich glaube, ich werde etwas Zeit brauchen«, sagt er. »Nimm mir das bitte nicht übel oder denke, dass ich dich ab jetzt hasse.« Ein zittriger Atemzug ist das einzige, das er sich erlaubt zu zeigen. In dem Moment zumindest, in dem sein Stolz noch größer als der Schmerz ist. Doch wie nach einem Unfall, wird irgendwann das Adrenalin nachlassen.

»Natürlich.« Wahrscheinlich hätte ich aus Schuldgefühl jeder seiner Bitten zugestimmt. »Ich maße mir nicht an, mir vorstellen zu können, wie es dir jetzt geht. Bitte verstehe, dass ich volle Verantwortung übernehme und es aushalten kann, wenn du jetzt wütend oder enttäuscht oder beides von mir bist. Das darfst du auch sein. Wahrscheinlich ist es zu früh zu sagen, aber ich hoffe ... ich hoffe, dass unsere Freundschaft das überlebt, Ty. Du bist mir immer noch wichtig und die gemeinsame Zeit kann und möchte ich nicht ausradieren. Wir sind beide zusammen so als Menschen gewachsen ...«

Eine Emotion durchzuckt Tys Gesicht, die ich nicht einordnen kann. »Aber es hat trotzdem leider nicht gereicht. Verstehe. Ich kann es dir nicht versprechen, Hazel, auch wenn du es gern hören wollen würdest. Ich weiß – ich würde es auch gerne sagen. Aber ... aber aktuell wäre das wohl ebenfalls gelogen.«

Ich trinke den letzten Schluck Wein. Eine Übersprunghandlung. Ruhig zu bleiben und nicht dem verräterischen Zittern meiner Unterlippe nachzugeben, kostet so viel Willensanstrengung. *Mach es nicht schwerer, als es eh schon ist*, weise ich mich selbst zurecht. *Ty hat allen Grund, traurig zu sein. Du bist diejenige, die gerade sein Herz bricht. Aus freien Stücken, wohlgemerkt. Du hast kein Recht,* jetzt *auseinanderzubrechen.*

Als ich das Glas wieder zurück auf den Tisch stelle, muss ich mich innerlich wappnen, ehe ich Ty anblicke. Zu sehr habe ich Angst, dass ich vor ihm zusammenbreche, einknicke, alles wieder zurücknehmen werde. »Ich weiß.« Meine Stimme klingt heiser, als hätte ich bereits geweint. »Es tut mir so leid.«

»Ich weiß.« Tys Blick springt von meinem Gesicht zu meinen Händen. Seine Finger zucken, als würde er gegen den Drang ankämpfen, sie auf meine zu legen.

»Falls ich …«, beginne ich, doch Ty unterbricht mich mit sanfter Bestimmtheit.

»Bitte, lass uns zu einem anderen Zeitpunkt darüber sprechen, wie und wann wir unsere restlichen Sachen zurücktauschen. Ich … ich glaube, ich packe das emotional gerade nicht.«

Ich nicke eifrig. »Natürlich. Ist notiert.«

Erneut kehrt die Stille zurück.

»Soll ich … soll ich gehen?«

»Würdest du mir übel nehmen, wenn ich ja sage?«

»Natürlich nicht.« Ich binde ihm nicht auf die Nase, dass mir seine Worte dennoch einen Stich versetzen. Als wir uns beide gleichzeitig vom Sofa erheben, blicken wir uns an. Wir wissen beide nicht, was wir uns jetzt noch sagen können, in diesem Zwischenzustand, wenn aus Geliebten Entliebten wird. In meinem Kopf geistern so viele Versionen davon herum, was ich ihm noch sagen könnte, ihn zu umarmen, ein letztes Mal seinen vertrauten Duft einatmen, und ich sehe ihm an, dass es ihm ähnlich geht. Das, was vor einer Stunde noch möglich war, ist nun verboten. Wir müssen unsere Beziehung nun neu ausloten, wenn wir es überhaupt schaffen, aus der romantischen Liebe eine Freundschaft aufzubauen.

Ty folgt mir mit etwas Abstand zur Haustür und nachdem ich in meine Schuhe geschlüpft bin, droht wieder diese seltsame Stille zwischen uns zu entstehen.

»Pass auf dich auf, Ty«, flüstere ich, bevor ich etwas anderes, dümmeres sagen oder tun kann, und fliehe aus der Wohnung.

***

Im Bus riecht es schal nach Bier und Schweiß, dabei ist es noch vor Mitternacht. Es kann nur noch schlimmer werden. Einige Partygänger sitzen zusammen, und reichen unter vorgehaltener Hand einen Flachmann herum. Verbotenerweise wohlgemerkt. Als ich an ihnen vorbeigehe, dringt ein basslastiger Beat aus Kopfhörern, der sich gerade so noch von den Motorgeräuschen des Busses abhebt, bevor er anfährt.

Neben einer älteren, grimmig dreinblickenden Dame lasse ich mich nieder. Das Licht im Innenraum ist nur gedimmt, wodurch die vorbeiziehenden Straßenlaternen konfuse Muster durch die Scheiben werfen. Von jetzt auf gleich beginnen Regentropfen sich von außen

24

am Fenster zu sammeln. Erst ganz klein, bis sie sich zu immer größeren Tropfen verbinden und am Glas hinuntergleiten. Meine Gedanken springen von den letzten Stunden zu dem hoffnungsvollen Gedanken, dass es zum Glück nur ein kurzer Weg von der Haltestelle bis zu unserer WG ist.

Meine Hände finden automatisch mein Smartphone in der Jackentasche, mein Fingerabdruck entsperrt das Display, bevor ich darüber nachdenken kann, was ich im Begriff bin zu tun. Ich zucke zusammen, als ich das Hintergrundbild sehe. Von mir und Tyler. Wir lachen darauf, weil wir zu dem Zeitpunkt glücklich waren. Es ist, als würde ich mich selbst bestrafen wollen.

Hastig öffne ich die Nachrichtenapp, um dem Anblick zu entkommen.

Hat Rico schon das gute Zeug ausgeschenkt? – Hazel

Ich erwarte von Maisie jedoch keine schnelle Antwort. So wie ich Rico, die Gegebenheiten und meine Clique kenne, wird die Musik zu laut und der Dancefloor zu klein für die Anzahl der Menschen sein. Genau das, was ich heute Abend gebrauchen kann. Nicht. Ohne dass ich es verhindern kann, wandern meine Gedanken wieder zu Ty. Ich habe ihn nicht gefragt, ob er heute Abend bei Rico sein wird. Gleichzeitig läuft ein kalter Schauer über meinen Rücken. Ich habe nie darüber nachgedacht, wie die nächsten Wochen sein werden. Unsere Freundeskreise überschneiden sich, natürlich wird nicht viel Zeit vergehen, bis wir uns wiedersehen und es seltsam sein wird.

Ich muss ein komisches Geräusch von mir gegeben haben, denn die ältere Dame wirft mir einen mürrischen Seitenblick zu.

»Sorry«, sage ich, sinke in mich zusammen und versuche, mein sich erwärmendes Gesicht hinter meinen Fingern zu verbergen. Peinlicher wird es wohl nicht mehr.

An der Haltestelle Acton Park steigt ein Pärchen dazu. Was meine Aufmerksamkeit erregt, ist der Rucksack des jungen Mannes. Auf dem prangt in groß ein schwarz-weißes Stencil von Balu, dem Bären aus *Das Dschungelbuch*. Gestern, in einer anderen Welt, hätte ich davon ein Foto geschossen und es an Ty per Nachricht geschickt. *Das Dschungelbuch* ist sein liebster Disneyfilm. War sein liebster, will eine Stimme von mir korrigieren, doch ich muss mich in Gedanken ertappen, dass es klingt, als wäre er gestorben.

Was mir am meisten fehlt, dass ich nun ihm nicht an meinen alltäglichen Gedanken und Begebenheiten teilhaben lassen kann. Ich kann ihn nicht mehr um Rat fragen. Wobei das nicht ganz richtig ist – ich könnte schon. Ich *sollte* es nicht. Für meinen Seelenfrieden, aber vor allen Dingen für seinen.

Der Wunsch ist nicht fair, nur selbstsüchtig. Ich weiß, dass es dumm ist. Trotzdem schicke ich die Nachricht ab.

Du wirst mir fehlen. Als Freund. – Hazel

Es dauert nur kurz, bis drei Pünktchen am unteren Bildschirmrand erscheinen. Das Zeichen, dass Ty eine Antwort tippt.

Sekunden verstreichen und die Pünktchen erlöschen. Seufzend lehne ich mich in meinem Sitz zurück und schließe für einen Moment die Augen. Das Schweigen habe ich verdient.

Sobald der Bus die Ealing-Broadway-Station erreicht, erhebe ich mich von meinem Platz. Mit einem hydraulischen Zischen öffnen sich die Türen. An dieser Haltestelle, vor einer kleinen Ewigkeit, einem anderen Leben, sehe ich uns stehen. Stirn an Stirn, süße Nichtigkeiten flüstern, trunken vor der Euphorie dieser beginnenden Verliebtheit. Wir waren auf dem Weg zu unserem ersten gemeinsamen Konzert gewesen, als Tyler mir seine Gefühle gestanden hatte, und ausgerechnet jetzt holt mich die Erinnerung daran wieder ein. Kaum dass meine Sohlen den Bürgersteig berühren, bin ich wie festgefroren. Die Passanten, die nach mir aussteigen, schieben sich fluchend an mir vorbei. Doch ich kann nicht. Nicht weitergehen. Nichts zu meiner Verteidigung sagen. Kein Wort der Entschuldigung äußern.

Ich habe gedacht, dass ich mit dem Gespräch mit Ty das Schlimmste hinter mich gebracht hätte. Ich habe falsch gedacht. Es sind die Erinnerungen, die mich heimsuchen, und mich komplett zu zerschmettern drohen.

Der Nieselregen hat sich in einen ausgewachsenen Regenschauer verwandelt. Meine Kleider werden immer schwerer, doch ich kann den Blick nicht abwenden.

Erst das Hupen eines vorbeifahrenden Autos reißt mich aus meinen Gedanken. Inzwischen läuft mir der Regen vom Scheitel direkt in die Augen. Mein Atem klingt gehetzt in meinen Ohren und ich blicke gen Himmel, um mich zu sammeln.

Zwischen den Wolken blitzen die Sterne durch. Der Nachthimmel wird also noch aufklaren. Es ist kalt, typisch für eine Nacht im März, daher beeile ich mich, nach Hause zu kommen. Entgegen meiner Erwartung brennt Licht in unserer WG im dritten Stock. Die roten Vorhänge mit den weißen Sternen darauf glühen förmlich in der Nacht. Unzählige Diskussionen mit Maisie und Julie haben diese Vorhänge schon ausgelöst. Debatten darüber, was weihnachtlich ist und was nicht. *Sterne sind das ganze Jahr am Himmel,* hat Julie gesagt. Was nicht falsch ist. Dem hat niemand etwas entgegensetzen können, also ist es bei diesen geblieben.

Von einer Planänderung schrieb Maisie mir nichts. Oder habe ich es übersehen? Schnell überfliege ich die letzten Nachrichten, doch eine Antwort ist nicht zurückgekommen.

Als ich unsere Wohnungstür aufschließe, hallt mir die Stimme von *Benson Boone* entgegen. Ob das Vorglühen hierher verlagert worden ist? Bei dem Gedanken daran, mir ein Lächeln ins Gesicht zwingen zu müssen, damit nicht jeder sofort mitbekommt, was gerade passiert ist, macht mein Herz einen zittrigen Satz. Auch wenn die rationale Seite in mir weiß, dass es die richtige Entscheidung war, bin ich noch nicht bereit, darüber zu sprechen. Nicht wenn mein Herz es selbst noch nicht ganz begreifen kann.

Mit einem gedämpften Klicken flammt das Licht auf, als ich den Schalter betätige. Erleichtert stelle ich fest, dass im Flur zumindest keine fremden Schuhe stehen. Ich lasse meinen Schlüssel in die Schlüsselschale fallen. Dabei fällt mir ein an mich adressierter Brief auf, der auf der Kommode liegt. Dem Stempel auf dem Umschlag nach zu urteilen ist es Post vom Anwalt. Habe ich etwa vergessen, eine Rechnung zu bezahlen? Urheberrecht verletzt? Das würde mir heute noch fehlen.

Aber damit würde ich mich erst auseinandersetzen, wenn mir nicht mehr der Regen aus den Haaren tropft. Daher schäle ich mich aus den nassen Sachen und ziehe mir in einen kuscheligen Einteiler an. Im Flur schnappe ich mir den Brief und mache mich auf den Weg Richtung Küche. Durch das eingesetzte Milchglaspaneel in der Küchentür dringt das sanfte Leuchten der Lichterketten, das zwei Umrisse hervorhebt. Meine Mitbewohnerinnen sind alleine. Zum Glück.

Vorsichtig schiebe ich die Tür auf. Augenblicklich wird die Musik leiser gedreht.

»Was macht ihr hier? Wolltet ihr nicht zu Rico?«, frage ich beim Eintreten. Weder Maisie noch Julie sehen ausgehtauglich aus. Maisie hat ihre Haare zu einem unordentlichen Dutt hochgebunden und trägt rotgrün geringelte Wollsocken zu ihren schwarzen Leggins. Sie steht am Herd und rührt in einem Topf, dessen Inhalt wenig nach Essen und mehr nach Punsch riecht.

Julie sitzt am Küchentisch. Ihr Nasenpiercing reflektiert das Licht der Deckenlampe, als sie sich zu mir dreht und mich angrinst. Bei ihrem Anblick muss ich an die ungestümen Tanzeinheiten im Wohnzimmer denken, wenn wir uns den Frust aus Job oder Beziehung von der Seele tanzen mussten. An bestellte Pizza um zwei Uhr nachts, an Sekt zum Frühstück.

»Wir dachten, es wäre eine bessere Idee hier zu sein. Bei dir«, sagt Julie. Sie kneift die Augen ein wenig zusammen, als sie mich von oben bis unten mustert. Was auch immer sie erwartet zu finden. »Wie gehts dir?«

Ich zucke mit den Schultern. »Soll ich ehrlich sein? Ich fühle mich wie ein Arschloch.«

»Trennungen sind immer kacke«, pflichtet Maisie mir bei. »Man will ja niemanden absichtlich verletzen, in den meisten Fällen zumindest, aber man tut es trotzdem.«

»Das beschreibt es ganz gut.« Hinter meinen Schläfen kündigt sich ein pochender Schmerz an und ich schließe für einen Moment die Augen. Ich verstehe selbst nicht, weshalb mir nicht nach Weinen zumute ist. Ich fühle mich erschöpft und niedergeschlagen, ja. Aber vielleicht würde es später kommen, wenn der Schock nachlässt. »Ich glaube, das macht mich aktuell auch am meisten fertig. Mein Hirn quält mich die ganze Zeit mit dem Bild von Tys Gesichtsausdruck, als ich es ihm gesagt habe.«

Es ist Selbstquälerei in Reinform. Pause, Zurückspulen, Start.

»Ich glaube, wir hätten die Taschentücher und das *Ben & Jerrys* nicht extra einkaufen müssen«, sagt Julie mit einem Seitenblick zu Maisie.

»Das Eis nehme ich sofort«, sage ich und lasse den Brief auf den Tisch fallen. »Ihr auch?«

Zwei Minuten später sind wir alle drei damit versorgt. Maisie teilt den Topfinhalt auf drei Tassen auf. Damit stehen dampfender Punsch und Eis vor mir. Eine seltsame, wenn auch zufrieden stellende Kombination, die schon einige Krisen erträglicher gemacht hat.

»Möchtest du darüber reden?«, fragt Maisie, bevor sie einen Schluck von dem Punsch nimmt. Ich tue es ihr gleich. Die feinen Noten von Orange, Gewürznelken und Kardamom lassen mich kurz aufseufzen. Weihnachten mag zwar vorbei sein, doch mit Maisies Punsch verhält es sich wie mit den Sternen. Gegen eine wärmende Tasse ist niemals etwas einzuwenden.

»Eigentlich gibt es nicht viel zu erzählen«, beginne ich langsam. »Ty hat es besser aufgenommen, als ich es an seiner Stelle getan hätte. Er war nur so offensichtlich enttäuscht – von mir, von der Situation, von den Erwartungen, die er an uns hatte. Das habe ich alles innerhalb weniger Sätze zerstört. Damit muss ich erst einmal klarkommen.«

»Verständlich«, murmelt Julie nachdenklich. »Dennoch finde ich, dass du das Richtige getan hast. Auch wenn sich das jetzt vielleicht nicht so anfühlt.«

»Danke. Das muss ich wohl erst noch einige Male hören, bevor ich es selbst glauben kann.«

»Gern doch. Für den Service wären das dann zwei fünfzig.« Mit dem Witz gelingt es Julie, die Stimmung etwas aufzulockern.

»Du schuldest mir immer noch fünf«, erinnere ich sie daran.

»Mist.« Doch sie klingt nicht sonderlich verärgert darüber.

»Was ist das eigentlich für ein Brief?« Maisie deutet mit der dampfenden Tasse auf den Umschlag vor mir.

Das Schreiben habe ich beinahe vergessen.

»Das muss ich noch herausfinden.« Mit diesen Worten reiße ich den Umschlag auf und überfliege die Zeilen. Manche von ihnen muss ich mehrmals lesen, um sie zu verstehen. Als ich von dem Brief aufsehe, blicken mich Maisie und Julie erwartungsvoll an. Etwas in meinem Ausdruck bewegt Julie dazu, die Taschentuchpackung in meine Richtung zu schieben.

»Der Tag sollte wirklich langsam zu Ende gehen, noch mehr schlechte Nachrichten halte ich wirklich nicht aus.« Ich seufze erneut und vergrabe mein Gesicht in meinen Händen. Langsam spüre ich, wie die Ereignisse der letzten Stunden an meinen Nerven zerren.

»Was steht drin?«

Das habe ich selbst nicht wirklich verstanden. Die Worte *Nachlassverwalter, Fristsetzung, Entscheidung* schwirren durch meinen Kopf, aber ich habe meine Mühe, sie in Einklang zu bringen.

»Mein Beileid«, sagt Maisie, nachdem sie den Brief gelesen hat. »Standet ihr euch nahe?«

Ich schüttle den Kopf. »Nicht wirklich. Ich habe sie nicht kennengelernt. Der Kontakt brach ab, nachdem meine Mom nach ihrem Schulabschluss die Stadt verlassen hat. Sie wollte nie darüber sprechen.«

Mein Tränenkontrollzentrum muss irgendwie ausgetrocknet sein. Das würden später keine einfachen Stunden werden, wenn mich die Erkenntnis der Trennung und dem Todesfall meiner Großmutter einholen würde.

Maisie verzieht nachdenklich den Mund. »Verstehe. Das liegt also ziemlich lange zurück. Sie zu fragen —«

»Das ist unmöglich, wie du weißt«, beende ich ihren Satz leise, woraufhin sie nickt. Die Mischung aus Verständnis und Mitgefühl ist für mich nur schwer zu ertragen.

»Können wir einmal über das Wichtige sprechen«, platzt es plötzlich aus Julie heraus, »dass du als Alleinerbin ein Haus bekommst? Ein *fucking* Haus? Mit wie viel Quadratmetern Grundstück? *Zweitausend-achthundert*? Was ist das, ein Schloss mit angrenzendem Park?«

Ich verberge mein Gesicht in meinen Händen. Das ist eine ganz andere Art von Problem. Ein Haus.

»Fast«, sage ich und stöhne. »Aber Julie, freu dich nicht zu früh. Das Haus steht nicht hier. Wir werden leider keine krasse elitäre WG, die in einem Schloss wohnt.«

»Wo steht das denn?« Julie beugt sich so tief über das Schreiben, dass ihre Nasenspitze beinahe das Papier berührt. »Die Info hätte hier ruhig etwas offensichtlicher gestreut werden können.«

»Cork«, murmle ich.

»Verdammt. Das ist wirklich weit weg.«

Das ist so weit weg, dass es meine Vorstellungskraft sprengt, was ich mit diesem Haus anstellen sollte. Ein ganzer Ozean liegt zwischen London und Cork. Ich liebe das Leben hier und kann mir eines außerhalb dieser Metropole nicht vorstellen. »Ich werde das Haus verkaufen müssen, etwas anderes bleibt mir nicht übrig.«

»Das ist irgendwie traurig«, gibt Maisie zu bedenken.

»Ich kann es ja schlecht unbewohnt stehen lassen. Nachher wird das von irgendwelchen Studenten besetzt«, scherze ich.

»Genau, und wenn das Haus besetzt wird, dann schon von uns«, empört sich Julie. Wie immer ist sie die

Pragmatische von uns. »Du hast so ein Glück, dass du keine Geschwister hast, mit denen du teilen musst.«

Auf ihrem Handy leuchtet die Webseite der Stadt auf, als sie sich einen Überblick verschafft. In ihrem Kopf formt sich sicherlich schon ein Plan, wie wir unsere WG dorthin verlagern können.

»Ich glaube, ich setze mich heute damit nicht mehr auseinander, was ich damit anfange. Das ist ein Thema für einen neuen Tag.« Mit diesen Worten nehme ich den Brief und pinne ihn mit einem Magneten an den Kühlschrank hinter mir. Ich schiebe diesen so hin, dass er die Worte *Nachlassverwalter, Fristsetzung, Entscheidung* überdeckt.

Inzwischen ist Julie zu Instagram gewechselt und scrollt sich durch die Bilder, die mit *Cork* getagt worden waren. Anscheinend besteht *Cork, Irland* aus niedrigen, über Kopf gedrehten bunten Hausfassaden, grünen Landzungen und steilen Klippen, die im Meer enden.

Kapitel 3

Hazel

Am nächsten Morgen komme ich nicht aus dem Bett. Meine Augen fühlen sich geschwollen und verkrustet von den Tränen an, die ich im Schlaf geweint habe. Nachdem mich die vertraute Schlaflosigkeit losgelassen hat, bin ich in einen Traum geglitten, in dem ich das Gespräch mit Ty immer und immer wieder durchlebt habe. Er hängt mir noch nach und bei dem Gedanken daran werden meine Augen wieder feucht. *Shit.* Noch immer fühle ich mich wahnsinnig schuldig – nur mein eigener Herzschmerz ist fast noch größer. Es war richtig, Ty gehen zu lassen, aber es tut *fucking* weh, ihn zu verlieren. So weh, dass ich am liebsten meine Worte von gestern Abend zurücknehmen würde, wenn ich könnte. Jedoch weiß ich auch, dass es falsch wäre.

Als ich auf die Uhr blicke, läuft das geplante Interview mit dem Interior Designer von *Bluemoon*, einer Marke mit individualisierbaren Fronten für verschiedene Möbel, seit siebzehn Minuten. Was *Bluemoon* interessant für den Eigenbedarf macht, ist, dass die gestalterische Freiheit des Kunden nicht beim Aufbau aufhört. Die Beschaffenheit der Oberfläche bietet an, sich danach mit Farbe, Textur oder Form auszutoben. Ich bin unendlich dankbar, dass Julie mir noch kurz vorm Zubettgehen angeboten hat, den Part zu übernehmen. Seit etwas mehr als einem Jahr arbeiten wir zusammen. Es hatte als eine Wette begonnen, da Julie sich nicht zugetraut hatte, vor die Kamera zu treten. Mit ihrem Humor und ihrer einnehmenden Art hat sie sich jedoch in die Herzen meiner Community geschlichen. Seitdem geben wir ein unschlagbares Team ab.

Vor meiner Zimmertür höre ich Maisie in einer seltsamen Regelmäßigkeit durch den Flur wandern. Verdächtig oft werden ihre Schritte vor meiner Tür langsamer, vermutlich um zu hören, ob ich schon wach bin. Ihre Sorge und Fürsorge rühren mich und ich weiß nicht, womit ich diese verdient habe.

Als das Interview beinahe vorbei ist, treibt mich das schlechte Gewissen aus dem Bett. Ich schlurfe zur Tür, ohne einen Blick in den Spiegel zu werfen, und überrasche Maisie dabei, wie sie ein Tablett mit Saft, Pancakes und Blaubeeren vor die Tür stellen möchte.

»Oh«, macht sie von ihrer knienden Position am Boden. »Äh, ich kann das erklären.«

Ich muss blinzeln. Wieder verschleiern Tränen mir die Sicht. Maisie bemerkt dies. »Oh, nein, bitte nicht weinen«, flüstert sie und umarmt mich.

»Wieso bist du so nett zu mir.« Ich schniefe, doch sie scheint das nicht zu stören.

»Weil du *du* bist«, murmelt Maisie und streichelt mir tröstlich über den Rücken. Ich merke, dass ich langsam ein Taschentuch brauche und löse mich von Maisie. Sie lächelt mich in einer Mischung aus Traurigkeit und Verständnis an, die ich nicht verdient habe. »Glaub mir,

ehrlich zu ihm zu sein war vielleicht nicht nett, aber
das einzig richtige.« Sie lotst mich in die Küche und
zwingt mich, etwas von dem Tablett zu essen. Als Maisie zwischendurch mit ihrer Dozentin telefoniert, die
ihre Hausarbeit betreut, versuche ich mich zu sammeln, mich zusammenzureißen. Ty wurde das Herz gebrochen, nicht umgekehrt. Ich habe kein Recht darauf,
so zu fühlen. Schließlich bin ich selbst schuld.

»Du darfst fühlen, was du fühlst.« Ich zucke zusammen, als ich Julies Stimme von der Tür aus höre. Ich
habe ihre Rückkehr nicht bemerkt. Für das Interview
hat sie ihr Lieblingsoutfit gewählt. Sie trägt eine Latzhose aus Cord und darüber eine weinrote Bomberjacke.

»Habe ich gerade laut mit mir gesprochen?«, frage ich
mit belegter Stimme und schnäuze meine Nase.

»Ein bisschen. Es war etwas schwer zu verstehen, was
da hinter dem Taschentuch aus deinem Mund kommt,
aber ich konnte mir den Rest zusammenreimen«, sagt
Julie und nimmt mir gegenüber Platz. Sie stibitzt sich
eine Blaubeere von meinem Teller, bevor sie mir aufmunternd zulächelt.

»Ich entschuldige mich für meinen kümmerlichen
Anblick.« Wieder muss ich mich schnäuzen. »Es soll
sich hier gar nicht um mich drehen.«

»Kannst du mir einen Gefallen tun?« Abwartend sieht
Julie mich an. Als ich schließlich nicke, fährt sie fort:
»Rede dir deine Gefühle nicht klein. Alles, was du
denkst und fühlst, hat seine Daseinsberechtigung. Nur
weil es Tyler oder jemanden anderen schlechter geht,
heißt das nicht, dass es dir gut gehen muss. Du musst
dich dafür nicht schämen. Es ist okay.«

»Okay«, wiederhole ich mit kratziger Stimme. »Danke für den Pep Talk.«

Diesmal grinst Julie verschmitzt. »Das macht dann zwei Pfund, bitte«, sagt sie, was mir ein Lachen entlockt.

»So funktioniert das eigentlich nicht, seine Schulden zu tilgen.«

»Ich bin der Meinung, dass das ruhig so laufen könnte.«

Ich strecke ihr die Zunge raus, bevor mir ein weiterer Gedanke kommt. »Wie war es eigentlich?«

»Mega«, sagt Julie. »Die waren so nett und interessiert. Zum Schluss sagten sie, dass sie das Interview im Sommer veröffentlichen werden. Es hätte dir gefallen. Aber du wurdest nicht vermisst.«

Jetzt muss ich noch mehr lachen. »Perfekt. Dann kannst du ab jetzt übernehmen.« Es ist ein Scherz, aber als ich die Worte ausspreche, fühlen sie sich richtig an.

»Ja, klar. Du kannst dir gern etwas überlegen, um mich als Mitarbeiterin des Monats auszuzeichnen. Ich bin für Vorschläge offen«, sagt Julie.

»Du bist auch meine einzige Mitarbeiterin«, erinnere ich sie.

»Das ist ja nebensächlich.« Sie reißt sich etwas von meinem Pancake ab. »Hat Maisie die für dich gemacht? Ich sollte wohl auch öfter an Herzschmerz leiden, die sind verdammt gut.«

✳✳✳

Die Dusche hilft mir einen klaren Kopf zu bekommen. Während ich meine nassen, blonden Strähne bürste, nehme ich mir vor, die Anwaltskanzlei anzurufen. Da es kein Videocall ist, kann ich über meine Augenringe getrost hinwegsehen, die Ton in Ton mit meinen blauen Augen gehen. Ich kann den Brief nicht länger ignorieren, das erlaubt mir meine gewissenhafte Ader nicht. Das Freizeichen klingt laut und schrill in meinen Ohren. Ich bin schon fast sicher, dass niemand rangeht, als in aller letzten Moment abgenommen wird. Die Männerstimme klingt grantig, als sie einen Namen in den Hörer bellt, den ich nicht verstehe.

»Hi, hier spricht Hazel Hughes. Ich rufe an, da ich einen Brief von Ihnen erhalten habe bezüglich der Nachlasssache von Eleonore Hughes. Mir ist ...«

»Ich verbinde Sie weiter.« Ohne eine Antwort abzuwarten, wird das Gespräch unterbrochen. Eine Warteschleifenmelodie in unfassbar schlechter Qualität erklingt, als wäre diese in den 90ern auf Kassette aufgenommen worden. Baff starre ich auf mein Handy. Damit habe ich jetzt nicht gerechnet.

»Sie sprechen mit Theresa Williams. Wie kann ich Ihnen helfen?« Sofort fällt mir der weiche Akzent auf, der ihre Worte begleitet. Was Sinne ergibt, aus dem Briefkopf entnehme ich, dass die Kanzlei in Cork ansässig ist.

»Hi, hier spricht Hazel Hughes«, beginne ich von Neuem. »Ich wollte eigentlich Dr. Rodriguez sprechen.«

»Worum geht es denn?«

Langsam bekomme ich den Eindruck, dass es eine ganz schlechte Idee gewesen ist, angerufen zu haben. Ich versuche, nicht zu laut mit den Zähnen zu knirschen, während ich ihr von dem Brief erzähle.

»Ah ja. Ich vertrete Dr. Rodriguez in dieser Woche bezüglich seiner Belange. Einen Moment bitte. Lassen Sie mich einen Blick in die betroffene Akte werfen.« Durch die Leitung kann ich gedämpftes Seitenblättern hören. Die Kanzlei ist also noch nicht digital unterwegs. »Genau, wir haben Sie über den Fall informiert und die Details zur Erbschaft ...« Inzwischen bin ich froh, dass wir telefonieren und die Dame mein Augenrollen nicht sehen kann. »Die Frist endet bald. Haben Sie sich Gedanken gemacht, ob Sie das Erbe annehmen oder ausschlagen wollen?«

»Ich ... ich kann das Erbe ausschlagen?«

»Sie sind nicht gezwungen, das Erbe anzunehmen. Die Entscheidung können Sie für sich bewerten und in Ruhe überdenken. Wichtig ist nur, dass Sie dies innerhalb der Frist tun, ansonsten geht das Erbe automatisch auf Sie über«, erklärt Mrs Williams.

»Kann ich mir das Haus vorher anschauen? Ich habe keine Ahnung, in welcher Verfassung es sich befindet«, gebe ich zu.

»Ich befürchte, das wird nicht möglich sein.«

»Können Sie mir wenigstens sagen, ob das Haus oder das Erbe mit Schulden behaftet ist?«

»Die Hypothek ist abbezahlt und es gibt keine Gläubiger. Sie haben wirklich Glück.«

Ich an ihrer Stelle würde nicht von Glück sprechen. Vielleicht von Kalkulation, einem Plan, einer Möglichkeit, den notwendigen Abstand zu erhalten, von meinen Gedankenschleifen, der Arbeit ... und den Schuldgefühlen Tyler gegenüber.

»Dann ja.« Ich bin genauso überrascht von mir wie die Frau am anderen Ende der Leitung. Es ist eine spontane

Entscheidung, doch wie es aussieht, bin ich ausreichend verzweifelt, um meine übliche Vorsicht von Bord zu werfen. Im Anschluss erklärt mir die Frau die nächsten Schritte, die nötig sein werden. Ich bin dankbar, dass sie in der Hinsicht die Richtung vorgibt, was die nötigen Formalitäten angeht. Bevor wir auflegen, fällt mir noch etwas ein. »Wie viel wird mich Ihr ... Service kosten?«

»Machen Sie sich darüber keine Sorgen. Ihre Großmutter hat sich vor ihrem Tod um alles gekümmert.«

»Wann ist sie gestorben?«, entfährt es mir leise. Ich bin mir nicht sicher, ob die Frau es überhaupt gehört hat. Eine Stille entsteht.

»Vergangenes Jahr im November«, sagt sie mitfühlend. Fast vier Monate sind seitdem vergangen. »Es tut mir leid. Wir hätten Sie gern früher benachrichtigt.«

Nachdem ich aufgelegt habe, lasse ich mir das Gespräch durch den Kopf gehen. Es fällt mir schwer, genau zu benennen, was ich fühle. Am deutlichsten fühle ich Bedauern. Bedauern darüber, dass eine Person gestorben ist. Dass ich Eleonore Hughes nie kennengelernt habe, nie erfahren werde, wie sie als Mensch so gewesen ist und was sie dazu bewogen hat, mich in ihr Testament zu schreiben.

Mir bleiben nur Fragen. Keine Antworten.

***

In den nächsten drei Wochen spreche ich mit meinen Kooperationspartnern, prüfe, welche Aufträge in den Zeitraum meiner Abwesenheit fallen und schließe meine laufenden Projekte so gut wie möglich ab. Das

Einzige, was mich ein wenig beruhigt, ist, dass Julie völlig entspannt ist, was die Arbeitsteilung der nächsten zwei Wochen angeht. Und ich vertraue ihr, schließlich arbeiten wir schon eine Weile zusammen. Mein Studio wird damit auch nicht leer stehen, sondern einen Nutzen haben. *Blazing Imagination* wird auch ohne mich weiterlaufen und wegen der erfolgreichen letzten Monate habe ich mir ein finanzielles Polster aufbauen können, das mich in die höchst privilegierte Lage versetzt, mir keine Gedanken machen zu müssen, wie ich über die Runden komme.

Als schließlich die letzten Formalitäten mit der Kanzlei geklärt sind, buche ich den Flug nach Cork für den nächsten Tag. Wenn ich mir noch länger Zeit lasse, finde ich nur mehr Ausreden, wieso es eine schlechte Idee wäre, jetzt zu gehen. Im Eiltempo packe ich einen Koffer und meinen Rucksack, und zwinge mich dazu, alles, was mit meiner Firma zu tun hat, hierzulassen. Zwei Wochen Auszeit. Zwei Wochen Me-Time. Das zu bewerkstelligen sollte nicht schwer sein und am Ende wandert mein Tablet, auf dem sich alle meine Pläne befinden, doch mit in den Rucksack.

Die nächsten vierundzwanzig Stunden vergehen rasend schnell und es ist der Moment gekommen, in dem ich mich von meinen Freundinnen verabschieden muss.

»Ich kann nicht fassen, dass du in die große weite Welt hinausziehst.« Julies Augen leuchten und ich kann ihr ansehen, dass sie sich für mich freut. »Tue nichts, was ich nicht tun würde.«

»Ich kann nichts versprechen.« Ich lache und ziehe sie in eine Umarmung. Ihr Parfum riecht nach Zeder und

Limone, eigentlich viel zu herb für einen Frauenduft
und doch so vertraut.

»Wenn etwas sein sollte, kannst du immer noch
durchrufen.«

»Danke. Ich weiß. Das gilt auch für dich.« Mein Lächeln gerät bei ihrem besorgten Tonfall ins Wanken
und ich wende mich Maisie zu. »Abschiede sind echt
nicht meins«, stelle ich fest und umarme auch sie. Hinter mir kann ich bereits den herannahenden Zug der
Elizabeth Line hören.

»Pass auf dich auf, Hazel-Dazel«, murmelt Maisie in
mein Ohr. Es klingt tröstlich und vielleicht halte ich ein
wenig zu sehr an ihrer Umarmung fest. Ich bin noch
nie allein verreist. Aber das ist jetzt eine Angelegenheit,
die ich allein regeln muss. Auch um mir selbst zu beweisen, dass ich es kann. »Vergiss nicht, uns Fotos zu
schicken. Ich wollte schon immer wissen, wie es dort
drüben auf der Insel aussieht.«

Bewaffnet mit Rucksack und Rollkoffer steige ich in
die Elizabeth Line, die mich nach Heathrow bringen
wird. Julie und Maisie winken mir vom Bahnsteig der
Ealing-Broadway-Station aus nach, bis meine Bahn anfährt und die beiden aus meinem Blickfeld verschwinden. Bereits jetzt fühle ich mich verloren, dabei habe
ich noch nicht einmal die Stadt verlassen. Ich zwinge
die Zweifel beiseite und prüfe, ob ich alle Dokumente
im Rucksack griffbereit habe, bevor ich mich mit
Smartphone in der Hand zurücklehne. Ganz automatisch öffnet mein Daumen die Unterhaltung mit Tyler,
als würde dort nun eine Antwort stehen, die ich zuvor
übersehen habe. Ich habe davon geträumt. Von den
drei animierten Pünktchen. Von den möglichen

Worten, die er mir hätte zurückschreiben könnten. Dabei weiß ich noch nicht einmal genau, was ich eigentlich hatte hören wollen. Auf meine letzte Nachricht ist bisher nichts mehr zurückgekommen. Genauso gut könnte dort stehen: *Tyler hat die Unterhaltung verlassen.*

Frustriert von mir und dem Leben schiebe ich das Handy zurück in die Jackentasche, greife nach meinem Rucksack und meinem Koffer. An der Haltestelle vom Flughafenterminal steige ich aus. Ich schwimme mit dem geschäftigen Treiben mit, bis ich am Gate ankomme. Das Boarding beginnt pünktlich. Es dämmert bereits, als das Flugzeug abhebt. Beim Anblick von dem leeren Sitz neben mir geht mir ein Stich durchs Herz. Der Wunsch, Tyler ein Foto von der Reise zu schicken, ihn an meinen Gedanken teilhaben zu lassen, ist glühend und verzehrend zugleich. Wieder mal frage ich mich, wie sehr man einen Menschen vermissen kann, mit dem man aber keine romantische Beziehung führen will. Ich habe gehofft, mit meiner Flucht meinen Schuldgefühlen zu entkommen. Doch momentan fühlt es sich an, als hätte ich sie mitgenommen.

Zwei Stunden später schlängle ich mich mit dem Leihwagen durch Cork. Um diese Uhrzeit herrscht kein großartiger Verkehr, besonders nicht im Vergleich zu London. So gibt es nur noch das Scheinwerferlicht und mich. Als ich schließlich das Stadtschild von Cork passiere, kann ich mir ein kurzes Stoßgebet nicht verkneifen. Ich linse auf das Navi. Wenige Kilometer trennen mich noch von Eleonores Haus. Das Navi führt mich in eine Gegend, in der die Häuser größer werden. Als es dann wenige Minuten später »Sie haben Ihr Ziel erreicht« durchgibt, zweifle ich das erste Mal an seinem Wahrheitsgehalt. Vor mir erstreckt sich eine lange Auffahrt, die komplett zugewuchert ist. Das Scheinwerferlicht reicht nicht weit und dennoch zeigt es genug. Ein verdammter Busch wächst mitten aus den Pflastersteinen hervor. Mit dem Auto werde ich so nicht bis zum Haus kommen, das ich in der Nachtschwärze nur erahnen kann. Ich parke, greife nach meinem Gepäck und schreite die Einfahrt entlang, am besagten Busch vorbei. Was jedoch klar wird, ist, dass hier seit langem niemand mehr etwas gemacht hat. Es scheint eine Vorahnung dessen zu sein, wie es Eleonore zuletzt gegangen sein muss.

Was mich wohl im Inneren des Hauses erwartet?

In dem wenigen Licht, das von der Straßenlaterne hier rüber reicht, kann ich nicht viel erkennen. Die Silhouette des Hauses schält sich nur langsam aus der nächtlichen Schwärze. Soweit ich das beurteilen kann, ist es im viktorianischen Stil errichtet worden. Das Licht der Laternen spiegelt sich in den Fenstern, die sich über zwei Etagen erstrecken. Im Erdgeschoss führen mehrere Stufen zur Haustür, zu deren rechten sich ein Erker befindet. Tagsüber lassen die großen Fenster sicherlich viel Licht ins Innere.

Die Lampe im Eingangsbereich scheint durchgebrannt zu sein, und so muss ich mich mit meinem Handylicht behelfen, um den Schlüssel ins Schloss zu kriegen. Die Tür schwingt auf und gibt den Blick auf den Flur frei. Weiter hinten erahne ich eine Treppe, die ins Obergeschoss führt. Zu meiner Rechten befindet sich ein Türbogen, durch den ich in den Raum blicken kann.

Sämtliches Mobiliar ist mit weißen Tüchern abgedeckt worden.

In der Luft hängt der Geruch nach Staub, Holz und ganz unterschwellig, sodass ich ihn beinahe nicht bemerkt hätte, Waschmittel.

Tastend suche ich den Lichtschalter neben der Tür. Doch als ich diesen betätige, bleibt es dunkel. Entweder sind noch mehr Glühbirnen durchgebrannt oder der Strom ist abgeschaltet worden, was mich eigentlich nicht überraschen sollte.

Zwei Nachrichten gehen in kurzen Abstand hintereinander ein. Wenige Sekunden vergehen, dann ertönt mein Klingelton. Maisies Gesicht lacht mir mit ausgestreckter Zunge entgegen, die von *Ghost-Drops*-Lutschern blau eingefärbt ist.

»Bist du angekommen?«, dringt ihre Stimme verzerrt zu mir herüber, nachdem ich abgenommen habe. Der Empfang scheint hier also auch nicht der beste zu sein.

»Gerade eben, ja«, erwidere ich. »Ich sag mal so, man merkt dem Haus an, dass es seit einer Weile leer steht.«

»Es hat sich in der Zwischenzeit nicht noch jemand eingenistet?«, mischt sich Julie aus dem Hintergrund ein.

»Außer derjenige heißt Graf Dracula, gehe ich davon nicht aus. Der Strom ist weg. Ich muss als erstes den Sicherungskasten finden.« Der wird sich doch garantiert in einem gruseligen Keller befinden. Ich hätte es gern vermieden, aber ich habe wohl keine Wahl, wenn ich hier nicht im Dunkeln sitzen will. Ich linse in die Ecke meines Bildschirms. »Ich habe dafür noch exakt zwölf Prozent Akku Zeit.«

Mein Handylicht weist mir den Weg, vorbei am Wohnzimmer. Hinter der ersten Tür links befindet sich die Küche, gefolgt von einem Gästebad und einem Arbeitszimmer. Auf der rechten Seite befindet sich unterhalb der Treppe eine Tür, die nach unten führt.

»Pass auf die Ratten auf«, sagt Julie, als ich die ersten Stufen hinabsteige.

»Das ist jetzt nicht hilfreich«, murmle ich und ducke mich unter Spinnweben hindurch. Es hilft auch nicht, dass die Treppe anscheinend uralt ist und ziemlich steil nach unten geht.

»Also das Internet gibt dir auf jeden Fall recht. *FullofGlitter86* schreibt in dem Forum, dass es schon sinnvoll sein kann, die Sicherungen zu checken«, informiert mich Maisie. Ihr Engagement lässt mich schmunzeln. Es dauert ein wenig, bis ich den Sicherungskasten finde. Eleonore hatte es wohl für eine gute Idee befunden, diesen hinter einem geblümten Vorhang zu verstecken. Ich schiebe ihn beiseite und öffne den Kasten.

»Es müsste eine geben, der anders als die anderen aussieht. Oder ist da ein Schalter, der nicht in der gleichen Position ist wie der Rest?«

»Stand das auch im Internet oder rätst du gerade?«, gebe ich amüsiert zurück, während ich die Schalter mustere.

»Ein bisschen mehr Vertrauen, ja?«, kommt Julies empörte Stimme zurück. Ein Piepen ertönt, als meine Freundinnen aus dem Audioanruf einen Videocall machen wollen. Ich drücke den grünen Button. Etwas verschwommen, aber deutlich erkennbar, sitzen Maisie und Julie auf unserem grünen Sofa im Wohnzimmer.

Letztere wirkt durch die blaue Paste in ihrem Gesicht wie ein Avatar-Verschnitt.

»Trägst du da gerade eine meiner Gesichtsmasken?«, frage ich.

»Ich glaube, du hast nicht mehr so viel Akku für Small Talk«, erwidert Julie. »Hast du die Sicherung bereits gefunden?«

»Das ja. Hat aber bisher nicht viel gebracht.« Ich seufze. »Vielleicht sollte ich mal das Licht versuchen einzuschalten.« Suchend schaue ich mich nach dem Lichtschalter für den Keller um und finde ihn direkt neben der Treppe. Kaum dass ich ihn betätigt habe, entdeckte ich etwas in der Ecke, das verdächtig nach übergroßen Spinnweben aussieht. »Ugh, hätte ich es das Licht hier besser ausgelassen.«

Zurück im Erdgeschoss hänge ich mich mit meinem Handy an eine Steckdose, bevor ich mich auf einem nahe gelegenen, abgedeckten Sofa niederlasse. Was keine so gute Idee ist, der Staub kitzelte unangenehm in der Nase.

»Freust du dich auf die Zeit hier?«, fragt Maisie.

»Ich glaube, die Antwort kannst du dir denken«, gebe ich zurück, was sie lächeln lässt. »Ich sehe es mit gemischten Gefühlen. Ich kann noch nicht einschätzen, was hier noch auf mich zukommt, aber ich freue mich auch drauf. Ambivalent, oder?«

»Ein wenig und wieder auch nicht«, sagt Maisie.

»Melde dich morgen früh, damit wir wissen, dass du nicht von Wollmäusen angeknabbert wurdest.«, ergänz Julie

»Es ist rührend, wie sehr ihr euch um mich sorgt«, sage ich selbstironisch und verabschiede mich.

Nachdem ich aufgelegt habe, erkunde ich die Zimmer im Erdgeschoss, ehe ich die Treppe ins Obergeschoss hinaufgehe. Eleonores Schlafzimmer erkenne ich sofort. Abgesehen von dem Laken, das über das Bett geworfen ist, wirkt der Schminktisch neben der Tür, als wäre sie nur ganz kurz weggegangen. Einige Parfümflakons reihen sich vor dem Spiegel aneinander, von dem bei einem die Kappe sorgsam daneben abgestellt worden ist, so als hätte Eleonore dieses noch schnell benutzen wollen.

Meine Fingerspitzen zeichnen Schlieren in den Staub, als ich über die Flakons streiche. Er ist der einzige Beweis, dass hier schon lange niemand mehr hier gewesen ist.

Da ich es seltsam finde, in dem Schlafzimmer von Eleonore zu übernachten, entscheide ich mich für das Gästezimmer. Nachdem ich mein Bettzeug aus dem Koffer geholt habe, sieht es gar nicht mehr so schlimm aus, wenn man vom Rest des abgedeckten Zimmers absieht.

»Ich wollte schon immer in einem Museum übernachten«, murmle ich, als ich unter die Decke schlüpfte.

Kapitel 4

Wyatt

Dass etwas nicht stimmt, sehe ich in ihrem Gesichtsausdruck. Sienna tritt durch die Tür. Wenn ich sie nicht schon so lange kennen würde, wäre ich vielleicht bereits bei ihrem unordentlichen Haar oder den abgewetzten Klamotten alarmiert gewesen. Aber das ist Sienna. Was nicht Sienna ist, ist die aufgeplatzte Unterlippe. Sie blutet nicht mehr. Das ist schon einmal gut. Was nicht heißt, dass alles okay ist.

Die anderen Jugendlichen sehen nicht auf, als ich vom Tisch aufstehe. Die beiden Kids sind mit dem Kartenspiel beschäftigt, das ich im hintersten Winkel der Abstellkammer gefunden habe. Das ist mir sogar ganz recht. Für beide ist es keine leichte Woche gewesen, daher sollen sie ruhig weiterspielen.

Auf der anderen Seite des Raumes sitzt Margot, die ebenfalls Jugendbetreuerin ist. Unsere Blicke kreuzen sich. Auch sie hat Siennas Aussehen bemerkt, und sie nickt mir zu.

Sienna schlüpfte beinahe unbemerkt aus dem Aufenthaltsraum des Jugendzentrums Richtung Küche. Bereits im Flur riecht es nach dem Essen, das wir vor einer halben Stunde in den Ofen geschoben haben. Wasserrauschen dringt durch die Tür. Als ich eintrete, steht Sienna an der Spüle und betupft ihren Mund mit einem Taschentuch. Sie sieht auf, als sie mich hört. Sofort schleicht sich ein widerwilliger Ausdruck in ihr Gesicht.

»Hi Sienna«, sage ich und nehme am Küchentisch Platz, an dem wir schon einige Stunden verbracht haben. Sie soll das Gefühl bekommen, dass ich sie nicht zu einem Gespräch zwingen möchte – sie kann es jederzeit beenden und zurück zu den anderen gehen, wenn sie möchte.

Sie beäugt mich misstrauisch und zögert, wartet wahrscheinlich auf die Frage nach dem Offensichtlichen. Als diese nicht kommt, rollt sie mit den Augen.

»Hi Wyatt«, sagt sie und äfft dabei meinen Tonfall nach. Gut, sie hat zumindest nicht ihr Temperament verloren. Jedoch knüllt sie etwas zu energisch das Taschentuch zusammen und befördert es im hohen Bogen in den Mülleimer, der in der nächsten Ecke steht.

»Nicht schlecht«, kommentiere ich milde beeindruckt, wenn auch mehr, um das Gespräch mit ihr am Laufen zu halten.

Sie verschränkt die Arme. Wartet. Kneift die Augen zusammen. Sie hasst es, für dumm verkauft zu werden. Mit ihren 16 Jahren ist sie ein schlaues Mädchen und fordert zurecht ein, was ihr zusteht. »Wo bleibt das besorgte: ›Sienna, was ist mit deinem Gesicht passiert?‹«

Gespielt gleichgültig zucke ich mit den Schultern. »Ist denn was mit deinem Gesicht?«, frage ich in dem Moment, in dem mein Handy in meiner Hosentasche zu vibrieren beginnt. Aber der Anruf muss nun warten.

Sienna verzieht angewidert das Gesicht. »Komm schon, Wyatt. Bist du eingerostet? Das kannst du besser. Was ist mit: ›Hast du wenigstens gewonnen?‹«

»Muss ich mir denn Sorgen darüber machen, ob du das Handgemenge verloren hast?«

Sie macht ein abfälliges Geräusch. »Du kennst mich. Ich verliere nicht.«

»Alles andere hätte mich auch entsetzt«, erwidere ich und deute auf die Sitzbank mir gegenüber. »Magst du erzählen, was passiert ist?«

Sienna zögert. Vielleicht überlegt sie, ob es eine Falle ist oder sie dafür Ärger bekommen kann. Doch dann gibt sie sich einen Ruck und lässt sich mir gegenüber auf der Bank nieder. Nervös klopft sie mit den Fingern auf den Tisch. Ihre silbernen Ringe klacken laut, wenn sie auf dem Holz aufschlagen. Ihr Blick springt überall hin, nur nicht zu mir.

»Was kocht ihr?«, fragt sie und deutet hinter sich. Ihr ist also nicht entgangen, dass der Backofen läuft.

»Chance durfte heute wählen. Drei Mal darfst du raten, was es geworden ist.«

»Dafür brauche ich keine drei Versuche«, entgegnet Sienna mit einem Augenrollen. »Es ist doch jedes Mal das gleiche.«

»Ich muss zu seiner Verteidigung sagen, eigentlich hat er sich erst was anderes gewünscht. Aber das ging für niemanden von uns als Abendbrot durch.«

»Okay, warte.« Sienna hält einen Finger hoch, während sie überlegt. »Er wollte ursprünglich S'mores – damit liegt er uns seit Wochen in den Ohren. Und er hat Lasagne bekommen.«

»Hundert Punkte.«

Sienna grinst, als hätte sie nichts anderes erwartet. Doch ihr Gesicht wird schnell ernst, als sie auf ihre Hände runterblickt. Auf die geröteten Knöchel.

»Jemand hat einen dummen Spruch gemacht«, sagt sie und presst die Lippen aufeinander. Ihr rhythmisches Klopfen kommt für den Bruchteil einer Sekunde aus dem Takt. In dem Satz steckt so viel Verzweiflung, die ich mich wie eine Welle überschwemmt. Einen kurzen Moment warte ich ab. Möchte ihr Zeit und Raum geben, ihre Gefühle und Gedanken zu ordnen.

Als die Pause immer länger wird, sage ich: »Normalerweise führt das nicht automatisch zu einer Prügelei.«

Sienna lächelt, Verbitterung verzerrt den Ausdruck in ihrem Gesicht zu einer Grimasse. »Nein, normalerweise nicht«, murmelt sie. »Normalerweise lässt mich das auch kalt, wenn sie hinter meinem Rücken über mich herziehen.«

Erneut vibriert mein Handy. Danach spüre ich, dass eine Nachricht eingeht. Sicherlich hat derjenige auf die Mailbox gesprochen.

»Was war heute anders?«

»Sie haben mir eigentlich eine simple Frage gestellt. Aber ich – ich habe mein Herz heute nicht verschlossen, bevor ich von zu Hause losgegangen bin.«

»Sienna ...«, setze ich an.

Doch sie unterbricht mich. »Ob ich mir nicht endlich die Haare abrasieren will, wenn ich schon so tue, als wäre ich ein Junge.«

Es tut fast körperlich weh. Selbst nur die Erzählung tut weh. Sienna hat, seitdem ich sie kenne, mit ihrem Selbstbild zu kämpfen. Deswegen die weiten Hoodies, die abgewetzten Baggy-Jeans. Um ihren Gedanken und den Worten anderer so wenig Angriffsfläche wie nötig zu geben. Letztes Jahr ist sie nur knapp an einer Essstörung vorbeigeschlittert.

»Du weißt, ich darf Gewalt nicht verherrlichen«, sage ich und habe das Gefühl, neben mir zu stehen. »Also muss ich sagen, dass ich das nicht gutheiße und Gewalt keine Lösung ist.« *Mir scheint auch, als hätte die Person darum gebettelt. Und wenn jemand so nett fragt, wäre es unhöflich abzulehnen.* Aber das kann ich in meiner Rolle nicht sagen. »Ich finde es dennoch gut, dass du für dich einstehst.«

Sienna lacht, eine Mischung aus Schniefen und Kichern. »Das hast du nett gesagt.«

»Das ist mein voller Ernst.« Sie sieht von ihren Händen auf. »Lass dir nicht einreden, dass etwas mit dir nicht stimmen würde, nur weil die andere Person eine bemitleidenswert beschränkte Sichtweise hat.«

Sie nickt. »Okay. Danke, dass du mir zugehört hast.«

»Ich bin froh, dass du es mir erzählt hast«, sage ich, als der dritte Anruf eingeht, und werde unruhig. *Shit.* Was kann so dringend sein, dass es keine zehn Minuten warten kann?

»Alles klar bei dir, Wyatt?«

Ich brauche zu lange für meine Antwort. Sienna merkt sofort, dass meine Gedanken abdriften, und runzelt die Stirn. Ich zwinge mich, meine Gedanken zu fokussieren. »Es war aber keiner von den Leuten, die regelmäßig hierher kommen, oder?«, frage ich anstelle einer Antwort. Schließlich ist das hier ein Safe Space für die Jugendlichen. Es wäre unerträglich, wenn dem nicht mehr so wäre.

»Sonst wäre ich nicht hier.«

Mit ihren Worten löst sich der Knoten, der sich in meiner Brust gebildet hat. Erleichterung macht sich in mir breit. »Das ist gut.«

»Du hättest sonst auch nicht locker gelassen, was?« Sienna wirft mir ein müdes Grinsen zu, dann erhebt sie sich. »Ich schau mal, was die anderen machen.«

»Gib den Anderen bitte Bescheid, dass wir gleich den Tisch decken müssen«, rufe ich ihr noch hinterher, doch sie hat den Raum schon verlassen.

Sofort habe ich das Handy in der Hand. So viele verpasste Nachrichten und Anrufe. Die meisten davon von meiner Schwester.

Geh ran, verdammt!!! – Gia

Am liebsten würde ich das Handy wieder zurück in die Tasche stecken. Doch ich kann hier nicht predigen, dass sie sich ihren Problemen stellen sollen, und meine eigenen ignorieren. Egal, wie sehr sie wehtun.

Kapitel 5

Hazel

Am nächsten Morgen werde ich von der Sonne geweckt. Sie fühlt sich wie eine warme Berührung auf meinen Wangen an; die Welt hinter meinen Lidern glüht. Doch die Illusion wird durch die Matratzenfeder gestört, die sich in meine Seite drückt, und mein Bewusstsein in dem Jetzt festhält.

Und dennoch, als ich dann auf die Uhr sehe, bin ich fest davon überzeugt, noch zu träumen. Es ist kurz nach neun Uhr. Mein erster Gedanke: Ich habe verschlafen. Wiederum auch nicht, denn kann man verschlafen, wenn man keine Termine hat, zu denen man zu spät kommen kann? Schließlich schäle ich mich aus den Laken. Die Dielen unter meinen Sohlen sind kalt, das Gefühl zieht meine Beine hinauf, bis sie an meinen Fingerspitzen ankommt. Ich fröstele leicht, als ich ans Fenster herantrete. Bei Tageslicht sieht alles ganz anders aus. Der Busch mitten auf der Einfahrt ist geblieben, doch es wirkt alles weniger bedrohlich. Alles hat einen verwegenen, verkommenen Touch, der eine gewisse Gemütlichkeit ausstrahlt.

Ein Blick auf die Handykarte bestätigt meine Vermutung, dass sich das Stadtzentrum von Cork nordwestlich von mir befindet. Und im Süden, vermischt im blauen Dunst des Himmels, befindet sich irgendwo das Meer. Ich schieße ein Foto von meinem Ausblick und teile es im Gruppenchat meiner WG.

Nicer Ausblick – Julie

Die Antwort von Maisie lässt ebenfalls nicht lange auf sich warten.

Willkommen in Cork – Maisie

Meine erste Amtshandlung, nachdem ich den Chat beendet und mich angezogen habe, ist es, den Mietwagen wieder abzugeben. Danach treibt mich der Hunger hinaus auf die Straße. Laut meinem Handy befindet sich fußläufig ein Café, etwas weiter entfernt ein Supermarkt und weitere kleine Geschäfte. Zuerst steuere ich das Café *Aroma Mocha* an, bevor ich mir über Weiteres Gedanken mache, wie ich das Haus am besten verkaufen könnte und welche Makler ich kontaktieren soll.

Leider ist das Café so gut besucht, dass alle Tische besetzt sind. Mir bleibt nur die Möglichkeit, mein Frühstück im Stehen zu verspeisen oder mitzunehmen. Bei dem Gedanken daran, in diese Stille des Hauses zurückzukehren, entscheide ich mich dagegen und dafür, über meinen Schatten zu springen. Als ich mich umsehe, entdeckte ich eine junge Frau, ungefähr in meinem Alter, mit roten Haaren und einem rehbraunen Hut auf dem Kopf, der einen schönen Kontrast bildet. Sie sitzt alleine an einem Tisch. Kurz überlege ich, ob ich es sein lassen soll, doch dann beiße ich die Zähne zusammen und steuere auf sie zu.

»Hey«, sage ich entschuldigend. »Sorry, wenn ich dich störe, aber darf ich mich zu dir setzen? Leider finde ich keinen Platz mehr ...« Entschuldigend zucke ich mit den Achseln.

Etwas irritiert sieht sie von ihrem Notizbuch auf, in dem sie arbeitet. Dann breitet sich ein Lächeln auf ihrem Gesicht aus. »Na klar, lass es dir schmecken.«

»Danke«, sage ich erleichtert und gleite auf die Sitzbank ihr gegenüber. Die junge Frau widmet sich erneut ihren Notizen, ohne mir weitere Beachtung zu schenken. Auch ich ziehe mein Tablet hervor und öffne die Liste mit Maklern, die ich ausgehend von ihren Bewertungen im Internet im Vorfeld erstellt habe. Die Liste ist übersichtlich und ich bin vorsichtig optimistisch, dass ich jemanden finden werde, der dieses Haus kaufen oder verkaufen wird. Mein altes Ich sah in jeder Möglichkeit eine Chance. Das möchte ich mir wieder bewusst machen. Das Glas ist tendenziell eher halb voll als leer. Scheitern ist immer die Antwort, wenn man es nicht einmal versucht hat.

Nachdem ich den letzten Bissen von meinem Sandwich genommen und die Nummer im Handy eingetippt habe, drücke ich auf den grünen Hörer.

»Baker Estate Group, Sie sprechen mit Carl Baker. Wie kann ich Ihnen helfen?«, meldet sich beinahe sofort eine Stimme am anderen Ende der Leitung. Es hat nicht ein Freizeichen gegeben!

Ich verschlucke mich beinahe an meinem Sandwich, während ich mich beeile aufzukauen.

»Hallo?«

»Hazel Hughes hier. Ich rufe wegen einer Immobilie an, die ich verkaufen möchte. Ich habe gehofft, dass Sie mir dabei unter die Arme greifen können.«

»Das ist meine Berufung!« Ich höre das Lächeln in der Stimme von Carl Baker, wodurch er mir direkt sympathisch wird. »Haben Sie sich vielleicht schon unser Leistungsportfolio auf unserer Webseite angesehen?«

»Leider nicht«, gebe ich zu.

»Das ist kein Problem, dann erzähle ich Ihnen gern jetzt von unseren Konditionen. Dabei heißt es, alles kann, nichts muss. Wenn Sie nicht in allen Bereichen Unterstützung benötigen, dann unterstützen wir nur dort, wo Hilfe benötigt wird. Gern können wir die individuelle Betreuung in einem persönlichen Termin besprechen und ich kann mir ein Bild von der Immobilie machen. Darf ich fragen, wo sich diese befindet?«

»Direkt in Cork.«

»Hervorragend, das liegt dann ja nur einen Katzensprung von unserem Büro entfernt. Das erleichtert vieles, auch wenn wir unsere Kunden über die gesamte Insel verteilt betreuen.«

»Eine Frage hätte ich noch, Mr Baker. Wie sieht Ihre zeitliche Verfügbarkeit aus, um die weiteren Schritte zu besprechen?«

»Ich muss gestehen, dass ich aktuell einige Projekte betreue, die meine Aufmerksamkeit erfordern. Ich bin jedoch zuversichtlich, dass ich in naher Zukunft einige davon zum Abschluss bringen kann. Es spricht also nichts dagegen ...«

Der Blick der Frau mir gegenüber liegt plötzlich auf mir. Ich denke mir nichts dabei, bis eine Handbewegung meine Aufmerksamkeit auf sich zieht. Sie schüttelt den Kopf und formt Worte mit ihren Lippen. Bevor ich darauf reagieren kann, hält sie inne und wirkt mit einem Mal unschlüssig. Kurzerhand greift sie nach einer Serviette und schreibt ein Wort darauf.

Hochstapler.

Ich runzle die Stirn. Kann sie wirklich *den* Mr Baker meinen, mit dem ich gerade telefoniere? Einer Eingebung folgend, rufe ich die Adresse des Maklerbüros auf meinem Tablet auf und drehe es in ihre Richtung. Als die Frau das Profil liest, nickt sie eindringlich.

In der Zwischenzeit ist Carl Baker zum Ende seiner Ausführung gekommen. »Was halten Sie von meinem Vorschlag, Ms Hughes?«

Ich habe keine Ahnung, was er in den letzten Sekunden von sich gegeben hat. Das Wort auf der Serviette leuchtet mir anklagend entgegen. »Ich würde dazu gern Rücksprache halten und mich morgen zurückmelden, ist das in Ordnung?«

Ich verschweige ihm, dass ich mit mir selbst Rücksprache halten werde.

»Selbstverständlich«, sagt Carl Baker gut gelaunt. »Sie können gern noch einmal auf unserer Webseite schauen, ob sich da einige Fragen klären lassen können. Dann warte ich auf Ihren Rückruf. Haben Sie einen wundervollen Tag!«

Ich erwidere seinen Gruß und lege auf. Von einer Sekunde auf die andere spüre ich ein Pochen hinter meinen Schläfen. Eine Ahnung beschleicht mich, dass es nicht so einfach sein würde, wie ich mir das vorgestellt habe. Bei der plötzlichen Stille sieht meine

Sitznachbarin auf. Unsere Blicke treffen sich, ehe ihr Blick zu der älteren Dame springt, die vor unserem Tisch steht. Sie zieht einen kleinen Block aus einer Tasche ihrer geblümten Schürze und schiebt sich mit dem Kugelschreiber eine Strähne hinters Ohr. Die Geste lässt sie jünger wirken, dabei durchsetzen graue Strähnen ihr weißes Haupthaar.

»Amara, du hast gar nicht erzählt, dass du noch einen Gast mitbringst. Sonst hätte ich dir noch eine Kanne Kaffee hingestellt«, sagt diese tadelnd.

»Oh, das muss eine Verwechslung sein«, sage ich in dem Moment, in dem Amara peinlich berührt sagt: »Deirdre, das würde ich doch niemals wagen.«

»So?«, fragt Deirdre, macht jedoch keine Anstalten, sich mit dieser Antwort zufriedenzugeben. Sie hat ihre feinen Augenbrauen in einer Mischung aus Zweifel und Belustigung zusammengezogen.

»Ich und ...«

»Hazel«, werfe ich wenig hilfreich ein.

»Wir ... kommen nur in die Verlegenheit, zum gleichen Zeitpunkt am gleichen Tisch zu sitzen«, fährt Amara fort.

In Deirdres Blick schwingt ein amüsiertes Funkeln mit, als dieser an mir hängen bleibt. »Dann entschuldigt bitte meine übereilte Annahme. Kann ich euch dafür als Entschädigung etwas aus der Auslage anbieten? Einen Kaffee? Einen Muffin?«

»Das wäre wirklich nicht ...«, beginne ich, doch ich werde unterbrochen.

»Klar, sicher.« Amaras Blick fällt auf mich. »Bloß keine falsche Bescheidenheit. Die Frau hat es sich mit ihrer unverbesserlichen Neugier selbst zuzuschreiben.

Deirdre gehört der Laden hier und damit denkt sie, sie hätte einen Anspruch darauf, in jedem Gespräch mitmischen zu dürfen.« Ein Schmunzeln begleitet ihre Worte, was mir verrät, dass die beiden sich sehr gut zu kennen scheinen.

»Amara Dayal, so redest du nicht mit mir«, sagt Deirdre sanft, doch auf ihren Lippen liegt ein Lächeln. Mit seinem Seufzen wendet sie sich mir zu. »Womit kann ich meinen Fauxpas wieder gutmachen?«

Kurz schwanke ich dazwischen, Deirdres Angebot abzulehnen. Andererseits ist gegen einen zweiten Gang auch nichts einzuwenden. »Ich würde einen Muffin nehmen. Und beim Essen erzählst du mir, weshalb Carl Baker ein Hochstapler sein soll, Deal?«, frage ich an Amara gewandt. Es muss Einbildung gewesen sein, doch bei der Erwähnung von Carl Baker verdreht die ältere Dame ebenfalls kurz die Augen.

»Deal.« Sie grinst spitzbübisch.

Es dauert nicht lang, bis vor uns eine Auswahl an Muffins und zwei dampfende Tassen Kaffee stehen. Letzteres habe ich bei Deirdre nicht bestellt, doch sie zwinkert mir nur verschwörerisch zu, als sie diese auf dem Tisch abstellt.

»Liebes, ich habe nicht nach deinem Nachnamen gefragt. Kommst du von hier?«, fragt sie.

»Das ist Hazel Hughes«, entfährt es Amara, bevor sie beide Hände vor dem Mund zusammenschlägt. »O Gott, es tut mir leid. Hazel ist superbekannt ... bei uns jungen Leuten.«

Deirdre zeigt sich jedoch von Amaras Ausführungen wenig beeindruckt, was ich ihr hoch anrechne. Ich bin mir nicht sicher, ob sie mir ansieht, dass mir die

Aufmerksamkeit unangenehm ist oder sie sich generell aus dem Thema nichts macht. »Hughes, hm? Du bist nicht zufällig verwandt mit – Gott habe sie selig – Eleonore Hughes?«

»Das ist … war meine Großmutter. Ich kümmere mich um ihren Nachlass.«

Deirdre schürzt die Lippen. »Das ist sicher schwer. Mein Beileid.«

»Danke«, sage ich. Sie nickt, ehe sie sich entschuldigt, um am nächsten Tisch die Bestellung aufzunehmen. Ich fühle mich etwas überrumpelt und ein Teil von mir hätte gern gefragt, wie gut sie Eleonore gekannt hat. Doch das Café ist gut besucht und mir erscheint es nicht nach dem richtigen Zeitpunkt. »Okay, ich höre«, sage ich dann an Amara gewandt, während ich das Papierförmchen von einem Blaubeermuffin abpelle.

Amara verzieht nachdenklich das Gesicht. Mit dem Zeigefinger trommelt sie beinahe ungeduldig auf der Tischplatte, als wüsste sie nicht, wo sie beginnen sollte. »Du kommst wahrscheinlich nicht von hier«, beginnt sie, was ich mit einem Nicken bestätige. »Dann kannst du es auch nicht wissen. Also wo fange ich da an? Vielleicht am Anfang, das wäre wahrscheinlich am sinnvollsten, nicht wahr?« Amara räuspert sich, als ihr klar wird, dass sie vor Nervosität zu brabbeln beginnt. Das wirkt so unglaublich sympathisch, dass ich mir ein Grinsen nicht verkneifen kann.

»Ich bin echt gespannt, was das für ein Skandal sein soll.«

»Nun, also, die Firma *Baker Real Estate* gibt es wirklich. Sie war sogar mal sehr renommiert, daher gibt es überall die guten Erfahrungsberichte. Der Senior war wirklich eine gute Seele, hat viel für unsere Stadt getan – sein Sohn jedoch ist das genaue Gegenteil. Es ist quasi ein offenes Geheimnis, dass er sich auf dem Geld seiner alten Herren ausruht, nicht jedoch ohne weitere Vorteile mit seinem Namen rausschlagen zu wollen. Aber er verklagt auch gern jeden, der es wagt, ihn öffentlich anzuprangern.«

»Wow.« Ich lasse mich in meinen Sitz fallen und die Informationen für einen Moment sacken. »Das ist echt ein Ding.« *Wenn das wahr sein sollte.* Die kritische Stimme in mir kann nicht ganz still bleiben. Zwar zweifle ich Amaras Schilderungen nicht gänzlich an, doch ich sollte zumindest im Hinterkopf behalten, dass es nicht die Wahrheit sein muss. Auch wenn ich nicht wüsste, was Amara davon hat, eine gänzlich Fremde zu belügen.

»So ist es. Aus Cork ist das eigentlich allen Leuten bekannt, schließlich reden die Leute miteinander. Wir sind eine Community, wir halten zusammen. Es ist Fluch und Segen zugleich. Carl Baker findet jedoch immer wieder neue Opfer, seien es Hinzugezogene oder Menschen von außerhalb.«

»Dann ... danke für diesen Ratschlag, schätze ich. Das ist nicht selbstverständlich.«

»Sicher doch.« Amara grinst. »Du kannst dich jederzeit dafür mit einem weiteren Muffin revanchieren. Aber bitte den ohne Blaubeeren, die kann ich nicht leiden.«

Schockiert greife ich mir ans Herz. »Ich habe noch nie gehört, dass jemand keine Blaubeeren mag. Was haben sie dir nur getan?« Doch bevor Amara antworten kann, klingelt mein Handy. »Tut mir leid, da muss ich rangehen«, murmle ich, als ich den Namen auf dem Display sehe. »Julie, wie kann ich dir helfen? Gibt es Probleme?«

»Hey, womit habe ich den panischen Unterton verdient?«, klingt Julies Stimme leicht verzerrt an mein Ohr. An den schlechten Empfang werde ich mich noch gewöhnen müssen. »Bisher läuft alles super. Ich bereite gerade den Content für das nächste Quartal vor.«

»Fleißig wie immer«, lobe ich.

»Davon träumst du wohl.« Julie schnaubt. »Ist das die irische Stadtluft, die dich so optimistisch stimmt?«

»Bisher habe ich noch gar nicht so viel von der Stadt gesehen«, gebe ich zu. »Ich sitze hier noch beim Frühstück, wenn ich ehrlich bin. Aber deswegen rufst du wahrscheinlich nicht an, habe ich recht?«

»Dann ist das sicher der Kaffee!«, witzelt Julie, bevor sie ernst wird. »Du hast recht. Du weißt, ich würde nie deinen Social-Media-Detox unterbrechen, wenn es nicht wichtig wäre. Ich schwöre. Der eigentliche Grund ist, dass heute eine Anfrage reinkam. Ich weiß, dass du schon so lange unbedingt so was machen wolltest.«

»Wer hat angefragt?«

Bei der Erwähnung von *Crimson Orchard* zieht sich alles in mir zusammen. Das ist groß. Das Unternehmen ist richtig in der Szene bekannt, mit hunderttausenden Abonnenten. Die Reichweite ist gigantisch. Das ist die Kooperation gewesen, von der ich geträumt habe, bevor ich meine Firma gründete. Wofür ich mir unzählige fiktive Interviews erdacht und durchgespielt hatte. Nun fragen sie ausgerechnet jetzt an – und statt Freude fühle ich nur Nervosität.

»Was stellen die sich vor?«

»Die wollen ein neues Format aufziehen und suchen Leute wie dich, die die Zuschauer begeistern können. Zehn Folgen sind vorerst geplant.«

»Eine ganze Staffel«, murmle ich fassungslos. »*Crimson Orchard*. Mit mir.«

Verdammt.

»Du sagst es«, bestätigt mit Julie mitfühlend. Ich habe nicht bemerkt, dass ich es laut ausgesprochen habe.

»Es wäre dumm, es nicht anzunehmen. Das ist die Erfüllung meiner Träume.« Meine Wünsche sind in den vergangenen Jahren zu einem Mantra geworden, beinahe zu einer Worthülse, und ich fragte mich, ob es noch mein Traum ist. »Aber ich kann nicht.« Das auszusprechen fühlt sich verboten, wenn auch befreiend an. Wenn mein Vergangenheits-Ich das nur wüsste.

»Ich hab's mir schon beinahe gedacht.« Julie klingt, als würde sie überlegen. »Willst du, dass ich ihnen komplett absage?«

»Weißt du was? Nein.« Ich mache eine Pause, um meine Gedanken zu sortieren. »Du machst das, wenn du willst. Ich lasse dir freie Hand bei der kompletten Planung, zieh dein Ding durch. Du wolltest schon immer eine Plattform haben, auch wenn du dich bisher nicht getraut hast. Das wäre jetzt deine Chance. Was hältst du davon?«

»*O my* ... darüber muss ich erst nachdenken. Das ist schließlich deine Arbeit, auf der das Ganze aufbaut. Das fühlt sich nicht richtig an, als würde ich mich in ein gemachtes Nest setzen.«

»Manchmal muss nach einer Chance greifen, wenn sie sich einem bietet. Also, das ist sie! Die Leute sind das völlig aus dem Häuschen gewesen, als wir das letzte Format zusammen gemacht haben. Erinnerst du dich?«

»Ich weiß nicht ...« Julies ganze Zerrissenheit schwingt in den drei Worten mit. »Kann ich darüber eine Nacht schlafen? Ich würde das liebend gern machen, nur damit du mich nicht falsch verstehst ...«

»Nimm dir so viel Zeit wie du brauchst. Dann ziehst du dein Ding durch«, gebe ich zurück.

»Hazel, damit machst du es mir wirklich nicht einfach.« Julie stöhnt und ich sehe vor meinem inneren Auge, wie sie ratlos ihre Hand gegen die Stirn legt, als würde sie bei sich Fieber messen.

»Ich habe nie gesagt, dass es einfach wird.«

»Auch richtig«, erwidert sie und seufzt.

Nachdem wir uns voneinander verabschiedet haben, bemerke ich Amaras Blick erneut auf mir liegen. Das Glitzern darin fällt mir augenblicklich auf – und es gefällt mir nicht.

»Ich wollte dein Telefonat wirklich nicht mit anhören, ich verspreche es dir. Aber du sitzt so nah und das Weghören fiel mir wirklich schwer.« Wieder verfällt sie in eine Art Redefluss, ehe sie sich selbst stoppt. »Das wird jetzt vielleicht unangenehm.«

»Okay?« Ich kann nicht verhindern, dass meine Reaktion verhalten ausfällt. Schließlich bin ich hierhergekommen, nicht nur, um meiner gescheiterten Beziehung mit Tyler zu entfliehen, sondern auch um herauszufinden, was ich mit meiner Arbeit anfangen will. Ohne dabei an meine Arbeit denken zu müssen.

»Nun ja«, erwidert Amara gedehnt. »Es ist möglich, dass hier eine Aktion angeleiert wurde. Von mir, im Rahmen meiner Lehrtätigkeit an der Cork University.

Die Lehrstühle für Psychologie und Sozialwissenschaften haben die Patenschaft für ein Jugendzentrum übernommen. Das muss aktuell jedoch dringend renoviert werden. Nachdem ich der Stadt jahrelang in den Ohren gelegen habe, haben sie endlich die Gelder zur Verfügung gestellt. Das Beste ist, dass die Jugendlichen die Räumlichkeiten mitgestalten können und somit vielleicht eine neue Seite von sich entdecken.«

»Das klingt nach einem spannenden Projekt«, beginne ich und muss mich wegen dem plötzlichen Kloß in meinem Hals räuspern. »Ich bin mir nicht sicher, ob ich aktuell die richtige Person dafür wäre. Ich mache gerade so etwas wie eine Schaffenspause. Eine Freundin von mir übernimmt in dieser Zeit. Denn ich habe festgestellt, dass mir das aktuell weniger guttut.«

»Oh, das ist fantastisch!«, ruft Amara aus, bevor ihr klar wird, was sie soeben von sich gegeben hat und sich eine Hand vor den Mund schlägt. »O Gott, sorry. So meinte ich das nicht. Natürlich ist das nicht schön. Verzeih mir bitte, manchmal verbindet sich mein Hirn nicht korrekt mit meinem Mund und dann kommt genau das Gegenteil von dem raus, was ich eigentlich sagen wollte. Was ich sagen möchte, ist, dass wir noch jemanden brauchen, der wirklich Ahnung hat, was es heißt, so eine Renovierung durchzuziehen.«

»Ich ...« Ich weiß plötzlich genau, wie sich Julie vor wenigen Minuten gefühlt haben muss. Die Zerrissenheit, die Sorge vor dem, wenn man der Erwartungen nicht gewachsen sein würde. Die Zweifel. Die Wünsche. Die leisen Hoffnungen, ob es so funktionieren würde, wie man sich es vorstellt oder ob man daran gänzlich scheitert.

»Bitte?«

»Darf ich mir das überlegen? Das Angebot kommt wirklich unerwartet, so vielversprechend es auch klingt.«

»Ja, bitte«, gibt Amara freudestrahlend zurück, als hätte ich bereits zugesagt. »Wenn es dir bei deiner Entscheidungsfindung hilft, heute Abend besprechen wir die weiteren Schritte in unserem Organisationsteam. Wenn du magst, kannst du gern dazukommen. Treffen ist um sieben. Wenn sich die Situation ergibt, musst du unbedingt das Codewort nennen: *Da streiten sich die Geister.*«

»Ihr habt wirklich ein Codewort?«

Amara grinst verschmitzt. »Nee, aber es regt Wyatt unglaublich auf, wenn ich Sprichwörter vertausche.« Wer auch immer Wyatt ist, ich nehme diese Information zur Kenntnis und nicke nur.

Nach dem Frühstück schlendere ich nachdenklich zurück zu Eleonores Haus. Ich kann nicht anders, als die ersten Minuten wie verloren durch die Räume zu wandeln, ehe ich Rechnungen vom Stromanbieter in einem alten Sekretär ausgrabe und somit verhindere, dass mir der Strom ausgerechnet am übernächsten Tag abgestellt werden würde. Dort finde ich auch einen Schlüssel, der etwas kleiner als der Hausschlüssel ist. Nach ein wenig Herumprobieren passt er zum Briefkasten, der erstaunlich leer ist. Ein Brief befindet sich darin, der an Eleonore Hughes adressiert ist und sich als Werbung entpuppt – und ein Flyer. Von *Baker Real Estate.* Carl Bakers Gesicht strahlt mir mit einem Zahnpastalächeln entgegen, darüber befindet sich ein handschriftlicher Kommentar.

Ich freue mich, von Ihnen zu hören.
C. B.

Eine Gänsehaut überzieht meinen Körpern. Alle Alarmglocken schrillen. Ich habe ihm am Telefon nicht meine Adresse genannt. Es kann Zufall sein, da er möglicherweise wie andere in der Stadt von dem vakanten Haus gehört hat. Doch an solche Zufälle glaube ich nicht. Er muss meinen Nachnamen erkannt haben. Ich weiß nicht, ob mir das gefällt.

Nach kurzem Überlegen steht meine Entscheidung fest. Er wäre ganz sicher der Letzte, den ich kontaktieren würde.

Kapitel 6

Hazel

Ich entscheide erst in letzter Minute, mich auf den Weg zu machen, auch wenn ich nicht weiß, was mich dort erwartet. So richtig lässt mich Amaras Angebot nicht los. Selbst während ich mit weiteren Maklern telefoniert habe – nicht ohne mir die Liste von ihr zumindest zum Teil absegnen zu lassen –, höre ich den Personen am Telefon nur halbherzig zu, während meine Gedanken nur um dieses Treffen, von dem Amara gesprochen hat, kreisen. Aber was habe ich schon zu verlieren? Den ersten Termin mit der Maklerin habe ich für morgen verabreden können. Wenn alles gut läuft, bin ich in zwei Wochen wieder in London. Wenn ich sowieso die Zeit hier überbrücken muss, dann eben so.

Die einsetzende Nacht liegt wie eine schützende Decke über der Stadt. Die Straßenlaternen glühen wie Zündhölzer, die Luft riecht frisch. In der Ferne zirpen Grillen und zum ersten Mal seit langer Zeit spüre ich, wie der Druck auf meinem Brustkorb etwas nachlässt. Vielleicht hat Julie recht damit, dass hier etwas in der Luft liegt. Was auch immer es sein mag, ich kann davon nicht genug bekommen.

Laut der Navigationsapp auf meinem Handy komme ich der Adresse immer näher, die mir Amara genannt hat. Auf dem Weg dorthin drehen die Push-Benachrichtigungen bei mir durch. Beiträge, Kommentare, Likes. Ich nehme an, dass Julie neuen Content hochgeladen hat. Allein bei der Vorschau verknotet sich mein Magen zu einem nervösen Knäuel. Die Leichtigkeit, die ich vor wenigen Minuten noch verspürt habe, ist mit einem Mal fort. Es ist nicht Cork, das meine rasenden Gedanken beruhigt. Das wird mir jetzt klar. Sondern der Abstand zu allem. Natürlich nicht der Abstand zu Maisie und Julie, sie fehlen mir jede Minute, die ich hier bin.

Es ist der Abstand zu meiner Arbeit, zu dem, was mir früher so viel Freude bereitet hat.

Meine Schritte werden immer langsamer, bis ich gänzlich stehen bleibe. Kurz lege ich meine Hand auf mein pochendes Herz und versuche mich auf meine Atmung zu konzentrieren. Sofort höre ich die Stimme von meinem Therapeuten, der sagt: *Erkennen Sie Ihre Gefühle an.* Julie hat so etwas ähnliches gesagt, nachdem ich mich von Tyler getrennt habe. Sie haben alle recht. Ich habe die Warnzeichen so lange von mir weggeschoben, bis sich meine Erschöpfung zu einem großen Wall aufgetürmt hat, der sich nicht mehr beiseiteschieben und mich eingekesselt zurückließ.

Schweren Herzens fasse ich den Entschluss, die Benachrichtigungen für Social Media und die Videoplattformen zu deaktivieren. Das darauffolgende Schweigen auf meinem Handy fühlt sich heilsam an.

Ich gebe mir einen Ruck und setze meinen Weg fort. Inzwischen muss ich mir eingestehen, dass ich den Fußmarsch ins Stadtzentrum etwas unterschätzt habe.

Der einzige Lichtblick ist, dass ich glaube, mein Ziel zu erkennen, zu dem mich mein Handy führt. In der Straße sind die Gebäude dicht an dicht aneinandergebaut. Die einzige Gemeinsamkeit, die sie haben, ist, dass mit zwei Stockwerken niedrig sind. Ansonsten gleicht keine Fassade der anderen – Backstein steht neben verputzten Wänden, manche Fensterrahmen sind weiß, andere in verschiedenen Farben angemalt.

Bei dem Haus, auf das ich zusteuere, ist das Erdgeschoss mit dunklem Holz vertäfelt, die verputzte Wand darüber ist hellgrün gestrichen worden. In goldenen Lettern steht *Youth Centre* über der Tür geschrieben.

Ein Glöckchen bimmelt, als die Tür aufgeht und eine hochgewachsene Person hinaustritt. Aus dem Transporter, der am Straßenrand geparkt ist, hebt sie einige Kartons von der Ladefläche, die gefährlich hin und her rutschen. An der Tür angekommen, bemerkt der Mann, dass er diese nicht wieder aufbekommt. Seine blonden Haare sind im Nacken zu einem kurzen, unordentlichen Zopf gebunden. Mir fallen sofort die geflickten Ellenbogen seines übergroßen Pullovers auf. Über dessen Stoff ziehen sich kreuz und quer dunkle Streifen, als hätte er daran beim Arbeiten unachtsam seine Hände abgewischt. Auch seine dunkle Jeans ist von Farbspritzern übersät. Mir ist er gleich sympathisch. Nach einem langen Tag auf der Baustelle oder im Studio bin ich nicht selten im gleichen Look nach Hause gegangen. Oh, wie oft bin ich morgens aufgewacht, und habe noch Staub und Farbe in meinen Haaren gefunden? Zu oft.

»Moment, ich kann helfen«, rufe ich und beeile mich, um zur Tür zu gelangen.

Überrascht wendet er sich mir zu, die Kartons schlingern bei der Bewegung in seinen Armen. »Das ist nicht nötig«, erwidert er steif.

Sein barscher Unterton bringt mich für eine Sekunde aus dem Konzept, doch ich entschließe ich dazu, diesen zu übergehen. »Das nicht. Aber hilfreich«, gebe ich zurück und ziehe die Tür auf. »Nach dir.«

»Das Jugendzentrum hat heute geschlossen«, erwidert er und etwas in seiner Miene verändert sich. Mit einem Mal wirkt er misstrauisch.

»Oh, ich weiß. Amara hat mich eingeladen.«

»Amara?« Seine Augenbrauen ziehen sich zusammen. »Wieso sollte sie?«

»Ich soll mir von dem Projekt selbst ein Bild zu machen«, erkläre ich.

»Typisch«, murmelt er mehr zu sich selbst als zu mir. Dann seufzt er schicksalsergeben. »Bitte, dann komm herein.«

Ohne eine Antwort abzuwarten, verschwindet er im Inneren. Verdattert starre ich ihm hinterher. Mit einem Mal bin ich mir nicht mehr so sicher, ob das hier eine gute Idee gewesen ist. Trotzdem gebe ich mir einen Ruck und folge ihm. Die Tür führt in einen etwas größer angelegten Aufenthaltsraum, dessen Wände in einem grellen Grün gestrichen sind. Der Mann ist verschwunden, doch ich vernehme Stimmen, die näher kommen. Direkt neben der Tür hängt eine große Bilderwand, auf der hunderte Polaroids befestigt worden sind.

Bevor ich sie näher betrachten kann, biegen drei Personen um die Ecke. Amara erkenne ich augenblicklich, die in ein Gespräch mit einer jungen Frau vertieft ist.

Hinter ihr befindet sich der Typ, der sich noch nicht einmal dafür bedankt hat, dass ich ihm die Tür aufgehalten habe. Beide sehen auf, als sie mich im Eingangsbereich bemerken.

»Hey«, sage ich und hebe unschlüssig die Hand zum Gruß.

»Hazel, was für eine Überraschung!«, ruft Amara und kommt auf mich zu, um mich zu umarmen. Ihre Offenheit ist entwaffnend, aber es hilft zugleich, meine Scheu abzulegen und mich weniger fehl am Platz zu fühlen.

»Das ist genau das, was ich meine«, ereifert sich der Mann. »Hier wird sich nicht an Absprachen gehalten, vor allem nicht von *dir*.« Anklagend deutet er auf Amara.

»Ich kann mich an keinen Moment erinnern, an dem ich mich nicht an irgendwas gehalten hätte«, erwidert sie erheitert. »Brooks, wie wäre es, wenn du dir dein Temperament für die wirklich wichtigen Dinge aufsparst? Mein Durchlauferhitzer ist kaputt und kein Handwerker sieht sich in der Pflicht, diesen Mist zu reparieren. Dem könntest du liebend gern einheizen.«

Brooks rollt zur Antwort nur mit den Augen.

»Ich hoffe, ich störe wirklich nicht«, sage ich in die Pause hinein.

Amara schüttelt sofort den Kopf. »Auf gar keinen Fall!«, sagt sie.

Währenddessen gibt Brooks ein Geräusch von sich, das einem verächtlichen Schnauben sehr nahekommt. »Solange du nicht so aufrührerisch wie der Rest bist, dann nicht. Mehr von dieser Sorte kann ich nicht ertragen.«

»Ich ...« Seine direkte Art überrumpelt mich etwas. »Ich glaube nicht.«

»Wir werden sehen.« Er zieht sein Handy hervor und mustert das Display. »So, ich glaube, meine Aufgabe hier ist erledigt. Ruft mich nicht an, außer es brennt. Wirklich, Amara, ein loses Kabel ist kein *Notfall.* Das steht nicht in meiner Jobbeschreibung.« Er seufzt und murmelt etwas, das verdächtig nach »Ich werde zu alt für den Mist« klingt.

»Natürlich.« Amara klingt zuckersüß. Sie streckt ihm jedoch die Zunge heraus, als er sich zum Gehen wendet.

Doch sobald Brooks zur Tür raus ist, verändert sich die Stimmung. Amara grinst ihr Tausend-Watt-Lächeln und kommt auf mich zu. »Ich freue mich so, dass du es einrichten konntest. Du wirst es nicht bereuen, versprochen.«

»Ich war mir kurz nicht sicher«, gebe ich ehrlich zurück, was ihr ein Kichern entlockt.

»Mach dir nichts draus, das ist halt Brooks, wie er leibt und lebt. Ein wenig mürrisch, aber herzensgut. Und verlässlich, was jedwede Unterstützung anbelangt. Er hat uns gerade den ersten Schwung an Werkzeug vorbeigebracht. Übrigens, das ist Margot. Sie ist die gute Seele des Jugendzentrums.«

Margot rollt bei den Worten mit den Augen, doch das Lächeln auf ihren Lippen zeigt deutlich, dass es nicht böse gemeint ist. »Du übertreibst mal wieder schamlos.«

»Die Wahrheit ist niemals übertrieben. Mit Margot würdest du viel zusammenarbeiten. Ich bin selbst nur für die anfängliche Koordination mit dabei. Wenn es dann ernst wird, werde ich mich ein wenig im

Hintergrund halten. Ich überlasse die Arbeit lieber denjenigen, die keine zwei linken Hände haben. Und nun, wo du da bist, fehlt eigentlich nur noch eine Person«, sagt Amara. Bevor ich etwas darauf erwidern kann, dringen gedämpft Stimmen von draußen zu uns. Es klingt, als würden mehrere Personen hitzig miteinander diskutieren.

»Ich habe mich zuerst dafür gemeldet!«

»Da wusstest du noch gar nicht, worum es ging«, giftet eine weitere Stimme.

Die Eingangstür wird geöffnet. Mit einem Mal schwappen die Geräusche ungefiltert ins Innere. Das Streitgespräch geht noch einige Sekunden hin und her, bis sie unterbrochen werden.

»Wenn ihr so weitermacht, wird das aber nichts.« Die Mahnung zeigt ihre Wirkung. Eine kurze Pause entsteht, bevor eine Gruppe Jugendlicher hineinstürmt. Sie sind in eine Diskussion vertieft und scheinen nichts um sich herum wahrzunehmen.

Nach ihnen betritt ein Mann das Innere und schließt hinter sich die Tür, nicht bevor er noch etwas zu einer Person sagt, die sich außerhalb meines Blickwinkels befindet. Vielleicht Brooks. Nachdem er sich von ihm verabschiedet hat, wendet er sich uns zu.

Sein Blick fällt zuallererst auf Amara, dann auf mich. Wenn er nicht so ernst wirken würde, würde er gut aussehen. Herzbrecherisch gut. Die braunen Haare sind an den Seiten kürzer rasiert, leichte Locken fallen ihm in die Stirn. Mein Körper reagiert, ohne dass ich es will. Mein Herz fängt vor Aufregung an kräftiger zu schlagen. Er trägt eine braune Cordjacke, darunter ein schwarzes Shirt mit V-Ausschnitt, das Ton in Ton mit seiner Hose geht.

Noch bevor er uns erreicht, ist die Sorgenfalte auf seiner Stirn zu erkennen, die sich auf seiner Stirn bildet. Mit jedem Schritt wächst in mir eine Vorahnung dessen, was nun folgen wird.

»Amara, wem hast du eigentlich erzählt, dass ich heute dabei sein werde?«, frage ich leise.

Doch der Mann kommt mir zuvor, ohne mich jedoch eines weiteren Blickes zu würdigen. »Niemanden anscheinend«, antwortet er gedehnt. »Wir hatten gesagt, dass wir heute mit den Jugendlichen die nächsten Schritte besprechen werden. Wir sind dafür verantwortlich, ihnen wenigstens hier ein stabiles Umfeld zu bieten. Dafür haben wir unsere Absprachen. Jemanden Fremdes mitzubringen war nicht Teil davon.«

Natürlich verstehe ich seine Beweggründe. Wenn er für die Jugendlichen verantwortlich ist, muss er jedes Risiko abwägen. Trotzdem sind seine Worte wie ein Stich in meinem Inneren. Es fühlt sich nicht gut an, unerwünscht zu sein.

»Ich dachte, dass nur wir heute dabei wären ...«, versucht sich Amara zu rechtfertigen.

Der Mann schnaubt, es klingt beinahe belustigt. Für einen Moment wirkt er sichtlich aufgebracht, doch seine Stimme bleibt die ganze Zeit über ruhig, beinahe sanft. »Du solltest wirklich die Nachrichten bis zum Ende durchlesen, die ich dir schicke.«

»Wyatt«, mischt sich nun Margot ein. Sie tritt zu ihm heran, bevor sie ihm eine Hand beschwichtigend auf den Arm legt. »Amara sollte wirklich etwas an ihren voreiligen Schlüssen arbeiten.« Ein vorwurfsvoller

Blick in Amaras Richtung lässt ihren Einwand verstummen. »Doch sie hat es nur gut gemeint. Vielleicht kann Hazel unser Problem lösen, dass wir niemanden finden, der vom Fach ist. Du weißt, dass Brooks nicht alles übernehmen kann.«

Wyatt wirkt überrascht. Zum ersten Mal scheint er mich *wirklich* wahrzunehmen. »Ist das so?«

»Sie ist Hazel Hughes, natürlich hat sie Erfahrung«, bricht es aus Amara heraus. »Unter welchem Stein hast du die letzten Jahre gelebt? Hazel ist sozusagen die Vorreiterin dessen gewesen, was Nachhaltigkeit in einer Zeit angeht, in der alles neu sein muss. Von ihr habe ich gelernt, was Upcycling bedeutet.«

Von so viel Lob schießt mir die Röte ins Gesicht.

»Ist das der Ursprung für deine Ambitionen, dir ein eigenes Bett aus Paletten zu bauen?«, fragt Wyatt und klingt dabei ziemlich resigniert.

»Äh, vielleicht?«

Ich räuspere mich, bevor das Gespräch eine noch unangenehme Wendung für mich nehmen kann. »Ich kann auch die nötigen Referenzen vorlegen, wenn ihr die braucht.«

Eine Emotion huscht über Wyatts Gesicht. »Hast du Erfahrung mit Jugendarbeit?«

Die Frage trifft mich unvorbereitet. »Nein«, gestehe ich schließlich.

Wyatt nickt nur und wendet sich an Amara. »Darüber reden wir noch«, sagt er ruhig, bevor er sich umdreht.

Die Jugendlichen haben von unserer Diskussion scheinbar nichts mitbekommen, während sie auf der großen Couch sitzen und in eigene Gespräche vertieft sind.

»Miles, nimm die Füße von den Sitzlehnen«, ermahnt Wyatt einen Jungen mit übergroßer Jacke und roten Haaren. Dieser grinst ertappt, bevor er der Anweisung folgt.

»Okay, bevor wir anfangen ... Josephine, hast du das Popcorn gerade *gefunden,* was du da gerade im Begriff bist zu essen?« Wyatt klingt noch resignierter als vorher, was ich nicht für möglich gehalten hätte. Ein Mädchen mit brauner Haut und Braids, in die hellere Strähnen eingearbeitet sind, hält in der Bewegung inne.

»Für wie eklig hältst du mich?« Josephine hält eine aufgerissene Tüte hoch. »Ich habe mir meine eigenen Snacks mitgebracht. Keiner hat je gesagt, dass das verboten ist.«

»Krass, du lebst echt im Jahr 2300«, ruft Miles erstaunt. Josephine erstrahlt, dann klatschen sie einander ab.

»Wenn ihr bereit seid, können wir über die Planung für die nächsten Wochen sprechen. Im Sommer planen wir, – Chance, pack dein Handy weg –, das Jugendzentrum zu renovieren.« Der Angesprochene lässt es in seiner Jackentasche verschwinden und fährt sich mit einer beiläufigen Bewegung durch das schwarze Haar. Das andere Mädchen neben ihm schnaubt belustigt, hält sich jedoch im Hintergrund. »Dafür hat die Stadt uns ein ziemlich großzügiges Budget zur Verfügung gestellt. Es geht hier natürlich um euch. Was ihr euch vorstellt, was ihr euch wünscht. Wie die Räume aussehen sollen, in denen wir viel Zeit verbringen.«

»Wie schräg darf es denn werden?« Die Frage kommt von Miles.

Für einen Moment wirkt Wyatt, als würde ihn die Frage aus dem Konzept bringen. »Nun, es sollte im besten Fall allen gefallen.«

Nach dem etwas überraschenden Zusammenstoß mit Wyatt halte ich es für das Beste, mich im Hintergrund aufzuhalten und unauffällig umzusehen. Der erste Eindruck von dem Jugendzentrum ist nicht schlecht. Die Basis ist solide, aber es erwartet sie einiges an Arbeit. Vieles ist über die Zeit heruntergekommen. Man sieht an einigen Ecken, dass Zeit und Geld gefehlt hat, um Kleinigkeiten zu reparieren, bis aus den Kleinigkeiten größere Schäden entstanden sind. Es ist relativ dunkel hier drin, das könnte ein Problem sein. Alles wirkt etwas einengend und düster. Mehr Licht wäre gut, vielleicht mit Deckenspots, damit es hell und freundlich wird.

Es ist beeindruckend mitanzusehen, wie gut sich Wyatt, Amara und Margot ergänzen. Es liegt auf der Hand, dass sie sich schon lange kennen und einander wichtig sind. Nachdem die erste Verwirrung überwunden ist, strotzt der Dialog mit den Jugendlichen nur vor Insiderwitzen und Gelächter.

»Okay, fünf Minuten Pause«, sagt er schließlich. »Danach schreiben wir unsere Ideen für die Renovierung auf.«

Amara nickt bekräftigend, dann verschwindet sie durch eine Tür. Wyatt bleibt bei den Jugendlichen stehen und verwickelt sie in ein Gespräch.

Margot kommt direkt auf mich zu, als würde sie ahnen, dass ich nichts mit mir anzufangen weiß.

»Kann ich mich irgendwie nützlich machen?«, frage ich, als sie neben mir stehen bleibt.

»Du musst es nicht. Aber wenn du möchtest, könntest du Stifte aus dem Lager holen«, bietet sie mir an, was ich dankbar annehme. Sie erklärt mir kurz den Weg und während ich den Flur entlanglaufe, höre ich ein Poltern, das von weiter hinten zu kommen scheint. Dem Geräusch nach zu urteilen sind eine *Menge* Kartons von einem Regal heruntergefallen. Die entsprechende Tür steht offen, durch die ein schmales Lichtband in den Flur fällt.

Ich finde Amara in einem Abstellraum vor. Fluchend kriecht sie über den Boden und sammelt Papierbögen ein.

»Kann ich dir helfen?«

Sie zuckt ein wenig zusammen und sieht mit gerötetem Gesicht hoch.

»Sorry, ich wollte dich nicht erschrecken«, schiebe ich hinterher und bücke mich, um eine Klopapierrolle aufzuheben, die bis zur Tür gerutscht ist.

»Lieb, dass du fragst, aber ich glaube, ich habe das hier im Griff.« Sie lacht, doch es klingt angestrengt. Etwas an ihr ist anders, auch wenn ich es nicht genau benennen kann. Doch die Leichtigkeit, die sie sonst wie ein anziehendes Parfum umgibt, ist mit einer anderen Emotion durchtränkt. »Ich wollte nur an den obersten Karton gelangen und es sind alle anderen ebenfalls mit runtergekommen. Toll, oder?«

»Hast du dir wehgetan?«

Als Amara den Kopf schüttelt, atme ich erleichtert auf. Trotz ihres Protestes helfe ich ihr, das Chaos zu beseitigen.

»Margot sagte, in dem Raum würden Stifte gelagert werden, damit wir unsere Ideen notieren können«, sage ich schließlich.

Amara tätschelt den Karton in ihrem Arm. »In diesem befindet sich genau, was wir brauchen.«

Nachdem wir in den Aufenthaltsraum zurückgekehrt sind, verteilt Amara Kärtchen, auf denen jeder seine Wünsche notieren soll. Nach einer kurzen Denkpause stellen alle ihre Ideen vor.

»Neue Toiletten. Welche, bei denen das Wasser nicht vom Waschbecken auf den Boden tropft«, sagt Josephine und erntet dafür zustimmendes Gemurmel.

Amara lehnt sich zu mir und flüstert: »Nach dem Händewaschen kannst du jedes Mal den Boden wischen.«

»Immerhin ist nicht das Klo undicht«, erwidere ich trocken, woraufhin sie mir einen Blick aus weit aufgerissenen Augen zuwirft.

»Das wäre ja traumatisch!«, sagt sie und lacht. Dafür erntet sie einen irritierten Blick von Wyatt. Als dieser auch über mich gleitet, zieht sich etwas in meiner Magengegend zusammen.

»Eine Leseecke, am besten eine eigene Bibliothek«, sagt das Mädchen, deren Namen ich noch nicht kenne, und reißt mich aus meinen Gedanken.

»Und ein Ruhezimmer für Hausaufgaben«, ergänzt Miles.

Chance stöhnt. »Ernsthaft, ihr wollt euch mit Schule beschäftigen? In eurer Freizeit?«

Die Diskussion reißt nicht ab, während Amara die Gedankenblasen einsammelt und an einer Pinnwand befestigt.

»Gibt es hier etwas, woran euer Herz hängt?«, frage ich, als eine kurze Pause entsteht. Sofort bin ich mir Wyatts Aufmerksamkeit bewusst. Sein Blick löst ein Prickeln auf meiner Haut aus, als wäre dieser eine physische Berührung, und es kostet mich meine ganze Willensanstrengung, diesen nicht zu erwidern.

»Die Fotos«, sagt Chance sofort und deutet auf den Bilderrahmen neben der Tür, der mir bereits beim Eintreten aufgefallen ist. Die anderen stimmen ihm zu, und nennen weitere Dinge, die ihnen wichtig sind, wie einen Ort, an dem alle zusammensitzen können, und Gesellschaftsspiele.

»Die Dinge sollten erhalten werden, damit es sich später immer noch wie euer Treffpunkt anfühlt. Und eure gemeinsame Geschichte nicht verloren geht.«

»Das war ohnehin geplant«, sagt Wyatt und auch wenn es sich hierbei um eine reine Information handelt, neutral und ohne Wertung, fühlt es sich anders an. »Die erste Phase besteht darin, hier alles raus zu schaffen. Nachdem wir alles eingepackt haben, werden wir hier kernsanieren. Da dürft ihr leider nicht dabei sein. Das –«

»Wieso nicht?«, unterbricht ihn das Mädchen, das sich bisher zurückgehalten hat. »Das ist doch das Beste daran. Sachen kaputtmachen zu dürfen.«

Er seufzt. »Sienna, wieso wusste ich, dass dir das am meisten gefallen wird?«

Sie grinst, es erreicht jedoch ihre Augen nicht. Sie wirkt auf diese Weise älter, als sie vermutlich ist. »Du kennst mich halt.«

Er nickt ihr zu. »Sobald das durch ist, helft ihr bei der Gestaltung.«

»Ein paar Eckpunkte sind für mich noch unklar«, werfe ich schließlich ein. »Wie hoch ist das Budget? Wann muss es fertig sein? Muss das nötige Werkzeug noch gekauft werden oder ist alles vorhanden? Hat jemand bereits einen Bauschuttcontainer bestellt?«

Ein Muskel in Wyatts Kiefer zuckt. Aus irgendeinem Grund habe ich einen Nerv bei ihm getroffen, auch wenn ich mir nicht erklären kann, wieso. »Nicht sehr hoch, vier Monate, letzteres und nein, daran hat noch niemand gedacht«, beantwortet er mir meine Fragen in einem Rutsch.

Ich halte inne. Vier Monate sind ein ambitioniertes Ziel, dabei kenne ich den Zustand der übrigen Räumlichkeiten nicht.

»Seid ihr sicher, dass vier Monate reichen werden?«, hake ich nach.

»Ja, es geht nicht anders.«

Ich verenge meine Augen zu Schlitzen. »Ich glaube, da streiten sich die Geister.«

Bei meinen Worten hellt sich Amaras Gesicht auf. Sie steht hinter Wyatt und applaudiert geräuschlos.

Er schließt resigniert die Augen und reibt sich mit dem Knöchel über die Schläfe, ohne davon etwas mitzubekommen. Dabei fällt mir ein Silberring an seinem kleinen Finger auf. Von meiner Position kann ich aber die Details darauf nicht erkennen. »Das ist bereits entschieden worden und steht nicht zur Debatte.«

Enttäuscht schüttle ich den Kopf. Ist das eine Prinzipiensache? Verletzter Männerstolz? So hätte ich Wyatt zwar nicht eingeschätzt, aber irren kann man sich immer. Mir fällt kein Grund ein, weshalb das Datum nicht an den Fortschritt der Renovierung geknüpft sein sollte. Das macht alles komplizierter, und dieses Projekt würde bereits kompliziert genug werden. Darauf würde ich mein Studio verwetten.

»Welche Rolle wirst du haben?«, fragt Chance interessiert und wendet sich mir zu. Es ist das erste Mal, dass die Jugendlichen mich direkt ansprechen.

»Keine große – ich fliege in zwei Wochen zurück nach Hause, daher kann ich euch nur ein paar Tipps mit auf den Weg geben. Den Rest müsst ihr leider allein schaffen.«

Was ich nicht ausspreche, ist, dass ich nicht weiß, ob ich die Richtige für die Aufgabe bin – die Richtige im Umgang mit ihnen. Ich bin Amara dankbar, dass sie bei dieser wertvollen Aufgabe an mich gedacht hat. Aber ich habe eigene Probleme, die ich angehen sollte, bevor ich in der Lage bin, anderen zu helfen.

»Jedenfalls, ich finde es schön, euch kennenzulernen. Es ist sehr beeindruckend, dass ihr Lust habt, das Jugendzentrum mitzugestalten.«

Chance lächelt, Josephine nickt.

»Das ist ja herzerwärmend.« Der Kommentar stammt von Sienna. Sie hat die Arme verschränkt, ihr Blick ist beinahe feindselig.

Ich spüre, wie das Lächeln auf meinen Lippen verrutscht. Das Mädchen hat so eine krasse Ausstrahlung und ich frage mich, was in ihrem Leben vorgefallen ist, weswegen sie sich so feindselig verhält.

»Sienna«, murmelt Josephine, das Wort klingt beinahe flehend.

Eine Pause entsteht. Wyatt blickt auf die Uhr an seinem Handgelenk und erhebt sich. »Okay, für heute sind wir durch.«

Seine Worte sind wie ein Weckruf. Der Aufenthaltsraum leert sich langsam und ich ertappe mich dabei, wie ich ebenfalls aufstehe. Auch wenn der Gedanke daran, in die Stille des Hauses zurückzukehren, mich abschreckt. Aber hier zu sein, fühlt sich auch nicht richtig an.

Amara und Wyatt unterhalten sich leise, aber eindringlich miteinander. Margot nimmt die Gedankenblasen von der Pinnwand ab und verstaut sie in einer Klarsichtfolie.

Bevor ich mich verabschiede, betrachte ich den Bilderrahmen an der Tür. Auf vielen Polaroids sind die Jugendlichen zu sehen, Chance, Josephine, Sienna, Miles, mal alleine, mal mit anderen. Dazwischen taucht immer mal wieder Margot auf. Ein Bild erwischt mich kalt. Es ist das, worauf Wyatt lacht.

In der linken Wange hat er ein Grübchen.

Als jemand meinen Namen ruft, drehe ich mich ertappt herum.

»Willst du etwa schon gehen?« Amara lächelt. Wyatt nicht. Sein ernster Blick macht mich unruhig. Unruhiger, als ich mir eingestehen möchte. Jedoch bin ich fast erleichtert, dass er nicht lächelt. Denn dieses Grübchen könnte fatal sein.

»Im Gegenteil«, sage ich und deute zur Bilderwand.

Amara nickt. »Ich weiß, dass das heute ziemlich viel war. Besonders mit meinem Überfall. Lass dir das gern durch den Kopf gehen, Hazel. Hier, wenn ich darf, würde ich dir gern meine Nummer geben.«

Sie kommt auf mich zu und ich reiche ihr mein Handy. Aus dem Augenwinkel sehe ich, wie sich Wyatt abwendet.

»Die Tage treffen wir uns hier wieder. Ich war so frei, mir eine Nachricht zu schicken«, sagt Amara und gibt mir mein Handy zurück. »Selbst wenn es nicht für dich passt, das Projekt, meine ich, fände ich es schön, wenn wir in Kontakt bleiben.«

Dafür würde ich sie am liebsten umarmen. Sie scheint den gleichen Gedanken zu haben, denn sie zieht mich an sich. Sogleich umhüllt mich der Duft von Citrus und Jasmin.

»Das würde mich freuen«, sage ich.

Kapitel 7

Hazel

In den Lichtfäden, die die Nachmittagssonne durchs Fenster wirft, tanzen Staubkörner. Ich stehe inmitten von Eleonores Wohnzimmer, umgeben von mit Laken abgedeckten Möbeln und fühle mich wie ein Eindringling. Wie ein ungebetener Gast, vor dem das Haus sich verstecken möchte. Der Gedanke ist albern, doch gänzlich abschütteln kann ich ihn nicht.

Dabei muss ich mich erinnern, dass ich einen Zwei-Wochen-Plan habe. Das Telefonat mit Julie und Maisie am Morgen hat mir gezeigt, dass ich es nicht lange ohne die beiden aushalte. Sie fehlen mir mehr, als ich es mir am anfangs vermochte einzugestehen. Es wird Zeit, damit anzufangen. Das hier alles gehört nun mir, zumindest übergangsweise, bis ich einen neuen Eigentümer für das Haus finde, der es mit Leben füllen wird. Ich lasse meinen Blick über die florale Tapete wandern, die Landschaftsgemälde mit goldverzierten Rahmen, die Fenster, die mit dunkelgrünen, schweren Vorhängen gesäumt sind, bis er an den Mahagonifüßen hängen bleibt, die neben der Tür unter dem weißen Stoff hervorblitzen.

Mit pochenden Herzen lüfte ich das erste Laken. Darunter kommt eine Kommode zum Vorschein, auf der ein altertümliches Radio ruht. Ich bin überrascht, dass die Musik losgeht, sobald ich den Knopf drücke. Der Sender ist bereits voreingestellt, Jazzmusik vertreibt die Stille um mich herum. Sofort durchzuckt mich ein Bild, mir fällt es leicht, mir vorzustellen, dass Eleonore Hughes diese Musik während ihres Nachmittagstees hörte.

Dabei weiß ich nicht, ob sie Tee getrunken hat. Oder überhaupt ihre Nachmittage hier verbrachte. Oder wie sie ausgesehen hat, denn bisher habe ich noch kein einziges Foto gefunden. Alles, was ich habe, sind Annahmen. Über sie als Person, das Leben hier und wie es gewesen ist, in diesen Räumen ein und aus zu gehen. Ganz zu schweigen davon, aus welchen Gründen der Kontakt zu meiner Mutter abbrach.

Mit jedem Laken, das ich wegziehe, erhält das Wohnzimmer etwas von seiner Seele zurück. Es kommen ein breiter Vitrinenschrank aus Mahagoni, in dem antik wirkendes Geschirr ausgestellt ist, und ein Sofa mit Samtbezug samt Beistelltisch zum Vorschein.

Nun kann ich mir Stück für Stück einen Eindruck über den Zustand des Hauses machen. Sobald ich fertig bin, liegt die Wahrheit ungeschönt vor mir. Die Zeit hat ihre Spuren hinterlassen, und das deutlich. Das Parkett erzählt eine Geschichte, an welchen Stellen bereits Möbel gestanden haben und welchen Weg zu ihrem jetzigen Platz zurückgelegt haben müssen. Der Stoff des Sofas ist abgewetzt, das blumige Muster durch die Sonneneinstrahlung verblasst. Das macht mir weniger

Sorgen als der Brandfleck, der unter dem Sofa hervorlugt. Ich schiebe es ein Stück zur Seite und seufze.

Der Holzboden ist etwa in der Größe eines Buches verkohlt. Vorsichtig fahre ich über die Stelle und spüre die raue Struktur des Holzes unter meinen Fingerspitzen. Was auch immer passiert ist, Eleonore musste den Brand bemerkt haben, bevor er sich ausbreiten konnte. Mit Glück könnte ich den Bereich abschleifen und versiegeln, ohne dass viel davon zurückbleiben würde.

Zehn Minuten bevor die Maklerin eintrifft, sitze ich bereits auf der Treppe vorm Haus. Sie ist überpünktlich. Drei Minuten vor der vereinbarten Zeit rollt ein silberner Rolls Royce die Straße hinab und wird vor dem Grundstück langsamer. Aus dem Inneren steigt eine Frau Mitte fünfzig aus, die in ein lachsfarbenes Kostüm gekleidet ist. Aus ihrer gleichfarbigen Handtasche zieht sie ein Brillenetui und eine Mappe und mustert das Deckblatt, sobald sie sich die Brille auf die Nase gesetzt hat. Es ist ein Modell mit geschwungener Form, die am oberen äußeren Rand spitz zuläuft. Der Rahmen ist leuchtend rot und erinnert mich an ein Warnschild.

Den Busch, der mittig aus der Einfahrt wächst, erweckt beim Vorbeigehen kurz ihre Aufmerksamkeit und ich kann nicht sagen, ob sie deswegen die Stirn runzelt oder weil die Sonne sie blendet.

Ich stehe auf und gehe ihr die letzten Meter entgegen.

»Wir müssen telefoniert haben. Sie sind sicher Ms Hughes. Ich bin Rosa Fitzgerald«, sagt sie zur Begrüßung und schüttelt meine Hand. »Wenn Sie bereit sind, können wir gern mit der Besichtigung beginnen.«

»Sehr gern. Nach Ihnen«, erwidere ich und deute Richtung Eingangstür.

Mrs Fitzgerald folgt meiner Einladung und steigt die Stufen hinauf, als sie fragt: »Wann wurde das Haus noch einmal erbaut?«

»1889«, sage ich. »Soweit ich weiß, befand es sich immer in Familienbesitz.«

Sie nickt und schürzt die Lippen. »Ich habe mir die Dokumente angesehen, die Sie mir zum Haus zur Verfügung gestellt haben. Gibt es einen besonderen Grund, weshalb Sie es verkaufen möchten?«

»Nun ...« Wenn ich ehrlich bin, habe ich nicht mit persönlichen Fragen gerechnet. Mir wird klar, dass dies ein Verkaufsgespräch wird, und nicht nur das Haus zur Bewertung steht. Auch der Eindruck, den ich mache, zählt. »Ich bin ehrlich – ich selbst bin hier nicht aufgewachsen. Ich lebe in London und plane nicht, hierherzuziehen.«

»Verstehe.« Mrs Fitzgerald macht eine bedeutungsvolle Pause, in der sie ihre Notizen überfliegt. »Würden Sie mir die Küche zeigen, Hazel?«

Ich deute zur Tür links von uns. Mrs Fitzgerald nimmt sich Zeit, um sich einen Eindruck der Räumlichkeiten zu machen. Gelegentlich macht sie Fotos aus verschiedenen Blickwinkeln und murmelt etwas von einem Portfolio, das sie erstellen möchte.

Mit einem Mal kommt Leben in Mrs Fitzgeralds Mimik. Ihre Augen beginnen zu leuchten, als sie an ein Bild herantritt, das über der Arbeitsfläche hängt. Ein goldener Rahmen umgibt eine Schneelandschaft, in deren Hintergrund sich die dunkle Silhouette einer Stadt erhebt. »Das sieht interessant aus. Darf ich?« Sie wartet mein Nicken ab, dann greift sie danach und nimmt es von der Wand herunter. »Dabei könnte es sich um ein Original von –«

Ihre Worte geraten in dem Moment ins Stocken, in dem ich vor Schreck die Luft einziehe. Verborgen gewesen durch das Gemälde, offenbart sich ein Loch in der Wand, das so groß wie eine geballte Faust ist. Grauer Beton starrt mich vorwurfsvoll an, die Tapete drumherum ist ausgefranst wie eine Wunde, die nie richtig verheilt ist.

Bei dieser Entdeckung verzieht die Maklerin die Lippen zu einem dünnen Strich. »Wussten Sie davon?«

»Nein.« Ich kann meinen Blick kaum von dem Loch reißen. Loser Putz und Bruchstücke von Steinen leuchten mir anklagend entgegen, beim Offenlegen ist feiner Staub auf die Arbeitsfläche hinabgerieselt.

»Nun denn, dann schauen wir uns wohl am besten weiter um.« Mir entgeht der angespannte Tonfall von Mrs Fitzgerald nicht. Aus irgendeinem Grund kann ich das Gefühl nicht abschütteln, dass sich die Stimmung verändert hat. Die Maklerin beginnt öfter Dinge zu berühren, öffnet Schränke, blickt hinter Möbel.

Bei einem Fenster möchte sie den Riegel zurückschieben, um es zu öffnen, nur um festzustellen, dass dieser festgerostet ist und sich keinen Millimeter zur Seite bewegt.

»Dieses Fenster dient wohl nur zur Dekoration«, merkt sie an. Ihre Stimme nimmt einen trockenen Unterton an.

»Sieht wohl so aus«, erwidere ich wenig geistreich. »Wollen wir weitergehen und uns das Obergeschoss ansehen?«

Ich zeige Mrs Fitzgerald das Bad, das an das Hauptschlafzimmer angrenzt. Sie inspiziert die blaue Duschwanne und das gleichfarbige Waschbecken und schnalzt mit der Zunge. »Wenn Sie mit der Farbe noch ein paar Jahrzehnte warten, kommt diese sicher wieder in Mode.«

Ich verrate ihr nicht, dass mir das Urgestein von Badezimmer bisher am besten im Haus gefällt, und lasse ihre Aussage unkommentiert. Dieser Charme vergangener Zeiten hat etwas, was viele moderne Dinge mich vermissen lassen. Vor meinem inneren Auge habe ich bereits eine Farbpalette erstellt, die dazu passt, ehe ich sie zerknirscht wieder verworfen habe. Ich bin nicht deswegen hier, um das Haus in neuem Glanz erstrahlen zu lassen. Ich will es nur verkaufen und schließlich wieder nach London zurückkehren.

»Immerhin ist hier kein Teppich ausgelegt worden, das ist ein Pluspunkt. Das wäre –« Sie unterbricht sich und blickt zur Decke. »Ist das etwa *Schimmel?*« Zum Ende hin schrauben sich die Worte von Mrs Fitzgerald in die Höhe. Mich durchzuckt sofort ein Anflug von Panik, als ich die dunklen Flecken auf der Tapete entdecke. Auf meinem Rundgang durch das Haus sind sie mir nicht aufgefallen.

Bevor ich es mir genauer besehen kann, beginnt sich Mrs Fitzgerald hektisch Notizen in ihrer Mappe zu machen. Bisher hatte es mich nicht gestört, doch jetzt kann ich mir ausmalen, was sie sich aufschreibt: Gesundheitsgefährdung. Schimmel ist ein absolutes *No-Go.*

»Darum werde ich mich kümmern«, sage ich hastig.

»Das sollten Sie.« Mrs Fitzgerald sieht mich über den Rand ihrer Brille streng hinweg an. Unter ihrem Blick fühle ich, wie ich zu schrumpfen beginne, bis ich mich daran erinnere, dass ich kein Kind mehr bin und genau weiß, was zu tun ist.

»Wenn es Ihnen recht ist, zeige ich Ihnen noch die restlichen Zimmer«, sage ich um Fassung bemüht.

Am Ende der Besichtigung weist Mrs Fitzgerald mit dem Kinn zu einer weiteren Tür, die vom Flur abgeht. »Was befindet sich hinter dieser?«, fragt sie.

»Eine Treppe nach oben zum Dachgeschoss. Wollen wir uns diesen ebenfalls ansehen?«

Die Augenbrauen der Frau rutschen nach oben. »Was glauben Sie?«

Dem Gesichtsausdruck nach zu urteilen, hätte ich nichts Falscheres sagen können. Ich beiße mir auf die Lippe und spüre, wie mein Gesicht warm wird. Innerlich verfluche ich mich dafür, dass ich so schlecht vorbereitet bin. Dabei hätte ich es besser wissen müssen. »Ja, selbstverständlich.«

»Dann wird es wohl Zeit, sich das mal anzusehen, meinen Sie nicht, Hazel?«, fragt sie seufzend.

Ich steige die Treppenstufen hinauf, dicht gefolgt von Mrs Fitzgerald. Als erstes nehme ich den muffigen Geruch wahr, dem eine süßliche Note beiliegt. Dieser erinnert mich an alte Bücher und vergilbtes Papier. Das Licht, das durch die Fenster fällt, ist trüb. Dennoch erkenne ich noch mehr Laken, mit denen die Einrichtung abgedeckt worden ist. Holzdielen knarzen unter meinem Gewicht. Der Dachboden ist anscheinend vor geraumer Zeit ausgebaut worden. Damals hatte man sich Mühe gegeben: Die Einbauschränke sind genau auf die Dachschräge angepasst worden, die Wände mit einer zartgemusterten Tapete versehen, die inzwischen vergilbt ist. An den Fenstern hängen Spitzengardinen. Einst war es sicher schön, hier hochzukommen.

Die zentimeterdicke Staubschicht auf dem Fenstersims zeigt, dass schon lange niemand hier war. Ich trete an die Schränke und lasse meinen Blick über die Dekoration gleiten.

Ich werde jäh aus meinen Gedanken zurückgeholt, als ich ein Räuspern höre. »Die Fenster sind beschädigt«, stellt die Maklerin fest. »Es regnet hier herein, der Boden ist bereits davon in Mitleidenschaft gezogen worden.«

»Das lässt sich leicht beheben«, erwidere ich mit einem Blick zum Fenster. Die Maße entsprechen nicht dem Standard, das erkenne ich sofort. Also muss ich einen Glaser kontaktieren, der mir eine neue Scheibe einsetzt. Bei den Dielen hingegen bin ich mir unsicher, ob sie den Wasserschaden verzeihen werden.

»Und was ist mit Ungeziefer?«

»Bisher habe ich noch keines gesehen. Ich werde jedoch alles gründlich inspizieren.« Ich lüfte eines der Laken. Staub tanzt in der Luft und lässt mich husten. Sobald ich erkenne, was sich darunter verbirgt, erstarre ich. Jugendzimmermöbel treten zum Vorschein. Jetzt wird es mir klar, der Raum ist wie eine Zeitkapsel über Jahrzehnte erhalten worden. Wenn ich raten müsste, würde ich sagen, dass das hier das Zimmer meiner Mutter gewesen ist. Bevor sie Cork für immer hinter sich gelassen hat.

Augenblicklich meldet sich das schlechte Gewissen. Dass ich hier bin, hier stehe, und nicht meine Mom. Ich habe nicht das Gefühl, das ich das Anrecht dazu habe, auch wenn es Eleonore offensichtlich anders gesehen hat. Nur kann ich sie nicht mehr dazu befragen, was sie sich genau dabei gedacht hat, mich in ihr Testament aufzunehmen.

Ohne auf die Maklerin zu achten, die mit der Zunge schnalzt, gehe ich zum nächsten Laken und ziehe es ab. Eine Staffelei erscheint, auf der ein Bild steht. Eins, das nie fertiggestellt worden ist. Es ist ein Gemälde. Die Farben, der Pinselstrich. Sie sind mir so vertraut. Als ich damals mit meiner Mutter zusammengewohnt habe, war die Wohnung voll davon gewesen. Auftragsarbeiten, Skizzen, nie vollendeten Werken. Es ist in düsteren Farben gehalten. Zwei dunkle Schemen, die Personen oder auch Schatten sein können, sind darauf abgebildet. Einer ist größer als der andere und scheint ihn zu überragen. Das Bild zu betrachten löst ein Gefühl von Beklemmung in mir aus, und ich beginne mich zu fragen, was es bedeuten soll. Beinahe übersehe ich die Buchstaben, die in die Schemen eingearbeitet worden sind. Ein großes *E* und ein kleineres *C.* Initialen. Eleonore und Ciara, meine Mom?

Bevor ich es genauer inspizieren kann, ertönt erneut Mrs Fitzgeralds Stimme. »Hier hinten ist ein Loch im Dielenboden. So kann ich keine Kunden hierherbringen. Das muss alles ausgebessert werden.«

Widerwillig sehe ich hoch. Es ist mühsam, meine Gedanken in die Wirklichkeit zurückzudrängen. Es dauert einen Moment, bis ich die Stelle entdecke, die die Maklerin meint. »Das sind alles Punkte, die mit Leichtigkeit zu beheben sind.«

Sie schüttelt mit dem Kopf und kehrt zu mir neben das Fenster zurück. Mit angespannter Miene späht sie hinaus. »Von dem Garten will ich gar nicht erst anfangen. So ungepflegt. Er zerstört das Bild der gesamten Straße.«

»So drastisch würde ich das nicht formulieren«, entgegne ich schwach.

»Ich sage Ihnen, wie es ist. Dieses Haus würde mein Portfolio ruinieren. Wenn ich meinen Kunden dann noch den vollen Preis dafür abknöpfen will, lassen die mich eiskalt fallen.«

»Was bedeutet das jetzt?«

»Das bedeutet, ich kann dafür nur die Hälfte des Kaufpreises verlangen.«

»Das ist weit unter dem Marktwert und das wissen Sie.«

»Der Markt diktiert, was fair ist.« Die Frau streicht sich eine Strähne von ihrem perfekt frisierten Haar aus dem Gesicht und seufzt. »Kümmern Sie sich um die Baustellen. Dann können Sie sich gerne wieder melden.«

***

Ich lasse noch weitere Makler das Haus begutachten. Was alle gemeinsam haben: Sie sagen, das Haus hätte *Potenzial.* Übersetzt bedeutet das wohl, dass noch viel Arbeit vor mir liegt. Als der letzte Besichtigungstermin vorbei ist, stehe ich unschlüssig im Flur. Ein Kontakt bliebe mir noch, doch bei dem Gedanken daran, Carl Baker anzurufen, bekomme ich eine Gänsehaut. Aber nicht die der guten Art. So verzweifelt bin ich nicht. Noch nicht.

Es wäre dumm, das Haus unter Wert zu verkaufen. Die Liste an Reparaturen ist länger als erwartet, das muss ich zugeben. Aber es ist nicht unmöglich, diese Dinge zu beheben. Besonders nicht, da ich darin Erfahrung habe.

Seufzend trete ich durch die Eingangstür nach draußen und umrunde das Haus. Insgeheim hoffe ich, dass es eine Art Schuppen geben wird, und ich soll Recht behalten. Am Rande des wildwuchernden Gartens steht eine Laube. Die Holztür ist nur angelehnt und sitzt so schief in ihrer Angel, dass sie sich von allein geschlossen hält. Mit einem kräftigen Ruck löse ich sie aus ihrer Stellung.

Eine Werkbank zu meiner linken ist mit Farbtöpfen vollgestellt. Neben ihr stapeln sich Gartengeräte aneinander. Nützlich, aber nicht das, was ich aktuell suche. Ich gehe an einem eingestaubten Damenrad vorbei, an dessen Lenker ein Weidenkörbchen hängt, und einem Feuerkorb. Weiter hinten werde ich fündig. In Eimern entdecke ich Werkzeug, einen Hammer, Spachtel und verschiedene Schraubenzieher. Sogar eine Bohrmaschine, die achtlos hineingeworfen scheint. Aber ich würde noch mehr Werkzeug benötigen, wenn ich die Mängel ausbessern möchte. Eine Schleifmaschine, Schleifpapier, etwas, um den Boden zu versiegeln, Mörtel, Tapete, Kleister, Farbe.

Mit einer mentalen Liste mit Dingen, die ich im Baumarkt entweder kaufen oder leihen muss, begebe ich mich zurück zum Haus und halte überrascht inne, als ich eine Person auf der Einfahrt entdecke. Ihr rotes Haar weht im Wind.

Amara steigt von ihrem Fahrrad und betrachtet das Haus, ehe sie mich entdeckt und die Hand zum Gruß hebt. »Hazel«, ruft sie. »Sorry, dass ich hier so unerwartet auftauche. Deirdre hat mir erzählt, wo deine Großmutter wohnte. Wie kommst du mit dem Hausverkauf voran? Gibt es schon Interessenten?«

»Hey«, sage ich und bleibe vor ihr stehen. »Ich war wohl etwas zu optimistisch. Ich muss wohl vorher noch einiges reparieren, bevor ich es zum Verkauf anbieten kann. Aber das gehe ich morgen früh an.« Der Blick auf die Uhr bestätigt meine Vermutung. In einer halben Stunde schließt der Baumarkt, die Zeit würde nicht einmal reichen, wenn ich mich dahinbeamen könnte.

»Dann ... hast du für heute Abend noch was vor?«, fragt Amara mit einem Lächeln. »Falls nicht, kannst du gerne mit mir mitkommen. Ich treffe mich heute mit meinen Freunden im Pub, sie werden sicher nichts dagegen haben.«

»Bist du sicher?«, frage ich unschlüssig. Augenblicklich denke ich an Wyatts Reaktion zurück. Er ist überhaupt nicht erfreut gewesen, mich zu sehen.

»Sehr sogar. Ich habe dich schließlich eingeladen«, erwidert Amara freundlich. »Aber fühle dich nicht gezwungen.«

Ich sehe zum Haus hinauf und denke daran, den Abend hier allein zu verbringen. Ich könnte sicherlich mit Vorbereitungen anfangen, indem ich die Möbel beiseiteschiebe, alles abdecke, was nicht in Mitleidenschaft gezogen werden soll. Aber ich bin nicht gern allein, was auch der Grund gewesen ist, weshalb es mir so schwerfiel, Tyler zu verlassen. Das ist mir nun mit etwas Abstand klargeworden.

»Wenn ich ehrlich bin, würde ich gern mitkommen«, gebe ich schließlich zu.

»Ich habe insgeheim gehofft, dass du Ja sagst! Bist du darin geübt, auf dem Gepäckträger mitzufahren?«

Aus mir bricht ein Lachen heraus. »Nicht wirklich, aber wenn ich mich nicht irre, habe ich gerade ein Fahrrad im Schuppen gesehen.«

Wenig später schiebe ich das Damenrad aus dem Schuppen und befreie es von Spinnweben. Die Reifen sind platt, aber davon abgesehen, scheint es in einem guten Zustand zu sein. In den Regalen finde ich auch eine kleine Luftpumpe, mit der ich diese aufpumpe. Sobald ich mir den Staub von den Händen gewaschen habe und meine Umhängetasche von drinnen geholt habe, bin ich startklar.

»Wie weit ist es bis zum Pub?«, frage ich, nachdem ich aufgestiegen bin und wir die Straße hinunterrollen, die bergab geht.

»Wir fahren ungefähr zwanzig Minuten, vielleicht etwas weniger. Es wird dir sicher gefallen. Im *Oval* schenken sie das beste Beamish der Stadt aus.«

Amara navigiert uns zügig durch den abendlichen Stadtverkehr und schafft es gleichzeitig, mir einen Einblick in ihr bisheriges Leben zu geben. »Hier bin ich zur Schule gegangen«, ruft sie und deutet mit einer Hand zu einem roten Backsteingebäude. »Hier habe ich gelernt, wie man effizient abschreibt, ohne sich erwischen zu lassen.«

Ich lache. »Hilft dir die Fähigkeit heute noch weiter?«

»Du würdest es nicht glauben, aber ja. Auch wenn ich jetzt die bin, die Prüfungen beaufsichtigt. Mir macht niemand etwas vor, ich kenne alle Tricks.« Als sie meinen fragenden Blick bemerkt, schiebt Amara hinterher: »Ich bin wissenschaftliche Mitarbeiterin an der *UCC*.

Wenn ich nicht gerade Prüfungen korrigieren muss oder so was, betreue ich das Jugendzentrum. Und hier«, sagt sie und deutet auf eine Parkbank, die im Schatten einer Esche steht. »Hier hatte ich meinen ersten Kuss *und* mein erstes Mal.«

»War das derselbe Abend?«, frage ich atemlos, da sie etwas an Geschwindigkeit zugelegt hat, ohne es zu merken.

Amara lacht schallend. »Wo denkst du hin?«

Je näher wir dem Stadtzentrum kommen, desto voller werden die Straßen. Als wir schließlich eine Brücke überqueren, die sich über den River Lee spannt, werden wir langsamer, bis wir absteigen und die letzten Meter schieben.

»Hier ist es schon.« Amara deutet auf ein Eckgebäude, das weiß verputzt ist. Seine Fenster und Türen sind mit schwarzen Elementen eingerahmt. Der Name ist in ein rotes Band eingefasst. *The Oval* ist nicht zu übersehen.

Nicht weit entfernt davon stellen wir unsere Fahrräder ab. Der Pub ist gut besucht, einige Gäste stehen an der Bar, um etwas zu bestellen. Sofort verstehe ich, woher dieser seinen Namen hat. Der Raum, in der sich die Bar befindet, ist kreisförmig angelegt. Die Decke ist in einem blaugrauen Farbton gestrichen, ein starker Kontrast zur restlichen Einrichtung. Rote Polstermöbel reihen sich an Stühle und Tische aus Holz.

Auf den ersten Blick kann ich keinen freien Tisch entdecken, bis jemand Amaras Namen ruft. Sobald wir uns herumdrehen, wirft sich eine junge Frau in Amaras Arme und umarmt sie stürmisch, dann wendet sie sich mir zu. Ihre Lippen sind in einem dunklen Beerenton geschminkt, der beinahe schwarz wirkt. »Du musst

Hazel sein. Schön dich kennenzulernen, ich bin Nora. Wir sitzen weiter hinten.«

Sie zieht uns mit sich und ich muss feststellen, dass der Pub verwinkelter ist, als es den Anschein macht. Auf den Tischen stehen Glasflaschen, in die Kerzen gesteckt worden sind. Das Licht ist warm und sorgt für eine gemütliche Atmosphäre. In einer Sitznische lassen wir uns nieder und ich lerne Corey kennen. Er ist es auch, der die erste Runde holen geht.

»Wollen alle Beamish?«, fragt er, sein erwartungsvoller Blick bleibt auf mir liegen.

»Amara hat davon geschwärmt, also gern.«

Nora lacht. »Manche Tipps von ihr muss man aber auch mit Vorsicht genießen.«

»Was soll das denn heißen?«, empört sich Amara, doch das Grinsen weicht nicht aus ihrem Gesicht.

»Das weißt du ganz genau.« Nora lehnt sich zu mir und flüstert so laut, dass Amara dies ebenfalls hört: »Besonders wenn sie davon schwärmt, wie gut es einem tut, fünf Kilometer um sechs Uhr morgens im Park laufen zu gehen. Niemals wieder. Das war pure Folter.«

»Das ist, weil du dich nicht richtig aufgewärmt hast«, hält Amara dagegen.

Bevor die Diskussion ausarten kommt, kommt Corey mit einem Tablett zurück, auf dem vier Pints stehen. Wir stoßen an und ich nippe an meinem. Es schmeckt wirklich gut.

»Wo ist Wyatt eigentlich?«, fragt Nora, nachdem sie ihr Glas abgestellt hat.

»Er muss noch arbeiten und wusste nicht, ob er es heute schafft.« Amara zuckt mit den Schultern.

In mir regt sich ein Gefühl, das ich erst nicht einordnen kann. Es fühlt sich beinahe wie Enttäuschung an, was keinen Sinn ergibt. Ich sollte eher Erleichterung verspüren, dass ich nicht seinen wertenden Blicken ausgeliefert bin.

»Amara erzählte, dass du neu in Cork bist«, sagt Corey. »Dann bist du also frisch hergezogen?«

»Ich bin nur für zwei Wochen hier. Ich muss mich um eine Familienangelegenheit kümmern. Vielleicht nutze ich die Zeit auch, um mir über einige Dinge klar zu werden«, erwidere ich.

»Was für Dinge?«, fragt Amara.

»Berufliche Dinge. Ich habe festgestellt, dass es so nicht weitergehen kann.« Die Sache mit meinem Burnout. Es fühlt sich so fern an, als würde ich über eine fremde Person sprechen, auch wenn ich mich noch ganz genau daran erinnere, wie es sich anfühlt. »Ich muss mir deshalb über einige Dinge klar werden. Und ich habe mich letzte Woche von meinem Exfreund, Tyler, getrennt. Das ist vielleicht auch ein Grund, weshalb etwas Abstand guttun würde.«

»Uh«, macht Corey. »Das klingt nach Drama.«

»Corey liebt Drama«, ergänzt Nora, was mich schmunzeln lässt.

»Tut mir leid, damit kann ich nicht dienen. Es fühlte sich nur nicht mehr richtig an.«

»Dann hoffe ich, dass du hier deine Antworten finden wirst«, sagt Corey mit einem Seitenblick auf Nora und hebt sein Pint, »egal, wie sie lauten wird. Ganz undramatisch.«

Wir stoßen an, bevor ich hinterherschiebe: »Ich hätte es nicht gedacht, aber es ist erschreckend einfach, hier zu sein. Ich dachte, dass mich der Unterschied zu London schocken würde. Aber das Empfangskomitee hätte nicht besser gewesen sein können.«

Amara grinst bei meinen Worten. »Es war mir eine Ehre, dich im *Aroma Mocha* zu adoptieren.« Dann wird sie ernster. »Es kann hier manchmal schwierig sein, hier einen Fuß in die Community zu kriegen. Die Gemeinschaft ist eingeschworen, zumindest war sie es, als ich mit meinen Eltern hergekommen bin. Aber damals hatten wir noch andere Probleme, wir kamen aus Indien, die kulturellen Unterschiede waren merklich spürbar, ganz abgesehen von der Sprache.«

Ich bin von ihren Worten und der Geschichte, die sie offenbaren, gerührt. Ihr Tonfall klingt unbeschwert und verbirgt die Verzweiflung gut, die sie damals unweigerlich gefühlt haben muss.

»Damals haben wir dich adoptiert«, sagt Nora mit einem Lächeln und Corey nickt bestätigend. Ich erfahre, dass sie sich noch aus der Schulzeit kennen. Genauso wie Wyatt.

»Mein Vorgänger hat bereits die Patenschaft für das Jugendzentrum betreut. Diese Kooperation besteht bereits seit Jahren. Was denkst du, wie ich geguckt habe, als ich erfahren habe, dass es ausgerechnet das Jugendzentrum ist, in dem Wyatt arbeitet? Als ich ihm unter die Nase gerieben habe, dass ich ab jetzt seine Chefin sei, war er nicht so begeistert wie ich.« Amara zuckt mit den Schultern. »Ich kann mir gar nicht vorstellen, wieso.«

Die Vorstellung lässt mich lächeln. »Ihr seid also gut befreundet?«

»Er hat sich meinen Liebeskummer angehört, als ich dreizehn war. Und siebzehn. Und alle danach. Ich würde behaupten, das qualifiziert ihn als meinen besten Freund«, erwidert sie verschmitzt.

Ich bin fasziniert davon, wie die Beziehung aller ineinandergreifen und Amara lässt es so mühelos und selbstverständlich erscheinen, mich einen Teil davon werden zu lassen.

Kapitel 8

Hazel

Langsam baue ich mir eine Liste an gewissen Vermutungen auf.

Nummer eins: Eleonore war ein großer Fan von *Van Morrison*. In der Vitrine, die im Wohnzimmer steht, entdecke ich eine Schublade voll mit Platten, die sie über Jahrzehnte angesammelt hat. Wenn mich das nicht bereits beeindruckt hätte, dann der Fakt, dass eine davon sogar signiert ist – auf ihren Namen!

Nummer zwei: Licht wird anscheinend überbewertet – an verschiedenen Stellen finde ich Lampen, die vermeintlich nicht funktionieren, bis ich feststelle, dass sich hinter dem Lampenschirm keine Glühbirne mehr befindet. Allein im Wohnzimmer sind es drei. Ob das Sparmaßnahmen waren oder sie wirklich gern im Dunkeln saß?

Nummer drei: Sie mochte keinen Kaffee. Ich finde weder eine Kaffeemaschine noch Kaffeefilter im Vorratsschrank, jedoch so viel Teezubehör, dass ich damit sicher drei Haushalte ausstatten könnte.

Letzteres ist der Grund, weshalb ich mich entscheide, beim *Aroma Mocha* vorbeizuschauen. Sobald ich das

Café betrete, empfängt mich der Geruch nach Kaffee und Gebäck. Es ist leerer als bei meinem ersten Besuch, nur an zwei Tischen sitzen Gäste.

Deirdre entdecke ich hinter der Theke, die gerade eine Bestellung fertigmacht. Als sie mich erblickt, breitet sich ein Lächeln auf ihrem Gesicht aus. »Hazel, wie schön. Was kann ich dir Gutes tun?«

»Mrs …« Ich stocke, als mir einfällt, dass mir nur ihr Vorname bekannt ist.

Sie schüttelt mit dem Kopf. »Nur Deirdre, bitte. Kann ich dich auf einen Kaffee einladen? Und dafür erzählst du mir, wie deine ersten Tage hier waren?«

»Oh, ich würde liebend gern bezahlen, wenn ich ehrlich bin.« Doch mein Einwand wird weggelächelt. Mit geübten Griffen bereitet Deirdre alles vor, ehe sie ihre Mitarbeiterin anweist, die restliche Bestellung zu übernehmen. Sie nimmt ihre Schürze ab und hängt sie über einen Haken hinter dem Tresen.

Mir ist es etwas unangenehm, dass Deirdre ihre Arbeit stehen und liegen lässt, und ringe kurz um Worte, bis ich ergänze: »Ich wollte nicht stören.«

»Es ist ein ruhiger Vormittag«, winkt sie ab. »Das wird sich spätestens in einer halben Stunde ändern. Also genießen wir am besten die Ruhe, solange wir sie noch haben.« Sie hält kurz inne, als würde sie sich besinnen. »Vielleicht könntest du mir kurz bei einer Sache helfen. Es ist mir etwas unangenehm, aber ich kann mich nicht entscheiden.«

»Natürlich, kein Problem«, erwidere ich überrascht. Deirdre lächelt dankbar, reicht mir meine Tasse und bedeutet mir, ihr hinter den Tresen zu folgen.

»Die Tür meiner Kuchentheke schließt nicht mehr vollständig und als ich Brooks angerufen habe, sagte er, dass man die komplett ersetzen müsste. Das möchte ich gar nicht glauben, sie funktioniert ansonsten noch hervorragend.«

»Ich kann es mir ansehen«, sage ich und begutachte die Tür, die aus der Leitschiene gesprungen zu sein scheint. Noch sitzt sie lose in ihrer Verankerung, aber es wäre eine Frage der Zeit, bis sie herausfallen könnte.

»In deinem Haus gibt es sicher viel zu tun.« Mir entgeht nicht, dass Deirdre es nicht als Frage formuliert. »Ich habe es in letzter Zeit nur beim Vorbeifahren gesehen. Es hat auf jeden Fall bessere Zeiten hinter sich.«

»Die Makler, die das bisher besichtigt haben, würden dir da zustimmen.« Ich seufze und spüre erneut das Pochen hinter meiner Schläfe. Vielleicht bin ich etwas blauäugig an die Sache herangegangen und die beiden Wochen würden nicht ausreichen, um das Haus zu verkaufen. Immerhin ist die erste Woche bereits fast vergangen. Ein Glück, dass ich meinen Rückflug noch nicht gebucht habe.

Deirdre nickt, als hätte sie sich so was bereits gedacht. »Ich war früher häufig da, weißt du. Eleonore und ich waren Schulfreundinnen, und haben auch nach dem Abschluss lange den Kontakt gehalten.«

Das überrascht mich. Ja, theoretisch könnten sie im gleichen Alter sein, aber vor allem verwirrt mich die Melancholie, die ihre Worte begleiten.

»Aber Amara hat mir versichert, dass du das mit dem Haus stemmen wirst. Das finde ich interessant. Es klingt, als wärst du ein sehr eigenständiger Mensch. Wie bist du zu deinem Beruf gekommen?«

»Es war eine Wette«, sage ich und probiere dabei, die Leitschiene so hinzubiegen, dass die Scheibe wieder hineingleiten kann. Ohne Erfolg. Bei der Erinnerung an die Wette, spüre ich das Lächeln, das sich automatisch auf meinen Lippen ausbreitet. Mit fällt es leicht, mich ihr gegenüber zu öffnen. Vielleicht liegt es an ihrer warmherzigen Art oder dem Wissen, dass sie eine Verbindung zu Eleonore darstellt. »Ich hatte schon eine Weile die Zwangsversteigerungen im Umkreis beobachtet. Bei dem Haus wusste ich, das soll es sein. Es sah furchtbar aus, teilweise fehlten die Fenster. Im Erdgeschoss war der Dielenboden morsch.«

»Wusstest du beim Zeitpunkt der Auktion, in welchem Zustand es sich befand?«, fragt sie.

Ich nicke. »Ich habe es mir vorher angesehen ... auch von innen.«

»Ich dachte, das würde man bei Versteigerungen nicht machen.« Deirdre legt nachdenklich den Kopf schief. »Aber du warst nicht offiziell da, richtig?«

»Die Tür stand offen«, sage ich und zucke mit den Schultern, »und der Bauzaun, der drumherum aufgestellt worden war, hatte an einer Stelle eine Lücke. Es war sozusagen eine Einladung.«

»Ich verstehe«, sagt sie und klingt nicht ein bisschen tadelnd. »Und wie verlief die Auktion?«

»Es war nur eine weitere Person da, und da das Haus zum zweiten Mal versteigert worden ist, war das Startangebot besonders niedrig. Ansonsten hätte ich mir das gar nicht leisten können. Ich war noch Studentin. Mein Erspartes hatte ich mir mit Studentenjobs erarbeitet.

Als das Bieten begann, hat ein Mann mich immer überboten. Es waren kleine Schritte, aber mein Spielraum wurde immer kleiner. Irgendwann hat er sich vorgestellt, er war Bauunternehmer und konnte nicht nachvollziehen, weshalb ich diese Ruine haben wollte. Wir kamen ins Gespräch und ich sagte: »Sie werden sich wundern, daraus wird was richtig Schönes«. Woraufhin er meinte, dass er es zu bezweifeln wage, dass aus der Ruine noch etwas rauszuholen wäre. Meine Antwort war nur: Wollen wir wetten?«

»Was war der Einsatz?«

Ich sehe von der Kühltheke auf. »Das Haus, wenn ich versage.«

Sie zieht die Augenbrauen zusammen. »Das klingt nach einem hohen Preis.«

»Hinterher dachte ich das auch«, gebe ich zu. »Meine damaligen Mitbewohnerinnen haben mir so lange ins Gewissen geredet, bis ich die Entscheidung bereut habe. Schließlich hatte der Kauf beinahe mein gesamtes Erspartes geschluckt. Aber dann habe ich die Schlüssel bekommen und losgelegt. Ich wollte mir selbst beweisen, wie viel ich verändern kann, also habe ich angefangen, Fotos und Videos zu machen. Nach ein paar Wochen schlug eine Freundin vor, dass ich diese auch online stellen könnte, und ab da habe ich ein Online-Tagebuch geführt. Plötzlich haben Leute begonnen, die Bilder zu kommentieren. Da waren welche, die richtig Ahnung hatten. Andere kamen aus der Umgebung und hatten Reste zu verschenken. Dämmmaterial, Steine oder so was, das ich abholen konnte. Und dann kam der Bauunternehmer vorbei, um sich selbst ein Bild zu machen. Und er sagte, dass ich Recht behalten könnte.« Ich mache eine Pause, und erinnere mich daran, wie am nächsten Tag eine Plane vor dem Haus lag, mit Dingen, die er anscheinend nicht mehr brauchte. Altes Werkzeug, Holz, Mörtel. Sie waren wie ein Gastgeschenk.

»Wie lange hast du insgesamt daran gearbeitet?«

»Fast … fast zweieinhalb Jahre. Ich merkte ziemlich schnell, dass ich mich überschätzt hatte. Da war so viel zu tun, und so viel, von dem ich keine Ahnung hatte. Die Wände waren teilweise so schief, dann war da noch der Wasserschaden unterhalb der Fenster, durch den Boden kamen Ameisen … ich war mehrmals kurz davor, dem Mann Bescheid zu geben, dass er die Hütte übernehmen könnte.«

Aber aufgeben war keine Option. Das hatte ich mir bereits damals geschworen.

»Nach anderthalb Jahren waren die Innenräume so weit fertig, dass man darin hätte wohnen können. Ich konnte es nicht übers Herz bringen, mich davon zu trennen. Also habe ich mit der Inneneinrichtung weitergemacht, indem ich die Möbel selbst gebaut oder restauriert habe.

Mittendrin habe ich irgendwann eine E-Mail erhalten, jemand wollte ein Interview mit mir. Erst dachte ich, dabei handele es sich um Spam. Doch es war ein Magazin mit richtig großer Reichweite, die auch einen Rundgang durchs Haus machen wollten. Und ich habe zugesagt.«

Die Veröffentlichung des Artikels bei *Thrive & Build* war wie eine Zäsur. Die Community war bis dahin überschaubar gewesen, die Follower ehrlich interessiert. Danach explodierten jedoch die Followerzahlen und der Ton wurde zunehmend rauer. Ich lernte damit umzugehen – in den meisten Momenten zumindest.

»Jetzt schockt mich erst mal nichts mehr so schnell«, sage ich und bemühe mich um ein Lächeln. Die Erinnerungen an den Anfang stimmen mich wehmütig. Auch wenn es hart war und ich zwischenzeitlich drei Nebenjobs hatte, um mir irgendwas an Material leisten oder Werkzeug leihen zu können. Sowohl die glücklichen Momente, aber auch die Fehlschläge haben mich so viel gelehrt, dass ich ohne sie nicht die dieselbe Person wäre. Das Einzige, was ich bereue, ist, dass ich irgendwann dachte, das Haus verkaufen zu müssen. Schließlich war ich mit allen Arbeiten irgendwann fertig geworden, es bestand kein Grund mehr, es weiter zu behalten. Dabei hatte ich so viele positive Erinnerungen daran geknüpft, dass ich das Gefühl bekam, als würde ich einen Teil von mir damit weggeben.

»Ich bin beeindruckt«, sagt Deirdre und nippt an ihrer Tasse.

»Danke.« Ich richte mich auf. »Ich glaube nicht, dass du die Kuchentheke komplett wegschmeißen musst. Ich bekomme es jetzt nicht hin, aber ich bin sicher, dass man sie reparieren kann.«

»Das freut mich zu hören«, erwidert Deirdre. »So viel erreicht und das alles ganz allein. Aber falls du etwas brauchst, kannst du dich immer an mich wenden. Vergiss das bitte nicht.«

»Das weiß ich wirklich zu schätzen. Du sagtest, du warst lange mit Eleonore befreundet«, beginne ich und nippe an meinem Kaffee. »Weißt du, woran sie gestorben ist?«

Deirdre schüttelt den Kopf. »Ich bedaure, nein. Wir haben uns vor einigen Jahren voneinander entfernt.«

»Schade, ich hatte gehofft, du könntest mir einige Fragen beantworten.«

»Vielleicht kannst du sie dennoch stellen und wir sehen, ob ich darauf eine Antwort weiß?«, ermutigt sie mich.

»Ich habe Moms Zimmer gefunden. Ich denke, es sieht noch so aus wie damals. Bevor sie gegangen ist, meine ich«, schiebe ich hinterher. »Ich glaube ... dass es ein Problem gegeben hat. Zwischen ihr und Eleonore. Ich weiß es nicht genau. Sie hat nicht darüber geredet.«

»Hm«, macht Deirdre und lehnt sich gegen den Tresen »Es gibt da etwas, das mir El nicht verziehen hat, musst du wissen. Zu der Zeit wohnte noch ein Familienfreund vorübergehend im Haus. Er hatte sich von seiner Frau getrennt und wusste nicht, wohin mit sich. El hatte Mitleid mit ihm und ließ ihn im Gästezimmer wohnen. In der Zeit haben sich Ciara und sie oft gestritten, angeblich weil deine Mom Geld von ihr gestohlen hat. Bis deine Mom irgendwann genug hatte. Sie hatte zwar einen Führerschein, aber kein Auto. Daher bat sie mich, sie nach Dublin zu fahren. Das war vielleicht nicht richtig, aber man konnte ihr ansehen, dass sie sich auch sonst zur Not zu Fuß auf den Weg gemacht hätte. Und das Wetter war an diesem Tag wirklich scheußlich.«

Verblüfft mustere ich Deirdre und versuche zu verstehen. »Aber hat sie das Geld wirklich gestohlen?«

»Ich weiß es nicht mit Sicherheit. Das Einzige, was ich weiß, ist, dass El den Familienfreund rausgeschmissen hat, kurz nachdem deine Mutter weggezogen ist. Sie hat nie darüber gesprochen, was vorgefallen ist. Doch ich nahm immer an, die beiden Sachen hingen zusammen.«

»Also war es ein Missverständnis?«

»Es ging um viel mehr als nur ein Missverständnis«, sagt Deirdre nachdenklich. »Es war eine Vertrauensfrage. Und Eleonore hat einem anderen mehr vertraut als ihrer eigenen Tochter.«

***

Auf dem Heimweg lässt mich das Gespräch mit Deirdre nachdenklich zurück – oder vielmehr, die Erkenntnisse, die ich damit gewonnen habe. Wobei ich immer noch viele Fragen habe. Entzweite sich die Beziehung zwischen meiner Mom und Eleonore wirklich wegen des Geldes? Oder lag noch viel mehr im Argen?

Sobald ich das Haus erreicht habe, schalte ich die Musik ein. Mir ist fast jedes Mittel recht, um die Stille zu vertreiben. In den letzten Tagen hatte ich bereits begonnen, zwischen den Maklerterminen alles Nötige für die Nachbesserungen zu besorgen. Ohne Auto ist dies etwas komplizierter gewesen als unbedingt nötig, aber immerhin haben zwei Fahrten mit dem Bus zum Baumarkt ausgereicht.

Als erstes widme ich mich dem Loch in der Küche. Während ich lose Steine und den Staub daraus entferne, frage ich mich, wie es dazu gekommen ist, doch meine Fantasie reicht nicht so weit. Auf jeden Fall bin ich in gleichen Teilen beeindruckt wie irritiert, wie einfach die Lösung war, ein Bild darüber zu hängen. Sicher ist das Loch mit der Zeit in Vergessenheit geraten. Ein Stein ragt etwas aus der Wand, und ist so verkeilt, dass ich ihn nicht mit bloßen Händen entfernen kann. Daher greife ich zum Hammer, um ihn etwas zu lösen und notfalls in Stücken herauszuholen. Beim ersten Schlag knackt der Stein, beim zweiten bricht er entzwei, sodass ich die Hälfte herausziehen kann.

Der Mörtel dahinter verfärbt sich immer dunkler. Es passiert so stetig, dass es mir erst auffällt, als es eine handtellergroße Stelle geworden ist. Irritiert ziehe ich die zweite Hälfte heraus. Was sich als schlechte Idee herausstellt – mich trifft ein Wasserstrahl mitten ins Gesicht. Prustend weiche ich zurück. Mein Oberteil klebt nass an meiner Haut.

Mein Kopf braucht einige Sekunden, um das Bild einzuordnen, das sich vor mir entfaltet. Wasser sprudelt aus der Wand, läuft über die Arbeitsfläche, tropft zu Boden. Die Pfütze zu meinen Füßen wird immer größer.

Hier ist alles aus Holz.

Das passiert gerade nicht wirklich. Mit dem Gedanken sprinte ich los, die Kellertreppe hinab. Irgendwo muss es ein Ventil für die Wasserzufuhr geben. Irgendwo. Nur wo? Ich drehe mich verzweifelt im Kreis, bis ich in einer Ecke verschiedene Leitungen entdecke, die aus dem Boden kommen und in der Decke verschwinden. Ich drehe das Ventil für die Hauptwasserleitung zu und hoffe, dass der Schaden nicht allzu groß ist.

Zurück im Erdgeschoss hat sich die Pfütze bis in den Flur ausgebreitet. Fluchend hole ich alle Laken heraus, mit denen die Möbel abgedeckt worden waren, und breite sie auf dem Boden aus, damit sie das ganze Wasser aufsaugen können. Nachdem ich das Gröbste beseitigt habe, wische ich die Arbeitsfläche trocken und die

Werkzeuge, die darauf lagen. Den Sack mit Mörtel kann ich entsorgen, der hat sich vollgesaugt. So schnell werde ich das Loch nicht verschließen können, erst einmal müsste die Wand dafür wieder trocken sein.

Ich räume alle Werkzeuge zur Seite und inspiziere das Leck. So richtig kann ich nicht sagen, wie ich das Rohr beschädigt habe. Aber um es zu reparieren, muss ich das Loch vergrößern. Dafür habe ich nicht wirklich etwas hier, ganz zu schweigen von den Materialien für die Wasserleitung.

Etwas ratlos setze ich mich auf den Boden und gehe meine Optionen durch. Ich muss auf jeden Fall den Küchenschrank abbauen, damit ich an die dahinterliegende Wand komme. Aber ich habe keine Erfahrungen darin, einen Wasserrohrbruch zu beheben.

Ich ziehe mein Handy hervor und öffne den Chat mit Amara.

Es tut mir wahnsinnig leid, aber könntest du mir Brooks Kontakt geben? Ich habe hier etwas kaputt gemacht, das ich nicht allein wieder hinbekomme – Hazel

Amara schickt mir eine Reihe von Smileys, die vor Lachen heulen.

Was hat du angestellt? – Amara

Kann ich die Scham bitte für mich behalten? – Hazel

Sie schickt einen weiteren Lachsmiley, was mich schmunzeln lässt. Auf ihre Nachricht folgt ein Anhang mit *Kontakt von Grumpy.*

Weiß er, dass du ihn unter diesem Namen eingespeichert hast? – Hazel

Du würdest mir einen Gefallen tun, wenn du es ihm gegenüber nicht erwähnst – Amara

Kurz debattiere ich innerlich, ob ich wirklich Brooks anrufen soll. Aber ich kenne sonst niemanden, der mir in dieser Situation helfen könnte. Also drücke ich auf das grüne Hörersymbol. Das Freizeichen ertönt, und es vergeht eine Weile, bis ich mir sicher bin, dass er nicht mehr rangehen wird.

»Mason Brooks.«

Für einen Moment sitze ich nur stumm da, und versuche meine Gedanken zu sortieren. Ich habe angenommen, dass Brooks sein Vorname sei und komme mir nun dumm vor.

»Hallo?«, fragt er erneut. Seine Stimme hallt ein wenig und im Hintergrund sind seine Schritte zu hören. Wie immer ist er wohl auf dem Sprung.

»Brooks, hier ist Hazel ... die Freundin von Amara.«

»Ja, sie hat mich vorgewarnt.«

Mich hätte sie auch vorwarnen können.

»Ich habe bei mir im Haus Mist gebaut«, gebe ich zu und beiße mir auf die Unterlippe. Das zuzugeben ist mir etwas peinlich, und ich bin froh, dass er durch die Leitung nicht sehen kann, wie ich rot werde.

»Was brauchst du denn?«

»Eine Wasserleitung ist in der Wand beschädigt. Also etwas, um das Loch zu beseitigen.«

»Liegt die Stelle frei?«

»Nein«, gestehe ich.

»Hm«, macht er. »Gib mir eine halbe Stunde. Wie lautet deine Adresse?«

Ich gebe sie ihm durch, bevor er ohne Verabschiedung auflegt. Keine Ahnung, ob ich mich an seine forsche Art gewöhnen könnte, aber immerhin hat er vor dem Auflegen nicht einfach Nein gesagt.

Seufzend mache ich mich daran, den Küchenschrank abzubauen, um an die Wand dahinter zu kommen.

Als es an der Tür klingelt, lasse ich vor Schreck den Schraubenzieher fallen. Ich bin so in Gedanken versunken gewesen, dass ich nicht auf dem Schirm habe, wie viel Zeit vergangen ist. Aber das Telefonat mit Brooks liegt inzwischen fast eine Stunde zurück.

Hinter der Tür kann ich eine Silhouette ausmachen. Brooks klingelt erneut, als ich die Türklinke umfasse und sie aufziehe.

Vor mir steht nicht Brooks.

Wyatt trägt ein loses Shirt unter seiner Flanelljacke, auf dem ein greller Aufdruck prangt. Bei meinem Anblick vertieft sich die Falte zwischen seinen Augenbrauen und er fährt sich mit der Hand durch die Locken, als würden sie ihm unangenehm in die Augen fallen.

»Hey«, sage ich etwas überfordert. »Bist du wegen der Sache im Jugendzentrum hier? Ich wusste nicht, dass meine Anwesenheit so viel Unmut nach sich zieht. Tut mir wirklich leid. Ich wollte niemanden vor den Kopf stoßen.«

»Ich ... nein«, sagt Wyatt und blickt zur Seite. »Deswegen bin ich nicht hier. Einigen wir uns darauf, dass Amara über das Ziel hinausgeschossen ist und wir beide nicht so recht wussten, wie uns geschieht.«

Seine Antwort überrascht mich. »In Ordnung ... aber, weswegen bist du dann hier?«

Er hebt sein Klemmbrett. »Brooks meinte, hier gäbe es einen Wasserschaden.«

»Brooks«, wiederhole ich fassungslos. Es klingt wie ein Albtraum. Brooks, der ausgerechnet Wyatt schickt. Was habe ich in meinem letzten Leben verbrochen, dass ich nun so bestraft werde? Erst der Wasserrohrbruch, dann der Mann, der mich überhaupt nicht ausstehen kann.

Dieser sieht mich abwartend an. »Nun?«

»Stimmt.« Ich räuspere mich und trete zur Seite. »Links geht es zur Küche.«

Wyatt geht vor und bleibt mitten in der Küche stehen. Er nimmt sich einen Moment, um die Situation zu erfassen. An seinen Schultern kann ich erkennen, dass er einen tiefen Atemzug nimmt. Sie heben und senken sich, und ich kann nicht umhin zu bemerken, wie breit sie sind.

Als ich ihn umrunde, ist die Falte zwischen seinen Augenbrauen tiefer geworden. Ich verkneife mir zu sagen, dass ich das Chaos der letzten anderthalb Stunden genauso ätzend finde.

»Ich habe so viel versucht freizulegen wie möglich.«

»Das ist gut«, erwidert er, klingt dabei nicht sonderlich beeindruckt. Er legt das Klemmbrett auf dem Tisch ab, bevor er sagt: »Ich muss noch mal zum Auto.«

Wyatt kommt mit Werkzeug zurück, um die Wand aufzustemmen. Während er die Wand öffnet, stehe ich daneben und weiß nichts mit mir anzufangen. Nichts zu tun fühlt sich nicht gut an.

»Hilfst du Brooks regelmäßig aus?«, frage ich schließlich.

»Kann man so sagen, ja.«

Nachdem das Rohr freigelegt ist, kümmert sich Wyatt darum, die beschädigte Stelle auszutauschen.

»Die Wand solltest du einige Tage trocknen lassen, bevor du das Loch wieder verschließt«, sagt er schließlich, als er fertig ist und sein Werkzeug zusammenpackt.

»Das habe ich befürchtet.« Eine Pause entsteht. »Noch mal wegen der Sache von vorgestern ...«, beginne ich.

»Du musst wissen, ob du mitmachen willst oder nicht«, unterbricht mich Wyatt mit ruhiger Stimme. In einer fließenden Bewegung schließt er seinen Werkzeugkasten und richtet sich auf. »Aber wenn du mitmachst, solltest du dir zu einhundert Prozent sicher sein, dass du das machen willst.«

»Ich habe anderthalb Wochen Zeit«, sage ich und schlucke. Das ist zumindest der Plan, auch wenn ich keine Ahnung habe, wie ich alles in der Kürze der Zeit schaffen soll. »Danach kehre ich nach London zurück.«

Wyatt schüttelt den Kopf, als hätte er auf eine andere Antwort gehofft. Möglicherweise, dass ich direkt morgen abreise. Das würde ihm wohl gefallen. Seine Miene ist jedoch undurchdringlich. »Das nächste Treffen ist Dienstagnachmittag.«

»Ich werde da sein.«

Er nickt, sieht aber nicht sonderlich überzeugt aus. »Brooks wird dir die Rechnung zukommen lassen«, sagt er mit Blick auf das geflickte Wasserrohr, ehe er geht.

Ja, du mich auch, denke ich unwirsch.

Kapitel 9

Hazel

Viele Schichten an Farbe haben sich zu einer einzigen unebenen Fläche verbunden. Die Türen des Abstellraumes, den ich ausräume, haben mich von meiner Aufgabe abgelenkt. Mit meinen Fingern fahre ich die Kontur nach und kann den Verdacht nicht abschütteln, dass sich darunter möglicherweise Verzierungen befinden. Bei dem Gedanken daran, beginnen meine Fingerspitzen zu kribbeln. Das macht den Reiz aus, diese Schätze zu finden. Das aufzudecken, was verborgen schlummert. Die Seele eines Objekts finden. Es geht schließlich nicht immer darum, etwas bis zur Unkenntlichkeit zu verändern.

»Diese Wand und die da hinten wollen wir einreißen.« Wyatts Stimme hallt durch den Aufenthaltsraum. Zusammen mit einer Frau und einem Mann steht er unweit der Eingangstür. Soweit ich verstanden habe, handelt es sich bei dem Mann um einen Vertreter des Eigentümers, während die Frau als Statikerin beauftragt wurde, um die Änderungen abzunicken.

Beim Sprechen deutet er auf eine Wand, die wohl früher als eine Art Raumtrenner eingezogen worden war.

Jedoch schirmt sie damit auch das Licht ab, das durch das Fenster fällt und verdunkelt den hinteren Teil des Raumes. Auch wird geplant, die Wand zu einem weiteren Raum wegzunehmen, der eine Mischung aus Rumpelkammer und Lager darstellt. Die Größe des Aufenthaltsraumes ist okay, aber Wyatt hat recht, dass die Wände weichen müssen. Mehr Platz ist immer gut.

»Ich würde sogar noch eine dritte Wand in Betracht ziehen, auch wenn dafür ein winziger Abstellraum aufgegeben werden muss«, mische ich mich ein. Drei Gesichter wenden sich mir zu.

Ich versuche, bewusst den Blick von Wyatt zu meiden, der brennend auf mir liegt.

»Das sollte kein Problem sein«, erwidert die Statikerin nach kurzer Inspektion. »Keine davon ist tragend.«

»Das steht noch zur Debatte, ob es wirklich so weit kommt«, ist alles, was Wyatt sagt, ehe er die beiden Richtung Küche führt, um mit ihnen weitere Details zu besprechen.

Genervt schüttle ich den Kopf. »*Das steht noch zur Debatte*«, äffe ich Wyatt leise nach und widme mich wieder meiner Aufgabe, den Abstellraum auszuräumen.

Solche Erwiderungen wie diese führen mir vor Augen, dass ich nicht verpflichtet bin, hier zu sein. Amara hatte mich zwar darum gebeten, doch ich muss auch an mich denken. Und dieser konstante Kampf gegen Windmühlen erschöpft. Und meine Kraft sollte ich besser einteilen, wenn ich nicht noch einmal ausbrennen möchte.

Es vergeht eine Weile, in der ich auf dem Boden sitzend vor mich hinarbeite. Es füllen sich Kisten mit den Erinnerungen, Dokumenten und allen Dingen, die sich im Laufe der Zeit angesammelt haben.« Langsam verraucht die Wut, wandelt sich zu etwas, das sich wie Wehmut anfühlt. Auch wenn es mir egal sein könnte, was Wyatt denkt, wurmt es mich, dass er mich zu hassen scheint. Es widerspricht meinem Wunsch, jedem gefallen zu wollen, auch wenn das nicht möglich ist. Meine Medienpräsenz hat mich das gelehrt, rational betrachtet weiß ich das. Mein Herz will es nur nicht verstehen.

Schließlich verabschieden sich die beiden. Schritte ertönen und ich bin mir sicher, dass es Wyatts sind. Doch in meinem kindischen Trotz will ich nicht nachsehen, ehrlich gesagt brauche ich es auch nicht. Seine Präsenz ist unverkennbar, wie ein Parfum, das an eine bestimmte Erinnerung geknüpft ist. Er greift nach einem weiteren Karton und geht in die Hocke, um ein Regal zu meiner Rechten auszuräumen.

Lange Zeit bleibt es still zwischen uns. Doch da sind diese ganzen unausgesprochenen Worte, die auf meiner Zunge sitzen und hinauswollen. Wieder möchte ich mich nicht damit abfinden, dass er mich so ignoriert.

Mit jeder Schublade, die ich in Kartons verpacke, wird das Verlangen größer, Wyatt damit zu konfrontieren, mir zu sagen, wenn er mich nicht hier haben will.

»Hazel.« Mein Name lässt mich hochsehen. Auch wenn ich gedanklich bereits mehrere Versionen des Gesprächs durchgegangen bin, bin ich nicht auf seine volle Aufmerksamkeit vorbereitet. Für einen Moment bin ich von der Intensität seiner Augen gebannt.

»Ja?«

»Vor was oder wem läufst du davon?«

Vor meinem inneren Auge sehe ich Tyler. Schuldgefühle flammen auf, so unerwartet, dass ich schlucken muss. Ich denke an die achtundfünfzig ungelesenen E-Mails, meine Panikattacken, diese bleierne Lethargie, die mich regelmäßig zu Hause befallen hat.

Und daran, dass ich in Cork das erste Mal seit langem das Gefühl habe, frei atmen zu können.

»Ich laufe vor nichts davon«, behaupte ich trotzdem.

»Weil es ganz natürlich ist, alles stehen und liegen zu lassen, und in einer fremden Stadt beim Wiederaufbau eines Jugendzentrums zu helfen.« Wyatt gelingt es, seine Worte ohne Wertung auszusprechen, was sie eher wie eine Tatsache klingen lässt, so als würde er über das Wetter sprechen.

»Ich muss das Haus meiner Großmutter verkaufen«, erinnere ich ihn und mich an den Grund, weshalb ich hergekommen bin.

Wyatt nickt langsam, doch ich habe nicht das Gefühl, als würde er mir glauben.

Wieder senkt sich Schweigen über uns wie ein Tuch. Ich konzentriere mich auf meine Hände, während mein verräterisches Herz hämmert und mit jedem Schlag Schuldgefühle, Schuldgefühle und Schuldgefühle durch meine Adern pumpt. Mit einem Mal fühlt es sich wie ein Fehler an, hergekommen zu sein. Nach Cork. Das Haus zu verkaufen. Diesem Projekt zuzustimmen. Ich hätte wissen müssen, dass es nicht die Antwort auf meine Probleme sein würde.

»Du musst mir nicht glauben«, sage ich schließlich leise. Nun sehe ich doch wieder zu ihm und bereue es sofort. Wyatt stützt seinen Arm auf dem Knie ab und neigt sich in meine Richtung. Sein Blick sieht nachdenklich aus. Mit einem Mal fühle ich mich transparent bis auf die Knochen, als könne er so meine vertraulichsten Gedanken lesen.

»Es geht nicht darum, ob ich dir glaube«, erwidert er milde. Dabei wendet er sich von mir ab. Eine Weile beobachte ich ihn dabei, wie er die Unterlagen auf seinem Schoß sammelt, ehe er sie gebündelt in den Karton schiebt. Zum ersten Mal fällt mir an ihm der Bartschatten auf, der seine Wangen ziert, und ich muss schlucken. Als ich denke, dass er nichts mehr sagen wird, fügt er hinzu: »Es geht darum, ob du selbst daran glaubst.«

***

Es vergehen vier Tage, bis das Jugendzentrum soweit ausgeräumt ist, dass wir damit beginnen können, die ersten großen Veränderungen anzugehen. Als erstes werden die Wände eingerissen, die Wyatt mit der Statikerin abgestimmt hat.

Die erste Wand bröckelt nur langsam. Beim ersten Schlag fällt der Putz. Beim zweiten bekommt die Wand Risse. Beim nächsten Schlag knackt es und der Vorschlaghammer verliert seinen Kopf. Das Eisen trifft mit einem Krachen auf den Boden, wodurch die Fliesen zerspringen.

»Gut, dass wir den Boden sowieso entfernen wollten«, sagt Wyatt trocken und schüttelt den Kopf. Seine Haare sind mit einer dünnen Staubschicht bedeckt, der bei der Bewegung aufwirbelt. Mit einer kurzen Geste wischt er sich den Staub von der Schutzbrille.

»Wir haben noch eine Möglichkeit«, sage ich bestimmt und hole das schwere Gerät. Ich wickle die Kabeltrommel ab und schließe den Stecker an.

Der Bohrhammer hustet nur kurz, bevor er den Geist aufgibt.

»So kommen wir nicht weiter.« Wyatt schüttelt den Kopf. Seine Enttäuschung kann ich beinahe körperlich spüren. »Und wir haben kein Budget für neues Werkzeug eingeplant. Mist, das wird Brooks das Herz brechen. Das war sein Liebling.«

Ich kann mir schwer vorstellen, dass Brooks irgendetwas gern hat.

»Vielleicht können wir es reparieren lassen?«, schlägt Amara vor, die sich bisher im Hintergrund gehalten hat. Sie ist mehr für die Planung und Organisation zuständig, aber hat zwei linke Hände, wie sie selbst sagt. Das hat sie erst gestern bewiesen, als sie bei dem Versuch, einen Kabelbinder zu entfernen, versehentlich ein Verlängerungskabel zerschnitten hat, das sie aus einem Karton geholt hatte.

»Mit welchem Geld?«, fragt Wyatt, doch es klingt resigniert.

»Nun, wenn wir gar nichts machen, haben wir zwar Geld, aber kein Jugendzentrum«, argumentiert Amara. Womit sie recht hat.

Ich denke an meinen Lagerraum in London, der für jegliches Szenario das passende Werkzeug bereithält. Als ich mich räuspere und die Blicke von Amara und Wyatt zu mir herüberwandern, schlägt mir das Herz bis zum Hals.

»Vielleicht kann ich etwas dazu beitragen«, sage ich. »Mein Lager ist bis oben hin mit Zeug vollgestopft, das wir hier gebrauchen könnten. Ich kann mir etwas von zu Hause herschicken lassen.«

»Das würdest du machen?« Amara ist wie zu erwarten sofort Feuer und Flamme.

Wyatt hingegen … Wyatt beobachtet mich mit seinen grauen Augen. Seine Miene ist undurchdringlich. Ich habe keine Ahnung, was er denkt, und das macht mich nervös.

»Das ist nur ein Angebot«, erwidere ich und weiß nicht, ob es mir gelingt, unbeteiligt zu klingen. »Ich muss vorher mit Julie sprechen, und sie ihr Okay geben, aber dann steht dem nichts im Weg.«

»Das muss schön sein, einen Anruf tätigen zu können, mit dem sich die Probleme in Luft auflösen.« Wyatts Blick kreuzt meinen und ich spüre, wie ich rot vor Wut werde. Diesen Satz habe ich in verschiedenen Variationen schon häufiger gehört und die Implikation ist immer dieselbe. Mein Erfolg, meine Arbeit, basierten nur darauf, weil ich ein reiches Elternhaus gehabt habe, das mir genug Startkapital zur Verfügung gestellt hätte.

Auch wenn Wyatt mir bisher nicht sonderlich freundlich gesinnt war, enttäuscht mich diese Aussage auf einer ganz neuen Ebene.

Wenn sie alle nur wüssten. Wenn er wüsste. Ich neide niemanden, der einen einfacheren Start ins Leben gehabt hat als ich. Neid bringt mich nicht weiter. Neid hätte mich auch nicht dorthin gebracht, wo ich heute stehe. Es bringt nichts, nach links und rechts zu gucken, und zu vergleichen, was andere bereits erreicht haben. Ich konzentriere mich lieber auf meinen Weg, denn das ist das Einzige, was ich wirklich beeinflussen kann.

»Dass ich dazu heute in der Lage bin, habe ich mir hart erarbeitet«, bringe ich mühevoll heraus und verschränke die Arme vor der Brust. »Und der Weg war das Gegenteil von einfach. Du weißt überhaupt nichts über mich. Du hast einzig Vermutungen, die du für wahr hältst. Wenn das so ist, habe ich auch kein Interesse daran, sie zu korrigieren.«

Amaras Mund ist zu einem stummem O aufgerissen. Ihr Gesichtsausdruck schwankt zwischen Erstaunen und Panik, und wenn ich nicht so aufgebracht wäre, hätte ich ihm eine gewisse Komik abgerungen.

Ich atme einmal tief durch, bevor ich erneut ansetze. »Ich biete das nur Amara zuliebe an, da sie um meine Hilfe gebeten hat. Nichts davon muss von euch angenommen werden, aber dann frage ich mich, wieso ich überhaupt hier bin.«

Wyatts Miene bleibt unbewegt und ein wenig hasse ich es, wie kalt ihn meine Worte lassen. Sie scheinen an ihm abzuprallen, während seine bei mir das Gegenteil erreicht haben. Sie haben in meinem Inneren Wellen aufgeschlagen, es fällt mir schwer, das Tosen meiner Gedanken wieder zu besänftigen.

»Natürlich möchten wir dich dabeihaben!«, ruft Amara dazwischen und wirft Wyatt einen vernichtenden Blick zu. »Anscheinend können es nur nicht alle gebührend zeigen.«

»In Ordnung«, sage ich. Amara glaube ich das wenigstens, von Wyatt würde ich das nicht behaupten. Wobei ich auch nicht glaube, dass er es jemals zugeben würde, auch wenn dem so wäre.

»Wie schnell könntest du das klären?« Die Frage kommt von der Person, von der ich es am wenigsten erwarte – Wyatt.

»Wenn ich Julie erreiche, fünf Minuten.«

Er nickt nur.

Ohne ein weiteres Wort trete ich auf die Straße hinaus. Nieselregen hat eingesetzt. Kurz lasse ich es auf mich wirken. Die Pfützen wachsen beständig. Auf der Wasseroberfläche zerfallen die Tropfen zu Ringen.

Immer mehr frage ich mich, ob das so eine gute Idee ist. Die Konfrontation mit Wyatt hat mir aufgezeigt, dass ich mir wirklich überlegen soll, wie viel Energie ich hier reinstecken kann, bevor es mich emotional zu sehr belastet. Ich habe das Gefühl, dass mein aktueller Seelenfrieden nur ein fragiles Konstrukt ist, das leicht zerbrechen kann.

Der frische und erdige Geruch hat eine beruhigende Wirkung auf mich und schiebt die Zweifel beiseite.

Ich wähle Julies Nummer und es vergehen keine zehn Sekunden, bis sie abnimmt. »Hazel!«, ruft sie. »Wie geht es dir? Wie läuft die Maklersuche?«

Ich schneide eine Grimasse. »Die ist vorerst abgeblasen, bis ich einiges im Haus repariert habe.« Ich erzähle ihr von meinem Fehlschlag, das Loch in der Wand reparieren zu wollen.

»Uh«, macht Julie.

»Genau.« Ich seufze. »Wie geht es mit deinen Projekten voran?«

»Ich habe gerade eins abgeschlossen. Bei dem nächsten will *Sunrains* einige Stoffe bereitstellen, mit denen ich für die neue Kampagne einige Sofas neu beziehen darf.«

Ich nicke beeindruckt. »Das klingt nach einem spannenden Projekt.«

Julie lacht. »Ich liebe alles daran. Aber das ist sicher nicht, weswegen du angerufen hast.«

»Was denkst du, wie lange könntest du auf die ganzen Werkzeuge im Lager verzichten? Ich rede von allem, was ich für eine langwierige Hausrenovierung gebrauchen könnte.«

Für einen Moment bleibt es auf der anderen Seite der Leitung still. »Musst du das Ding abreißen und wieder neu aufbauen?«

Diese Vorstellung entlockt mir ein Lachen. »Die brauche ich zum Glück nicht für das Haus.«

»Wofür dann?«

»Vielleicht bin ich da in etwas hineingeraten ...«

»Was habe ich dir darüber gesagt, dass Drogen böse sind und du die Finger davon lassen sollst?«, belehrt mich Julie.

»Nicht in so was«, erwidere ich und muss grinsen. Sie und Maisie fehlen mir so, das fällt mir jetzt umso mehr auf. »Vielleicht helfe ich irgendwo aus ...«

Julie seufzt, als ich ihr von meinen Plänen erzähle. »Du bist einfach ... du«, sagt sie abschließend. Vor meinem inneren Auge kann ich sehen, wie sie resigniert mit dem Kopf schüttelt. »Ich brauche davon aktuell nichts, deswegen kann ich das alles in Kisten packen und mit der Spedition zu dir rüberbringen lassen. Aber bist du sicher, dass du das tun möchtest?«

Ihre Frage impliziert so viel mehr und greift meine Gedanken wieder auf. In London hatte ich irgendwann keine Kraft mehr für meine Aufgaben gehabt und hier stürze ich mich erneut in Arbeit.

»Es ist irgendwie anders hier«, erwidere ich leise. Der Wind nimmt an Kraft auf und zerrt an meinen Haaren. Für kurze Zeit nimmt er mir die Sicht.

Auf der anderen Seite der Leitung bleibt es kurz still. »Ich wünsche mir nur, dass du auf dich aufpasst, Hazel.«

»Das mache ich«, erwidere ich sanft.

Nachdem wir aufgelegt haben, bleibe ich kurz draußen stehen. Der Nieselregen ist zu einem ausgewachsenen Regenschauer geworden und ich bin froh, unter einem schützenden Vordach zu stehen.

Innerhalb weniger Minuten schickt mir Julie ein Daumen-hoch-Emoji und die Info, dass die Spedition nächste Woche hier sein kann.

Zeitgleich kommt eine Nachricht von Maisie. Sie schickt einen Screenshot in die Gruppe von unserer WG, zusammen mit einem Emoji, dessen Kopf explodiert. Darauf folgt noch eine Nachricht.

Habt ihr das bereits gesehen??? – Maisie

Ich rufe den Chat auf. Als ich auf das Bild klicke, habe ich das Gefühl, keine Luft mehr zu bekommen. Es scheint eine Kommentarspalte von einem der neueren Beiträge zu sein. In dem Ausschnitt sehe ich nur fünf verschiedene Kommentare, doch es ist ausreichend, um die Panik wieder aufsteigen zu lassen.

Ist eigentlich jemanden schon aufgefallen, dass Hazel den Kanal verlassen hat? – OscarO

Nee, das würde sie nicht tun! – SweetestDelightX

Am liebsten würde ich SweetestDelightX persönlich danken, sich so für mich einzusetzen. Aber es liegt auch ein Fünkchen Wahrheit in den Aussagen. Ich bin geflohen. Vor dem Projekt, vor meinem schlechten Gewissen. Ich habe gedacht, ich kann mir die Auszeit nehmen, ohne dass es auffällt. Und wieder weitermachen, wenn ich meine Angelegenheiten geklärt habe.

Statt an eine sinnvolle Lösung kann ich nur an eines denken: *Fuck.*

Im oberen Bildschirmrand sehe ich, dass Julie zu tippen beginnt. Dann pausiert sie kurz, ehe sie weiter tippt. Sekunden später ploppt ihre Nachricht auf.

Immerhin bin ich nicht die Einzige, die davon überrascht wird.

Maisie schickt eine Reihe von Herzchen.

Sorry, ich wollte dich nicht damit so überrollen. Dachte, ihr wollt das vielleicht wissen, bevor es noch größer wird – Maisie

Danke. Ich überlege mir was – Hazel

Dabei habe ich keine Ahnung, wie ich jetzt noch Schadensbegrenzung betreiben könnte. Sobald eine Aussage in die Welt gesetzt ist, verselbstständigt sie sich. Mit einem Mal ist die Leichtigkeit, die mich seit meiner Ankunft in Cork begleitet, verschwunden. Stattdessen kriecht mir die Kälte unter die Klamotten und lässt mich frösteln. Ich kann vor meinen Dämonen nicht davonlaufen, egal wie schnell ich renne. Das wird mir jetzt klar. Ich muss eine Entscheidung treffen, wie es weitergehen soll. Mit diesem Projekt. Mit dem Haus. Mit mir.

Kapitel 10

Wyatt

»Das hast du richtig verkackt.« In Amaras Stimme schleicht sich eine Portion Wut – und Enttäuschung, die mich zusammenzucken lässt. Das zeigt mir, wie *sehr* ich es verkackt habe. Denn Amara wird sonst nie wütend.

»Ich weiß«, erwidere ich und reibe mir über die Augen. Das habe ich in dem Moment gewusst, in dem ich die Worte ausgesprochen habe. Dass ich zu weit gegangen bin. Hazels Reaktion hat mein Gefühl nur bestätigt.

»Was sollte das, Wyatt?«, fragt sie nun, etwas sanfter. »Ich will nicht den Teufel an die Wand werfen, aber das war echt … zu viel. Normalerweise bist du der diplomatischere von uns beiden.«

»Wenn ich das nur wüsste.« Ich übergehe das verdrehte Sprichwort, ein weiterer Versuch, mich aus meiner Reserve zu locken. Dafür sind meine Gedanken zu sehr von Hazel eingenommen. Insgeheim habe ich eine Ahnung. Ihre Gegenwart ist wie ein Spiegel, der mir meine eigenen Unzulänglichkeiten aufzeigt. Bei ihr wirkt alles so leicht, der Erfolg, die Freiheit, zu tun, was ihr beliebt.

Und dann ist da der ganze Scheiß, der wie Gewichte an meinen Knöcheln hängt, und mich weiter hinabzieht, und für den ich keine Lösung finde. Weil es keine Lösung gibt, außer dass ich mich weiter abmühe. Es ist, als würde ich versuchen, das Meer mit einer Tasse abschöpfen zu wollen, um zu verhindern, dass es über das Ufer tritt. Es ist sinnlos, doch die einzige Möglichkeit, mich davor zu bewahren, zu ertrinken.

Das muss schön sein, einen Anruf tätigen zu können, mit dem sich die Probleme in Luft auflösen.

Ich habe den Gedanken nicht aussprechen wollen. Er ist mir in den Sinn gekommen, weil normalerweise ich derjenige bin, der diese Art von Anrufen erhält – von meiner Schwester, von Brooks, von Amara. Es sind Fragen, Hilferufe, Gedankenfetzen, die mich erreichen, und sie verlassen sich darauf, dass ich eine Lösung finde. Weil ich immer eine Lösung finde.

Ich habe nur keine Lösung dafür, wie ich verhindern kann, dass ich in dem Malstrom aus meinen Problemen nicht untergehe.

Keine Ahnung, wann ich darüber so verbittert geworden bin. Es ist nicht fair, Hazel derart wegzustoßen. Nicht wenn es auch nur ein Schutzmechanismus ist, um nicht über sie nachzudenken. In jeglicher Hinsicht.

»Ich rede mit ihr«, sage ich schließlich und erhebe mich.

»Sie ist meine Freundin.« Amara zieht ihre Strickjacke enger, als würde sie frieren.

Ich nicke. »Ich weiß. Es tut mir leid.«

Durch das Fenster kann ich erkennen, dass es in Strömen regnet. Und Hazel hält sich lieber im Nassen auf als in meiner Nähe. Das spricht Bände.

Ich stoße die Tür auf. Unter dem Vordach ist ein schmaler Streifen vom Regen geschützt, doch der Wind hat sich merklich abgekühlt. Dennoch scheint Hazel nichts davon wieder dazu bewegen können, hineinzugehen.

Sie wirkt blass. Vor meinen Augen schrumpft sie immer mehr in sich zusammen und ich bin mir sicher, dass es nichts mit der Werkzeuglieferung zu tun hat. Die abgewetzte Jeansjacke wirkt zehn Nummern zu groß für sie.

»Ist alles in Ordnung?«

Sie nickt und mir ist bewusst, dass sie meine Frage nicht auf ihr persönliches Wohlbefinden bezieht. »Meine Sachen kommen nächste Woche. Ich weiß, das bringt euren Plan durcheinander, aber das ist das Beste, was ich euch anbieten kann.«

»Das stimmt nicht.« Ich schüttle den Kopf. »Ohne deine Hilfe hätten wir aktuell gar keinen Plan.«

Hazel presst die Lippen fest aufeinander. »Einiges werde ich auch für mein Haus gebrauchen können«, sagt sie und zuckt mit den Schultern. »Es ist kein großes Ding, ehrlich.«

»Damit hast du auch viel zu tun, oder?«

»Es geht.« Mir fällt auf, dass sie es öfter macht. Dinge relativieren. Ich habe gesehen, wie es in der Küche aussieht. Es ist viel Arbeit. Sie räuspert sich. »Aber ja, es ist mehr, als ich gedacht habe.«

»So ist es doch immer«, erwidere ich. Für einen Moment hadere ich damit, die richtigen Worte zu finden, um über das zu sprechen, was soeben vorgefallen ist.

Eine Pause entsteht, in der mir nicht entgeht, dass Hazels Blick zur Tür wandert, als überlege sie, nun doch wieder hineinzugehen.

»Hast du schlechte Nachrichten bekommen?«, frage ich noch einmal deutlicher nach, ohne fordernd klingen zu wollen. Irgendwie glaube ich nicht, dass sie mir die Wahrheit sagen wird, und nach dem Fauxpas, den ich mir erlaubt habe, kann ich es Hazel auch nicht verdenken.

Nur so tun, als würde mir nichts auffallen, kann ich auch nicht. Nicht, seitdem mich das Gefühl beschlichen hat, eine mir selbst gesetzte Grenze überschritten zu haben.

»Sieht man mir das so deutlich an?« Hazel lacht, ihre Stimme zittert ein wenig, auch wenn sie es zu verbergen versucht. »Dabei sind es keine schlechten Nachrichten per se. Ich bin die Art von Neuigkeiten gewohnt, es ist vielmehr, dass ich dachte ... ich dachte, hier kann ich sie für einen Moment vergessen.«

Ich bin gleich auf mehrere Arten überrascht. Überrascht, dass sie mir die Antwort nicht verwehrt. Überrascht, weil ihre Ehrlichkeit entwaffnend ist. Überrascht, weil ich mit meinen Vermutungen richtig lag.

Also läufst du doch vor etwas davon. In *vor Dingen davonlaufen* kenne ich mich aus. Wenn Verdrängung ein Leistungssport wäre, würde ich darin den ersten Platz belegen. Dicht gefolgt von Gia und Amara. Vielleicht habe ich deswegen die Anzeichen richtig deuten können.

»Doch nicht weit genug weggezogen?« Die Frage kommt mir über die Lippen, bevor ich nachdenken kann. Innerlich zucke ich zusammen. Gerade eben wollte ich sie nicht darauf ansprechen und im nächsten Moment verhalte ich mich wieder wie ein Idiot. Langsam erkenne ich ein Muster.

»Anscheinend nicht.« Hazel schließt für einen Moment die Augen. Sobald sie diese wieder öffnet, ist der Blick daraus fokussiert und klar. Etwas sagt mir, dass sie darin geübt ist, ihre schwachen Momente beiseitezuschieben. Dorthin, wo sie nicht wehtun, zumindest für eine Zeit. »Hör zu, Wyatt. Ich möchte eine Sache klarstellen: Ich will nicht immer kämpfen müssen. Gegen dich, die Art, wie das Jugendzentrum aussehen soll. Mir … mir ist klar, dass das alles hier eures ist. Ich will euch das nicht wegnehmen. Ihr bekommt von mir die Werkzeuge. Aber ich werde mich ausklinken. Was wahrscheinlich auch besser ist, damit ich mich endlich auf den Hausverkauf konzentrieren kann.«

Die erwartete Erleichterung darüber bleibt aus. Stattdessen meldet sich nur mein schlechtes Gewissen. Es ist nicht nur Amaras enttäuschter Blick, ich bin selbst von mir enttäuscht. Ich dachte, ich hätte das besser im Griff, mich besser im Griff.

»Du musst … dich nicht zurückziehen«, sage ich schließlich. »Nicht wegen mir, nicht wegen dem, was ich gesagt habe.«

»Nein, das ist es nicht.« Hazel stockt. »Doch, auch, unter anderem. Vielleicht das meiste davon.«

Ja, das habe ich wohl verdient. Dabei rechne ich es ihr hoch an, dass sie so ehrlich ist, mir das gegenüber zuzugeben.

»Ich denke, das ist das Beste für uns alle«, schiebt Hazel hinterher. Dabei klingt sie nun weniger bestimmt als vor wenigen Sekunden.

»Ich denke, Amara wäre da anderer Meinung.«

»Tut mir leid, dir das sagen zu müssen, aber es reicht nicht aus, dass Amara das für eine gute Idee hält.«

Nicht, wenn ich derjenige bin, der deutlich gemacht hat, wie wenig er davon hält. »Darf ich noch einmal fragen, was dich so aus der Bahn geworfen hat?«

»Du darfst fragen, aber ich muss nicht antworten«, erwidert Hazel trocken. Ihre Worte klingen nun wieder bestimmter als vor wenigen Sekunden.

»Das ... ist korrekt.«

Hazel holt einmal tief Luft. »Es stellt sich heraus, dass es wohl keine so gute Idee ist, einfach abzutauchen. Die ersten fangen im Internet an Fragen zu stellen. Darauf springen die Leute nur zu gerne an ...« Ihre Stimme wird zum Ende des Satzes immer leiser.

»Wie wäre es mit einer Erklärung?«

»Die würde sofort zerrissen werden.«

»Und wie wäre es mit einer, die nah an der Wahrheit ist, aber nicht die komplette Wahrheit enthält?«

Hazel hält inne, überlegt. Ihr Blick schweift blicklos über die bunte Fassade und ihre Hand findet wie von allein ihr Ohrläppchen, an dem drei Ringe hängen. Eine Geste, die ich schon öfter an ihr beobachtet habe, wenn sie tief in Gedanken versunken ist. »Ja ... ich glaube, das würde gehen. Damit muss ich nicht lügen, aber ich verschaffe mir Zeit.«

Sie atmet tief ein und ich kann ihr ansehen, dass sie eine Entscheidung trifft.

»Ja, das ist es. Ich hasse Lügen, das könnte ich nicht«, sagt sie schließlich und es schwingt so etwas wie Erleichterung in ihren Worten mit. »Danke für deine Hilfe, schätze ich.«

»Nicht dafür. Ich habe einiges wieder gutzumachen.«

»Du musst jetzt auch nicht mit Lügen anfangen, Wyatt.« Hazel wirft einen kurzen Blick auf ihr Handy, bevor sie es in die Hosentasche steckt.

»Das ist mein Ernst«, entgegne ich.

Hazel lächelt, doch es erreicht ihre Augen nicht. Wahrscheinlich glaubt sie mir immer noch nicht. Ich kann es ihr nicht verübeln. Sie umfasst mit beiden Händen ihren Oberkörper, was mich daran erinnert, wie sehr der Wind abgekühlt hat. Ich unterdrücke den Impuls, ihr meine Jacke anzubieten. So wie sich die Dinge aktuell entwickeln, würde es überheblich wirken. Dabei möchte ich das Gegenteil sein. Nicht so verbissen wie gerade. Bevor ich zu einer weiteren Erklärung ansetzen kann, sagt sie: »Hatte ich bereits gesagt, dass die Spedition nächste Woche hier sein kann? Sorry, ich bin etwas durch den Wind.«

»Das hast du«, bestätige ich und spüre sogleich, dass mein Handy in meiner Tasche zu vibrieren beginnt. Langsam kann ich die reinkommenden Anrufe nicht mehr sehen, ohne dass sich ein Knoten in meinem Magen bildet.

»Dann gehe ich jetzt wohl lieber rein«, sagt Hazel unschlüssig und reibt sich über die Oberarme. Als ich mich nicht bewege, bleibt sie stehen und sieht mich abwartend an.

»Ich komme gleich nach«, sage ich und sie nickt, ehe sie durch die Tür ins Innere des Jugendzentrums verschwindet.

Als ich den Anruf meiner Schwester annehme, höre ich als Erstes ihren schweren Atem. Als wäre sie gerannt. Oder als …

»Was ist passiert?«

»Wusstest du, dass Mom nicht mehr zu den Treffen geht?« Ihre Stimme zittert.

»Ich habe schon lange nicht mehr mit ihr gesprochen, Gia.« Ich muss schlucken, mein Mund fühlt sich mit einem Mal wie ausgetrocknet an. »Ich dachte, das wüsstest du.«

Sekunden verstreichen.

»Nein ...«, erwidert sie und stockt. »Ja, doch, ich glaube schon.«

»Heißt das ...?«

»Ich weiß nicht, ob sie wieder trinkt«, unterbricht sie mich, ihre Stimme nimmt einen schrillen Ton an. »Keine Ahnung. Das würde aber vielleicht erklären, wieso sie bei *Marks & Spencer* klaut.«

Es ist, als würde sich bei ihren Worten ein dunkles Loch vor meinen Füßen auftun. Ich stehe am Abgrund, und der Wind in meinem Rücken drückt mich immer näher zur Kante.

»Sie wurde wegen Diebstahl angezeigt?«

Gia schnaubt. »Würde man meinen. Aber nein, sie hat es irgendwie mit der Ware rausgeschafft. Aber weißt du, weshalb sie mich angerufen hat? Sie wollte wissen, wie man diese dämlichen Sicherheitstags entfernt, ohne die Ware zu beschädigen.«

Bei den Worten bekomme ich Kopfschmerzen. Das ist weit über der Logik, dem der normale Menschenverstand folgt. »Natürlich hat sie das«, murmle ich mehr zu mir selbst als zu Gia. »Hat sie vergessen, dass du Polizistin bist?«

»Das würde auch dafürsprechen, dass sie wieder trinkt.« Sie schnaubt. »Ich habe ihr gesagt, sie soll den

Kram wieder zurückbringen, sonst verhafte ich sie persönlich.«

»Wirklich?«, frage ich überrascht. Denn Gia hat ein weiches Herz und obwohl sie als Polizistin hart durchgreifen kann, bei der eigenen Familie fällt es ihr schwer. Ich kann ihr nicht einmal einen Vorwurf machen, denn mir geht es nicht anders.

Eine Pause entsteht.

»Ich meine, könntest du sie wirklich festnehmen, wenn es hart auf hart kommt?«

»Ich weiß es nicht«, gesteht sie schließlich. »Keine Ahnung. Ich hoffe nur, sie glaubt das wirklich. Könntest du mit ihr sprechen und sie zur Vernunft bringen? Du hattest immer den besseren Draht zu ihr.«

Wenn du nur wüsstest, ist das, was ich denke. »Natürlich, ich kann es probieren«, ist das, was ich sage.

Kapitel 11

Hazel

Es gab einen Grund, weshalb ich mich damals entschieden hatte, mit Maisie und Julie in eine WG zu ziehen. Weil Stille für mich so sehr mit Einsamkeit verknüpft ist, dass ich sie nicht trennen kann.

Um meine Gedanken davon abzulenken, fülle ich meine Tage mit Aufgaben. Mit den Reparaturen komme ich gut voran. Der Brandfleck im Wohnzimmer ist kaum mehr zu erahnen, das Loch in der Küche ist geschlossen und die Wand frisch tapeziert. Den Schimmel im Bad habe ich behandelt und wird von mir beobachtet. Ich beginne damit Fotos zu machen, um selbst eine Anzeige für Internet zu schalten. Wenn kein Makler Interesse hat, dann wird es eben auch so gehen. Ich werde einen neuen Eigentümer finden, davon bin ich fest überzeugt. Nicht alles wird perfekt sein, aber es ist ein altes Haus, in dem gelebt wurde.

Nachdem ich mit dem Inneren fertig bin, trete ich auf die Veranda, die Richtung Garten zeigt. Zwar war ich in den letzten Tagen bereits mehrmals in der Laube, die daran anschließt, aber den Rest habe ich links liegen gelassen. Die Sonne steht bereits tief am Himmel und taucht alles in goldenes Licht, doch kann es nicht verstecken, dass alles an dem Garten wildwuchernd ist – der Rasen, die Sträucher.

Mit einer Tasse schwarzem Tee in der Hand setze ich mich auf die Treppenstufen, die hinab in den Garten führen, und sauge die Wärme der Sonnenstrahlen in mich auf, die sich tröstlich auf meinen nackten Armen anfühlt. Das Summen der Insekten löst die Stille des Hauses ab, weit entfernt fahren Autos, in dem Garten drei Häuser weiter spielen Kinder.

Aus einem Impuls heraus, ziehe ich mein Handy hervor und rufe Maisies Kontakt auf. Es dauert nicht lange, bis sie abnimmt. Das Bild von ihr baut sich nur langsam auf, doch dann erkenne ich, dass sie in unserer Küche steht und kocht. Sofort ergreift mich Heimweh, nicht nur, dass Maisie eine herausragende Köchin ist, aber die gemeinsamen Stunden in der Küche, die Gespräche, all das fehlt mir.

»Hey«, sagt sie und grinst in die Kamera. »Das sieht aus, als würde es dir gerade gut gehen.«

Ich blinzle in die Sonne. »Da kann ich dir nur zustimmen. Wie ist es in London?«

Maisie verzieht den Mund. »Ich kann es dir zeigen«, sagt sie und wendet sich dem Fenster zu. Das Licht, das durch unsere rote Sternengardine fällt, legt einen rötlichen Schimmer auf ihr Gesicht, ehe sie diese beiseitezieht. Sie wechselt zur Frontkamera und bei dem Anblick auf unsere Straße zieht sich etwas in meinem Inneren zusammen. Sehnsucht, Heimweh, aber auch ein dunkles Gefühl mischt sich darunter, etwas, das sich sehr wie Reue anfühlt.

Graue Regenfäden fallen vor dem Fenster auf die Straße und sammeln sich zu Pfützen. Dumpf kann ich durch das geöffnete Fenster den Straßenlärm wahrnehmen, der bis in den dritten Stock getragen wird.

»Wie du siehst, verpasst du nichts«, sagt Maisie in dem Augenblick, in dem ein Auto hupt. Sie wechselt wieder zur Frontkamera, stellt ihr Handy auf der Arbeitsplatte ab und zieht das Schneidebrett heran und beginnt Gemüse zu würfeln. »Weißt du schon, wann du nach Hause kommen willst? Rico will bald wieder eine seiner Partys schmeißen und droht schon damit, dass sie sonst ohne dich stattfinden wird.«

»Deswegen rufe ich an«, erwidere ich und schlucke, als mir bewusst ist, dass ich in meinem Leben auf den Pauseknopf gedrückt habe, aber nicht erwarten kann, dass andere das genauso tun. »Rico muss nicht auf mich warten. Ich werde hier noch eine Weile bleiben müssen, bis sich die Sache mit dem Haus geklärt hat.«

»Verstehe«, sagt Maisie und runzelt die Stirn. Für einen Moment hört sie damit auf, die Paprika zu würfeln. »Das habe ich mir schon fast gedacht. Es ist doch nicht so einfach, wie angenommen, hm?«

»Leider nicht, nein.«

Sie nickt und schnippelt weiter. »Zwei Wochen sind wirklich nicht viel Zeit«, sagt sie dann. »Was sind deine nächsten Schritte?«

»Ich werde nun selbst das Haus zum Verkauf inserieren. Die Fotos für drinnen habe ich nun gemacht, jetzt muss ich wohl noch das Chaos draußen einigermaßen repräsentabel hinkriegen.«

»Das ist ja deine leichteste Übung.« Maisie lächelt milde.

»Wie läuft es mit deinem Praktikum in der Kanzlei?«

»Richtig gut. Sie bieten mir an, dass ich für mein Referendariat auch zu ihnen kommen kann.«

»Wenn das jemand verdient, dann du«, sage ich, worauf sie überschwänglich nickt.

»Danke. Es fühlt sich zwar nicht so an, aber mein Imposter-Syndrom kann mich dieses Mal gern haben. Ich habe keine Lust mehr, mir von meinem Unterbewusstsein einreden zu lassen, ich hätte nicht das verdient, wofür ich mir den Allerwertesten aufgerissen habe.«

»Das ist die richtige Einstellung!«

Wir sprechen noch eine Weile, bis Maisies Kochtopf droht überzukochen. Erst dann legen wir auf. Als ich das nächste Mal am Tee nippe, ist dieser längst ausgekühlt. Ich verziehe das Gesicht, nehme aber noch einen Schluck. Meine Knie knacken, als ich mich schließlich aufrichte. Die Sonne ist inzwischen um das Haus herumgekommen, im Stehen kann ich ihre Wärme in meinem Rücken spüren. Das Gras reicht mir bis zur Hüfte. In der Laube finde ich auch einen Rasenmäher, den ich hervorziehe und von Spinnweben befreien muss. Da es hier keine Steckdose gibt, oder ich sie zumindest nicht finde, muss ich die Kabeltrommel in der Küche anschließen und das Kabel von dort bis in den Garten legen.

Die Sonne ist bereits über den Himmel gewandert, als ich schließlich fertig bin. Meine Oberarme sind etwas gerötet und ich verfluche mich, keine Sonnencreme aufgetragen zu haben. So ein Anfängerfehler. Der gestutzte Rasen ist mehr braun als grün, trotzdem lasse ich es mir nicht nehmen, mit bloßen Füßen darüber zu laufen und den hinteren Teil des Gartens zu begutachten. Hier hatte Eleonore anscheinend Beete angelegt, in denen aktuell Unkraut das Gesamtbild bestimmt.

Darüber kann ich jedoch hinwegsehen. In meinem bisherigen Leben habe ich nur in Wohnungen gelebt. *So muss sich Freiheit anfühlen*, denke ich. Das versöhnt mich ein wenig mit allem. Davon hatte ich immer geträumt. Einfach so nach draußen gehen zu können, in seinen eigenen Garten, ist faszinierend. Und gleichzeitig stimmt es mich nachdenklich, diesen Teil zusammen mit dem Haus aufgeben zu müssen.

***

Für den Abend hat mich Amara zu sich nach Hause eingeladen, um zu feiern, dass wir die ersten Tage der Renovierung überstanden haben. Wenn ich ihr gegenüberstehe, muss ich ihr davon berichten, welche Entscheidung ich nach dem Gespräch mit Wyatt getroffen habe. Dass ich nicht mehr bei dem Projekt dabei sein möchte. Die Konfrontation mit Wyatt hat mir gezeigt, dass ich keinen Platz in ihren Renovierungsplänen habe. Ich gehöre nach London und möchte schnellstmöglich wieder zurück. Trotz der Kürze der Zeit habe ich Amara dabei in mein Herz geschlossen und ich möchte sie nicht enttäuschen, auch wenn ich es unweigerlich tun muss.

Nachdem ich mir die Spuren der Gartenarbeit von der Haut gewaschen habe, navigiere auf dem Fahrrad durch den abendlichen Verkehr von Cork. Die Temperaturen sind mild, auf den Straßen hat der rege Verkehr bereits abgeflaut. Eine Jutetasche schlenkert an meinem Lenker, in die ich eine Flasche Sauvignon blanc als Gastgeschenk eingepackt habe. Als ich über ein Schlagloch fahre, stößt sie gegen den Rahmen, geht aber zu meiner Erleichterung nicht kaputt.

Meine Annahme, wir würden uns nur im kleinen Kreis bewegen, wird schnell zerschlagen. Am Eingang des Reihenhauses treffe ich auf eine Gruppe, die allen Anschein nach ebenfalls zu Amara will. Ich kann nur Bruchstücke ihrer Unterhaltung ausmachen, während ich mein Fahrrad abschließe, dann sind sie bereits im Treppenhaus verschwunden.

Bevor ich ihnen folge, lasse ich meinen Blick wandern. Efeu rankt die Fassade hinauf, die Tür als auch die Fensterrahmen sind grün gestrichen worden. An einigen Stellen blättert die Farbe bereits. Genau das trägt zu dem Charme dieses Hauses bei. Es wirkt schön.

Im Treppenhaus funktioniert das Deckenlicht nur dürftig und die Fenster über der Eingangstür sind völlig blind. Es dauert einen Moment, bis sich meine Augen an die Lichtverhältnisse gewöhnt haben und ich erkenne, dass neben der Tür ein verkümmerter Bogenhanf steht. Er wirkt nicht, als wäre er noch zu retten. Ich folge der Treppe nach oben, deren Stufen mit rosafarbenem Teppich überzogen sind. Die Tür zu Amaras Wohnung ist nur angelehnt.

Ich klopfe vorsichtig, ehe ich sie aufschiebe, und werde im Flur von Luftballons und *Happy-Birthday-*Girlanden begrüßt. Kurz zweifle ich daran, ob ich die richtige Wohnung erwischt habe, doch dann tritt Amara durch eine Tür zu meiner Linken. Auf ihrem Kopf trägt sie verschiedenfarbige Knicklichter als

Krone zusammengesteckt. Weitere Ringe hängen um ihren Hals und ihre Handgelenke.

»Du hast Geburtstag?«, frage ich überrascht. Damit schwindet mein Vorsatz, ihr von meiner Entscheidung, mich zurückzuziehen, zu berichten. An ihrem großen Tag möchte ich sie erst recht nicht enttäuschen. »Wieso hat mich niemand vorgewarnt? Ich habe gar kein richtiges Geschenk für dich.« Beschämt ziehe ich die Weinflasche aus meiner Tasche und halte sie hoch.

»Geschenke werden überbewertet«, erwidert Amara und nimmt dankend mein Gastgeschenk entgegen. »Nur will mir das nie jemand glauben.«

»Ich fasse es nicht«, sage ich kopfschüttelnd und ziehe sie an mich. »Komm her, alles Gute zu deinem Geburtstag.«

»Danke!« Amara erwidert meine Umarmung. Dann schiebt sie mich von sich und blickt mich erwartungsvoll an. »Los, kommt mit, dann stelle ich dich den anderen vor.«

Die Einrichtung ihrer Wohnung passt zu Amara. Sie ist bunt und gemütlich. In jeder Ecke entdecke ich etwas Neues und habe das Gefühl, mehr über meine neue Freundin herauszufinden. Amara drückt mir weitere Knicklichter in die Hand, eine stumme Aufforderung, mich ebenfalls damit zu schmücken. Ich bastle mir daraus eine Kette mit mehreren ineinander verschlungenen Ringen und hänge sie mir um.

Im Wohnzimmer stellt sie mich den Anwesenden vor und ich entdecke einige bekannte Gesichter, darunter Nora, Corey und Brooks, der als einziger etwas unglücklich inmitten des Trubels wirkt.

»Ihr wusstet sicherlich, dass Amara Geburtstag hat, oder?«, frage ich beinahe ein wenig resigniert und lasse mich auf den freien Platz neben Corey fallen.

»Mach dir nichts draus«, erwidert Nora und tätschelt beschwichtigend meine Schulter. »Das hat sie mit jedem von uns gemacht.«

»Was hat sie gegen Geburtstage? Geburtstage sind toll. Ich meine, es gibt Kuchen. Kuchen ist immer ein Grund zum Feiern«, halte ich dagegen.

»Mir hat sie gesagt, dass sie an jedem Tag Kuchen haben kann. Dafür muss sie nicht Geburtstag haben«, sagt Nora.

Darüber muss ich kurz nachdenken. »Diese Logik ist bestechend«, gebe ich zu.

»Mir sagte sie, dass sie an einem ihrer Geburtstage ein Krokodil im Klo gesehen hat und seitdem nicht mehr daran erinnert werden möchte«, wirft Brooks trocken ein.

»Bei mir war es eine Ratte.« Corey runzelt die Stirn.

Nora lacht. »Irgendwo in der Mitte wird die Wahrheit liegen.«

Ich schnaube ungläubig. Mir ist klar, dass keines der Möglichkeiten zutreffen kann. Vielleicht noch am ehesten die mit der Ratte. Aber das Krokodil? Wir sind immerhin nicht in New York. Das ist Cork, und ich nehme an, das Aufregendste, was hier passieren kann, ist, dass Möwen einem die Pommes aus der Hand klauen.

Als ich meinen Blick schweifen lasse, fällt mir sofort auf, wer fehlt.

Vielleicht liegt es an unserem Zusammenstoß vor wenigen Tagen. Ich weiß nicht so recht, ob ich erleichtert sein soll oder nicht, dass Wyatt scheinbar nicht da ist. Einerseits frage ich mich, was so wichtig sein kann, dass er den Geburtstag seiner besten Freundin verpasst – aber andererseits, was kümmert es mich?

Die Musik wird leiser gedreht, was mich aus meinen Überlegungen ausbrechen lässt. Ein Teil der Anwesenden stimmt *Happy Birthday* an, manche von ihnen stehen auf und von einer Sekunde auf die andere ist Amara von ihren Freunden umringt. Dann geht alles ganz schnell: Einige von ihnen greifen nach Amaras Armen und Beinen und plötzlich ist sie in der Luft. Ich bin völlig überfordert mit dem, was passiert. Aber Amara sieht aus, als hätte sie zu viel Spaß, um gerettet werden zu müssen.

»Nicht schon wieder.« Ihre Worte gehen in einem Lachen unter. Dann zählen alle ihre Lebensjahre hoch, als sie aus der Luft zum Boden gelassen wird, ihn kurz streift, und wieder hochgeworfen wird.

»Was passiert hier gerade?«, flüstere ich Nora zu.

»Gibt es die *Birthday Bumps* in England etwa nicht?«, fragt sie zurück und klingt dabei ehrlich schockiert.

»Zumindest nicht in meinem Freundeskreis.«

»Ein Jammer.« Nora grinst. »Wann hast du noch einmal Geburtstag?«

»Denkst du, das verrate ich dir jetzt?«, erwidere ich lachend.

Die Menge zählt immer noch. Bei 26 angekommen johlen alle und applaudieren, bevor Amara zu Boden gelassen wird und erst einmal tief durchatmet. Ihre Wangen sind gerötet und ihre Locken stehen in alle Richtungen ab.

»Das war wild«, schlussfolgert sie und bricht erneut in Gelächter aus. »Gleich noch mal?«

Nachdem sie sich aufgerappelt hat, schaltet Amara die Playlist um. Die Klänge irischer Musik werden von basslastigen Technobeats abgelöst. Plötzlich habe ich das Gefühl, mich inmitten eines Raves wiederzufinden. Das Licht wird gedimmt, überall wo ich hinblicke, flackern die bunten Knicklichter. Brooks flüchtet sich in Richtung Küche. Nora zieht einen mittelmäßig begeisterten Corey auf die erklärte Tanzfläche in der Mitte des Wohnzimmers. Nachdem ich Noras Angebot dankend ablehne, mich ihnen anzuschließen, entscheide ich mich dazu, auf den Balkon hinauszutreten.

Die Luft ist noch warm und sobald ich die Tür hinter mir geschlossen habe, folgt eine angenehme Stille. Die Dämmerung hat bereits eingesetzt, hinter den Dächern der Stadt zeichnet der Sonnenuntergang eine flammend orangene Linie am Firmament. Um das Geländer ist eine Lichterkette gewickelt, die warmweiß strahlt. Ich lehne mich dort an und blicke ich auf einen Innenhof, der die Sicht auf die umliegenden Wohnungen freigibt.

Hinter mir erklingt ein Rascheln, das mich zusammenzucken lässt. Irgendwie bin ich davon ausgegangen, allein zu sein. Ertappt drehe ich mich herum und es dauert einen Moment, bis ich die Person erkenne, die auf einem der niedrigen Stühle sitzt.

Die Erkenntnis setzt ein, und mein Herz rast mir davon.

»Es ist gerade ein Platz freigeworden«, sagt Wyatt. Seine Worte werden von einem orangenen Glühen begleitet. Das, was ich im ersten Augenblick für eine

Zigarette halte, entpuppt sich als eines der Knicklichter, das er um sein Handgelenk trägt. Er deutet auf den Stuhl ihm gegenüber und in dem schwachen Glühen erkenne ich das Guinness, das vor ihm steht.

»Ähm«, sage ich und bleibe unschlüssig stehen. Seine Anwesenheit macht mich auf eine Weise unruhig, die ich mir nicht erklären kann. Es ist eine Sache, dass wir einander nicht besonders gut verstehen, doch damit sollte ich eigentlich umgehen können. *Eigentlich.*

»Du störst nicht, Hazel. Falls es das ist, was du denkst.«

»Wieso halte ich das für eine Lüge?«, erwidere ich und verschränke die Arme. Nach dem, was er mir beim letzten Mal deutlich zu verstehen gegeben hat, kann er es kaum erwarten, mich los zu sein. Und trotzdem gleite ich auf den leeren Stuhl, der ihm gegenübersteht. »Davon abgesehen, was machst du hier draußen?«

»Das gleiche wie du anscheinend.«

»Du meinst, den ganzen Eindrücken entkommen, weil ich mich etwas fehl am Platz fühle?« *Shit.* Der Satz ist draußen, bevor ich darüber nachdenken kann. Ausgerechnet ihm gegenüber rutscht mir so etwas heraus. Ihm, der auch daran beteiligt ist, dass ich mich so fühle.

Wyatt neigt den Kopf. Ein Moment vergeht, in dem ich fieberhaft überlege, wie ich meine Aussage von eben noch retten kann. »Ich dachte ehrlicherweise, dass du wegen der Musik geflohen bist. Deswegen sitze ich hier draußen.«

Ich lache überrascht auf. Diese Musik, die Amara in Dauerschleife spielt, ist etwas gewöhnungsbedürftig. »Noch eine Minute länger und meine Ohren fangen zu bluten an.«

»Das darfst du nur nicht in Amaras Anwesenheit sagen. Das könnte zur Folge haben, dass sie dir das Gegenteil beweisen will und dich zu einem Auftritt von ihnen zerrt.«

»Sprichst du da aus Erfahrung?«

Wyatt zieht eine Grimasse.

»Mein Beileid«, sage ich. »Aber anscheinend konnte sie dich nicht erfolgreich von ihrer Meinung überzeugen.«

»Nein, nicht wirklich. Aber eins muss ich ihr zugutehalten, sie hat es wirklich versucht.« Wyatt blickt nachdenklich auf das Bier in seiner Hand und es vergeht ein stiller Moment. »Um noch einmal darauf zurückzukommen, was du eingangs sagtest ... dass du dich unwohl fühlst ... du fühlst dich so wegen dem, was ich gesagt habe. Liege ich richtig?«

Aus irgendeinem Grund hätte ich es nicht für möglich gehalten, dass Wyatt mich dies vor wenigen Stunden noch gefragt hätte.

Hätte nie für möglich gehalten, dass wir überhaupt in der Lage sein würden, ein normales Gespräch zu führen.

»Zu einem gewissen Teil«, antworte ich wahrheitsgemäß. »Aber ganz kann ich dir nicht die Schuld geben.«

»Nicht?« Er klingt beinahe überrascht.

»Nicht ganz«, sage ich. »Aber das liegt wohl an mir. Ich bin hier wie eine Durchreisende, ich werde hier nicht ankommen. Ich werde so schnell wieder fort sein, dass ich gar keine Zeit haben werde, hier einen Platz für mich zu finden.«

»Wie lange bleibst du denn hier? Die zwei Wochen müssten bald vorbei sein, oder?«

»Morgen sind zwei Wochen vergangen«, erwidere ich leise. »Aber ich werde wohl bleiben müssen, bis ich einen Käufer gefunden habe.«

Wyatt nickt. »Verstehe ... und solange du hier bist, könntest du ruhig versuchen, einen Platz für dich zu finden. Amara lässt niemanden freiwillig aus ihrem Leben verschwinden. Wenn du schon eine Weile in Cork bleiben wirst, kannst du auch hier dein Leben leben und nicht nur an dir vorbeiziehen lassen.«

Ich bin erstaunt, dass er meine Metapher aufgreift.

»Du darfst mir nicht übel nehmen, dass ich ein wenig skeptisch bin. Wieso bist du plötzlich so nett zu mir? Wo ist der Haken?«, frage ich und mustere ihn eingehend.

»Die Frage ist berechtigt«, gibt er zu. »Ich weiß, ich war nicht sonderlich kooperativ ...«

Ein Lachen baut sich in meinem Brustkorb auf, bis ich es nicht mehr zurückhalten kann, und ich schlage erschrocken eine Hand vor meinen Mund. »Sorry«, ächze ich. »Aber das ist eine nette Umschreibung.« Wyatt bleibt stumm, während ich versuche, mich wieder einzukriegen, und einmal tief durchatme. »Es tut mir leid«, sage ich schließlich. »Ich verstehe nur nicht, woher der Sinneswandel kommt.«

»Ich kann es dir nicht verübeln«, sagt er leise. »Nichts davon, wie ich mich dir gegenüber verhalten habe, war sonderlich fair. Und ich habe eindeutig eine Grenze überschritten. Das tut mir leid.«

Verwundert starre ich den Mann vor mir an. Das Glühen der Knicklichter zeichnet seine Konturen weich. Hier, im Schutz der Nacht, und dem weichen Glühen der Lichterkette, wirken die Kanten an ihm beinahe nicht existent. Aber ich sehe dennoch alles. Es ist das eine, zu erkennen, dass man Mist gebaut hat. Es erfordert eine Menge Mut, sich zu entschuldigen. Damit steigt Wyatt in meiner Achtung.

»Mir ist klar geworden, dass ich wirklich nicht viel über dich weiß. Das, was ich denke zu wissen, reicht nicht, und es ist nicht richtig, jemanden wegen meiner eigenen Unzulänglichkeiten vorzuverurteilen.«

»Dir liegt viel an dem Jugendzentrum«, sage ich schließlich.

»Mir liegt viel an den Menschen«, erwidert Wyatt. Er schluckt, sein Kehlkopf hüpft. »Das Jugendzentrum ist nur ein Gebäude. Aber ja, ich möchte, dass es ein sicherer Hafen für diejenigen ist, die herkommen. Wenn sie sonst keine andere Anlaufstelle haben, dann soll es das Jugendzentrum für sie sein. Ich hätte so etwas früher gebrauchen können.«

Der letzte Satz ist so leise, dass ich mir sicher bin, dass er nicht für meine Ohren bestimmt gewesen ist. Diese sieben Wörter erzählen bereits eine Geschichte. Ich habe so viele Fragen, auch wenn es nicht der richtige Zeitpunkt ist, sie zu stellen. Wie war seine Kindheit? Fühlte er sich als Jugendlicher auch so verloren, wie ich mich damals?

Das erklärt so vieles. »Es ist schwer, beiseitezutreten und zuzusehen, wenn einem etwas so viel bedeutet«, schlussfolgere ich.

»Das ist es wohl«, bestätigt er. »Auch wenn es keine Entschuldigung ist.«

»Es ist keine nötig.« Ich nehme meinen Mut zusammen und schiebe hinterher: »Was kannst du empfehlen zu erkunden?«

»Das Meer«, sagt Wyatt, und ich bilde mir ein, dass unterschwellig so etwas wie Sehnsucht mitschwingt. Und ich kann es verstehen, am Meer mit seiner endlosen Weite kann ich mich ebenfalls nicht sattsehen. »Das *Victorian Quarter* im Zentrum. Das Beamish im *Oval*.«

»Den letzten Punkt kann ich abhaken«, rufe ich triumphierend, woraufhin er eine Augenbraue anhebt.

»Wirklich?«

»Amara hat mich letztens überredet mitzukommen.«

»Klingt ganz nach ihr.« Er wirkt, als würde er noch etwas sagen wollen, doch hinter mir wird die Balkontür geöffnet. Die Musik durchbricht die Stille zwischen uns. Ein Streulicht flackert über Wyatts Gesicht.

Gelächter schwappt hinaus, gefolgt von Schritten. Ein Pärchen stolpert hinaus, ohne uns wahrzunehmen. Im ersten Moment kann ich ihr Gespräch nicht verstehen, bis mir auffällt, dass sie Gälisch miteinander sprechen.

Ein Ruck geht durch meinen Körper und mit einem Mal fühle ich mich befangen. Für einen Moment habe ich ausblenden können, wo wir uns befinden, wer mir eigentlich gegenübersitzt, aber nun ist alles wieder da. Wyatts und mein Blick begegnen sich und wir erheben uns in stummer Übereinkunft. Ich trete nach ihm zurück ins Innere der Wohnung. Dort verlieren wir uns, als eine Gruppe von Freunden ihn zu sich ruft. Während ich ihm nachsehe, stoße ich beinahe mit Amara zusammen.

»Oh, das tut mir leid«, sagt sie, obwohl ich es war, die unaufmerksam war. Sie hält zwei Flaschen *Stonewell Cider* hoch. »Wo ich dich gerade sehe, kann ich dir ein Cider anbieten?«

»Gern. Und nein, das war meine Schuld, ich habe nicht aufgepasst.«

»Mach dir darüber keinen Kopf.« Amara bedeutet mir, ihr in die Küche zu folgen. Dort schenkt sie uns zwei Gläser ein und gibt Eiswürfel hinzu. »Der kommt hier sogar aus der Gegend. *Sláinte*«, sagt sie. Wir prosten einander zu. »Ich hatte schon Sorge, du bist nach Hause gegangen. Du warst eine Weile weg.«

»Ich würde nie gehen, ohne mich zu verabschieden. Ich saß nur eine Weile auf dem Balkon.«

Amara nickt verstehend. »Ich habe schon kurz an meiner Menschenkenntnis gezweifelt. Das hätte auch nicht zu dir gepasst, einfach so zu verschwinden.«

Es ist leichter, sich fallenzulassen, wenn man ein Ziel hat. Ich denke häufig an Wyatts Worte zurück, dass ich nicht nur alles an mir vorbeiziehen lassen muss, und beginne mich mehr einzubringen. Der Abend vergeht und ich fühle mich zum Schluss so, als wäre ich *irgendwie* angekommen in dieser Situation.

Als ich mich schließlich von allen verabschiede und den Heimweg antrete, dämmert es bereits. Ich erreiche die Eingangstür und bleibe kurz stehen, um den Schlüssel für mein Fahrradschloss aus der Tasche zu angeln. Hinter mir ertönen Schritte und ich drehe mich herum. Wyatt springt die letzten Stufen hinab und hält inne. Er wirkt genauso überrascht, mich zu sehen, wie ich ihn.

»Gehts für dich auch nach Hause?«, frage ich überflüssigerweise, um die Stille zu durchbrechen.

»Offensichtlich.« Wyatt lächelt. Er *lächelt*. Mir ist nicht bewusst gewesen, dass er dazu in der Lage ist.

»Wie spät ist es?«, platzt es aus mir heraus.

Wyatt blickt auf seine Armbanduhr und runzelt die Stirn. »Kurz nach halb fünf. Wieso fragst du?«

Ich seufze. »Ich muss das für die Nachwelt dokumentieren. Der erste Mai, kurz nach halb fünf morgens. Wyatt Dalton lächelt zum ersten Mal in diesem Jahr.«

»Das ist eine steile Behauptung. Hast du dafür irgendwelche Beweise?« Wyatt kommt mir näher und bleibt knapp vor mir stehen. Auch wenn er mir so nah ist, hat seine Präsenz nichts Bedrohliches. Im Gegenteil.

Ich sehe zu ihm auf und frage mich, was anders ist. Er wirkt nicht auf mich, als wäre er betrunken. Selbst ich fühle mich über den Zeitraum wieder ausgenüchtert. »Dein Lächeln ist seltener als die Sichtung einer Schnabelschildkröte in der freien Natur. Und das will schon was heißen. Sie ist quasi vom Aussterben bedroht.«

Die Locken fallen ihm tief in die Stirn, als er den Blick senkt, und dann wieder zu mir sieht. In seinen Augen funkelt es. »Wie lange hast du an diesem Vergleich gefeilt?«

»Du denkst, das war einstudiert?« Ein Lachen bricht aus mir heraus. »Ich glaube, da muss ich dich enttäuschen. Bei mir wird alles improvisiert.« Er schüttelt amüsiert den Kopf, als ich hinterherschiebe: »Wo wohnst du?«

»Ich muss nach Togher«, erwidert Wyatt. »Das liegt in der entgegengesetzten Richtung von dir.«

In meiner Magengegend macht sich Enttäuschung breit. Für einen kurzen Moment habe ich gehofft, wir hätten ein Stück gemeinsam gehen können. So hätte ich mehr über ihn erfahren können.

Wyatt wartet, bis ich mein Fahrrad aufgeschlossen habe. »Ein Stück können wir auch zusammen gehen«, sagt er plötzlich. »Zumindest bis zur Kreuzung.«

Es ist schwer, das Grinsen zurückzuhalten. »Wenn es keinen großen Umweg für dich bedeutet.«

Wyatt zuckt nur mit den Schultern.

Die Straßen sind in bläulich-graues Licht getaucht. Die ersten Vögel zwitschern, doch abgesehen davon, ist es so ruhig, dass mir erst jetzt auffällt, dass mein Vorderrad quietscht.

Den Frust der vergangenen Tage habe ich irgendwie auf dem Weg bis dahin verloren. Die Nacht scheint die Scheu von meiner Neugier aufzutrennen, die ich in seiner Gegenwart verspürte. Plötzlich ist es ganz unkompliziert, mit Wyatt das Gespräch zu führen.

»Du bist ganz schön ernst für jemanden, der mit Kindern arbeitet.«

»Ich habe halt einfach nicht viel zu lachen«, erwidert Wyatt.

Für eine Sekunde kann ihn nur fassungslos anstarren. Da ist diese trockene Ironie, so fein nuanciert, dass sie leicht unbemerkt bleiben könnte. »Für einen Moment hattest du mich«, gebe ich zu, was ihm ein Lächeln entlockt. Bei dem Anblick beschleunigt sich mein Puls und ich muss schlucken. »Du lächelst zum zweiten Mal heute Abend. Das verbuche ich als Erfolg.«

Ich komme ins Straucheln, als ich auf meinen Schnürsenkel trete. Für einen Moment bin ich froh, dass ich das Fahrrad schiebe und mich daran festhalten kann.

»Eine Sekunde«, sage ich und steuere eine Bank zu meiner Rechten an. Ich setze mich, ziehe das Bein an, und muss feststellen, dass mein Schnürsenkel durchgerissen ist. Fluchend versuche ich die Enden miteinander zu verknoten, doch das will mir nicht so recht gelingen.

Zu meiner Überraschung setzt sich Wyatt dazu. »Wirst du morgen wieder dabei sein?«

Ich wende mich ihm zu. »Fragst du das, weil Amara dich erpresst? Blinzle drei Mal, wenn dem so ist.«

Wyatt stutzt. »Nein, selbstverständlich nicht.«

Ich suche in seinem Gesicht nach Anzeichen, dass er sich einen Spaß erlaubt, doch er wirkt nicht wie jemand, der darüber scherzen würde. »Also, was ist es dann, ein Friedensangebot?«

»Wenn du das so nennen möchtest?« Als ich nicke, spricht Wyatt weiter: »Mir war es ernst damit, dass ich einiges wieder gut zu machen habe. Es war keine Floskel. Nimmst du es an?«

Aus mir unbekannten Gründen glaube ich ihm das.

»Eigentlich habe ich heute eine Entscheidung getroffen. Wie es weitergehen soll.« Jedoch bin ich niemand, der lange einen Groll hegen kann oder über seinen verletzten Stolz schmollt.

»Das klingt nach einem Aber«, mutmaßt er und er hat nicht ganz unrecht. Vielleicht liegt es an dem klärenden Gespräch auf dem Balkon. Vielleicht am Cider, den Amara ausgeschenkt hat, weswegen ich nun meine Meinung erneut ändere.

»Ich habe Ideen«, verkünde ich. »Jede Menge davon.«

»Jede davon kann hilfreich sein. Also?«

Vielleicht ist es auch naiv, zu denken, dass sich etwas ändern kann. Aber ich will mir einfach nicht vorstellen, dass dem nicht so ist. Dass Menschen immer nur schlecht sein müssen, weil sie einen schlechten Tag hatten. Dafür gibt es zu viele Facetten von dem, was das Leben wirklich bereithält.

Also nicke ich.

Kapitel 12

Hazel

In meinem Schoß liegt mein Tablet, über das ich meine Notizenapp aufrufe. Es fühlt sich gut an, das Konzept anzulegen, von dem ich Wyatt erzählt habe. So wie ich es bei meinen bisherigen Projekten getan habe. Aber hier ist es irgendwie anders. Kein Druck, keine Erwartungen.

Ich rufe mir ins Gedächtnis, was sich die Jugendlichen für das Jugendzentrum gewünscht haben, und mache mir die Stichpunkte – *offen, freundlich, gemütlich*. Nachdem ich eine Farbpalette zusammengestellt habe, lege ich zusammen mit Margot und Wyatt los.

Am einfachsten fällt es, den Aufenthaltsraum zu gestalten. Mit den entfernten Wänden ist der Raum größer geworden. Das lädt dazu ein, verschiedene Bereiche zu gestalten. Ein Bereich, in dem zusammen etwas gespielt oder gegessen werden kann. Davon abgegrenzt kann eine Ruhezone entstehen, in der Hausaufgaben erledigt oder ein Buch gelesen werden kann. Als Abgrenzung skizziere ich Regale, die eine Sitzbank beinhalten. Der Kniff? Sie können rotiert werden, sodass sie entweder den Raum öffnen oder eine räumliche Trennung herbeiführen.

Ich meine mich zu erinnern, dass sie auch eine Spielkonsole und einen Airhockeytisch besitzen, diese verorte ich in einem dritten Bereich.

Auf Anhieb will mir jedoch keine Lösung für das Lichtproblem einfallen. Es ist dort wirklich dunkel. Eine Zwischendecke einzuziehen wäre möglich, um mehrere Spots zu setzen, aber die Räume sind sowieso schon niedrig. Ich setze neben den Punkt ein Fragezeichen.

Ich achte darauf, Elemente einzubinden, die jemand von uns auch selber bauen kann. Das entlastet zum einen das Budget, schafft aber auch eine gewisse Bindung. Ich frage mich, ob ich in der Ruhezone noch eine Hängeschaukel oder ähnliches integrieren kann.

Für die Küche und dem Bad suche ich im Internet nach Fliesenresten, die günstig abgekauft werden. Entweder, weil es sich um Reste handelt, oder ganze Margen, die gegebenenfalls einen kleinen optischen Mangel haben, aber davon abgesehen, sich vorzüglich eignen. Das gleiche mache ich mit Bodenbelägen. Dort bin ich mir unsicher, ob ich auch bei Fliesen bleiben möchte. Teppich fällt auf alle Fälle raus. Noch ein Fragezeichen.

Ich bin so in meine Arbeit versunken, dass ich erst begreife, dass mein Name gerufen wird, als Amara ihr Gesicht vor meines schiebt.

»Die Spedition ist da«, sagt sie grinsend und ich springe auf.

Die Kisten zu sehen, wie sie vor dem Jugendzentrum ausgeladen werden, fühlt sich auf eine eigenartige

Weise befreiend an. Augenblicklich fühle ich mich vollständiger. Als hätte ich einen Teil in London zurückgelassen und es nicht bemerkt. Bis jetzt.

Mit der Aussicht auf die neuen Werkzeuge scheint auch eine Last von den anderen abzufallen. Amaras Gang wirkt wieder beschwingter. Wyatts Schultern wirken weniger verkrampft.

Endlich kann es damit weitergehen, was wir uns vorgenommen haben.

***

In den folgenden Wochen fallen mit den Wänden auch andere Mauern. Ich kann die Veränderung deutlich spüren, die wir zusammen mit dem Gebäude durchlaufen.

Ich gebe vor, dabei zuzusehen, wie die letzten Steine weichen. Auch wenn ich es nicht will, wandert mein Blick immer wieder zu Wyatt. Dieser setzt an der untersten Reihe an und der Boden unter meinen Füßen vibriert. Durch den Gehörschutz dringen die Geräusche nur gedämpft zu mir herüber.

Wenn ich an das Gespräch mit ihm zurückdenke, flirrt es in meiner Magengegend. Auf Amaras Party habe ich zum ersten Mal das Gefühl gehabt, dass wir uns wirklich ernsthaft und aufrichtig unterhalten haben. Und ich spüre so etwas wie Zuversicht, dass wir doch gut miteinander auskommen werden.

Es gibt nur ein Problem, und das ist die offensichtliche Anziehung, die ich ihm gegenüber verspüre. Je sympathischer er mir wird, desto attraktiver finde ich ihn. Unter seinem Shirt zeichnen sich die feinen

Muskelstränge ab. Seine Oberarme liegen frei und es ist gefährlich für mich, dorthin zu sehen. Und höchst unprofessionell, schließlich arbeiten wir hier zusammen.

Doch ich kann nichts gegen dieses Gefühl machen. Gegen diese Faszination ihm gegenüber. Dagegen fühle ich mich ohnmächtig. Dabei würde es ihm nicht gefallen, von mir beobachtet zu werden, da bin ich mir sicher. Niemand möchte so beobachtet werden. Also drehe ich mich entschieden zur Seite und schaufle den Schutt in die Schubkarre, den ich noch nicht ganz vollständig zusammengekehrt habe. Mit jedem Schwung sage ich mir, weshalb das eine schlechte Idee ist, mich in diese Anziehung, die ich verspüre, hineinzusteigern.

Du kennst ihn nicht wirklich.

Im Moment hast du andere Sorgen.

Du solltest dich wirklich erst einmal auf dich konzentrieren.

Das sind drei Wahrheiten.

Was auch wahr ist, dass es mir zusehends schwerer fällt, diese rein logischen Argumente nachzuvollziehen.

Eine Berührung an meiner Schulter lässt mich aus meinem Gedankenkarussell ausbrechen. Wyatt steht dicht hinter mir, so nah, dass ich sein Duschgel riechen kann. Mein Blick wandert von seiner Brust zu seinem Schlüsselbein, hinauf zu seinem Kiefer, der sich bewegt, als er spricht.

Bei seinem Gesicht angekommen, tippt sich Wyatt mit einer Geste gegen die Ohrenschützer, die er beiseitegeschoben hat. Ich tue es ihm nach, und die Geräusche des Jugendzentrums dringen wieder an mein Ohr. Ich höre Brooks weiter hinten fluchen, aber ich habe bereits gelernt, dass das nur die normale Geräuschkulisse ist.

»Etappe eins ist abgeschlossen«, sagt Wyatt. »Kann ich dir beim Aufräumen helfen?«

»Ich komme klar, keine Sorge.«

»Ich habe ein wenig gehofft, dass du das sagst. Ich muss kurz mit der Stadt telefonieren. Sie wollen weitere Termine ausmachen, um den Fortschritt zu begutachten.«

»Klar, kein Problem«, sage ich. Wyatt nickt dankbar, dann verschwindet er in Richtung Küche. Der einzige Raum, der noch einigermaßen unberührt aussieht.

Ich mache die Schubkarre mit dem Schutt voll. Meine Arme brennen, als ich diese durch die Eingangstür hinaus zur Straße schiebe. Bei dem Bauschuttcontainer ist bisher nur der Boden bedeckt, aber das wird sich schnell ändern. Ich brauche die gleiche Zeit, um den Schutt von der Schubkarre in den Container zu schaufeln. Ich denke besser nicht daran, wie oft ich das in den nächsten Wochen noch machen werde. Unzählige Male, die ich diesen Weg noch zurücklegen werde.

Bevor ich wieder hineingehe, fällt mir auf dem gegenüberliegenden Gehweg ein Zeitungsjunge auf. In seiner Hand flattern bunte Flyer, die er in die Briefkästen einwirft. Auch beim Jugendzentrum lugt eine Ecke des Flyers hervor. Ich nehme diesen mit und betrachte ihn beim Hineingehen. In quietschbunter Schrift wird ein Flohmarkt beworben, der morgen in Cork stattfinden soll.

»Das ist perfekt!«, entfährt es mir. »Da müssen wir hin.«

»Wohin?«, ertönt es hinter mir und ich drehe mich herum. Wyatt steht in der Tür zu Flur. In der Zwischenzeit hat er sich etwas Staub von den Schultern geklopft. Nur in den Haaren hängt dieser immer noch, was mich schmunzeln lässt. »Ich wollte mir einen Tee machen, möchtest du auch einen?«

Es ist ein weiteres Friedensangebot. Eines von vielen in den letzten Tagen.

»Ja, gern«, sage ich und folge ihm in die Küche. Das Wasser sprudelt bereits. Wyatt holt eine zweite Tasse und Teebeutel aus dem Hängeschrank über der Spüle. Sobald das Wasser kocht, gießt er diese auf und setzt sich zu mir an den Tisch.

»Erzählst du mir, was du gerade entdeckt hast?«, greift Wyatt seine Frage erneut auf.

Ich ziehe meine Beine an und setze mich im Schneidersitz hin. »Morgen ist Flohmarkt. Das ist das Beste, was uns passieren kann.«

Wyatt runzelt die Stirn, er wirkt ehrlich verwirrt. »Aus welchem Grund?«

»Weil wir dort Schätze finden können. Viele Schätze! Du ahnst gar nicht, was für Potenzial in Flohmärkten steckt.« Er scheint noch immer nicht überzeugt, deshalb lege ich nach: »Wir können da für schmales Geld Möbel finden, und diese für unsere Zwecke umfunktionieren. Das schont das Budget *und* ist gut für die Umwelt. Eine *Win-win-Situation* sozusagen.«

»Okay, ich bin dabei«, sagt er, wenn auch etwas widerwillig. »Wann geht es los?«

»Direkt morgens. Und wir müssen pünktlich sein. Wenn wir zu spät dran sind, ist das Beste vielleicht schon weg.«

Wyatt seufzt und lacht daraufhin. Ich bekomme eine Gänsehaut und mir fällt es schwer, mir nichts anmerken zu lassen. »Da spricht wohl der Profi.«

»Erzähl, wie lange machst du das schon mit dem Jugendzentrum?«

Er überlegt eine Weile. »Fünf Jahre, vielleicht sechs. Ich habe in meinem Studium begonnen, hier nebenbei zu arbeiten, und dann irgendwann den Absprung verpasst.«

»Und was hast du studiert?«, frage ich.

»Psychologie.«

»Wolltest du nie in einer Praxis arbeiten?«

»Eine Zeit lang konnte ich mir das gut vorstellen«, erwidert Wyatt und neigt den Kopf. Er wirkt nachdenklich. »Aber ich habe das Gefühl, dass ich hier näher dran bin. Ich finde, man unterschätzt schnell, wie sehr einen die jungen Jahre prägen. Und diesen Unterschied will ich machen.«

***

Am nächsten Morgen lenkt Wyatt den Wagen in eine Parklücke in der ersten Reihe. Wir haben Glück mit dem Parkplatz, wahrscheinlich ist kurz vorher jemand weggefahren. Noch viel mehr Glück habe ich, dass Wyatt für heute einen Anhänger organisiert hat. Eigentlich, weil er zuvor Fliesen abgeholt hat, die jemand im Umkreis verschenkt hat. Der Zeitpunkt hätte nicht besser gewählt sein können.

»Was erwartet mich da gleich?«, fragt Wyatt und blickt durch die Windschutzscheibe nach draußen. Seine Miene schwankt zwischen Resignation und

Belustigung und ich liebe alles daran. Die Stände beginnen wenige Meter weiter auf der Grünfläche. Die Gänge zwischen den Tischen sind unwahrscheinlich voll, es gibt kaum ein Durchkommen.

»Jede Menge Spaß.«

»Und Wahnsinn?«

»Das vielleicht auch«, sage ich beim Aussteigen.

Nach wenigen Metern entdecke ich einen Tisch. Ehrfürchtig lasse ich meine Fingerspitzen über die massive Eichenholzplatte wandern, über jede Kerbe, jede Narbe im Holz. Der Tisch hat bereits gelebt, aber er ist perfekt.

»Unser alter Tisch ist etwas klein für alle«, gibt Wyatt zu, nachdem er ihn in Augenschein genommen hat.

»Jetzt muss niemand mehr im Stehen essen«, scherze ich. Der Preis ist unschlagbar, also nehmen wir ihn mit und laden ihn auf den Anhänger.

Wyatt entdeckt ein Schachspiel. Das Spielbrett ist komplett aus Holz hergestellt, helle und dunkle Quadrate wechseln sich ab. Die Figuren sind komplett und liegen schwer in der Hand. Das nehmen wir mit, genauso wie einen kleinen, kompakten Strahler, der mehrfarbiges Licht ausgeben kann, und sich hervorragend im Aufenthaltsraum machen würde.

Wyatt wirkt etwas skeptisch, weswegen ich sage: »Lichtkonzepte sind wichtig. Vertrau mir.«

»Das ist nicht das Problem. Mir fehlt nur etwas die Fantasie dafür«, gibt er zu.

Der Anhänger und das Auto füllen sich schnell mit einem Regal, Aufbewahrungsboxen, einer Stehlampe, Gesellschaftsspielen, einem Wandbild, dessen Rahmen wunderschön und antik ist, einem Teppich, Holzplanken, die ich zum Basteln nutzen möchte, und

Standlautsprechern samt Verstärker, den ich geschenkt bekomme, weil die Verkäuferin nach Hause möchte.

Auf dem Rückweg zum Auto kann ich an dem Schaukelstuhl nicht vorbeigehen, der etwas abseits steht. Sein Holz ist weiß angestrichen worden. Der Stuhl knarzt, als ich ihn bewege, und macht keinen sonderlich stabilen Eindruck auf mich. Es müssen einige Schrauben nachgezogen werden, denn er schlackert, als wäre er aus Gummi. Dennoch ist er perfekt. Selbst das Sitzpolster in dem ulkigen Muster ist perfekt.

»Bist du sicher, dass der gut reinpasst?«

»Der ist nicht für euch, tut mir leid«, sage ich. »Der ist für mich. Den will ich haben.«

»Na, wenn das so ist …«, sagt Wyatt gedehnt. »Hey, Barr, was willst du für den ollen Stuhl haben?«

Überrascht sehe ich zu Wyatt hoch, der den älteren Herren grüßt. Der grinst ein zahnloses Lächeln und schüttelt erst ihm und dann mir überschwänglich die Hand. »Lange nicht gesehen, Kleiner. Wie geht es dir?«

»Ich kann mich nicht beklagen«, erwidert Wyatt. Sein Lächeln wirkt echt. Gedanklich mache ich mir eine Notiz. Es ist das vierte Mal, das er in meiner Anwesenheit lächelt.

»Was macht deine Schwester Gia? Ist sie noch bei der Garda?«

»Erstaunlicherweise ja.«

»Schlaues Mädchen. Sie wusste schon immer, sich zu behaupten. Und hast du etwas von Clancy gehört? Wie geht es ihr?«

Ein Schatten huscht über Wyatts Gesicht, dann schüttelt er unmerklich den Kopf. »Keine Ahnung«, erwidert er knapp. »Verrätst du mir nun, was du für den Stuhl haben willst, alter Mann?«

»Wer ist hier alt?«, empört sich Barr und stemmt die Hände in die Hüften. »Junge, denkst du nicht, dass ich dich immer noch beim Schach schlagen würde?«

»Willst du das wirklich ausprobieren?«

»Ist das Wyatt? Wyatt Dalton?« Eine ältere Dame kommt auf uns zugeeilt. »Barry, Liebling, ist das unser Junge?«

»Du sagst es, Soso.« Barr klingt aufgeregt, als er sich seiner Frau zuwendet.

»Saoirse«, sagt Wyatt und umarmt die Frau. »Wie ist es euch ergangen?«

»Bestens, wir genießen aktuell das Leben als Großeltern.«

»Glückwunsch! Hat Laoise ein Kind bekommen?«

»Oscar ist vor zwei Monaten Vater geworden«, erklärt Barr. In seiner Stimme klingt Stolz mit.

Saoirse nickt bei den Worten ihres Mannes. »Dass ich dich hier sehe, ich träume wohl. Das wäre der letzte Ort, an dem ich dich erwarten würde.« Dann fällt ihr Blick auf mich. Ihre Pupillen besitzen die Farbe von Bernstein. »Das ist Ihnen zu verdanken, habe ich Recht?«

»Nicht wirklich.« Ich lache. Das ist doch absurd. Absurd und schön hier zu stehen, und die Menschen kennenzulernen, die Wyatt so viel bedeuten und er ihnen ebenso. Er wirkt etwas peinlich berührt, als sich unsere Blicke kreuzen.

»Kann ich den Stuhl morgen abholen?« Ich denke an die ganzen Kleinteile, die den Kofferraum, die Rücksitzbank und meinen Fußraum vorne belagern. Das heute ist ein richtig erfolgreicher Tag. »Ich befürchte, den bekommen wir so nicht ins Auto. Ich würde mir morgen einen Mietwagen organisieren und dann zu Ihnen kommen.«

»Sicherlich, ich werde ihn in der Zwischenzeit gut verwahren«, sagt Saoirse und nennt mir ihre Adresse. Der Stuhl ist ein Schnäppchen, weshalb ich ihn im Voraus bezahle.

»Lass dich mal wieder blicken, Junge«, sagt Barr zum Abschied. »Und bringe das nächste Mal ruhig deine Freundin mit. Ich mag sie nämlich.«

Keiner von uns beiden korrigiert Barr. Auf dem Rückweg zum Auto hat sich die Zahl der Stände mindestens halbiert. Viele haben bereits abgebaut, der Rest ist gerade dabei. Zwischen Wyatt und mir herrscht eine peinlich berührte Stimmung, zumindest fühlt es sich für mich so an. Das Gespräch mit Barr und Saoirse ist ein Einblick in Wyatts Leben gewesen, das er so sorgsam für sich behält.

»Müssen wir darüber sprechen?«, fragt Wyatt, als wir den Wagen erreichen. Wir blicken uns über das Dach hinweg an. Mir ist nicht klar, ob er die Begegnung mit Barr und Saoirse meint oder Barrs Annahme, ich sei seine Freundin.

»Wir müssen gar nichts, was du nicht willst.«

»Ich wusste, dass du das sagen würdest.« Wyatt Augen funkeln.

»Ich nehme das als Kompliment«, sage ich und steige ein, bevor er das dementieren kann.

Nachdem wir alles entladen haben, fahre ich mit dem Fahrrad zurück nach Hause. Ich trete fest in die Pedale. Der Nachmittag ist gerade erst angebrochen und ich spiele mit dem Gedanken, zum Meer zu fahren.

Vielleicht nehme ich den Bus über Kinsale nach Garrettstown, und wenn ich mich beeile, schaffe ich es, die Verbindung zu kriegen, mit der ich nur anderthalb statt zweieinhalb Stunden unterwegs bin.

Sobald ich mein Fahrrad in den Schuppen geschoben habe, sprinte ich nach vorne zur Haustür und suche meine Tasche, in die ich ein Handtuch, eine Thermoskanne mit Tee, ein Buch, was ich schon lange lesen wollte, und meine Sonnenbrille einpacke. Für den Fall, dass ich eine besonders schöne Stelle entdecke, an der ich etwas länger verweilen will. Ich trete hinaus und beglückwünsche mich innerlich zu der Wahl, heute ans Meer zu fahren. Die Sonne kommt raus. In der Luft liegt der Duft von Flieder. Ich bin etwas zu früh dran, da ich mir zutraue, mich zu verlaufen. Auf meinem Handy lasse ich mir die Richtung anzeigen, in der die nächste Haltestelle liegt, von der ein Bus Richtung Stadtzentrum fährt, als ein Auto vor mir zum Halten kommt.

Ich sehe in dem Moment auf, in dem Wyatt aussteigt.

»Hey«, sagt er und umrundet den Wagen auf der Vorderseite.

»Hey«, erwidere ich. In meinem Kopf gehe ich jede mögliche Alternative durch, weshalb er hier aufkreuzt. »Ich bin etwas überrascht, dich zu sehen«, gebe ich schließlich zu.

Über Wyatts Gesicht huscht die Andeutung eines Lächelns. »Ich hätte mich ankündigen sollen. Bist du auf dem Sprung?«

»Ich wollte an den Strand fahren«, erkläre ich. »Du musst stolz auf mich sein, schließlich hast du mir den

Rat gegeben, hier auch etwas zu leben, nicht nur zu arbeiten.«

Seine Augenbrauen rutschen überrascht nach oben. »Erstaunt bin ich auf alle Fälle. Welchen hast du dir ausgesucht?«

»Garrettstown.« Ich halte inne und checke die Uhrzeit auf meinem Handy. »Ich müsste dafür spätestens in acht Minuten an der Bushaltestelle sein.«

»Es geht auch ganz schnell.« Wyatt fährt sich mit der Hand durchs Haar. »Ich habe deinen Stuhl von Barry abgeholt. Du musst mir nur sagen, wo ich ihn hinbringen soll.«

»Das hättest du nicht tun müssen.«

»Ich weiß.« Wyatt schlägt die Plane von dem Anhänger zurück und hebt den Schaukelstuhl heraus. »Wo kann ich ihn abstellen?«

»Du musst wirklich nicht ...« Doch Wyatt hat ihn bereits hochgenommen und trägt ihn den Weg zum Haus hinauf. Dabei sieht es so aus, als wäre der Schaukelstuhl weder unhandlich noch ein Schwergewicht. »Auf die Veranda hinterm Haus«, sage ich schicksalsergeben.

»Wie viel Wert legst du auf einen weißen Sandstrand?«, fragt Wyatt, nachdem er den Schaukelstuhl abgestellt hat.

»Der ist nicht so wichtig. Ich möchte das Meer sehen. Den Wind in meinem Gesicht spüren.«

»Dann hätte ich vielleicht einen anderen Vorschlag für dich«, sagt er. »Hast du Lust, dich überraschen zu lassen?«

Kapitel 13

Hazel

Hinter der Scheibe zieht die Landschaft an mir vorbei. Unvorstellbar, wie grün es hier ist und wie weit man in die Ferne blicken kann. Kaum, dass wir die Stadtgrenze und den Flughafen hinter uns gelassen haben, sind wir auf einer zweispurigen Straße unterwegs. Wir passieren irgendwann ein Straßenschild, auf dem einige Städte in gälischer Sprache samt englischer Übersetzung ausgewiesen sind, einzig *Cionn tSáile*, Kinsale, kommt mir vage bekannt vor.

»Wir fahren nach Kinsale?«, rate ich.

Wyatt schmunzelt. Es ist kein ganzes Lächeln, doch die Linien um seine Augen werden tiefer und die Andeutung des Grübchens erscheint. »Nein.«

»Willst du mir nicht einen Tipp geben?«

»Dann wäre es keine Überraschung mehr.« Sein Blick flackert kurz zu mir, ehe er seine Konzentration wieder auf die Straße richtet.

»Du lässt mich gern zappeln«, stelle ich fest. »Was kann deine Meinung ändern? Schokolade? Bier?«

»Hast du etwa beides dabei?«

»Nein«, gebe ich kleinlaut zu. Auch nach dem Bestechungsversuch erweist sich Wyatt als unerbittlicher, als ich ihm zugetraut hätte. Seufzend kurble ich die Fensterscheibe etwas hinab und strecke den Kopf heraus. Gelbblühender Ginster säumt die Felder. Die Sonne bricht durch die Wolkendecke, die Luft ist warm und fühlt sich wie eine sanfte Berührung auf meinem Gesicht an.

Nach einer Linkskurve sind wir nur noch auf einer schmalen Straße unterwegs, die an Feldern und kleineren Ortschaften vorbeiführt.

»Da sind Schafe!« Begeistert strecke ich meine Hand nach ihnen aus, doch sie sind so weit entfernt, dass sie auf der Weide nur kleine weiße Pünktchen darstellen.

»Hier gibt es mehr Schafe als Menschen, was hast du erwartet?«

»Bisher hielt ich das für einen Mythos.« Ich lache und wende mich Wyatt zu. »Mich würde es auch nicht wundern, wenn man bei klaren Sichtverhältnissen den Eiffelturm sehen würde. Hier ist einfach alles so *überschaubar*.«

Wyatt hustet, doch ich bin mir sicher, dass er damit sein Lachen kaschieren will. »Tut mir leid, dich enttäuschen zu müssen, aber bis Paris können wir nicht schauen.«

»Schade«, sage ich, lasse mich zurück in den Sitz fallen und genieße die Brise, die meine Haare aufwirbelt. »Hast du heute wirklich keine wichtigen Dinge zu erledigen?«

»Nicht heute, nein.«

»Nicht, dass ich mich vor Brooks rechtfertigen muss, wieso ich dich vom Arbeiten abhalte. Manchmal ist er ein wenig angsteinflößend«, schiebe ich hinterher. Daraufhin schnaubt Wyatt und ich sehe zu ihm herüber. »Siehst du das nicht so?«

»Auf keinen Fall.«

»Du musst das sagen, oder?«

»Kein Kommentar.« Er schüttelt den Kopf, als würde er einen Gedanken verwerfen. »Brooks hat ein weiches Herz. Er versteckt es nur sehr gut.«

Irgendwie kommt mir das bekannt vor.

Es vergehen Minuten, in denen die Stille nur durch Radiomusik ausgefüllt wird. Die Zufahrtsstraße wird zusehends schmaler und schmaler. Dass ich kein Gefühl dafür habe, wie lange wir eigentlich bereits unterwegs sind, merke ich, als Wyatt schließlich am Straßenrand parkt.

»Den restlichen Weg werden wir gehen müssen«, sagt er entschuldigend. »Es ist wirklich nicht weit.«

Verunsichert spähe ich durch die Windschutzscheibe nach draußen, doch aktuell sehe ich nur einen stark zugewucherten Weg vor mir. Kein Meer weit und breit zu sehen. Nicht weit von hier entfernt steht ein Haus, doch davon abgesehen, befinden wir uns im Nirgendwo. »Sind wir wirklich da? Also am Meer, du weißt schon – blau, tief, unergründlich?«

»Du kannst auch hierbleiben, wenn du mir nicht vertraust«, sagt Wyatt milde, ehe er aussteigt.

Er spricht von Vertrauen? »Ziemlich mutig von jemanden, der mich erst letzte Woche noch loswerden wollte«, murmle ich. Und doch folge ich ihm zum Kofferraum, in dem ich meinen Rucksack untergebracht habe.

»Saoirse hat übrigens nach dir gefragt – und mir *Tea Cake* mitgegeben, als hätte sie eine Vorahnung gehabt, dass ich noch einen Ausflug machen werde«, gesteht er und holt eine Dose hervor.

Ich kann nicht anders, das Lachen bricht aus mir heraus. »Du wirst es nicht glauben, aber ich habe Tee dabei!«

Wir nehmen beides mit und begeben uns den Weg hinab. Auch wenn ich es erst nicht für möglich gehalten habe, in der Luft liegt unverkennbar der Geruch nach Meer. Nicht weit entfernt kreischen Möwen. Wir lassen das letzte Gebäude hinter uns, der Weg ist abschüssig und gibt den Blick auf die Bucht frei. Die Klippen fallen steil ins Meer, die Wellen zerbrechen zu weißem Schaum. Auf dem Plateau wächst sattgrünes Gras, durch das der Wind hindurchgeht. Alles hieran hallt in mir nach, durch jede Faser meines Körpers pulsiert nur ein Wort: *Freiheit.*

Ein unscheinbarer Kiesweg führt zwischen den grünen Weiden entlang. Auf der rechten Seite ragen die Mauern einer Ruine aus der Erde empor, doch aktuell habe ich nur Augen für das Naturspektakel vor mir.

»Ich kann das Meer hören«, rufe ich und beschleunige meine Schritte.

Die Felsen, diese unberührte Natur, diese Wildheit ziehen mich in ihren Bann und plötzlich liegt es vor mir. Die Steine am Ufer sind von Moos überzogen. Ich ziehe meine Schuhe aus, kremple meine Hosenbeine hoch und wate hinein. Die Wellen lecken an meinen Zehen, dann an meinen Knöcheln. Das Wasser ist kalt, wie erwartet. Doch es rüttelt etwas in meinem Geist auf.

Auch wenn ich daran gezweifelt habe, ist es richtig. Dass ich hier bin, hier stehe. Dass ich gegangen bin, fort aus London, weg von Tyler. Auch wenn er mir nicht aus meinem Tief helfen konnte, war es, als hätte mir Tyler beim Ertrinken zugesehen.

Ich glaube nicht, dass ich mich lieben könnte, wenn ich geblieben wäre.

Das ist auch eine Wahrheit. Die wahrhaftigste von allen.

»Ich wäre ein wenig vorsichtig bei den Steinen, die können verdammt rutschig sein«, rät Wyatt mir.

»Sprichst du da aus Erfahrung?«

»Sehr gut möglich«, gibt er zurück.

»Du musst schon mit etwas mehr kommen, als mir nur diese Brocken hinzuwerfen.« Ich lache und wende mich ihm zu. Wyatt ist etwas entfernt stehen geblieben und lässt den Blick wandern. Der Wind zerrt an seinen Locken, was ihm einen etwas wilden Ausdruck verleiht. Mir fällt erst jetzt auf, dass seine Haare seit unserem ersten Aufeinandertreffen deutlich gewachsen sind. Nicht mehr lange, und die einzelnen Strähnen werden ihm in die Augen fallen.

»Ich war hier früher oft mit meiner Schwester Gia, sie ist ein paar Jahre älter, und sobald sie ein Auto hatte, sind wir hier regelmäßig runtergefahren«, erklärt er. »Jedenfalls habe ich das Gleiche wie du getan, und bin auf den Steinen ausgerutscht. Die Rückfahrt war ziemlich angespannt. Gia war nicht davon begeistert, dass ihr Auto noch Tage später nach Algen gestunken hat.«

»Ich verstehe gar nicht, warum«, erwidere ich neckend, woraufhin Wyatt schnaubt. »Auf einer Skala von eins bis zehn, wie hoch ist die Wahrscheinlichkeit, dass du mich hier zurücklässt, wenn mir das gleiche passiert?«

Sein Blick findet meinen, warm und fokussiert. »Ich würde dich hier nicht zurücklassen, Hazel.«

»Ich verlasse mich auf dein Wort«, sage ich und wende mich hastig ab, bevor Wyatt die verräterische Röte auf meinen Wangen erkennen kann. Was auch immer mein Körper sich dabei denkt, so offensichtlich auf ihn zu reagieren, wirklich hilfreich ist es nicht.

Für einen Moment sauge ich das Bild vor mir auf, spüre den Wind auf meiner Haut, in meinem Haar, schmecke den salzigen Geschmack von Meer auf meinen Lippen.

Eine größere Welle bricht sich an den Felsen, und ich weiche nicht schnell genug zurück. Ihre Ausläufer schwappen gegen meine Schienbeine, tränken meinen Hosensaum. »Oh«, entweicht es mir. »Vielleicht bringe ich doch etwas Alge mit zurück.«

»Mach dir darüber keinen Kopf«, erwidert Wyatt, was mich etwas beruhigt, doch nicht zurückgelassen zu werden.

Nachdem ich mir die Socken und Schuhe wieder angezogen habe, wandern wir auf die höhere Ebene, dorthin, wohin sich die Sonnenstrahlen ausstrecken. Wir sitzen nebeneinander, mein linkes Knie berührt seins, haben weder Teller, Besteck oder Servietten. Aber das ist egal. Saoirse kann hervorragenden Kuchen backen und ich lasse mir von Wyatt versprechen, ihr das auszurichten. Den Tee trinken wir aus der Kappe meiner Isolierkanne. Bei der Vorstellung, dass seine Lippen die gleiche Stelle berühren, flimmert es in meiner Magengegend.

»Wie alt warst du damals, als du mit deiner Schwester hergekommen bist?«, frage ich mit kribbelnden Lippen und versuche mich auf all meine anderen Empfindungen zu konzentrieren.

»Vierzehn, fünfzehn, vielleicht«, erwidert er und legt beim Nachdenken den Kopf schief. »Damals war es das Beste, hierher rauszukommen. Hier gab es keine Verpflichtungen, keine Sorgen. Wir haben alles, was uns genervt hat, einfach in Cork zurückgelassen. Gia hat ihr ganzes Datenvolumen mit Serien aufgebraucht.« Bei der Erinnerung daran werden seine Gesichtszüge weicher. »Ich habe viel gelesen, alles, was ich in der Bibliothek in die Finger bekam.«

»Und was genau? *Wie werde ich beeindruckend grüblerisch: Teil eins, zwei und drei?*«, ziehe ich ihn auf.

»Beeindruckend, ja?« Sein Blick streift mein Gesicht, im Sonnenlicht macht es den Anschein, als würden goldene Flecken in dem Grau seiner Pupillen tanzen, und mein Herzschlag beschleunigt sich. »Unter anderem«, beantwortet er meine Frage, ohne eine Antwort abzuwarten, die ich sowieso nicht gehabt hätte, »aber auch ganz viele Psychologiebücher ... und Klassiker.«

Ich versuche die Eindrücke, die ich von ihm habe, neu zu ordnen. Er lässt sich nur schwer anmerken, was in ihm vorgeht, nicht wirklich zumindest. Und das macht mich neugierig. »Welche Klassiker zum Beispiel?«

»Zum Beispiel alles von den Brontë-Schwestern. Sturmhöhe hat mir am besten gefallen. Darüber habe ich noch lange nachgedacht, um diese Art von selbstzerstörerischer Liebe zu verstehen.«

»Was hat dich daran am meisten fasziniert?« Der Wind fegt in Wellen durch das Gras. Ich lasse mich auf den Rücken fallen und sehe den Wolken dabei zu, wie sie von links nach rechts treiben.

»Faszination ist wohl das falsche Wort dafür. Ich habe nur lange nicht erkannt, wieso sie so waren. Die Erkenntnis kam erst später, dass manche nicht loskommen von Personen, die sie lieben und die ihnen nicht guttun. Und zu Hause ... zu Hause war es auch nicht gut. Also sind wir ans Meer rausgefahren – aber auch immer wieder zurückgekommen. Nach jedem langen Nachmittag.«

»Es ist schön, dass ihr wenigstens euch beide hattet.« Erinnerungen steigen in mir auf. Von Einsamkeit. Von stillen Räumen. Vom Warten. Darauf, dass meine Mom nach Hause kam. Den Schritten im Treppenhaus, von denen ich hoffte, sie würden nicht weitergehen, sondern vor unserer Wohnung Halt machen. Bis es schließlich so spät war, dass ich meine Lider nicht mehr offenhalten konnte und am Küchentisch sitzend einschlief.

Ich drehe mich zur Seite und lege meinen Kopf auf meiner Handfläche ab. Nachdenklich lasse mir seine Worte durch den Kopf gehen. Wyatt sagte, er hätte damals gern einen Ort gehabt, an den er zurückkehren kann. Ich frage mich, ob er hierhergekommen ist, weil es zu Hause nicht aushaltbar war. Doch ich traue mich nicht zu fragen, was passiert ist, dass sein Zuhause nicht dieser Ort war.

»Das stimmt. Zumindest, bis Gia wegen ihrer Ausbildung in eine andere Stadt ziehen musste, und ich hatte lange keinen Führerschein und kein Auto, um hierher zu kommen.«

»War das das letzte Mal, dass du hier warst?«, frage ich und kann den Eindruck nicht abschütteln, dass er meinen Blick meidet.

Wyatt sieht nach vorn, dabei fallen mir an seinem Hals eine Reihe von Leberflecken auf, die unter dem Kragen seines Shirts verschwinden. »Ja, das war es. Wie war es bei dir? Hast du Geschwister?«

Ich schüttle den Kopf. »Da war nur ich.« Aus dem Augenwinkel bilde ich mir ein, dass Wyatts Blick kurz zu mir schwenkt. Plötzlich kommt mir ein Gedanke. »Vorhin hat Barr nach jemanden gefragt. Clancy ... ist sie deine andere Schwester?«

Er lässt sich Zeit mit seiner Antwort, hat seinen Blick auf seine Finger gerichtet, in denen er einen Grashalm dreht.

»Gia ist meine einzige Schwester. Nein, Clancy, sie ... sie ist meine Mom. Aber für mich ist sie nur Clancy.«

Das beantwortet mir gleich mehrere Fragen. »Ihr habt ein schwieriges Verhältnis zueinander?«

»So kann man es ausdrücken, ja.«

»Wenn du mir mehr über sie und dich erzählen möchtest, höre ich dir gern zu. Wenn nicht, ist das auch okay«, sage ich.

Er lacht leise und es ist ganz furchtbar, was es mit mir anstellt. Ich fühle mich zu Wyatt hingezogen – und das, obwohl ich es besser wissen müsste. Meine Zeit in Cork ist begrenzt, und ich kann nicht einfach in sein Leben so hinein- und wieder hinausspazieren. Noch mehr Probleme schaffen. Davon hat Wyatt sicherlich mehr als genug, das spüre ich, auch wenn er nicht darüber sprechen möchte.

»Wenn das okay ist, würde ich diesen Moment nicht mit meiner schweren Familiengeschichte trüben. Ich werde es dir gern erzählen, nur … zu einem anderen Zeitpunkt.«

»Natürlich.« Unsere Blicke treffen sich in stummer Übereinkunft, und mir fällt es schwer, mir nicht anmerken zu lassen, wie sehr meine Nervenenden unter Strom stehen. Ein warmes Gefühl breitet sich in meinem Inneren aus, für das ich keinen Namen finden kann. »Ich fühle mich geehrt, dass du mir diesen Ort zeigst«, sage ich.

»Du hast mich wieder daran erinnert, dass ich auch leben muss. Nicht nur Arbeiten. Vielleicht ist es das erste Mal, dass ich einen Rat von mir selber befolge.« Er lächelt.

Es ist das dritte Mal heute, insgesamt das fünfte Lächeln. Ich halte das für eine ausgesprochen gute Quote.

Wyatt berührt sanft meine Schulter. Die Haut auf meinen Armen pellt sich, nachdem ich vor einer Woche den Garten auf Vordermann gebracht habe. Mein Blick folgt seinen schlanken Fingern, seinen Arm hinauf bis zu seinem Gesicht. Mein Herz pulsiert, die Hautstelle, die er berührt hat, auch. »Du hast dich verbrannt«, stellt er leise fest und lehnt sich zurück, wendet sich mir zu. Plötzlich sind wir wieder auf Augenhöhe. Das hohe Gras ist ein Schleier, das uns von der restlichen Welt trennt.

Ich schlucke meine Gedanken hinunter. »Letzte Woche. Ich habe mal wieder die Sonne unterschätzt, als ich im Garten gearbeitet habe.«

»Du verlierst auch das Zeitgefühl, wenn du fokussiert bist, richtig?«

»Erwischt.« Ich lächle und frage mich, wann es so selbstverständlich geworden ist, mit ihm über Alltägliches zu sprechen.

»Gleiches erkennt Gleiches«, ergänzt Wyatt sanft, ehe er kurz innehält. »Dir gelingt es dabei, den Blick fürs Wesentliche nicht zu verlieren. Und du stehst dafür ein, was du für richtig hältst.«

»Ich hätte nicht gedacht, dass dir so etwas auffällt«, sage ich und schlucke. Mir ist überdeutlich bewusst, dass sein Ellenbogen meinen berührt. Im Gespräch sind wir aufeinander zugekommen. Metaphorisch als auch im buchstäblichen Sinne. Unsere Gesichter sind einander ganz nah.

»Es ist schwierig, dich nicht zu sehen.« Sein Atem streicht warm über meine Wangen. Mein Herz klopft mir bis zum Hals. Ich müsste nun etwas Schlagfertiges darauf erwidern, doch in meinen Gedanken spiegelt sich nur ein Wunsch wider – Wyatt noch näher zu sein.

Ich nehme einen Atemzug, der mich zur Vernunft bringen soll, doch stattdessen sehe ich, wie sein Blick zu meinen Lippen springt. Seine öffnen sich minimal, als würde er etwas sagen wollen, aber nicht wissen, was. Ich habe auch keine Worte, keine Gedanken, nur ganz viel Gefühle in mir. Und ich handle danach.

Ich muss mich nicht strecken. Vielleicht bilde ich es mir auch ein, doch es ist, als würde Wyatt mir entgegenkommen. Es ist ein vorsichtiger Kuss und doch hat er nichts Zaghaftes an sich. Er hat eine Sanftheit inne, die Wyatt in allem begleitet, das er sagt und tut. Er legt seine Hände auf meine Schultern ab, darauf bedacht, nicht meinen Sonnenbrand zu berühren, ehe er seine

Finger meinen Nacken hinaufwandern lässt und mich näher an sich zieht.

Es vergehen mehrere Minuten oder auch nur Sekunden, bevor ich zurückweiche. Eine zarte Röte hat sich über Wyatts Wangen gelegt. Ich fühle es auch. Meine Lippen, mein Bauch, alles in mir prickelt.

Schweigend mustern wir einander und plötzlich fühle ich mich befangen. Ich würde ihn gern wieder küssen, doch vorher muss ich wissen, ob es auch das ist, was er möchte.

»Ich hätte fragen sollen«, murmle ich entschuldigend.

Wyatt blinzelt träge und streicht eine Strähne aus meinem Gesicht. Seine Finger ruhen an meinem Kiefer, mit seinem Daumen fährt er meinen Lippenbogen entlang. »Ich auch.«

Also habe ich es mir nicht eingebildet, es ging genauso von ihm aus wie von mir. Die Erleichterung, die mich durchspült, lässt mich lächeln.

Ich fühle mich trunken vor Euphorie. Es fühlte sich gut an, ihn zu küssen, von ihm berührt zu werden. Bevor ich zu einer Erwiderung ansetzen kann, benetzen Regentropfen meine nackten Arme, sprenkeln Wyatts Shirt mit dunklen Punkten. Innerhalb kurzer Zeit verwandelt sich der Niesel in einen ausgewachsenen Schauer, noch während wir unsere Sachen zusammenraffen und zum Auto laufen.

Lachend schlage ich die Autotür hinter mir zu, während vor der Windschutzscheibe die Welt untergeht. Dunkle Wolken haben sich vor die Sonne geschoben. Von dem blauen Himmel von vorhin ist nichts mehr zu erahnen. In der Ferne grollt es.

Im Innenraum riecht es nach Regen, nach Meer und vor allem nach Wyatt.

»Sollen wir zurück nach Hause fahren?«, fragt er sanft und wendet sich mir zu. Der Stoff an seinen Schultern ist dunkel vom Regen, in seinen Locken sitzen einzelne Tropfen.

Ich würde gern den Zeitpunkt noch etwas hinauszögern, an dem dieser Ausflug endet. Aber langsam kehrt die Vernunft zurück, also nicke ich. Durch den kalten Schauer überzieht eine Gänsehaut meinen Körper, die Wyatt nicht entgeht. Sobald er den Motor angestellt hat, dreht er die Lüftung wärmer. Nach wenigen Minuten muss ich das Fenster herunterkurbeln, weil die Scheiben von innen beschlagen. Sobald wir Nohoval Cove hinter uns lassen, lassen wir die Regenwolken zurück.

Es dämmert bereits, als Wyatt vor dem Haus hält. Die Sekunden verstreichen und ich tue mich mit den Worten schwer, die ich als nächstes an ihn richten möchte.

»Vielen Dank für den schönen Tag.« Ich öffne die Beifahrertür und halte inne. »Ich ... möchtest du noch kurz mit reinkommen? Auf einen Tee, vielleicht?«, frage ich und werde rot. Selbst ich höre, wie die Frage klingen muss. Was sie suggeriert und worauf ich nicht hinauswill. Ich möchte nur noch nicht den Nachmittag mit Wyatt enden lassen.

Er wirkt kurz überrascht, doch fängt sich schnell. »Ich habe nichts Weiteres vor, also sehr gern.«

Das Brummen des Motors erstirbt. Wir steigen aus und laufen die Auffahrt hinaus und am Haus vorbei zur Veranda.

»Du kannst gern schon einmal überprüfen, wie gemütlich der Schaukelstuhl ist«, rufe ich über die Schulter und schließe die Hintertür auf. Ich schlüpfe ins Innere und setze den Wasserkocher auf. Aus einem Vorratsschrank hole ich den losen Schwarztee von *Baewley's Tea* hervor und fülle davon eine abgemessene Menge in ein Teesieb. Nachdem ich dies in die Kanne gehängt habe, gieße ich diese mit kochendem Wasser auf.

»Das Loch in der Wand ist weg.«

Ich zucke zusammen. Als ich mich herumdrehe, steht Wyatt im Türrahmen. Seine Silhouette hebt sich stark vom hell erleuchteten Flur ab. Etwas daran, ihn hier zu sehen, erscheint mir surreal. Dabei weiß ich, dass es nicht sein erster Besuch ist. Aber unsere Beziehung ist jetzt eine andere.

»Das ist nicht das Einzige, was sich in der Zwischenzeit verändert hat«, sage ich. Ich hebe das Teesieb prüfend an, doch der Tee ist noch nicht ausreichend durchgezogen.

»Woran hast du noch gearbeitet?«

Ich zeige ihm die Stelle, an dem sich der Brandfleck befand, bevor wir in die Küche zurückkehren und ich das Teesieb heraushole.

»Weißt du, was da passiert ist?«, fragt Wyatt. Er stellt sich neben mich und nimmt mir die beiden Tassen ab, sodass ich nur noch die Teekanne mit nach draußen nehmen muss.

»Leider nicht. Ich wüsste gern die Geschichte dahinter.« Ich seufze, dann fällt mir noch etwas ein. »Trinkst du deinen Tee mit Milch? Oder Zucker? Mit einer Zitrone kann ich leider nicht dienen, tut mir leid.«

Etwas in meinen Worten scheint Wyatt zu belustigen, seine Mundwinkel zucken. »Nein, danke. Ich trinke meinen Tee schwarz, kein Zucker.«

Wir sind einander so nah, dass ich sein Parfum riechen kann. Mir scheint, als hätte es der Regen noch mehr hervorgehoben. Wenn ich raten müsste, würde ich auf Bergamotte als Kopfnote tippen.

»Dann kein Zucker.« Ich gehe einen Schritt zurück und muss mich kurz auf den Tee in meiner Hand besinnen. Wir wollten uns auf die Veranda setzen, erinnere ich mich. Auf dem Weg nach draußen nehme ich noch einen Schraubenzieher mit. »Ich habe fast vergessen, dass der Stuhl vorhin keinen so soliden Eindruck gemacht hat«, sage ich und knie mich hinter die Lehne.

»Nicht weiter schlimm, er wäre ja nur unter mir zusammengebrochen«, scherzt Wyatt.

Ich sehe zerknirscht zu ihm hoch. »Das wäre wirklich nicht meine Absicht gewesen.«

Ich muss feststellen, dass ich auf Verdacht das falsche Werkzeug mitgenommen habe und hole mir einen Kreuz- statt Schlitzschraubendreher. Am lockersten sind die Schrauben, die die Kufen mit der Sitzfläche verbinden. Nachdem ich diese festgezogen habe, stellt der Stuhl keine Gefährdung mehr dar.

»Bitte schön«, sage ich zufrieden. »Dem Gast gebührt die Ehre!«

»Was ist mit *Ladies first*? Ich habe das Gefühl, dabei gegen dutzende Regeln zu verstoßen.«

»Quatsch.« Ich mache eine wegwerfende Handbewegung. »Ich nehme hier Platz.«

Mit *hier* meine ich den Treppenabsatz. Ich schenke in beide Tassen Tee ein und stelle die Kanne auf der Treppenstufe neben mir ab.

Ich reiche Wyatt seinen Becher und nippe an meinem. Ich lehne mich an das Geländer, sodass ich Wyatt betrachten kann.

Er schaukelt vor und zurück, erst sachte, dann etwas fester, als er Vertrauen in den Stuhl gewinnt. »Der ist gemütlich. Ich glaube, Barry hat damit keinen guten Handel gemacht.«

»Mein Glück«, sage ich. »Ich habe mir schon immer so einen gewünscht.«

»Für dein nächstes Projekt?«

Ich schüttle den Kopf. »Nein, er ist perfekt, so wie er ist. Jetzt zumindest, nachdem alle Schrauben am richtigen Platz sitzen. An ihm möchte ich nichts verändern.«

»Das ist auch nicht dein Konzept, oder? Alles neu, alles anders machen zu wollen?«

Ich bin über seine Schlussfolgerung überrascht, aber nur, weil sie den Kern trifft.

»Im Gegenteil, ich möchte das Individuelle eines Gegenstands betonen. Seine Schönheit herauskitzeln. Ich kann aber nicht abstreiten, dass das manchmal der einzige Weg ist, aus einem Gegenstand etwas komplett anderes zu machen.«

»Auf das Jugendzentrum trifft das definitiv zu«, stimmt Wyatt mir zu, erhebt sich vom Schaukelstuhl und setzt sich mir gegenüber.

»Auf den Großteil, ja«, pflichte ich ihm bei.

Leichter Nieselregen setzt ein und mit ihm sanftes Hintergrundrauschen. Es ist, als würde sich die Nacht enger um unsere Schultern ziehen. Wir rücken enger auf den Stufen zusammen, unsere Knie stoßen aneinander.

Es braucht keine beeindruckende Kulisse, alles, was ich während des Aufenthalts in Nohoval Cove gefühlt habe, ist wieder da. Unser Gespräch verläuft mit einer Leichtigkeit, die ich faszinierend finde. Wir werden nur unterbrochen, als Brooks wegen eines dringenden Kundenauftrags anruft. Wyatt entschuldigt sich, bevor er rangeht, und er entschuldigt sich erneut, bevor er aufbricht. Zum Abschied umarmen wir uns. Seine Haut ist warm, sein Dreitagebart reibt über meine Wange. Wir berühren uns an mehreren Stellen, an den Händen, Schultern, Halsbeuge, Wange, und es raubt mir kurz den Atem. Sein Duft hüllt mich ein, und wird für immer mit dieser Erinnerung verknüpft sein.

»Bleibt es nun so?«, frage ich und fühle mich etwas atemlos. »Zwischen uns, meine ich.«

»Wie denn?«

»So unbeschwert? Wir kehren nicht dazu zurück, uns gegenseitig an die Gurgel gehen zu wollen?«

»Wir gehen keinen Schritt zurück«, erwidert Wyatt sanft.

Die Kontaktstellen pochen, als wir uns voneinander lösen. Er lächelt, dann eilt er durch den Regen zum Wagen. Die Scheinwerfer flammen auf, die Regentropfen leuchten wie Kristalle im gelben Licht. Im Gegenlicht kann ich Wyatt nicht mehr sehen, doch er sieht mich garantiert. Die Erkenntnis lässt mich jeden Zentimeter meines Körpers wahrnehmen.

Kapitel 14

Hazel

Etwas in meinem Inneren hat sich verschoben.

Die Stunden mit Wyatt bei Nohoval Cove waren unverfänglich, aber intensiv. So intensiv, dass ich seine Anwesenheit noch Stunden später auf meiner Haut spüren kann. Wyatt hat etwas auf mir hinterlassen, einen Eindruck, einen Abdruck, auf meiner Haut, in meinen Gedanken.

Die gemeinsamen Stunden haben die Mauern einbrechen lassen, die zwischen uns gestanden haben. Seitdem ich Wyatt so losgelöst am Meer erlebt habe, verstehe ich ihn um einiges besser und kann erahnen, dass zwischen den ganzen ungesagten Dingen viele Verpflichtungen auf ihm lasten. Zu Beginn erschien mir Wyatt unnahbar, doch inzwischen glaube ich, dass er viel fühlt, vielleicht zu viel. Als würde er sich so beschützen können, indem er alles von sich wegschiebt. Aber dort am Meer, dort hat Wyatt seinen Schutzschild bewusst oder unbewusst fallen lassen.

Die Renovierung des Jugendzentrums schreitet voran, wir gehen jetzt anders miteinander um. Und diese andere Seite von ihm lässt mich nicht kalt. Da sind viele heimliche Blicke meinerseits, viele zufällige Berührungen seinerseits, die meine Gedanken verwirren. Zwischen all den »Kannst du mir bitte den Bohrer reichen?«, »Ich muss das noch einmal nachmessen« und »Ob das so funktionieren wird?«, bilden sich ganz andere Fragen in meinem Kopf, auf die ich keine Antwort habe.

Der Juni neigt sich dem Ende, das Licht vor den Fenstern ist golden. Meine Befürchtung bestätigt sich: Es ist unglaublich dunkel im Aufenthaltsraum. Das Licht, das durch die kleinen Fenster neben der Eingangstür fällt, reicht kaum bis in die hinterste Ecke. Es hilft auch nicht, dass es hier hinten keine Lampen an der Decke gibt. Nur ein Baustrahler spendet Licht, sein Verlängerungskabel zieht sich dafür quer durch den Raum.

Ich stehe inmitten des Aufenthaltsraumes, gehe meine Optionen durch und lausche den Geräuschen im Jugendzentrum. Brooks rumort lautstark im hinteren Teil. In regelmäßigen Abständen dröhnt das Geräusch eines Bohrers durch das Gebäude. Er ist neben Wyatt als einziger vor Ort, da Margot erst noch Vorlesungen hinter sich bringen muss, ehe sie dazustößt.

Seufzend drehe ich mich im Kreis, doch nichts, keine Idee. Nachdenklich spiele ich an meinen Ohrringen, was eine beruhigende Wirkung auf mich hat. Eine Zwischendecke mit Lichtspots einzuziehen ist schwierig, da der Raum nicht sonderlich hoch ist. Ich kann Wyatt schlecht zumuten, sich für immer mit eingezogenem Kopf durch den Raum zu bewegen.

Ich gehe einen Schritt zurück, um abschätzen zu können, ob wir vielleicht eine Steckdose verlegen könnten, als sich meine Ferse sich mit etwas verhakt und ich aus dem Gleichgewicht gerate. Noch im Fallen weiß ich, dass es der Eimer mit Werkzeug ist, den ich dort eigenhändig hingestellt habe. Mit meiner Hand erwische ich den Plastikrand, und Schmerz zuckt meinen Arm hinauf. Das Werkzeug verteilt sich scheppernd auf den Boden.

»Was war das –« Wyatt steht plötzlich im Türrahmen, er wirkt verwirrt. Seine Augen werden groß, als er mich auf dem Boden sitzend entdeckt.

Das wirkt so komisch, dass das Lachen aus mir herausbricht.

Er öffnet den Mund, bevor er ihn wieder schließt, ohne dass ein Ton über seine Lippen kommt. »Hast du dir wehgetan?«, fragt er schließlich.

»Zum Glück nicht«, erwidere ich und versuche mich aufzurichten. Erneut durchzuckt mich ein Brennen, und ich verziehe das Gesicht. Als ich meine Hand hebe, sehe ich den Schnitt auf meiner Handfläche. »Wo habt ihr einen Verbandskasten?«

»In der Küche, warte.« Er verschwindet im Flur, doch ich richte mich auf und folge ihm. Mein Steiß pocht dumpf, als ich zu ihm aufschließe. Wyatt öffnet einen der Oberschränke und zieht einen grünen Koffer von dem oberen Regalbrett. Auf dem Esstisch öffnet er den Deckel und kramt darin herum.

»Befindet sich darin Wunddesinfektionsmittel?«, frage ich.

Wenig später zieht er eine kleine Pumpflasche hervor und streckt die Hand aus, als würde er nach mir greifen wollen.

Unsere Blicke kreuzen sich, und seine Hand verharrt in der Luft. Ich weiß nicht, was ihm durch den Kopf geht, doch meine Gedanken flirren, sind für mich nicht greifbar. Mit einem Mal fühle ich mich befangen. Keiner von uns beiden hat bisher den Kuss erwähnt. Ich kann seine Lippen noch immer auf meinen spüren, als wäre es der einzige Beweis, dass es wirklich passiert ist.

Ich räuspere mich und nehme ihm das Spray aus der Hand. »Danke schön«, sage ich leise. Ich desinfiziere den Schnitt und klebe mir ein Pflaster auf die Handfläche.

Das Klingeln meines Handys unterbricht mein Grübeln. Eine fremde Nummer ruft mich an und es dauert einen Moment, bis ich mich erinnere, dass ich sie bei der Hausanzeige angegeben habe. Ein Pärchen möchte sich das Haus ansehen und wir verabreden einen Termin für den Nachmittag.

Als ich auflege, bemerke ich Wyatts Aufmerksamkeit. »Das klingt, als hättest du Interessenten?«

»Mal sehen, was sie nach der Führung sagen werden. Jetzt klangen sie überschwänglich interessiert.« Ich lasse meine verarztete Hand sinken. Plötzlich weiß ich nicht, was ich mit meinen Händen machen soll, und verschränke die Arme. »Ich würde dafür gleich aufbrechen müssen ... wenn das in Ordnung ist.«

Er nickt. »Natürlich. Viel Erfolg, ich bin mir sicher, dass es ihnen sicher gefallen wird. Sehen wir uns morgen?«

Sehen wir uns morgen? Die Frage hallt in meinem Inneren nach, mein Herz versteht etwas anderes als mein Kopf, denn es beschleunigt seinen Rhythmus. Für einen Moment habe ich wieder keine Antwort, was untypisch für mich ist. Meine Mundwinkel fühlen sich schwer an, als ich mich an einem Lächeln versuche, das meine Unsicherheit überspielen soll, und nicke.

***

»Die Leute wissen einfach nicht, was gut ist. Wenn ich einen großen Batzen Geld einfach so auf meinem Konto herumliegen hätte, würde ich das Haus nehmen, keine Frage.« Amara gestikuliert beim Sprechen mit ihrem Glas, der Rotwein darin schwappt bedrohlich. Diesen hat sie als Gastgeschenk mitgebracht, bevor wir es uns auf dem Teppich im Wohnzimmer gemütlich gemacht haben, statt wie Erwachsene auf den Sofas Platz zu nehmen.

Auf Wunsch von Amara läuft *Van Morrison* in Dauerschleife auf dem Plattenspieler und ich bereue es ein wenig, ihr meinen Fund gezeigt zu haben.

Diese Art von Motivationsrede tut gut, nachdem ich ihr von dem Reinfall am Nachmittag erzählt habe. Bereits nach kurzer Zeit merkte ich, wie sich die Begeisterung des Pärchens im Laufe der Führung abtrug. Es erinnert mich ein wenig an den Nachmittag, an dem Mrs Fitzgerald hier war.

Wir melden uns bei Ihnen, sagten sie beim Abschied. Doch ich weiß, dass sie es nicht tun werden. Inzwischen vertraue ich meinem Bauchgefühl, was das angeht.

»Wir werden sehen, was die nächsten sagen.« Ich nippe an meinem Wein. »Wie war dein Tag?«

»Ätzend.« Amara rollt mit den Augen und lässt sich nach hinten auf den Boden fallen. »Du musst wissen, mein Chef und ich haben bisher so einige

Meinungsverschiedenheiten gehabt. Ich hatte ihm für heute einen Termin eingestellt, um meine berufliche Zukunft zu besprechen. Er hat mir eine Beförderung abgesprochen und sagte wirklich: *Ich sehe Sie sowieso nicht lange hier.* Kannst du dir das vorstellen?«

Ich pruste in mein Weinglas. »Was wollte er damit sagen? Ist er ein Hellseher und hat gesehen, dass du bald vom Auto überfahren wirst, oder was? Oder ist das eine Morddrohung? Muss ich mir Sorgen machen?«

»Das wäre mir lieber als das, was er eigentlich andeuten wollte«, murmelt Amara verstimmt, richtet sich etwas auf und legt ihr Kinn auf ihren Unterarmen ab.

»Was hat er denn angedeutet?«

»Er wollte damit sagen, dass ich, weil ich im richtigen Alter bin, zeitnah sowieso aufhöre zu arbeiten, um Babys in die Welt zu setzen. Dann lohnt es sich auch nicht, noch Geld in mich zu investieren. Pauschalisierungen liebe ich! Dabei weiß der Typ nicht einmal, wie meine Meinung dazu steht. Oder ob ich einen Partner habe, um mich zu reproduzieren. Funfact: habe ich nicht.« Amara nimmt einen tiefen Schluck aus dem Weinglas. »Ich glaube, ich brauche mehr.«

Mir fehlen für einen Moment die Worte. Aber leider überraschen sie mich nicht. Diese, in abgewandelter Form, habe ich bereits auch schon gehört. Ich nehme ihr das leere Glas ab und fülle weit mehr nach, als der versierte Weinkenner einschenken würde. »Das ist ganz schön anmaßend«, fasse ich zusammen.

»Schenk dir auch gleich nach«, sagt Amara, ehe sie hinterherschiebt: »Du sagst es. Man rackert sich den Arsch ab, aber es reicht am Ende einfach nicht. Weil du ein Kind bekommen könntest, aber Überraschung,

Männer können auch Kinder bekommen. *Argh.* Ich habe daraufhin eine Umfrage unter meinen Arbeitskollegen gestartet, und keiner von ihnen ist bisher gefragt worden, wann es denn bei ihnen so weit sein würde. Mich hat das sogar letztens ein Student gefragt, und das nur, weil ich mir den Abend davor bei meinem Chipper um die Ecke ein Curry Chicken & Chips reingezogen habe.«

Das entlockt mir ein Prusten, obwohl mir nicht nach Lachen zumute ist. »Das ist so ätzend.«

Amara verschwindet kurz auf Toilette und ich nutze die Zeit, um am Couchtisch eine neue Flasche zu öffnen, damit wir nicht verdursten.

Mein Handy vibriert. Es ist eine Nachricht von einer Nummer, die ich nicht abgespeichert habe.

Wie ist es gelaufen?

Ich beuge mich über das Display und runzele die Stirn.

Wer ist da? – Hazel

Oh, mein Fehler. Amara hat mir auf ihrer Geburtstagsfeier, die keine Geburtstagsfeier war, deine Nummer gegeben.

Ob es Nora ist?

Hier ist Wyatt.

Mein Herz macht in meiner Brust einen Satz.

Plötzlich fühle ich mich wieder wie ein Teenager, aufgeregt, verunsichert. Was Quatsch ist, wir haben die letzten Wochen so viel Stunden gemeinsam verbracht. Es war zu keinem Zeitpunkt komisch zwischen uns gewesen, im Gegenteil. Diese Leichtigkeit zwischen uns ist süchtig machend.

Meine Gedanken prickeln. Amara kehrt zurück und ich sehe aus dem Augenwinkel, dass mein Display erneut aufleuchtet. Das Verlangen ist übermächtig, nachzulesen, was Wyatt mir zuletzt geschrieben hat. Trotzdem versuche ich mich auf Amara zu konzentrieren. Wir lassen uns weiter über die Ungerechtigkeiten aus, bevor unser Gespräch zu ihrer Arbeit abdriftet. Sie erzählt von den Psychologievorlesungen, die sie hält, und den Prüfungen, die sie korrigieren muss.

Als ich das nächste Mal nachschenke, verweile ich eine Sekunde länger, um mir die nächste Nachricht durchzulesen.

Haben sie das Haus geliebt? – Wyatt

Nicht wirklich. Es hat zwischen ihnen und dem Haus nicht gefunkt. Bist du den Wänden fertig geworden? – Hazel

Wyatt hatte diese spachteln wollen, um die ganzen Unebenheiten auszugleichen, die durch die letzten Jahre entstanden sind.

Ohne Probleme, bin sogar früher fertig geworden. Ich habe danach wieder einen Rat von mir befolgt – Wyatt

Ach ja? Welchen deiner weisen Ratschläge? – Hazel

Mir war nicht bewusst, dass ich so viele schlaue Dinge von mir gegeben habe – Wyatt

Aber wenn du es genau wissen willst: Ich möchte mein Leben auch nicht so an mir vorbeiziehen zu lassen. Ich war im Kino – Wyatt

In welchem Film? War er gut? – Hazel

Die offensichtliche Frage, mit wem er dort war, stelle ich nicht. Erstens, weil es mich nichts angeht. Zweitens, weil es mich nichts angeht. Drittens, weil es dumm wäre, mich in eine Verliebtheit hineinzusteigern.

Ich lege das Handy mit dem Display nach unten und nehme mir vor, in den Gesprächen mit Amara präsenter zu sein. Es macht Spaß, sich mit ihr über die Ungerechtigkeiten der Welt auszutauschen. Generell ist es einfach, ihre Freundin zu sein.

Sobald Amara sich verabschiedet, lösche ich die Lichter im Erdgeschoss und nehme mein Handy mit nach oben.

Little Woman, die Umsetzung gefiel mir fast besser als das Buch – Wyatt

Die nächste Nachricht lässt mich lächeln.

Ich kann mir vorstellen, dass er dir auch gefallen würde – Wyatt

Kapitel 15

Wyatt

Die Zahl wird irgendwie nicht kleiner. Das wird sie nie, egal, welche Summe ich einzahle. Mit den Verzugszinsen ist die Zahl wieder auf einen vierstelligen Betrag geklettert und die Enttäuschung darüber, erschwert mir für einen Moment das Atmen.

Seufzend reibe ich mir mit dem Handballen über die Schläfe, doch nichts hilft gegen die Sorgenkopfschmerzen, die mich jedes Mal befallen, wenn ich auf mein Konto gucke. Fünf Jahre arbeite ich bereits an diesem Schuldenberg, und vor wenigen Wochen hätte ich noch gedacht, dass ich ihn bis Ende des Jahres abgearbeitet habe. Dann könnte ich Brooks endlich sagen, dass er mich nicht mehr einzuplanen braucht.

Doch ich schwimme seit einiger Zeit gegen einen Strom an, der mich mitzureißen droht.

Selbst verschuldet, wispert eine Stimme in meinem Inneren.

Papier raschelt.

»Dir gefällt nicht, was du siehst«, stellt Brooks fest. Er sitzt mir in seinem Büro gegenüber, zwischen uns sein Schreibtisch, hinter dem er in den letzten Minuten die

Zahlen der letzten Aufträge geprüft hat. Sein Büro ist so wie er: nüchtern eingerichtet und dabei aufs Wesentliche konzentriert. Natürlich ist ihm nicht entgangen, dass ich auf dem Handy meinen Kontostand geprüft habe.

»Du weißt, wie es ist«, erwidere ich müde, woraufhin er nickt. Ich hasse den Blick, den er mir zuwirft. Teils wissend, teils nachdenklich, was er mit mir anstellen soll.

Er legt seinen Kugelschreiber beiseite und lehnt sich in seinem Stuhl nach hinten, bevor er die Ärmel seines karierten Flanellhemdes hochkrempelt. »Brauchst du noch mehr Geld? Du weißt, dass ich dir etwas leihen könnte. Du könntest sogar Zinsen darauf zahlen, wenn du das möchtest.« In seinen blauen Augen liegt Sorge. Ein Teil von mir ist dankbar über seine Fürsorge, der andere schämt sich für das Angebot, das er mir unterbreitet. Obwohl es nicht rational ist, aber seit wann hat Scham schon etwas mit Logik zu tun?

»Danke, aber du weißt, dass es nicht geht. Und es ist auch nicht mehr viel. Ich muss das irgendwie allein schaffen.« Ich schlucke gegen den Kloß in meinem Hals an. Unter normalen Umständen wäre das eine Summe, die einem kein so großes Kopfzerbrechen bereiten sollte. Besonders nicht, wenn man mit Mitte 20 schon mit beiden Beinen im Leben stehen sollte. Doch ich habe das Gefühl, auf der Stelle zu treten. Und das schon seit einer ganzen Weile.

Das Leben ist wie ein Fluss, nur ist es ermüdend zu sehen, wie alle anderen leichter und weiter vorankommen, während man selbst in dem immerwährenden Strudel der gleichen Scheiße gefangen ist.

»Denke über mein Angebot nach«, sagt Brooks leise und reicht mir meine Lohnabrechnung. »Bevor du dich wunderst, dort ist kein Tippfehler.«

Ich runzle die Stirn und klappe den Zettel auf. Als erstes fällt mir auf, dass Brooks das Logo seiner Firma in den Briefkopf gepackt hat. Das ist neu. Wie immer hat er meinen Stundenlohn ausgewiesen. Doch neben der üblichen Summe ist dort noch eine Zahl aufgeführt. »Was ist das für ein *Zuschlag*?«

»Den habe ich diesen Monat an jeden meiner Mitarbeiter gezahlt. Betrachte es als Urlaubsgeld oder als Schmerzensgeld, ist mir egal.«

Das entlockt mir ein Schnauben. Für einen Moment versuche ich abzuwägen, ob Brooks mich aus Mitleid anlügt oder er die Wahrheit spricht. Zu den Sorgenkopfschmerzen gesellt sich etwas anderes. Überforderung. Das ist eine so hohe Summe, dass mir beinahe schwindelig wird. Sie würde beinahe alle Schulden tilgen. Damit könnte ich endlich den nicht enden wollenden Strom aus Rechnungen und Mahnungen durchbrechen. »Ich kann das nicht annehmen«, sage ich, auch wenn sich alles in mir dagegen sträubt. Mein Stolz ist immer noch größer.

»Das Geld sollte morgen auf deinem Konto sein«, fügt er trocken hinzu, ohne auf mich einzugehen. »Wenn du es mir zurücküberweist, bin ich beleidigt.«

»Brooks.«

Doch er hebt abwehrend die Hände. »Willst du, dass ich beleidigt bin?«

Vielleicht bin ich etwas schonungslos, als ich, um von mir abzulenken, frage: »Wie geht es eigentlich Kayleigh?«

Seine On-Off Beziehung belastet ihn mehr, als er sich anmerken lassen will. Brooks setzt sich abrupt auf. Bei der Bewegung löst sich sein Zopf und das Haargummi fällt zu Boden. »Kein Grund, persönlich zu werden«, murmelt er und angelt nach dem Gummiband.

»Tut mir leid.« Gerade nicht wirklich. »Du solltest vielleicht diese Teile ausprobieren, die aussehen wie Spiralkabel. Sienna schwört darauf.«

Er wirft mir einen konsternierten Blick zu. »Sienna schwört auch auf Müsli mit Orangensaft. Da darfst du mir nicht verübeln, wenn ich ein wenig skeptisch bleibe.«

Da hat er vielleicht nicht ganz unrecht. Ich zucke mit den Schultern. »Ich muss langsam los. Heute wird der Container ausgetauscht.« Widerstrebend erhebe ich mich und suche nach den richtigen Worten. »Danke, Brooks.«

»Gern geschehen.« Er erhebt sich ebenfalls von seinem Platz. »Ich bin der Beste, ich weiß.«

***

Der erste Container ist schneller gefüllt als gedacht. Es ist wie ein neuer Abschnitt, der beginnt. Die letzten Vorbereitungen gehen leicht von der Hand, bevor im Laufe des Vormittags die Jugendlichen eintreffen sollen. Ich frage mich, was sie davon halten werden. Von dem, was von ihrem Jugendzentrum übrig geblieben ist. Aktuell gleicht es im Inneren mehr einem Skelett als einem Gebäude.

»Was ist das hier für eine Tür?« Hazel steht im Flur.
Sie hat ihre blonden Haare zu einem Zopf hochgebunden. »Ist die neu? Ich habe die noch nie gesehen.«

»Jetzt, wo du es sagst, ich habe sie auch noch nie gesehen«, sage ich trocken, woraufhin Hazel die Augen verengt.

»Du nimmst mich gerade auf den Arm, oder?« Sie verschränkt die Arme. »Was ist da oben?«

»Sieh doch nach.«

Zweifel zeichnet sich auf ihrem Gesicht ab und ich kann es ihr nicht verübeln. Hazel aufzuziehen, macht mehr Spaß, als ich für möglich gehalten hätte.

Mit einem letzten Blick in meine Richtung zieht sie die Tür auf und steigt die Stufen zum Dachboden hinauf.

»Hier, das ist das, was gesucht habe«, sagt Hazel einige Momente später und deutet zu den drei Dachfenstern. »Das Licht brauchen wir im Aufenthaltsraum.«

Wir stehen auf der schmalen Holztreppe, die nach oben führt. Links von mir befindet sich die Zwischendecke, die Hazel ins Auge gefasst hat. Bewunderung liegt in ihrem Blick.

»Mir wurde gesagt, dass man hier auf keinen Fall darauf langgehen soll«, sage ich und klopfe mit den Fingerknöcheln gegen das Holz. Bis auf wenige Quadratmeter am Ende der Treppe, die auf einem Betonblock ruhen, und als Abstellfläche genutzt wird, sieht alles andere weniger vertrauenswürdig aus.

»Sie wurde sicher damals aus Isolierungsgründen eingezogen. Aber«, sagt sie und tastet die Dachbalken ab, »das kriegen wir auch geregelt. Was hältst du von der Idee?« Hazel wendet sich mir zu. Durch die

Wolkendecke ist das Licht trüb, das hier ankommt. Dennoch sehe ich das Leuchten in ihren Augen.

Ich kann nur an Nohoval Cove denken, an ihre wehenden Haare, den Geruch ihres Parfums in meinem Auto, das Strahlen in ihrem Gesicht, als sie das Meer erblickt hat.

Wenn ich in einer Zeitschleife gefangen sein sollte, dann in dieser. Ich habe mich lange nicht mehr so frei, so unbeschwert gefühlt wie an diesem Tag. Da waren keine Verpflichtungen, keine Sorgen gewesen.

So wie früher, bevor damals alles den Bach runterging.

»Ich weiß nicht so recht.« Ich hole tief Luft und versuche mich auf das Hier und Jetzt zu besinnen. »Das ist sehr viel Arbeit. Und es wirft uns auf jeden Fall in unserem Zeitplan zurück«, sage ich nachdenklich. Und der ist sowieso schon eng getaktet. Keine Ahnung, ob vier Monaten wirklich ausreichen, um all die Sachen auf Vordermann zu bringen, die wir uns vorgenommen haben. Und jetzt noch das?

»Das kann ich nicht abstreiten.« Hazel macht eine Pause. Wieder streichen ihre Finger über ihre Ohrringe, während sie nachdenkt. Mit der anderen Hand fährt sie über das Holz. Das sind nur schmale Holzlatten, die aneinander gezimmert und anschließend hinter Gipskarton versteckt worden sind.

»Wie lange denkst du, würde das dauern? Mehr als eine Woche?«

»Gib mir drei Tage. Aber währenddessen darf sich niemand unten aufhalten.«

In meinem Kopf gehe ich die Liste an Aufgaben durch, die dadurch betroffen sind. »Das geht nicht. Das wirft uns im Plan zurück – und du sagtest selbst, dass er knapp bemessen ist.«

»Kann in dieser Zeit nicht irgendwas anderes erledigt werden?« Ihre Stimme klingt hoffnungsvoll und ich erinnere mich daran, dass ich nicht mehr so unnötig schwierig sein wollte. Das hier soll kein gegeneinander sein, sondern ein miteinander.

»Das ist auch so«, erwidere ich sanft.

Da ist wieder dieses Funkeln in ihren Augen. »Ist das ein Ja?«

Ich schüttle den Kopf, um mich auf das zu besinnen, was gut fürs Jugendzentrum ist, und nicht für mich persönlich. »Ich glaube es selbst kaum, aber ja. Von mir aus ist das ein Ja. Aber es gibt da ein Problem.«

»Das da wäre?« Hazels Blick verlässt nie mein Gesicht. Diese Aufmerksamkeit lässt in mir den Wunsch aufsteigen, dass der Moment nicht vergeht. Wie in Nohoval Cove. Es fällt mir schwer, mich nicht auf ihre Lippen zu konzentrieren. Oder an den Kuss zurückzudenken, der sich so gut angefühlt hat, so richtig. Dabei war nichts davon richtig, nur ein schwacher Moment, in dem ich vergaß, dass Hazel mehr verdient.

»Die Entscheidung kann nicht ich treffen. Das ist eine ziemlich krasse Veränderung. Die Stadt und der Eigentümer müssen darüber informiert werden, nur sie können sagen, ob wir es machen dürfen«, sage ich, statt meinen Gedanken noch mehr Raum zu geben.

»Oh. Stimmt.« Hazel blinzelt, dann lacht sie sanft auf. »Ich habe ganz vergessen, dass wir nicht völlig eigenständig handeln können. Wem muss ich mein Erstgeborenes opfern, damit das klappt?«

»So weit würdest du gehen?«, frage ich belustigt. »Ich rufe dort an und kläre das, okay?«

»Das würdest du tun?«

Als ich nicke, führt Hazel einen kurzen Freudentanz auf der obersten Treppenstufe auf. Eine Weile kann ich sie nur beobachten, dann schüttle ich den Kopf. »Ich werde einfach vergessen, was da gerade passiert ist«, sage ich, auch wenn ich es nicht so meine. Als wäre das möglich, irgendetwas zu vergessen, das sie betrifft.

Sie grinst und streicht sich eine lose gewordene Strähne hinters Ohr. »Das wird richtig gut«, sagt sie. »Anstrengend, aber gut. Versprochen.«

»Daran zweifle ich nicht«, gebe ich zurück. »Ich meinte deinen Ausbruch.«

»Gib's zu, du würdest manchmal auch gern so aus deiner Haut fahren«, gibt Hazel lächelnd zurück und kommt mir auf den Stufen entgegen. Sie bleibt auf der Stufe über meiner stehen, sodass wir uns auf Augenhöhe begegnen.

Vielleicht, denke ich. Wenn die ganzen Verpflichtungen nicht wie Gewichte an meinen Knöcheln hängen würden, die all meine Schritte verlangsamen. »Wenn du nur wüsstest«, sage ich.

Vor meinem inneren Auge legen sich mehrere Bilder übereinander. Hazel mit fliegendem Haar. Hazel, glücklich über ihren Zufallsfund auf dem Flohmarkt. Hazel, die mich mit einem konzentrierten Ausdruck in ihrem Gesicht mustert. Als wäre nicht sie, sondern ich das Rätsel, das gelöst werden muss.

»Eine Frage habe ich noch«, murmelt die letzte Hazel.

»Hm?«

»Darf ich dich küssen?«

Kapitel 16

Hazel

Wyatt blinzelt langsam. »Warum?«

Der Stein in meinem Magen rauscht vom Dachgeschoss in den Keller. Scheiße. Ich habe mich so mitreißen lassen von meinen Gedanken, Wyatts Geruch, dieser Vorstellung, dass ich wie berauscht war.

Was habe ich da gerade nur gesagt?

Meine Wangen werden heiß. »Ich, ähm.« Ich wende mich ab, versuche mich zu sammeln.

Scheiße, was soll das?

Ich habe da zu viel hineininterpretiert. In das alles. In das uns, was es nicht gibt. Weil es genau das ist, wonach ich mich sehne. Nähe, Geborgenheit, Leichtigkeit.

Ich ging die ganze Zeit davon aus, dass mit mir etwas Grundsätzliches falsch ist. Ich hätte glücklich sein müssen, schließlich war zu Hause alles perfekt gewesen. Meine Arbeit, die Beziehung zu Tyler. Objektiv betrachtet hätte es nicht besser laufen können. Und trotzdem fühlte sich das Glück wie geborgt an, etwas, das passte, aber nicht hundertprozentig saß. Es zwickte und rutschte ein wenig bei jeder Bewegung, und erinnerte mich an meine eigene Unzulänglichkeit.

In Wyatts Nähe fühlt sich alles richtig an.

»Ich weiß nicht, warum ich das gerade gesagt habe«, entfährt es mir. Ich weiche eine Stufe zurück, nach oben, weil der Weg nach unten bedeutet, Wyatt noch näher kommen zu müssen. »Das war höchst unangebracht von mir.«

Wir sind keine Freunde, nicht richtig. Auch wenn Amara es mir einfach macht, mich zugehörig zu fühlen. Auch wenn Wyatt mich ermutigt, mich hier einzuleben. Ich gehöre nicht hierher. Meine Zeit hier ist nur geliehen. Hier ist alles perfekt gewesen, bis ich es kaputtmachen musste. Wieder ich, genau wie bei Tyler. Nur anders.

»Wieso hast du es dann gefragt?«, wiederholt Wyatt seine Frage.

»Müssen wir da wirklich darüber sprechen?« Ich schäme mich so sehr, dass ich ihn nicht ansehen kann. Stattdessen fokussiere ich meinen Blick auf die Lichtflecke zu meinen Füßen. Wenn es einen richtigen Zeitpunkt geben sollte, an dem der Boden sich unter einem auftun könnte, jetzt wäre es ganz passend. Ein wenig dramatisch, aber definitiv notwendig.

»Müssen wir nicht«, erwidert Wyatt nach einem Moment. Seine Worte sind ruhig, gefasst. Das komplette Gegenteil von dem, was in meinem Inneren abgeht. »Aber ein wenig Klarheit wäre hilfreich.«

Dabei weiß ich selbst nicht, was ich mir dabei gedacht habe oder was ich eigentlich möchte. Wie soll ich dann eine Antwort darauf geben können?

»Es ist nur so, du bist nur vorübergehend hier. Suchst du Zerstreuung für diese Zeit?«

Die Frage trifft mich so unvorbereitet, dass ich hochsehen muss. Dabei liegt kein Vorwurf in seinen Worten. Ich kann verstehen, dass er das denkt. Wieso er denkt, dass ich mich nicht festlegen will. Ich weiß selbst nicht, was ich will. Nur dass ich hergekommen bin, um so schnell wie möglich wieder zu verschwinden. Und dass dabei Unverbindlichkeit in der Regel am besten funktioniert.

»Das wäre in Ordnung. Aber ich bin nicht die richtige Person dafür«, fährt Wyatt mit sanfter Stimme fort. »Es tut mir leid.«

Ich glaube, das ist die netteste Abfuhr, die ich je erhalten habe. Besser als *Es liegt nicht an dir, es liegt an mir* oder *Du hast etwas Besseres verdient als mich.*

Ich nicke, da ich meiner Stimme nicht traue.

»Ist es das, Hazel?«, hakt er nach, dieses Mal behutsamer.

Das muss es sein, sagt mein Kopf.

Das ist es nicht, sagt mein Bauch. Ich will keine Zerstreuung. Keine Ablenkung, bis ich wieder zurück nach Hause fliege.

Ich will Wyatt, aber zu welchem Preis?

»Ich weiß es nicht.«

»Gerade hast du noch sehr sicher geklungen, in dem, was du willst.«

Ich wünsche mir, dass es so wäre. Aber in jenem Augenblick habe ich nicht nachgedacht. Da war nur ein Wollen, Fühlen, Spüren wollen. Seine Lippen auf meinen, seine Hände auf meinen Hüften, Haut an Haut.

Das ist Wyatt gegenüber nicht fair, das merke ich jetzt. Seine Frage nach dem Warum ist berechtigt. Er hat ein Recht darauf zu wissen, worauf er sich einlässt.

»Es tut mir leid«, murmle ich. »Es ist nicht so, wie du vermutest. Eine klare Antwort habe ich trotzdem nicht.«

Ich sehe hoch. Wyatts Blick liegt forschend auf mir. Für einen Moment wirkt er, als würde er etwas sagen wollen, dann nickt er.

»Wyatt? Hazel?«, donnert Siennas Stimme von unten herauf. »Seid ihr hier irgendwo?«

Keiner von uns beiden regt sich. Wir sind so auf uns konzentriert gewesen, dass wir die Ankunft der anderen überhört haben müssen. Der Raum zwischen uns ist voll mit meinen Gedankenschleifen. Je mehr Zeit verstreicht, desto undurchdringlicher erscheint mir der Abstand zwischen uns. Desto weiter entfernt fühlt sich Wyatt an, obwohl er nicht einen Schritt zurückgewichen ist. Er ist nur einen Schritt zur Seite gerückt, als würde er mir einen Ausweg bieten wollen.

Aber ich will das hier nicht so stehen lassen.

»Es ist nicht so ... Ich will nichts Unverbindliches«, sage ich. Meine Stimme klingt plötzlich heiser und ich räuspere mich. »Ich will dich kennenlernen. So richtig. Weil ... weil ich dich interessant finde, auf so vielen Ebenen.«

Bevor Wyatt etwas sagen kann, ertönen Schritte von unten, sie werden erst lauter, dann wieder leiser, als sich Sienna entfernt. Kurz darauf ertönt gedämpft die Stimme von Chance. »Suchst du irgendwen?«

»Wo sind die Erwachsenen?«

»Hast du im Hinterhof nachgesehen?«

»Da war ich gerade schon«, beschwert sich Sienna. »Verarschst du mich?«

»Ich weiß es doch auch nicht genau.« Chance klingt trotzig. »Hellsehen gehört jetzt nicht unbedingt zu meinen geheimen Talenten. Aber dann wüsste ich wenigstens, was ich sagen kann, damit du nicht wieder an die Decke gehst.«

Mir entfährt ein leises Lachen, als sich beide Streithähne entfernen. Ein wenig tun sie mir leid. Es ist einfacher, mich auf ihre Probleme zu konzentrieren, als auf meines.

»Du musst dazu nichts sagen«, schiebe ich hinterher. »Ich kann sehr gut verstehen, wenn du ab jetzt nicht mehr mit mir zusammenarbeiten möchtest. Das hier ... diese Situation ist sehr unangenehm.«

Mein Blick flattert zur Tür am Fuße der Treppe. Wyatt bemerkt dies und weicht noch weiter zur Seite, damit ich vorbeigehen kann. Zögerlich nehme ich eine Stufe nach der anderen. Sobald wir auf einer Augenhöhe sind, kreuzen sich unsere Blicke. Der Ausdruck in seinen Augen wird weich.

»Ich möchte weiter mit dir zusammenarbeiten, damit das klar ist«, sagt er leise.

»Okay?« Meine Antwort klingt mehr nach einer Frage. Mir fällt kein Grund ein, wieso er nicht sofort den Kontakt abbrechen wollen würde.

»Ich kann die beiden nicht finden.« In Siennas Worten schwingt sichtlich Frustration mit.

Ich verharre kurz, unschlüssig, was ich als nächstes sagen soll. »Ich glaube, wir sollten Sienna endlich erlösen, sonst verzeiht sie uns das nie. Und ich habe sowieso schon bei ihr verloren.«

Ein Moment verstreicht, dann nickt Wyatt. »Du hast recht. Möchtest du vorgehen?«

Das Angebot, der unangenehmen Situation zu entfliehen, nehme ich nur allzu gern an. Sobald ich ins Erdgeschoss zurückgekehrt bin, muss ich feststellen, dass die Zeit des konzentrierten Arbeitens scheinbar vorbei ist. Sienna und Miles fassen alles an, was nicht festgenagelt ist, und werfen damit beinahe irgendwas um. Chance und Josephine springen herum, um alles zu erkunden, und treten damit in die frische gegossene Ausgleichsmasse, die ich in einem der Räume verteilt habe, um die Unebenheiten zu beseitigen. Als ich die Abdrücke bemerke, ist diese bereits angetrocknet. Also muss ich diese schleifen und erneut auftragen, was mich einige Stunden in meinem Tagesplan zurückwirft.

Sobald wir vollzählig sind, führen Margot und ich sie durch die Räumlichkeiten und erklären, welche Aufgaben noch zu erledigen sind.

»Krass, hier war diese Dunkelkammer«, stellt Chance fest, während wir in dem neu geschaffenen Platz im Aufenthaltsraum stehen. »Wisst ihr noch, wie wir Miles dort mal eingesperrt haben?«

»Ihr habt was gemacht?« Die Stimme kommt von Wyatt, der soeben den Raum betreten hat.

Das wischt das Grinsen aus Chance' Gesicht. »Äh«, entgegnet er. »Gar nichts?«

Wyatt sieht ihn mit einem Ausdruck an, der verspricht, dass es dazu noch einmal ein klärendes Gespräch geben wird. Dann treffen sich unsere Blicke. Es ist nur ein kurzer Moment, doch er reicht, damit mein Herz zu rasen beginnt.

Mein Körper drängt zur Flucht und es kostet mich meine ganze Willensanstrengung, stehen zu bleiben und mich an der regen Diskussion zu beteiligen. Damit es nicht weiter ausartet, weise ich den Jugendlichen konkrete Aufgaben zu, damit ich Zeit habe, mir einen Plan zu machen, wie es weitergehen soll.

Bevor ich die Stelle im Flur wieder ausbessere, setze ich mir einen Tee auf. Ich umrunde die Ecke im Aufenthaltsraum und stoße beinahe mit Sienna zusammen, die eine Kiste vor sich trägt. Eine Rolle rutscht vom Karton, als sie abrupt Halt macht.

»Oh, tut mir leid«, sage ich und hebe das Malerkrepp auf. »Ich habe dich nicht kommen sehen.«

Sienna verzieht den Mund. »Tja, Überraschung.«

Ihr abweisender Ton überrascht mich nicht. Nicht mehr zumindest, auch wenn ich nicht behaupten kann, dass er mich nicht trifft. Dabei weiß ich nicht, was ich falsch gemacht haben sollte.

»Nun, darf ich?«, fragt Sienna knapp und deutet mit einer Kopfbewegung auf das Kreppband in meiner Hand. »Ich habe heute noch viel vor.«

Ich lege es auf dem Karton ab. Sie setzt ihren Weg wortlos fort, zu der einen Ecke, die wir als Ruhezone gestalten wollen. »Was genau hast du eigentlich vor?«, frage ich schließlich und folge ihr. »Eigentlich war etwas anderes abgesprochen.«

Sie stellt die Kiste ab und beginnt mit dem Kreppband die Wand abzukleben. Mir kommt hingegen der Verdacht, dass sie mich bewusst ignoriert.

»Sienna«, sage ich streng, »ich habe dich etwas gefragt.«

»Und ich habe keine Lust darauf zu antworten«, erwidert sie.

Für einen Moment bin ich so baff, dass ich nur die Stirn runzeln kann. »Es ist noch zu früh zum Streichen.«

»Wer sagt das?«, fragt Sienna betont unschuldig. Nachdem sie die untere Hälfte der Wand abgesteckt hat, legt sie das Kreppband beiseite, und macht sich daran, mit Bleistift ein Muster an die Wand zu zeichnen. Ich ergreife die Chance und nehme das Kreppband an mich.

»Du kannst hier gern anfangen mit Streichen. Das ändert aber nichts daran, dass wir die Wände tapezieren werden. Danach kannst du gern wieder von vorn anfangen«, sage ich bemüht beherrscht und mache kehrt.

Der Nachmittag ist bereits zum Großteil verstrichen, als ich mich verabschiede und auf den Gehweg hinaustrete. Die Sonne sticht mir in die Augen, und ich hebe schützend die Hand. Kurz bleibe ich so stehen und genieße die Wärme auf meiner Haut. Die Kälte in meinem Inneren weicht langsam. Inzwischen habe ich mich damit abgefunden, dass heute nicht mein Tag ist. Ich bin froh, dass ich Wyatt den restlichen Nachmittag nicht mehr begegnet bin. Am besten ich ertränke die Erinnerung an unser letztes Gespräch mit einer großen Tasse Tee und dem größten Stück Kuchen, das in Deirdres Café auf mich wartet.

Dafür muss ich mich beeilen. In einer Stunde hat sich noch jemand für eine Besichtigung gemeldet. Damit versuche ich mich zu trösten, als ich mein Fahrrad aufschließe und aufsteige.

»Du gehst?« Die Frage lässt mich zurückblicken. Wyatt steht im Türrahmen, auch er blinzelt ein wenig im grellen Sonnenlicht. Im Gegensatz zu vorhin liegt eine feine Staubschicht auf seinen Schultern und seinen Haaren.

Ich schlucke die Frage danach hinunter, was er gerade getan hat, und nicke nur. »Wir sehen uns morgen.«

»Amara hat für heute Abend eingeladen. Im Pub ... kommst du dazu?« Sein Blick liegt schwer auf mir, tastet wie eine physische Berührung über meine erhitzten Wangen. Ich habe das Gefühl, das er eigentlich eine andere Frage stellen will. Nur weiß ich nicht, welche das sein soll. Wieso er nach dem Gespräch vorhin noch meine Nähe sucht.

»Ich glaube nicht, dass das eine gute Idee ist. Nicht heute.« *Nicht nach dem, was ich gesagt habe und tun wollte,* setze ich in Gedanken hinzu.

»Wegen ...« Er unterbricht sich und senkt den Blick. »Amara freut sich sicher, dich zu sehen.«

Und was ist mit dir? Doch diese Frage bleibt unausgesprochen.

»Ich überlege es mir«, erwidere ich sanft.

Kapitel 17

Hazel

Brich mir nicht das Herz – Amara

Diese Nachricht erhalte ich, nachdem ich mit einem Kopf voller Fragen nach Hause geradelt bin. Ich habe sogar zwei Kuchenstücke bei Deirdre mitgenommen, drei Tassen Tee getrunken und nach der Besichtigung Eleonores Schlafzimmer ausgeräumt. Ihre persönlichen Gegenstände ruhen nun in Kisten, die ich in den Flur gestellt habe. Vieles davon werde ich spenden, wie ihre Kleidung, ihre Bücher oder ihren Schmuck.

Die letzten Stunden habe ich mich genug bemitleidet.

Du kommst später, ja? Bitte? Bitte? – Amara

Ich sehe ihr Gesicht vor mir, die Lippen zu einem Schmollmund verzogen. Mir fällt nicht einmal eine Ausrede ein, wieso ich nicht kommen kann.

Mit einer neuen Nachricht leuchtet mein Handydisplay erneut auf.

Bittebittebittebittebitte – Amara

In mir steigt die Vorahnung auf, dass Amara so lange hartnäckig bleibt, bis ich ihr antworte. Und wahrscheinlich würde sie sich auch nur mit einer Art von Antwort zufriedengeben.

Muss ich? – Hazel

Daraufhin lässt Amara eine Reihe von schockiert dreinblickenden Emojis auf mich los. Im oberen Chatfenster wechselt die Statusanzeige. Sie schreibt, pausiert, dann schreibt sie weiter.

Wir haben uns schon so lange nicht mehr gesehen – Amara

Wenn *schon so lange* nur vierundzwanzig Stunden umfasst, will ich nicht wissen, wie sie eine Woche betitelt.
Aber sie hat mich.

Wann? – Hazel

Acht. Du wirst es nicht bereuen! – Amara

Auf ihre Nachricht folgt eine Reihe Herzchen und die Adresse der An Bróg Bar.
Erst auf dem Weg zum Pub fällt mir auf, dass ich nicht gefragt habe, wer noch alles kommen wird. Amara entdeckte ich beim Eintreten. Sie steht am Tresen und unterhält sich mit der Barkeeperin. Ich stelle mich neben sie.

»Die erste Runde geht auf mich«, sagt sie begeistert und umarmt mich. »Schön, dass du da bist, Hazel.«

»Ich konnte mir deine Gesellschaft doch nicht entgehen lassen.«

»Oh, ich fühle mich geehrt!« Amara lacht und fasst sich in einer übertriebenen Geste ans Herz. »Ich habe zu danken, Niamh.« Die letzten Worte richtet sie an die Barkeeperin, die soeben das letzte Pint auf das Tablett stellt. Diese lächelt und nickt, bevor sie sich dem nächsten Kunden widmet.

Amara balanciert vier Guinness vor ihrem Oberkörper, als wir uns einen Weg zu einem freien Tisch bahnen.

»Wer kommt heute alles?«

»Margot ist schon unterwegs, sie sollte gleich da sein. Und Wyatt ist irgendwo weiter hinten, keine Ahnung, Niamh hat ihn um einen Gefallen gebeten.«

Bei der Erwähnung von Wyatts Namen fühlt sich das Lächeln auf meinen Lippen plötzlich gezwungen an, auch wenn ich bereits von ihm wusste, dass er kommen wird. Wir setzen uns an den Tisch. Es dauert nicht lange, bis Margot zu uns stößt und sich mit einem *Uff* in den Stuhl fallen lässt.

»Sorry für die Verspätung.« Sie schält sich umständlich aus ihrer Jacke und stützt dann die Ellenbogen auf dem Tisch auf. »Ich musste noch mal kurz ins UCC, das hat länger gedauert, als ich dachte. Ist das für mich?«, fragt sie und deutet auf das Pint, das vor ihr steht. Amara bejaht ihre Frage und ihr Gesicht hellt sich auf. »Oh, ihr seid zu gut zu mir.«

»Was hast du dort gemacht?«, frage ich. Mir ist überdeutlich bewusst, als Wyatt von dem Tresen auf unseren Tisch zusteuert und sich neben mich setzt. Ohne es zu wollen, wandern meine Gedanken zu den Momenten auf dem Dachboden zurück und ich spüre, wie die Hitze in meine Wangen zurückkehrt.

»Ich habe meinem Professor heute das Thema meiner Abschlussarbeit präsentiert. Aber es hat ihm nicht gefallen.« Margot zieht die Nase kraus. »Also heißt es für mich weitersuchen.«

»Was studierst du noch einmal?«

»Biotechnologie.« Margot lacht über meinen verdutzten Gesichtsausdruck. »Du dachtest bestimmt, ich studiere etwas anderes. Aber ich bin im Jugendzentrum nur ehrenamtlich tätig. Jedenfalls, vielleicht hätte ich mich doch für ein leichteres Fach einschreiben sollen. Ich weiß noch, wie meine Eltern mir damals nach dem Abschluss gesagt haben, ich solle lieber etwas weibliches studieren.«

»Etwas … *weibliches*?«, wiederhole ich verdutzt. »Hauswirtschaft vielleicht? Wow. Ich habe gehört, die Fünfziger haben angerufen, sie wollen ihre Klischees zurück.«

Margot lacht. »Vielleicht klaue ich mir deinen Spruch und sage ihnen genau das, wenn sie wieder damit anfangen.«

»Ja, gerne. Ist geschenkt«, sage ich grinsend. Wyatts Oberschenkel stößt gegen meinen und ich habe Mühe, meine Gesichtszüge unter Kontrolle zu halten. Keiner von uns zuckt vor der Berührung zurück, von der eine unglaubliche Hitze ausgeht, von meinem Knie bis in meinen Brustkorb hoch.

Als er die nächste Runde holen geht, hinterlässt seine fehlende Berührung einen kühlen Fleck auf meiner

Haut. Margot entschuldigt sich kurz, um Freunde von ihr zu begrüßen. Überraschender kehrt sie kurze Zeit später mit einem Tablett zurück, gefolgt von Wyatt. »Hättet ihr etwas dagegen, wenn sich Studienfreunde von mir mit an den Tisch setzen?«, fragt sie und deutet auf zwei junge Männer, die etwas abseits stehen. Sie heben die Hand zum Gruß, als wir geschlossen in ihre Richtung blicken.

Der Schwarzhaarige stellt sich als Dylan vor, der Blonde als Isaac. Wir rutschen am Tisch etwas zusammen, sodass alle Platz finden.

»Studiert ihr alle im selben Semester?«, fragt Amara.

»Ja und nein. Wir haben gemeinsam angefangen. Aber Margot zieht die Prüfungen im Turbogang durch. Sie ist uns ein Semester voraus – mindestens«, erklärt Isaac. Margot wird bei dem Lob tatsächlich ein wenig rot.

»Du bist neu«, stellt Dylan nach wenigen Minuten fest. Sein Blick liegt konzentriert auf mir. »Zumindest habe ich dich hier noch nie gesehen.«

»Schuldig«, erwidere ich. »Ich bin nur vorübergehend in Cork. Ich habe einige Familienangelegenheiten zu klären.«

Kurz halte ich inne und rechne nach, wie lange ich bereits da bin. Inzwischen seit fast drei Monaten. Die Zeit vergeht so schnell, was kein Wunder, so sehr wie ich mich in die Aufgabe gestürzt habe.

»Das klingt ernst. Ich hoffe, du machst dazwischen auch noch Dinge, die dir Spaß machen.«

»Oh, Hazel hilft bei der Renovierung vom Jugendzentrum aus«, wirft Amara dazwischen. »Ohne sie wären wir aufgeschmissen.«

»Dem baufälligen Jugendzentrum?« Etwas an Dylans Ton gefällt mir nicht. Seine Worte klingen abfällig, dabei hat er keinen Schimmer, was für eine wertvolle Arbeit Wyatt und Margot leisten.

Margot wirkt überrascht, Wyatt neben mir scheint kaum zu atmen.

»Baufällig sieht anders aus«, kontere ich trocken. »Warst du schon einmal da?«

»Nee«, sagt er und schüttelt den Kopf. »Bisher keine Gelegenheit zu gehabt. Aber du kannst mich ja mal rumführen, wenn du Zeit hast.«

»Ich glaube nicht, dass der Zeitpunkt für Führungen gerade günstig ist«, sage ich und rolle innerlich mit den Augen. »Wir renovieren schließlich gerade.«

»So ein Pech«, sagt Dylan, klingt aber nicht sonderlich, als würde er dies bedauern. »Aber dann können wir vielleicht woanders hingehen.«

Ich schwanke zwischen nett bleiben und ihm deutlich machen, dass ich kein Interesse an ihm habe. Er kann nicht ahnen, dass der Mann, den ich will, direkt neben mir sitzt.

»Ich kenne da so einen coolen Schuppen –«

Ein Ruck geht durch den Tisch. Dylan sieht aus, als hätte er sich auf die Zunge gebissen.

»Sorry«, sagt Amara. »Ich hatte gerade einen Krampf im Fuß.«

»Muss ganz schön krass gewesen sein«, murmelt Dylan und versucht sich unauffällig über das Schienbein zu reiben. Doch keinem entgeht diese Geste.

»Tut mir wirklich leid.« Amara geht die Lüge, ohne rot zu werden, über die Lippen. Mir wirft sie ein verschwörerisches Grinsen zu, dann ist es auch schon wieder hinter einer neutralen Miene verschwunden, bevor sie ihr Glas leert. »Wer holt die nächste Runde?«

»Das mache ich.« Dylan erhebt sich, bevor jemand protestieren kann. Ich bin froh, dass er die Sache ruhen lässt. Sobald er wieder da ist, unterhalten er und Isaac sich über die Uni, Margot hört ihnen zu. Amara hingegen starrt gedankenverloren auf das vor ihr stehende Glas, was gar nicht zu ihrer sonst so aufgeweckten Art passt.

»Hey, ist alles okay?«, frage ich leise und stupse sie sanft von der Seite an.

Sie blinzelt, dann wird ihr Blick wieder klar. Das Lächeln jedoch, das ihre Mundwinkel hebt, wirkt wie einstudiert. »Natürlich. Wie laufen die Renovierungen?«

Mir fällt mir auf, dass Amara noch nichts von der neuen Entwicklung weiß. Schließlich ist sie durch ihre anderen Aufgaben an der UCC selten an den Renovierungsarbeiten beteiligt.

»Wir gehen noch ein Projekt an. Etwas unerwartet, das gebe ich zu. Aber das Ergebnis wird sich lohnen.«

Sie hebt die Augenbrauen. »Was für ein Projekt?«

»Vorausgesetzt, wir bekommen das Ja dafür, werde ich die nächsten Tage die Decke vom Aufenthaltsraum einreißen.«

»Du wirst ... was?« Amara stockt. »Dein Ernst?«

»Mein voller Ernst«, sage ich stolz. Bei dem Gedanken daran, fangen meine Fingerspitzen an zu kribbeln, besonders da ich mir in meinem Kopf schon ausmalen kann, wie das Endergebnis aussehen wird.

»Krasse Nummer, Hughes«, sagt sie und klopft mir dabei anerkennend auf die Schulter.

Ich atme etwas erleichtert auf, als sich Isaac und Dylan gleich darauf verabschieden. Sie wollen noch auf eine Studentenparty gehen und scheitern daran, Margot zu überreden mitzukommen. Sie verabschiedet sich, da sie nach Hause zu ihrer Freundin möchte, die mit einer Erkältung im Bett liegt. Damit bleiben nur noch Amara, Wyatt und ich übrig. Das Licht wird gedämmt, die Musik lauter gedreht und erst jetzt fällt mir auf, dass live gespielt wird. Gelächter schwappt durch den Raum, dann teilt sich die Menge an der Bar ein Stück, sodass ich dahinter ein kleines Podest entdecke. Ein Mann spielt Akkordeon, ein zweiter Gitarre. Die ersten fangen an zu tanzen.

»Wenn ihr mich kurz entschuldigend würdet«, sagt Amara plötzlich, geht zielgerichteten Schrittes auf die Tanzfläche zu und verschwindet in der Menge.

»Das war jetzt etwas unerwartet«, gebe ich überrascht zu.

»Du kannst ihr folgen«, sagt Wyatt und zuckt mit den Schultern. »Aber sie kommt auch gut allein zurecht. Amara geht häufiger allein tanzen.«

Ich nicke und drehe mich ihm zu. Die Wendungen am heutigen Abend überraschen mich, am allerwenigsten hätte ich damit gerechnet, mit Wyatt allein zurückzubleiben.

»Wie hat dir der Abend bisher gefallen? Bereust du es, mitgekommen zu sein?«, fragt er.

»Nein«, erwidere ich entschieden. »Es ist gut, dass ich mitgekommen bin.«

»Aber?«, hakt Wyatt nach. Ich traue meinen Augen kaum, doch ein Lächeln zupft an seinen Mundwinkeln. »Das klingt irgendwie nach einem Aber.«

»Eine Sache hat mich heute gestört. Dylan, er … er scheint ein Idiot zu sein«, sage ich seufzend, reibe mir über die Stirn. »Das, was er über das Jugendzentrum gesagt hat, ich glaube, damit hat nicht einmal Margot gerechnet.«

Wyatt nickt. »Da stimme ich dir zu. Aber solche Sprüche kommen regelmäßig, viele können sich nicht wirklich etwas darunter vorstellen, was wir machen.«

»Und, dass Amara ihn dann getreten hat …« Ich schüttle bei der Erinnerung daran ratlos den Kopf. »Das hätte sie nicht machen dürfen.«

»Eher nicht, nein.« Eine kurze Pause entsteht, in der Wyatt an seinem Pint nippt. »Hat er dir gefallen?«

»Denkst du das wirklich?«

Er zuckt mit den Schultern. »Wir haben uns nicht wirklich darüber unterhalten, was dein Typ ist.«

Ich mustere ihn für eine Weile stumm und versuche, ihn zu verstehen. Wyatt wirkt nicht, als wäre es ihm gleichgültig, eher als wäre er ehrlich an einer Antwort interessiert. Ich stehe vor einer Entscheidung. Ich kann so tun, als wäre heute Vormittag nie passiert – oder ich kann dazu stehen. »Du bist mein Typ«, sage ich schließlich.

Der Ausdruck um seine Augen wird weich. »Also magst du Dunkelhaarige.«

»Ich mag dich.« Ich betone das letzte Wort. »Dich als Person. Dein Aussehen ist auch nicht zu verachten, ich meine, sieh dir diese starken Schultern an.« Ich knuffe ihn spielerisch in die Schulter, ehe meine Hand darauf liegen bleibt. Der Körperkontakt erdet mich. »Aber es ist nicht nur dein Aussehen. Es ist irgendwie eine Kopfsache. Wenn die Gedanken klick machen, fühle ich mich hingezogen. Das geht weit über das Körperliche hinaus. Ich kann nichts dagegen tun. Das Gefühl habe ich bei uns beiden.«

Aus Wyatt bricht ein Grinsen heraus. Es ist intensiv und so *echt*, am liebsten würde ich dieses in meinen Gedanken für die Ewigkeit konservieren. »Ich weiß, was du meinst«, sagt er.

»Es muss sich aber für dich nicht gut angefühlt haben, ich wollte dich erst Stunden vorher das erste Mal küssen ... und dann diese Situation mit Dylan. Mich hätte das gestört«, gebe ich zu.

»Meine Eifersucht ist aber nicht dein Problem«, sagt Wyatt. Er seufzt und setzt sich aufrechter hin. Durch die Bewegung rutscht meine Hand von seiner Schulter, und ich ziehe sie zurück. Ich bin nicht mutig genug, um meine auf seine zu legen. »Ich meine, deine Reaktion fiel sehr reserviert aus, aber selbst wenn nicht ... die Entscheidung liegt immer noch bei dir. Du bist mir nichts schuldig, genauso wie ich dir.«

»Das klingt sehr durchdacht.«

»Es ist das Minimum an Anstand«, verbessert mich Wyatt. »Schließlich kann man einen anderen Menschen nicht besitzen.«

»Was ich auf jeden Fall nicht wollte, ist mit deinen Erwartungen oder Gefühlen spielen«, erkläre ich und zupfe nervös an meinem Ärmelsaum.

»Das habe ich auch nicht von dir gedacht. Ich bin mir nur nicht sicher, ob du weißt, was du möchtest.«

Das furchtbare an seinen Worten ist, dass sie wahr sind. Auch wenn mir das nicht bewusst war.

»Wieso gibst du dir so viel Mühe, mein schlechtes Gewissen zu besänftigen?«

»Ich will dich nur verstehen.«

»Was willst *du* denn?«, frage ich, auch wenn es nur ein schlechter Versuch ist, von mir abzulenken.

Er stockt. »Darüber habe ich vor einiger Zeit aufgehört nachzudenken.«

Das lässt mich die Stirn runzeln. »Wieso das?«

»Wenn ich darüber nachdenke, was ich will, führt mir das nur vor Augen, was ich nicht haben kann. Also konzentriere ich mich darauf, was ich tun muss. Das ist einfacher.«

»Was du tun *musst*...?«, wiederhole ich zunehmend verwirrt.

Wyatt seufzt und fährt sich mit der Handfläche über die Schläfe, als hätte er Kopfschmerzen. »Vor einigen Jahren habe ich einige falsche Entscheidungen getroffen und die Konsequenzen davon spüre ich immer noch.«

»Was soll das gewesen sein?« Unbewusst beuge ich mich vor, als würde die Nähe helfen, ihn besser zu verstehen. Ganz werde ich aus seinen Worten nicht schlau, es klingt, als hätte er Mist gebaut. Großen Mist.

Er lacht auf. Es klingt jedoch nicht erfreut, im Gegenteil. Es klingt kalt, ein wenig gepresst. Als würde er mit dem Rücken an der Wand stehen und keinen Ausweg wissen.

Ich möchte nicht diejenige sein, die ihm das Gefühl gibt, ihn in die Enge zu treiben. »Weißt du was? Vergiss –«

»Ich habe Schulden, Hazel«, unterbricht er mich leise. »Deshalb muss ich so viel arbeiten, damit ich diese tilgen und gleichzeitig irgendwie über die Runde kommen kann.«

Einen Moment kann ich nicht anders, als ihn fassungslos anzustarren. Es gibt unendlich viele Möglichkeiten, sich zu verschulden. Abos, Kredite, die Trennung vom Partner, der Partnerin. Verschuldet, unverschuldet … Ist das Warum relevant?

Was auch immer der Grund dafür ist, ich erinnere mich daran, wie es ist, kein Geld zu haben. Die Sorge darüber, ob das Konto in den nächsten Tagen eingefroren wird, wie der nächste Einkauf bezahlt werden soll.An die dunkle Wohnung, kalte Heizungen, stille Räume. Das Gefühl ist lähmend. Es hat seinen eigenen Platz in meinem Brustkorb, irgendwo zwischen Herz und Lunge, und drückt gegen meine Rippen, erschwert das Atmen. »Das tut mir leid.«

»Das muss es nicht«, erwidert Wyatt trocken. »Aber jetzt kannst du vielleicht verstehen, weshalb ich keine gute Wahl bin.«

»Denkst du, dass … du es deswegen nicht wert bist?« Die Worte auszusprechen, schmeckt bitter. Insgeheim hoffe ich, dass es nicht das ist, was ich vermute. Mir vorzustellen, dass Wyatt sich deshalb weniger eingesteht, weniger Glück, weniger Freude, weniger Träume, lässt den Druck hinter meinem Brustbein größer werden.

Er senkt den Blick wie ein stummes Eingeständnis, und mein Herz macht einen schmerzhaften Satz.

Ich schlucke gegen den Kloß in meinem Hals an. »Auch wenn es sich vielleicht so anfühlt, ist es nicht wahr. Ich möchte, dass du weißt: Ich akzeptiere jeden deiner Gründe, den du mir nennst. Aber du solltest für dich selbst wissen, dass du genug bist. Das ist wichtig, dass du dir das bewusst machst.«

Wyatt hebt einen Mundwinkel zu einem schiefen Lächeln, das mehr traurig als schön ist. »Das sind ganz schön reflektierte Dinge, die du sagst.«

»Ich habe ziemlich kluge Mitbewohnerinnen. Glaub mir, diese Sorte von Pep Talks musste ich mir auch schon anhören. Wenn ich sie schon gerade nicht sehe, liegt es zumindest in meiner Pflicht, diese Weisheiten weiterzugeben.«

»Du vermisst sie.« Es ist keine Frage, sondern eine Feststellung. Ich nehme einen tiefen Atemzug, versuche mich zu sammeln. Irgendwie hat das Gespräch eine unvorhergesehene Wendung genommen, die mich mehr mitnimmt, als ich mir eingestehen möchte. Wenn ich an die vergangenen Wochen zurückdenke, ergibt alles so viel mehr Sinn. Seine Reserviertheit, die ich nun eher Vorsicht nennen würde. Als würde er versuchen, nicht nur andere, sondern auch sich selbst vor etwas zu beschützen, was am Ende nur noch mehr Schmerzen bereiten würde.

Nichtsdestotrotz lasse ich mich auf den Themenwechsel ein, auch wenn es mich genauso wehmütig werden lässt, über Maisie und Julie zu sprechen. »Sehr.«

Eine Pause entsteht.

»Ich werde mir das häufiger bewusst machen«, sagt Wyatt schließlich. »Also das, was du gesagt hast.«

Das entlockt mir ein Lächeln. »Das höre ich gern.«

Bevor ich noch etwas hinzufügen kann, stößt Amara wieder zu uns. Ihre Wangen sind gerötet, das Haar in ihrem Nacken kräuselt sich vom Tanzen. »Ich glaube, für mich reicht es jetzt.«

»Das ist wohl auch mein Stichwort«, sagt Wyatt und erhebt sich. Ich bilde mir ein, dass sein Blick länger als nötig auf mir liegen bleibt, ehe er geht.

Amara holt sich noch ein Wegbier an der Theke ab, dann treten wir auf die Straße hinaus. Hinter uns fällt die Tür des Pubs zu und schneidet die Geräusche aus dem Innenraum ab. Die Nachtschwärze umfängt uns kühl und ruhig. Das Pflaster glänzt von dem vergangenen Schauer. Im gelben Lichtkegel der Laternen stehen kleine Gruppen beisammen, doch Wyatts vertraute Silhouette ist nirgends mehr zu sehen.

»Ich muss mich für einen Moment setzen«, sagt Amara plötzlich und lässt sich auf der Kante des Bürgersteigs mit einem »Uff« nieder, ungeachtet dessen, dass es vor Kurzem geregnet hat.

»Gut, machen wir eine kurze Pause«, stimme ich amüsiert zu und lasse mich neben ihr nieder.

»Die macht man eh viel zu selten. Man powert so durch und dann ...« Amara verstummt und beißt sich auf die Unterlippe. Das erinnert mich daran, dass heute etwas anders ist.

»Du wirkst heute irgendwie traurig«, sage ich vorsichtig. »Sicher, dass alles gut ist?«

Amara blinzelt und mir fallen die Schatten unter ihren Augen auf – Wimperntuschenränder, die sich auf ihren Wangen abgelegt haben. »Ja, schon. Es ist nur, manchmal holen mich gewisse Erinnerungen ein. Heute ist so ein Tag.«

»Ist heute irgendwas vorgefallen, was das ausgelöst hat? Gab es einen Trigger?«

»Nein, aber einen Glimmer.«

Ich stutze. »Was ist ein Glimmer?«

»Es ist genau das Gegenteil eines Triggers.« Das Lächeln, das sich auf Amaras Lippen schleicht, ist traurig und schön zugleich. »Es war einer der Momente, in denen man richtig glücklich ist. Glücklich und zufrieden. Und das hat mich an etwas erinnert, das mich jetzt, viel später, sehr traurig macht.«

»Möchtest du darüber reden?«, frage ich vorsichtig.

»Nicht wirklich. Nimm es bitte nicht persönlich, Hazel-Dazel.« Was ist das nur heute für ein intensiver Abend? Meine Nase kribbelt bei diesem Kosenamen, und mir wird klar, wie lange mich niemand mehr so genannt hat. »Aber worüber ich mit dir sprechen kann, ist, dass man das *Jetzt* viel zu wenig wertschätzt. Ich meine, schau dir uns an. Schau dir diesen Sternenhimmel an. Schau dir mein Bier an!« Aus Amaras traurig-schönem Lächeln wird kurzzeitig ein Grinsen. »Das hier, dieser Moment, ist pures Glück. Das Privileg, hier den Abend zu verbringen, gesund, mit Menschen, die ich liebe, und die mich lieben. Vieles nimmt man viel zu selbstverständlich, bis es weg ist. Man ist ein Dieb, und man stiehlt sich die schönen Momente selbst, in dem man sie nicht als solche wahrnimmt. Deswegen mein Rat an dich, Hazel: Bleib öfter mal stehen und sieh sich im *Jetzt* um. Sonst könntest du das Beste verpassen.«

Ihre Worte erwischen mich unvorbereitet. Bevor ich etwas darauf erwidern kann, erhebt sie sich. Ich lasse Amara erst gehen, nachdem sie mir dreimal versprochen hat, sich bei mir zu melden, sobald sie zu Hause ist. Erst dann schwinge ich mich auf mein Rad und trete kräftig in die Pedale. Noch auf dem Weg setzt der Regen erneut ein und lässt meine Kleider schwer werden. Der Wind kühlt sich merklich ab, bis ich zu frieren beginne.

Mein Weg führt mich an einer Parkanlage vorbei. In den Baumwipfeln rauscht es. Eine Silhouette springt mir auf der Bank ins Auge, die neben dem im Backstein eingelassenen Tor steht. Es ist ein Mädchen, das im Schein einer Laterne sitzt. Regen tropft ihr aus den Haaren auf die nackten Schultern und Arme.Sie trägt nur ein dünnes Trägertop, zusammen mit einer schwarzen Cargohose und weißen Chucks

Ich brauche zwei Sekunden, bis ich sie erkenne. Automatisch werde ich langsamer und bleibe einige Meter entfernt stehen.

»Sienna?«

Sie hebt ruckartig den Kopf, trotz der Schatten, die auf ihren Zügen liegen, erkenne ich, dass sich ihre Miene verhärtet. »Das ist wohl mein Name«, erwidert sie.

»Was machst du hier? Ich meine, es ist ganz schön kalt heute Abend. Wo ist deine Jacke?«

Zur Antwort zuckt sie nur mit den Schultern.

»Ist irgendwas passiert?« In meinem Bauch bildet sich ein Sorgenknoten. »Zuhause alles okay?«

»Sicher, alles super.«

Ich runzle die Stirn. »Wissen deine Eltern, dass du hier bist?«

»Wieso fragst du, Hazel? Wirst du mich verpetzen?«

»Natürlich nicht.«

»Ja, klar. Weil ihr Erwachsenen nicht immer zusammenhaltet.« Sienna schnaubt und verschränkt die Arme vor der Brust. Selbst aus der Entfernung kann ich die Gänsehaut auf ihren Armen erkennen.

»Sienna, deine Eltern gehen mir gerade am Allerwertesten vorbei.« Als daraufhin keine Reaktion kommt, seufze ich. »Okay, ich glaube, da müssen wir darüber reden.«

»Ich habe keinen Gesprächsbedarf.« Sie zuckt mit den Schultern und dreht sich zur Seite.

Sekunden verstreichen, in denen ich etwas überfordert bin. Ich möchte sie nicht unter Druck setzen oder etwas unterstellen, was nicht wahr ist. »Habe ich etwas falsch gemacht?«, frage ich schließlich.

Ich kann an ihren Schultern sehen, dass Sienna tief einatmet, dann ausatmet. Der Moment dehnt sich aus und ich bin fast sicher, dass sie sich dafür entscheidet, meine Frage zu übergehen. Zu meiner Überraschung wendet sie sich mir wieder zu. Der abweisende Gesichtsausdruck ist gewichen, stattdessen wirkt sie nur erschöpft. »Nein«, erwidert sie.

Ich nicke. »Das ... das ist gut.« Die Erleichterung darüber nimmt meinen gesamten Brustkorb ein. »Aber was ist es dann?«

»Das Problem ist ... das Problem bin ich.« Der Ausdruck um Siennas Augen herum wird hart. Gleichzeitig gefriert die Erleichterung in meinem Inneren zu Eis. Sie fühlt sich spitz an, als wäre sie zu einem Eisklumpen gefroren, von dem sich kleine Splitter lösen. Sie bohren sich bei jeder Bewegung tiefer in mein Fleisch.

Es tut weh, das von ihr zu hören. Über sich. Dabei ist es, als hätte sie meine eigenen Gedanken ausgesprochen. Schließlich hat mich dieser Satz überhaupt erst von zu Hause vertrieben.

»Wieso sagst du das?« Meine Stimme klingt mit einem Mal belegt.

»Die anderen zeigen mir das deutlich.« Sie zuckt mit den Schultern, als wäre es ihr egal. Aber die Eissplitter unter meiner Haut verraten mir etwas anderes. Es tut immer weh, auch wenn man es ganz weit von sich wegschieben will. Selbst wenn man nicht daran denkt, tut es weh.

»Die anderen sind das Problem. Nicht du.«

»Hat Wyatt dir das eingetrichtert? Lass mich dir eins verraten: Das ist gelogen. Ein Schocker, was?« Sienna grinst, doch es erreicht ihre Augen nicht. »Alleine bin ich besser dran.«

Für einen Moment kann ich das Mädchen vor mir nur mustern. Sie hält sich aufrecht, das Kinn ist selbstbewusst nach oben gereckt. Aber da ist so viel altbekannter Schmerz.

»Mir ging es in deinem Alter genauso ... wobei das nicht einmal die ganze Wahrheit ist. Heute denke ich das auch noch oft. Ich weiß, es bringt dir nichts, wenn ich dir sage, dass es besser wird. Aber irgendwie wird es das. Weil die Probleme sich verändern und man selbst auch.«

»Glaubst du dir auch selber oder verteilst du nur gut gemeinte Ratschläge?«, fragt Sienna.

Ertappt trete ich einen Schritt zurück. Ihre Worte sind frei von jeglicher Emotion, doch sie sind präzise und scharf. Sie schneiden direkt durch meine Lügenfassade, die ich sorgsam um mich errichtet habe.

Auf ihre Frage habe ich keine Antwort. Vielleicht spürt sie das, ehe sie sich aufrichtet. »Ich glaube, das reicht für heute«, verkündet sie. »Es besteht keine Notwendigkeit, mich nach Hause zu eskortieren. Ich finde den Weg.«

Kapitel 18

Hazel

Am nächsten Vormittag habe ich zwei Termine zur Besichtigung des Hauses. Zuerst kommt Mr Shay, ein alleinstehender Vater, der nach einer Trennung für sich und seine zweijährige Tochter ein neues Zuhause sucht. Danach klingeln zwei Frauen, die im Erdgeschoss des Hauses ein Yogastudio errichten wollen. Etwas in meinem Inneren sagt mir, dass sie sich nicht zurückmelden werden, als ich mich auf dem Weg ins Jugendzentrum mache. Vielleicht ist es ein Bauchgefühl, vielleicht auch das Wissen, dass es wahrscheinlich wieder nicht das ist, was sie suchen.

Wyatt ist als einziger im Jugendzentrum anwesend. Als ich in die Küche trete, steht er mir mit dem Rücken zugewandt und wischt über die Arbeitsfläche.

Ich hänge meine Tasche über eine Stuhllehne und räuspere mich. »Hey.«

Er wirft einen Blick über seine Schulter. »Hey, bist du gestern gut nach Hause gekommen?«

Ich nicke. »Das schon. Auf dem Rückweg habe ich Sienna getroffen. Sie war irgendwie seltsam drauf.«

Das lässt ihn innehalten, dann dreht er sich mir zu. »Sie hat mir mal erzählt, dass sie nachts gern spazieren geht. Weil, ich zitiere: *alles so still ist und mir keiner auf den Senkel geht.* Ich nehme an, sie war etwas ungehalten darüber, in ihrem Trübsal blasen gestört zu werden?«

»Das kann man so sagen, ja.« Ich trete neben ihn und setze Teewasser auf. In meinem Kopf schwirren lauter unausgesprochene Fragen, allen voran, wie wir zueinander stehen.

Er neigt den Kopf, als würde er nachdenken. »Der Eigentümer kommt heute vorbei«, sagt er.

»Weswegen?« Ich habe das Gefühl, als hätte ich irgendeine Info nicht bekommen.

Wyatt sieht aus, als würde er sich ein Lachen verkneifen müssen. »Wegen deiner Idee.«

»Wegen meiner ... *oh.* Das ging schnell. Wann?«

»In wenigen Minuten.« Kaum, dass er es ausgesprochen hat, hallt ein Klopfen durch das Gebäude. »Das muss er wohl sein.«

Ich folge Wyatt in den Aufenthaltsraum. Er erreicht die Tür als erster und zieht sie auf. Carl Baker tritt hinein, und mein Denken setzt aus. Der Immobilienmakler, vor dem mich Amara gewarnt hat. Ich erkenne ihn sofort von den Fotos seiner Webseite wieder und in Realität sieht er genauso geleckt aus wie in der gestellten Fotoserie auf seiner Webseite.

Er ist der Eigentümer des Gebäudes?

»Wyatt, es freut mich sehr, Sie endlich persönlich kennenzulernen, nachdem wir so viel telefoniert haben«, sagt Baker und reicht ihm die Hand. Wyatt ergreift sie. »Ich muss sagen, es fühlt sich für mich ein wenig nostalgisch an hier zu sein. Wissen Sie, mein Vater hat mir dieses Haus vererbt. Es war eines der ersten, dass er gekauft hat. Damals war es aber noch in deutlich schlechterem Zustand.« Er lacht, als hätte er einen Witz gemacht.

»Willkommen«, erwidert Wyatt und deutet auf mich. »Das ist Hazel Hughes. Die Entfernung der Zwischendecke war ihre Idee.«

Die Aufmerksamkeit von Baker fällt auf mich, doch zu meiner Verwirrung gibt er jedoch nicht zu erkennen, ob er mich wiederkennt. »Ich bin höchst erfreut«, sagt er erneut. Wir schütteln mechanisch die Hände. Für einen Moment fehlen mir die Worte, um etwas zu erwidern. Der Moment verstreicht, dann schlägt Wyatt vor, das Obergeschoss zu zeigen, woraufhin Baker einwilligt. Wyatt und ich geben ein gutes Team ab, die Änderung vorzustellen. *Aber es wird keinen Unterschied machen*, denke ich niedergeschlagen. Er wird sicher nicht zusagen, nicht nachdem ich weder auf die Nachricht von ihm reagiert noch ihn zurückgerufen habe.

Dieser nickt und stellt gelegentlich interessierte Rückfragen.

»Können Sie abschätzen, wie lang Sie für Ihre Entscheidung benötigen werden?«, fragt Wyatt, nachdem wir ins Erdgeschoss zurückgekehrt sind.

»Da werde ich nicht lange überlegen müssen«, sagt Baker. Sein Blick huscht kurz zu mir und ich bin mir sicher, dass er ablehnen wird. »Von mir aus können Sie sofort damit starten.«

Überrascht starre ich ihn an. Wyatt hingegen reagiert sofort. »Das freut mich zu hören.« Er entschuldigt sich und geht kurz in die Küche, um die Einwilligungs-erklärung zu holen, die Baker unterschreiben soll. Ich mache gedanklich drei Kreuze, nachdem Baker die Biege gemacht hat.

Nach der Zusage von Baker mache ich mich daran, das benötigte Werkzeug zusammenzusuchen. Ein Glück, dass sich inzwischen ein Großteil meines Lagers hier befindet.

Die ersten Quadratmeter der Zwischendecke sind ohne Probleme zu entfernen, dann fangen von der er-höhten Arbeitshöhe meine Oberarme an zu brennen. Als ich das Loch so weit vergrößert habe, dass ich den ganzen Aufenthaltsraum überblicken kann, fühle ich mich triumphierend. Nach einer Weile muss ich mich mit einer Leiter behelfen, da ich von der Treppe aus nicht weiterkomme.

Eine Pause gönne ich mir erst, nachdem ein Drittel der Zwischendecke fehlt. Schon jetzt ist es im Aufent-haltsraum spürbar heller geworden. Im Licht, das durch die Dachfenster fällt, tanzen Staubpartikel durch die Luft.

Aus einem Impuls heraus besehe ich mir die Platten genauer. Zwischen ihnen und den Holzlatten ragen graue, ausgefranste Fasern hervor. Es sieht wie eine Art Material aus, das damals zum Dämmen benutzt wor-den ist.

Die Erkenntnis durchzuckt mich gewitterhell.

»Shit.« Reflexartig ziehe ich mir das Shirt über die Nase, auch wenn ich weiß, dass es nur meinem Gewissen dient. Ich steige die Leiter hinab, durchquere den Raum und trete durch den Türrahmen in die Küche.

»Shit«, sage ich erneut. Wyatt sieht von einem Ordner auf, als mein Schatten auf ihn fällt.

»Wann wurde das Haus erbaut?«, frage ich.

»Es wurde wieder aufgebaut, nachdem das Stadtzentrum abgebrannt ist. Das muss so Mitte des 20. Jahrhunderts gewesen sein.« Wyatt wischt sich mit dem Unterarm die Haare aus der Stirn und runzelt die Stirn. »Wieso fragst du?«

»Shit«, sage ich erneut.

»Was ist los, Hazel?«

»Wir müssen die Renovierung unterbrechen.« Ich kann kaum glauben, dass ich das sage.

»Warum das?«

»In der Zwischendecke ist eine Art Dämmung verbaut. Das könnte Asbest sein, aber das kann erst ein Test mit Sicherheit sagen.«

Dieses Mal ist es Wyatt, der flucht. Er klappt den Ordner zu und richtet sich auf. »Wo kriegen wir so einen Test her?«

»Ich kümmere mich darum.«

Ich bin froh, dass heute keiner von den Jugendlichen da ist. Es gibt schlechte Nachrichten. Es gibt Rückschläge. Das gehört alles zum Leben dazu.

Und dann gibt es Asbest.

Es fühlt sich ziemlich mies an, die Tür zum Jugendzentrum hinter uns abzuschließen. Während Wyatt einen beschrifteten Zettel an der Eingangstür anbringt, der das Eintreten verbietet, wälze ich die verschiedenen Optionen in meinem Kopf. Ich erinnere mich daran, dass bei meiner Kollegin Keiko bei einer Renovierung ebenfalls der Verdacht auf Asbest im Raum gestanden hatte. Daher schicke ich ihr eine Sprachnachricht, um herauszufinden, wie sie damals damit umgegangen ist.

»Welche Möglichkeiten haben wir?«, fragt Wyatt, nachdem er von der Tür zurückgetreten ist.

»Vielleicht gibt es in Cork Fachleute, die den Test durchführen lassen können. Das wäre die schnellste Möglichkeit«, erwidere ich. »Anderenfalls muss ich erst ein Testkit bestellen und anschließend an ein Labor verschicken.« Das könnte je nach Auslastung Wochen dauern, bis das Ergebnis zurückkommt.

Kapitel 19

Hazel

Um die Wartezeit zu überbrücken, lade ich am Wochenende zu mir ein. Es haben alle zugesagt, selbst Brooks, von dem ich mir sicher bin, dass Partys nicht so sein Ding sind. Mein persönliches Highlight ist der Feuerkorb, den ich aus dem Schuppen befreie. In Vorbereitung auf den Abend hacke ich Holz und schichte es in Ermangelung an Alternativen auf der Veranda. Als ich in die Küche zurückkehre, macht es etwas mit mir, Wyatt dort stehen zu sehen. Vor ihm ausgebreitet auf dem Schneidebrett liegt Gemüse, das er für die Spieße zurechtschneidet. So etwas wie Sehnsucht macht sich mit einem Ziehen in meinem Inneren bemerkbar. An seine Schritte in diesem Haus kann ich mich gewöhnen. Sie sind ruhig, beständig, während er die Küche durchquert, um Salz und Pfeffer aus einem Regal zu holen.

»Kommst du voran?«

»Hey«, sagt Wyatt, bevor er aufsieht. Ihm fallen die Haare in die Augen und er streicht sich diese mit einer unwirschen Bewegung aus der Stirn. Das Sonnenlicht bricht sich in seinen Pupillen, das durch das

Küchenfenster fällt und goldene Flecken an die Wand neben ihm wirft. »Ich bin so weit fertig.«

»Noch haben wir etwas Zeit. Soll ich dir die Haare schneiden?«, ziehe ich ihn auf. »Aber ich muss dich vorwarnen, bisher habe ich nur Erfahrung darin, mir selbst die Haare zu schneiden. Das ist aber schon eine Weile her.«

Kurz denkt er darüber nach, dann zuckt er mit den Schultern. »Okay.«

»Okay?«, hake ich ungläubig nach. Ich trete neben ihn und lehne mich gegen die Arbeitsplatte. »Hast du keine Angst, dass du danach für Monate eine Mütze tragen musst?«

»Ich bin mir sicher, dass du ein eigenes Interesse daran hast, meine Haare nicht zu verschandeln.«

Ich schüttle amüsiert den Kopf. »Flirtest du etwa mit mir, Wyatt Dalton?«

Er grinst, was das Grübchen in seiner Wange zum Vorschein bringt. »Und wenn es so wäre?«

Mein Herz macht einen Hüpfer. Der Anblick bringt mich aus dem Konzept. Ich hätte mich nicht für gehemmt gehalten, doch etwas an dieser Situation überfordert mich. Vielleicht ist es Wyatts Offenheit, vielleicht meine Unsicherheit. Bisher habe ich angenommen, dass ich in unsere Verbindung zu viel hineininterpretiert habe. Doch jetzt beginne ich daran zu zweifeln, ob es wirklich so ist. Sonst würde sich Wyatt doch nicht so verhalten – oder doch?

Hastig gehe ich einen Schritt zurück, als würde der Abstand meine Gedanken aufklären. »Dann komm«, sage ich, ziehe einen Stuhl heran und deute mit einer

Handbewegung an, dass Wyatt sich dort rittlings hinsetzen soll.

»Mir wäre nur wichtig, dass meine Ohren dran bleiben. An denen hänge ich wirklich.«

»An den neuen Anblick gewöhnst du dich auch sicher schnell«, witzle ich, zücke mein Handy und rufe das erste Video auf, das mir in der Internetsuche vorgeschlagen wird. Jeder Friseur würde wohl aufschreien, wenn er die Küchenschere in meiner Hand erblicken würde. Mit meinen Fingerspitzen kämme ich durch Wyatts Haar. Es fühlt sich weich an, als ich seinen Nacken hinauffahre.

Ich kann sehen, dass das eine Gänsehaut bei ihm auslöst.

»Nur etwas kürzen, kein Kahlschlag«, murmle ich schließlich, als ich die vorderen Strähnen zwischen die Finger nehme. Ich halte mich akribisch an die Technik im Video.

»Was denkst du über ...«

»Schsch«, mache ich sanft. »Ich muss mich konzentrieren.«

Unter meinen Fingerspitzen kann ich das Lachen fühlen, das Wyatts Körper zum Vibrieren bringt.

Die Klingen der Schere schleifen einander, dann fallen die ersten Millimeter Haare vor mir zu Boden. Ich lasse Wyatts Haare los und weiche einen Schritt zurück, um meine Arbeit zu prüfen.

Man sieht keinen Unterschied.

»Schon fertig?«, fragt Wyatt amüsiert.

»Das hättest du wohl gern.« Ich nehme mir Strähne für Strähne vor und bin etwas mutiger, was das Spitzen schneiden angeht. Eine Weile ist es still in der Küche.

Dann trete ich einen Schritt zurück und kneife die Augen zusammen. »Möglicherweise hast du jetzt eine gewisse Ähnlichkeit mit Will Byers aus *Stranger Things*.«

»Und, wie sehe ich aus?«

»Du könntest auch einen Fischerhut tragen, und würdest darin gut aussehen. Nur aus Neugier ... besitzt du einen? Vielleicht wäre es Zeit, diesen hervorzuholen?«

Wyatt versucht, nach mir zu greifen und ich weiche lachend zurück. Ich lege die Schere auf dem Küchentisch ab, dann sprinte ich Richtung Spiegel, der im Flur steht. Er folgt sogleich, doch statt seinen Blick auf sein Spiegelbild zu richten, sieht er nur mich an. »Daran könnte ich mich gewöhnen«, sagt er leise.

»An den persönlichen Friseur-Service? Ich habe dir noch gar nicht meinen Preis genannt.«

»Das meine ich ausnahmsweise nicht.«

»Ich glaube, du musst dann etwas deutlicher werden.« Mein Herz droht mir aus der Brust zu springen. Aber ich kann nicht noch einmal voreilige Schlüsse ziehen, ich muss es von ihm hören. Die Entscheidung liegt bei ihm, seine Vorsicht beiseitezuschieben.

Wyatt macht einen Schritt auf mich und streckt seine Hand nach mir aus. Doch bevor seine Finger mich streifen, lässt er sie wieder sinken. »Ich meine uns. Hier.«

Für einen Moment kann ich ihn nur anstarren und mir scheint, als sehe ich ihn zum ersten Mal. Also lag mein Bauchgefühl richtig. Wir sehnen uns nach dem Gleichen, nach der Verbundenheit, nach der Unbeschwertheit. Nach dem, was wir hier gerade erleben.

Mit dieser Erkenntnis bricht ein sanftes Lachen aus mir heraus. Vor Erleichterung, aber auch vor Glück, das mich in diesem Moment durchströmt.

Wyatts Gesichtsausdruck wird weich. »In solchen Momenten strahlst du. Genauso wie bei deinem Freudentanz auf dem Dachboden des Jugendzentrums. Das, was ich damals gesagt habe, stimmt nicht. Ich will davon nichts vergessen. Ich will alles davon.« Überrascht öffne ich den Mund, doch Wyatt spricht weiter. »Ich hatte Angst«, gesteht er. »Was es bedeutet, wenn ich mich fallenlasse.«

»Was hat sich geändert?«

»Nichts, ich habe immer noch Angst. Aber ich habe etwas verstanden.«

»Teilst du deine Erkenntnis mit mir?«

»Ich kann mir mein Leben von meinen Ängsten diktieren lassen ... oder es einfach wagen.«

Du bist es wert. Das hätte ich ihm am Abend im Pub am liebsten tausendfach gesagt, nachdem er mir von seinen Schulden erzählte. Wie schlimm muss es sein, zu denken, man hätte sein Glück nicht verdient. Dass man weniger Mensch sei, nur weil man die Erwartungen der Gesellschaft nicht erfüllte. »Deine Schulden definieren nicht, wer du bist, Wyatt«, sage ich sanft.

»Eigentlich ist das ein Warnzeichen, sich nicht auf eine Person einzulassen.« Er macht eine Pause, wägt seine nächsten Worte ab. »Zumindest sollte jeder normale Mensch hellhörig werden.«

»Wenn das die Frage ist, wieso mich das nicht abschreckt – weil ich weiß, wie schnell es geht«, erwidere ich leise. »Falls du dich erinnerst, du hast mir unterstellt, ich stamme aus reichem Hause und könne mir nur so meine Firma leisten. Das Gegenteil war der Fall und ich erinnere mich sehr gut daran, wie schwer es ist, das wenige Geld beisammenzuhalten, und wie viel schwerer es noch ist, das wenige Geld nicht ins Negative umschlagen zu lassen. Und wenn man erst einmal in dieser Abwärtsspirale gefangen ist, kommt man nicht so schnell wieder raus.«

Wyatt nickt. Eine Emotion durchzuckt seine Miene, die ich nicht gänzlich einordnen kann, eine Mischung aus Schmerz und Erleichterung. »Ja, das stimmt«, sagt er mit rauer Stimme.

Das lässt mich die Distanz überbrücken. Ich gehe auf Wyatt zu und schließe meine Arme um seine Mitte. Vielleicht braucht er diese Umarmung, aber ich benötige sie auch. Die Berührung ist tröstlich, aber auch noch etwas ungewohnt. Seine Körperwärme brennt sich durch seinen Pullover und steckt mich in Flammen.

»Würdest du mich eigentlich noch mal fragen?«

»Was meinst du genau?«, hake ich nach und fühle mich auf seltsame Art atemlos.

»Ob du mich küssen darfst.«

Ich hebe meinen Blick. »Was wäre heute deine Antwort darauf? Denn ich kann dir nicht versprechen, wie es ausgehen wird.«

»Finde es doch heraus.«

Mein Herz rast mir davon. In meinen Ohren rauscht mein Blut. Doch da sind keine Zweifel, die mich zurückhalten. Im Gegenteil, ich fühle mich euphorisch.

»Darf ich dich küssen, Wyatt?«

»Ja, bitte.« Seine Stimme hat einen tieferen Ton angenommen, bei dem sich etwas in meinem Unterleib zusammenzieht. Mein Inneres besteht aus Zuckerwatte. Ich fühle mich euphorisch, die Erleichterung über seine Antwort gleicht einem Adrenalinrausch. Ich bin wirklich im Begriff, das zu tun, was ich mich seit Nohoval Cove verfolgt.

Mit meiner Hand fahre ich seine Brust entlang, in der ich sein Herz genauso schnell schlagen spüre wie meins. Zwei Herzen im gleichen Takt, so kommt es mir vor. Ich erkunde seine Schulter, seinen Nacken, hinauf bis zu seinem Haaransatz. Ich spüre die Gänsehaut unter meinen Fingerspitzen und muss lächeln.

Wyatt greift meine Hüfte, dann dreht sich die Welt. Mir entfährt ein überraschtes Keuchen, als ich unter mir die Kommode und die Wand an meinem Rücken spüre. Wyatt positioniert sich zwischen meinen Beinen. Unsere Gesichter sind auf gleicher Höhe, in seinen Pupillen entdecke ich wieder die goldenen Sprenkel, die mir bereits ausgefallen sind, wenn die Sonne scheint.

Ich lasse mir Zeit. Meine Wange streift seine, ich atme seinen Duft ein, fahre mit meinen Lippen seinen Kiefer entlang. Dann schweben meine Lippen nur noch Millimeter über seinen. Mein Atem geht stoßweise. Mir scheint, als wartet Wyatt meine Entscheidung ab und möchte mir bis zum Schluss die Kontrolle überlassen. Ob ich ihn küsse, ob ich mich auf ihn einlasse, auf ihn und seine Probleme.

Seine Zurückhaltung wandelt sich in etwas anderes, sobald ich ihn küsse. Dieser Kuss beginnt genauso wie der letzte, vorsichtig und sanft, doch er wandelt sich schnell in etwas verzehrendes. Seine Hände umfassen mein Gesicht und er dirigiert mich näher an sich. Seine

Zunge streicht über meine Unterlippe und ich öffne mich ihm. Alles an diesem Moment ist so intensiv. Sein Geruch, seine Wärme, jeden Zentimeter Haut, den er berührt, glüht. Ich fühle mich wie im Fieber.

»Es ist schön, dich zu küssen«, murmelt Wyatt. Stirn an Stirn halten wir inne, ringen gleichermaßen um Luft. Seine Wangen sind gerötet, die Pupillen geweitet. Zu sehen, dass ich die gleiche Wirkung auf ihn habe, wie er auf mich, lässt mich lächeln.

»Das kann ich nur zurückgeben«, hauche ich. »Wieso haben wir das nicht schon eher gemacht?«

»Wer auch immer das hinausgezögert hat, ist ein Idiot.«

Sanft fahre ich seine Wange entlang. »Du bist kein –« Die Türklingel treibt uns auseinander.

»Wie spät ist es?«, frage ich verdutzt. Wyatt blickt auf seine Armbanduhr, dann wieder zur Tür.

»Eine Viertelstunde zu früh. Erwartest du vielleicht Post?« Er lehnt sich erneut gegen mich. Sein Atem kitzelt an meiner Halsbeuge, und ich bekomme eine Gänsehaut.

»Nein ...« Seine Lippen bedecken die Stelle unterhalb meines Ohrläppchens und ich vergesse für einen Moment, was ich noch sagen wollte.

Dann klingelt es erneut. Nur widerwillig löse ich mich von ihm und öffne die Tür. Amara steht auf den Stufen, die zur Eingangstür führen. Um ihren Hals hängt eine Gitarre und sie grinst bei meinem verdutzten Gesichtsausdruck.

»Ich bin vorbereitet!«, verkündet sie lachend, dann schließt sie erst mich und dann Wyatt in eine Umarmung. Während ich die letzten Feinheiten in der Küche erledige, erzählt Amara von ihrer Arbeit an der UCC und wie sehr sie sich über ihren Chef aufgeregt hat. Und ich genieße diesen Moment so sehr, dass die Stille des Hauses mit ihrer und Wyatts Anwesenheit weicht. Amara strotzt vor so viel Heiterkeit, so viel Lachen. So viel Leben. Von ihrem schwachen Moment in der Bar ist nichts mehr zu spüren und ich frage mich, wie tief er wohl vergraben liegt. Ob es immer noch wehtut.

Denn diese Art von Erinnerungen sind wie Dornen, die sich über die Zeit tief in das Gewebe gegraben haben. Neue Haut ist darüber gewachsen. Vielleicht sind sie nicht mehr sichtbar, doch immer spürbar. An manchen Tagen mehr, wie an dem Abend in der Bar, an manchen weniger.

Kapitel 20

Wyatt

Im Garten haben wir Küchenstühle um den Feuerkorb herum aufgestellt, auf denen es sich alle gemütlich machen. Brooks ist kurz nach Amara aufgeschlagen, gefolgt von Nora, Margot und Corey. Wir stoßen mit Noras selbst gemachten Likör an, den sie mitgebracht hat.

Die Dämmerung hat zum Glück noch nicht eingesetzt, als Hazel das Brennholz mit Papier darin aufschichtet und anzündet. Sie wirkt konzentriert. In allem, was sie tut, liegt so eine Konzentration und Hingabe, die ich bewundernswert finde und es mir schwer macht, den Blick von ihr abzuwenden. Feiner Rauch kringelt sich zwischen den Scheiten, und als sich das Glimmen ausbreitet, ballt sie eine Hand zur Siegerfaust und grinst.

Amara schlägt die Saiten ihrer Gitarre an, bis Brooks aufseufzt. »Ist das Ding überhaupt gestimmt?«

»Äh.« Abgelenkt vergreift sie sich, und wir alle zucken bei dem Ton zusammen. Peinlich berührt reicht sie die Gitarre an Brooks weiter.

»Wie lange spielst du schon? Ich wusste nicht einmal, dass du überhaupt eine besitzt.«

»Noch nicht so lange.« Amara reckt das Kinn. »Aber irgendwann muss man ja anfangen.«

»Hm«, macht er nur, während er die Gitarre stimmt und dann eine Melodie anschlägt. »Hast du die Grundakkorde drauf?«

Das ist die Eingangsfrage, ehe Brooks dazu übergeht, Amara Musikunterricht zu geben.

Sobald das Feuer brennt, legen wir die Gemüsespieße auf das Rost, und während diese braten, genieße ich die Gespräche, die sich um mich herum entfalten. Der Moment wirkt so friedlich, dass ich für einen Moment nicht das Gefühl habe, durch all meine Verpflichtungen getrieben zu werden. Sondern als könne ich wirklich für einen Moment innehalten und abschalten.

»Hättest du vielleicht ein paar Decken?«, fragt Margot an Hazel gewandt und reibt sich die Unterarme.

»Das wäre eine gute Idee«, wirft Nora ein.

»Ich glaube, ich habe noch welche gesehen. Ganz oben auf einem Regal.« Hazel legt ihren Teller beiseite und erhebt sich.

»Brauchst du Hilfe?«, frage ich.

Überrascht sieht sie zu mir herüber. »Könnte nicht schaden. Dann spare ich es mir wohl, die Leiter aus dem Keller zu holen.« Ihre Worte werden von einem Lachen begleitet und sie bedeutet mir, ihr ins Innere des Hauses zu folgen. Sie steuert eine kleine Abstellkammer neben der Küche an. Durch die angelehnte Tür dringt das Gelächter der anderen zu uns.

»Da oben. Kommst du da ran?« Hazel ächzt ein wenig und streckt sich, doch ihre Fingerspitzen streifen das Regalbrett nur.

»Ich bin nicht so viel größer als du«, gebe ich zu bedenken.

»Aber vielleicht sind deine Arme länger?«

Das entlockt mir ein amüsiertes Schnauben und stelle mich von hinten an sie heran. Ihr Körper drückt sich an meinen Bauch und plötzlich kann ich mich nur darauf konzentrieren.

Tatsächlich gelingt es mir, die Decken vom obersten Regalbrett zu ziehen. Doch ich bewege mich nicht von Hazel weg, selbst als ich sie in den Händen halte. Hazels Parfum nimmt den gesamten Abstellraum ein und mich überkommt das Bedürfnis, ihr näher sein zu wollen. Vorsichtig dreht sie sich herum, sodass wir uns gegenüberstehen, und legt ihre Hände auf meinem Oberkörper ab. In einer langsamen Bewegung lässt sie diese zu meinen Schultern wandern. Unsere Blicke treffen sich, und dann zieht sie mich zu sich.

Noch bevor sich unsere Lippen berühren, lege ich die Decken ab, damit meine Hände frei sind. Hazel entweicht ein Laut, als ich sie an den Oberschenkeln packe und auf die Kommode dahinter absetze. Seit dem Moment im Flur konnte ich nicht aufhören, daran zu denken, dort weiterzumachen, wo wir aufgehört haben. Wir küssen uns, hitziger als zuvor. Hazel schmeckt nach dem Gin, den sie zuletzt getrunken hat. Ich kann nicht anders, als ihr Gesicht zu umfassen und noch näher an mich zu ziehen.

Wir lösen uns voneinander, lehnen Stirn an Stirn. Etwas außer Atem, mit pulsierendem Herzschlag im Ohr. Hazel lächelt losgelöst und legt ihre Hände über meine.

»Wir sollten vielleicht zurückgehen«, murmelt sie.

»Das wäre zumindest vernünftig«, stimme ich ihr zu. Keiner von uns beiden macht Anstalten, sich zu erheben. Stattdessen finden unsere Lippen erneut zueinander. Hazel entweicht ein Seufzen, ehe sie sich vorsichtig zurücklehnt und ihre Finger mit meinen verschränkt.

»Der sieht schön aus«, sagt sie und streicht über den Ring, den ich am kleinen Finger trage. Ich kann die Frage in ihren Worten heraushören. Oder wahrscheinlich bilde ich es mir nur ein – hat dieser Ring eine Bedeutung?

»Meine Schwester trägt den gleichen. Sie hatte eine Phase als Teenager, in der sie wollte, dass wir uns Geschwistertattoos stechen lassen. Zwei Otter, inspiriert von dem See in der Nähe unserer Wohnung. Ich konnte sie nur schwer davon abhalten, also war das die Alternative«, erkläre ich und drehe die Hand. Hazel beugt sich etwas vor, um die Gravur auf dem Metall zu erkennen. Eine filigrane Silhouette in Form eines Otters.

»Sie bedeutet dir viel«, stellt sie leise fest.

»Alles.«

»Es ist gut, jemanden zu haben. Es ist wichtig zu wissen, dass man mit seinen Problemen nicht allein ist.«

Das schlechte Gewissen meldet sich sofort. »Ich habe ihr nie von den Rechnungen erzählt«, gestehe ich.

»Darf ich fragen, wieso?« Hazel mustert mich mit einer Mischung aus Besorgnis und Ernsthaftigkeit, die eine kleine Falte zwischen ihren Augenbrauen sichtbar werden lässt.

»Ich habe den richtigen Zeitpunkt verpasst«, sage ich und zögere. Es ist schon so lange her, dass ich eine Weile überlegen muss, wie es angefangen hat. »Zu Beginn war es noch nicht so schlimm mit all den

Rechnungen. Erst später verselbstständigte sich das alles und dann war es irgendwann zu spät.«

Hazel nickt nur, auch wenn ich ihr ansehen kann, dass sie viele Fragen hat. Ich bin es nicht gewohnt, ein Mittelpunkt-Mensch zu sein, nehme lieber den sicheren Posten des Beobachters ein, als im Zentrum der Aufmerksamkeit zu stehen.

Daher kosten mich die nächsten Worte einiges an Überwindung. »Ich bin dir noch eine Geschichte schuldig«, sage ich nach einem Moment. Unsere Blicke kreuzen sich und in meiner Brust spüre ich ein Flattern.

»Du schuldest mir nichts«, erwidert sie sanft.

»Richtig. Ich würde sie dir nur gern erzählen.«

»Dann höre ich dir gern zu.« Zur Bestätigung drückt sie meine Hände.

»Du erinnerst dich sicher noch an Barry«, beginne ich.

Hazel nickt überschwänglich. »Er und Saoirse waren so herzlich.«

»Unsere Familien haben eine Weile nebeneinander gewohnt. Die beiden, ihre Kinder, und wir. Gia, Clancy und ich.« Ich mache eine Pause, schlucke. Auf dem Flohmarkt hat sich Barry nach beiden erkundigt, aber ich konnte nur Auskunft über Gia machen oder eher wollen. »Mein Dad auch, zumindest bis er abgehauen ist, sobald Gia volljährig war. Das hat ihm zumindest gereicht, um das schlechte Gewissen zu beruhigen. Eine Zeit lang konnte Clancy von den Unterhaltszahlungen leben, doch später brauchte sie immer mehr Geld. Für Alkohol oder was auch immer. Und wenn sie was bekommen hat, ist es sofort weg gewesen. Irgendwann hat das nicht mehr gereicht, was Gia und ich ihr gegeben haben.«

Für einen Moment nehmen mich die Erinnerungen gefangen, doch ich schüttele sie ab, bevor sie mich mitreißen können.

»Nachdem ich ausgezogen bin, hat Clancy angefangen, Sachen zu bestellen. Es war eine Phase, die ein paar Monate ging. Es fing mit kleinen Dingen an. Parfums, Schuhe, Taschen, die sie dann weiterverkauft hat. Die Dinge wurden immer teurer. Die Pakete gingen an sie, aber die Rechnungen gingen an mich.«

»Das hat sie getan? Hast du die Rechnungen versucht anzufechten?«

Ich nicke beinahe unmerklich. »Ohne Erfolg. Sie wollten die Ware zurückhaben, doch die hatte Clancy schon verscherbelt.«

»Das tut mir so leid«, flüstert Hazel und rückt zu mir auf, um mich zu umarmen. »Warst du ... warst du jemals bei der Garda?«

Ich schüttle langsam den Kopf und in meinem Inneren zieht sich alles zusammen. Die Frage ist auf mehreren Ebenen höchst kompliziert. Sich gegen die Eltern aufzulehnen ist schwer. Es widerspricht dem Bedürfnis, ihnen nah zu sein. »Ich hätte es Gia erzählen können, doch ich habe es nicht übers Herz gebracht. Gia könnte damit noch schlechter umgehen. Und ich hätte Clancy anzeigen müssen, das hätte ich nicht gekonnt.«

»Deswegen arbeitest du so viel«, schlussfolgert Hazel. »Um die Schulden, die deine Mutter anhäuft, abzubezahlen. Du zahlst für die Fehler anderer. Das ist nicht fair.«

Ich schlucke. »Nein, ist es nicht. Aber so ist wohl das Leben. Es ist selten fair.«

»Du kannst nicht die ganze Last allein tragen«, hält Hazel dagegen.

»Ich kenne es nicht anders.«

Ein Schatten huscht über ihr Gesicht. »Aber wer kümmert sich um dich? Auf wen kannst du dich verlassen?«

»Bisher konnte ich gut für mich alleine sorgen. Ich habe es so gut wie geschafft«, schiebe ich hinterher und versuche mich an einem Lächeln, das mir nicht so recht gelingen mag. »Es fehlt nicht mehr viel, dann bin ich wieder offiziell schuldenfrei. Ich habe Brooks schon gesagt, dass er mich ersetzen muss.«

Hazels Mundwinkel heben sich zu einem Lächeln, das gleichermaßen schön und traurig ist. »Das ist großartig.«

Kapitel 21

Hazel

Meine Gedanken sind wieder zu viel, ich fühle zu viel. Ich bin zu viel. Viel mehr als in London und für einen Moment überfordert mich das. Kraftlos komme ich auf die Beine und folge Wyatt nach draußen. Ich würde ihm so gerne helfen, doch wie?

Wir kehren zur Party zurück und verteilen die Decken. Nora kommentiert unsere längere Abwesenheit mit einem anzüglichen Spruch, der nicht richtig zu mir durchzudringen vermag. Vielleicht ahnt sie, was uns aufgehalten hat, doch ich habe gerade keine Lust, ihre Vermutung zu bestätigen noch zu dementieren, also übergehe ich sie.

Ich benötige einen Moment, um mich von dem zu lösen, was Wyatt mir erzählt hat und mich wieder vollends auf meine Gäste zu konzentrieren. Doch die ausgelassene Stimmung kann mein Inneres wieder etwas aufrütteln, um in das Hier und Jetzt zurückzukehren.

Wyatt bleibt als letzter zurück. Er hilft mir, alles wegzuräumen, obwohl ich mehrfach beteure, dass er das nicht tun muss. Schließlich ist er auch mein Gast, doch er will es nicht hören. Stattdessen küsst er mich auf den

Treppenstufen der Veranda, und ich muss zugeben, dass mich das mehr als besänftigt.

Wir bleiben in der Küche sitzen, sprechen wir über unsere Lieblingsorte und welche Hoffnungen wir als junge Heranwachsende gehabt haben. In seinen Erzählungen schimmert hindurch, dass er sich mehr erhofft hat, bevor Clancy ihn mit den Schulden allein gelassen hat.

Du musst das nicht allein durchstehen. Die Worte liegen mir auf der Zunge, doch ich kriege sie nicht über meine Lippen. Mir fällt auch nicht ein, was ich dazu beitragen kann, ihm zu helfen.

Wir reden bis tief in die Nacht. In den Gesprächen schließen wir die Lücken, die wir voneinander gehabt haben. Ich erzähle ihm von meinem Leben in London, von Tyler und wie es mit meiner Entscheidung zusammenhängt, nach Cork zu kommen. Es fühlt sich richtig an, ihm davon zu erzählen, vielleicht auch, weil Wyatt so ein verständnisvoller Zuhörer ist.

Bis der Himmel hinter den Küchenfenstern zu grauen beginnt, und wir uns ansehen. Es schwebt die unausgesprochene Frage im Raum, wie wir von hier weitermachen. Als Wyatt sich erhebt, um zu gehen, umfasse ich sein Handgelenk.

»Möchtest du hier übernachten?«, frage ich vorsichtig und schiebe hinterher: »Ich hätte sicher noch eine Zahnbürste für dich.«

Wyatt wirkt für einen Moment überrascht, ehe er nickt. »Sehr gern.«

Ich lösche das Licht in der Küche, bevor wir ins Obergeschoss hinaufgehen. Aus meinem Kleiderschrank fische ich ein übergroßes Schlafshirt für ihn, in dem ich normalerweise schlafe. Das Bad ist zu klein, um nebeneinander Zähne zu putzen, also lasse ich Wyatt den Vortritt.

Ihn neben mir zu hören, nachdem wir uns ins Bett gelegt haben, hat eine sehr beruhigende Wirkung auf mich. Es ist ein neues erstes Mal unter der Decke eingekuschelt an seiner Brust zu liegen und seinem Herzschlag zuzuhören.

»Daran könnte ich mich gewöhnen«, murmelt Wyatt und lässt seine Finger von einem Punkt zwischen meinen Schulterblättern zu meinem Nacken hinauf gleiten. Die Berührung als auch seine Worte lassen mich erschauern.

»So geht es mir auch«, erwidere ich. Der Moment ist friedlich. Zwischen den Vorhängen blitzt das bläuliche Licht des erwachenden Tages, der Gesang der Rotkehlchen dringt durch das Fenster hinein.

Ich genieße die Vertrautheit, die sich zwischen Wyatt und mir einstellt. Mit ihm fühlt sich alles so natürlich wie Atmen an: die Unterhaltungen, die Berührungen. Die Bürde, die er mit sich herumträgt, kann er so tief in seinem Inneren verstecken, dass es ihm nicht anzumerken ist, wie sehr es ihn belastet. Das besorgt und beeindruckt mich zugleich. Die Frage, wie ich ihm helfen könnte, beschäftigt mich noch die nächsten Tage. Doch ich finde keine Antwort darauf, so sehr ich es versuche. Niemand hat das verdient und Wyatt erst recht nicht. Wyatt bemüht sich so sehr. Er ist aufopferungsvoll, stellt sich immer hinten an. Er hat die Welt verdient. Wie viel Druck kann ein Mensch aushalten, bevor er bricht?

Doch die Sorgen versuche ich beiseitezuschieben, wenn wir zusammen sind. Wenn Wyatt nicht arbeitet, verbringt er Zeit bei mir und ich genieße es, dass sich das Haus nicht mehr so still anfühlt. Es ist aber weit mehr als die Flucht vor dem Alleinsein. Kleine Rituale schleichen sich ein, wie der gemeinsame Tee auf der Veranda, und ich lerne, dass Wyatt gern Kreuzworträtsel löst. Daher kaufe ich im Stadtzentrum ein ganzes Heft voll mit Rätseln, damit ich ihm dabei zuhören kann, wie er diese in einem leisen Monolog löst.

»Ein Titan mit fünf Buchstaben.« Wyatt schließt die Augen und lehnt den Kopf gegen das Geländer der Veranda, während er nachdenkt. »Wie viele gibt es noch einmal von denen?«

»Soll ich es für dich herausfinden?«, schlage ich vor, ehe ich mich wieder meiner Aufgabe widme, eine Treppenstufe der Veranda auszubessern. Das Holz ist ein wenig morsch und gibt nach, wenn man darauf tritt. Daher will ich die Planke austauschen. Diese Art von Nachmittagen haben eine Schwerelosigkeit, eine Endlosigkeit, eine Sorglosigkeit, die ich sehr genieße.

»Bitte nicht.« Seine Mundwinkel heben sich. »Vielleicht noch nicht zumindest.«

»Fehlen dir dafür noch alle Buchstaben?«

»Ich weiß, dass der letzte ein *S* ist. Aber das ist im Griechischen nicht besonders schwierig.«

Auch wenn Wyatt beim Kreuzworträtsellösen nicht betrügen möchte, gilt das nicht für mich. Ich ziehe mein Handy aus der Tasche, doch sobald ich das Display entsperre, entdecke ich eine E-Mail in meinem Postfach. Mit pochendem Herzen überfliege ich den

Inhalt, dann kann ich das Grinsen nicht mehr unterdrücken.

»Endlich!« Vor Freude führe ich einen kurzen Tanz auf.

Als ich mich Wyatt zuwende, blinzelt er verwundert in meine Richtung. »Will ich wissen, was du da gerade entdeckt hast?«

»Unbedingt.«

»Dann erzähl.« Er greift nach meiner Hand und zieht mich auf seinen Schoß. Ich füge mich bereitwillig und schmiege mich an seine Brust. »Ich möchte unbedingt wissen, was dich so zum Strahlen bringt.«

»Neben deiner Anwesenheit, meinst du?«, necke ich ihn.

Wyatt lächelt.

»Gute Neuigkeiten«, sage ich schließlich. »Der Test auf Asbest ist negativ zurückgekommen. Wir können im Jugendzentrum weitermachen.«

»So schnell?«, fragt er und setzt sich überrascht auf, nicht ohne seine Arme um mich zu legen, damit ich nicht einen Zentimeter verrutsche. »Wie hast du das gemacht?«

»Ich habe ein paar Gefallen eingelöst.« Ich lache, blinzele gegen die Sonne, als mir ein Gedanke kommt. »Wir müssen nicht immer hier sein. Du weißt, dass wir auch bei dir Zeit verbringen können«, sage ich leise. »Du hältst mich nicht von den Arbeiten ab. Die laufen mir nicht davon. Davon abgesehen habe ich noch nicht alle Ecken von Cork gesehen. Togher gehört dazu.«

Wyatt verharrt kurz. »Bei mir ist es nicht sonderlich spannend«, sagt er ausweichend. »Außerdem sehe ich dir gern dabei zu, wie du arbeitest.«

»Wieso glaube ich dir das aufs Wort?«, frage ich belustigt und drehe mich herum, sodass wir einander zugewandt sind. Im Sonnenlicht leuchten seine Pupillen golden.

»Weil ich besonders kluge Dinge sage?«

»Hm«, mache ich. »Das wird es wahrscheinlich sein.«

Mit der E-Mail kommt ein neuer Motivationsschub. Noch am selben Nachmittag fahren wir ins Jugendzentrum und schmieden einen Plan, wie es weitergehen soll. Der Rest der Decke fällt mit Unterstützung von Wyatt wie von allein. Die nächsten Tage sind voll mit Arbeit, aber die Fortschritte, die wir machen, sind enorm. Wir ergänzen uns gut, auch wenn wir auf der Baustelle zusammenarbeiten. Nachdem der Schutt in den Container nach draußen gewandert ist, dämmen und kleiden wir das Dach aus. Der Aufenthaltsraum wirkt nun so viel heller und freundlicher.

Zuletzt beginne ich damit, den Betonputz auf den Boden im Aufenthaltsraum aufzutragen. Damit sieht es plötzlich aus, als könnte die Vision wahr werden, die ich mir dazu ausgemalt hatte.

***

Zum Wochenstart kommen die Jugendlichen wieder. Margot hat nachmittags Vorlesungen, weshalb nur Wyatt und ich anwesend sind. Sienna habe ich seit unserer nächtlichen Begegnung nicht mehr gesehen. Der Moment voller ihrer Verletzlichkeit verfolgt mich immer noch. Weil ich es selbst gefühlt habe. Manches ändert sich eben doch nicht, alte Wunden, wiederholende Gedanken, gleichbleibendes Ich.

Ich entdecke sie im Aufenthaltsraum und würde ich gern so viel sagen, weiß aber nicht, wie ich anfangen soll.

Gerade ist sie dabei, eine Tapetenrolle auf dem Tapeziertisch auszumessen, bevor sie den Cutter ansetzt. »Musst du nicht irgendwo anders aushelfen?«, fragt Sienna nach einer Weile. Also ist sie sich bewusst, dass ich sie beobachte.

»Gerade nicht, nein.«

Nun hebt sie doch den Blick. »Du könntest dir eine Arbeit suchen?«, schlägt sie vor, was mir nur ein müdes Lächeln entlockt.

»Können wir darüber sprechen, was du letztens gesagt hast?«

Sie seufzt und murmelt etwas, das verdächtig nach »Ich habe es geahnt« klingt. »Möchtest du mir jetzt noch mehr Ratschläge geben, dass es irgendwann besser wird? Dann nein, danke. Ich habe keinen Bedarf an unglaubwürdigen Floskeln. Wenn ich jetzt verdursten würde, würde mich die Aussicht auf Wasser in einer Woche auch nicht mehr retten.« Ich bin beeindruckt, dass Sienna das so abgeklärt sieht. Denn die Wahrheit ist, glauben tue ich mir auch nicht.

»Das ist aber eine drastische Metapher«, erwidere ich schwach.

»Möglich, aber verstehst du, was ich damit ausdrücken will?«

»Ich kann dir nicht sagen, dass es besser wird. Manches bleibt.« Ich denke an meine eigenen Probleme. »Manchmal kommen neue Sachen hinzu, obwohl man genug mit seinem Scheiß zu tun hat. In dem Haus zum

Beispiel, in dem ich derzeit wohne, gibt es einen Dachboden.«

»Uh«, macht Sienna und rollt mit den Augen.

Ich lasse mich davon nicht beirren. »Früher hat meine Mom dort gewohnt und er sieht aus, als wäre er seit gefühlt einem halben Jahrhundert nicht mehr betreten worden. Ich gehe da auch nicht gern hoch, es ist irgendwie erdrückend. Sie ist damals kurz nach ihrem Schulabschluss abgehauen. Ich weiß nur nicht, wie ich damit umgehen soll. Ihn auszuräumen fühlt sich nicht richtig an.«

»Warum das?«

»Ich bin mir unsicher.« Ich zögere. Bisher habe ich noch niemanden von meinen Gedanken erzählt. »Es fühlt sich nicht richtig an, ihre Sachen wegzuschmeißen.«

»Wieso fragst du sie nicht, ob das klar geht?«

»Das geht nicht so einfach«, erwidere ich leise.

»Wieso, ist sie tot?«, fragt Sienna geradeheraus.

Ihre Direktheit lässt mich blinzeln. Ich weiß nicht, ob sie unsensibel sein will oder nur neugierig ist. »Nein, sie ist nicht gestorben. Wir reden nur nicht viel miteinander. Sie weiß nicht einmal, dass ich hier bin.«

»Dann ist es doch klar. Ruf sie an und frag, ob sie ihren Krempel noch benötigt.« Sie zuckt mit den Schultern, als wäre es keine große Sache. Vielleicht ist es das auch nicht. Mich kostet es nur eine enorme Überwindung. Ich kann mir schlecht vorstellen, wie Mom darauf reagiert, wenn sie erfährt, dass ich hier bin. Dieser Ort und alles, was sie damit verbindet, war für sie immer ein Tabuthema gewesen.

Sienna lässt mir jedoch keine Zeit zum Antworten. Sie wirft den Cutter beiseite und lässt mich stehen. Ihre Schritte verhallen im Flur, dann knallt die Tür zur Küche. Ich blicke auf die angefangene Arbeit. *Das war eine richtig miese Idee*, denke ich.

»Lief nicht so, was?«, fragt eine Stimme plötzlich. Es ist Chance, der den Aufenthaltsraum betritt.

»Nicht wirklich«, gebe ich zerknirscht zu.

Chance' Mundwinkel zucken. »War aber ein netter Versuch, das muss man dir lassen.«

»Danke.« Ich deute auf den Pinsel in seiner Hand. »Bist du mit den Wänden fertig?«

»Denke. Vielleicht solltest du es dir aber vorher anschauen.«

Das lässt mich schmunzeln und heilt etwas von meinem angeknacksten Selbstvertrauen. Ich folge ihm zurück in den Flur und sehe mir seine Arbeit an. »Ich hätte es nicht besser machen können«, sage ich beeindruckt. »Nur hier kannst du noch einmal rübergehen, damit die Unebenheit verschwindet.«

»Das kriege ich hin. In einer halben Stunde sind wir sowieso weg«, schiebt Chance hinterher.

»Ach ja? Habt ihr etwas vor?« Mir entgeht nicht, dass die Tür zur Küche langsam aufgeht. Sienna beißt in einen Apfel und beäugt kritisch unser Gespräch.

»Ich habe gleich Musikunterricht. Sienna hat versprochen, dass sie mitkommt.«

In seinem Rücken zieht Sienna eine Grimasse, doch sie lächelt dabei. »Irgendwer muss dir ja sagen, dass du nicht so gut spielen kannst, wie du denkst.«

»Träum weiter.«

Ihr Gespräch artet in eine Kabbelei aus und verlagert sich in die Küche. Es lässt mich lächeln, dann sehe ich auf mein Handydisplay und richte mich auf.

Das solltest du dir ansehen – Keiko

Dazu schickt sie mir einen Link, der auf die Internetseite von *Bluemoon* führt. Für einige Sekunden kann ich den Namen nur anstarren, bis mir einfällt, dass ich vor Monaten ein Interview mit ihnen vereinbart hatte und Julie schlussendlich eingesprungen ist. Damit hat sie mir echt den Hals gerettet. Zu dem Zeitpunkt bin ich in keiner guten Verfassung gewesen – und das seit einer Weile. Das erkenne ich erst jetzt.

Das Tückische daran war, dass es ein schleichender Prozess gewesen ist. Es hat keinen klaren Anfang gegeben, keinen Auslöser. Ich bin nur müde gewesen, jeden Tag ein wenig mehr. Jeden Tag habe ich mehr von mir verloren, von dem, was mich ausmacht.

Bis ich nicht mehr wusste, wer ich bin.

Der Unterschied zwischen damals und heute ist enorm. Ich fühle mich glücklich und in mir selbst ruhend. Das habe ich der Zeit hier zu verdanken. Dem Haus, Amara, Wyatt.

Danke, ich hatte das Interview schon fast vergessen – Hazel

Aber, hast du es dir auch durchgelesen??? – Keiko

Ich runzle die Stirn und klicke auf den Link. Während die Seite lädt, versuche ich das ungute Gefühl beiseitezuschieben, das sich in meiner Magengegend ausbreitet, und bewege mich wieder Richtung Aufenthaltsraum. Das Logo von *Bluemoon* leuchtet mir entgegen. Ich scrolle hinab zu dem Artikel, der unter einem Foto von Julie beginnt. Sie sitzt auf einem grellgrünen Samtsofa und lächelt in die Kamera. Ich erinnere mich noch daran, dass sie nach dem Interview in der Küche noch das gleiche getragen hat. Ihre liebste Latzhose aus Cord, kombiniert mit einer weinroten Bomberjacke.

Bluemoon: Willkommen, Julie Evans. Wir sind sehr glücklich darüber, Sie heute als Teil von Blazing Imagination bei uns zu haben.

Julie: Ich freue mich auch sehr, hier sein zu dürfen. Ich bin begeistert, wie schön es in diesen Büros aussieht. Alles hier entspricht genau dem, was ich mir bei Bluemoon vorstelle. Am liebsten würde ich hier einziehen.

Bluemoon: Das Kompliment nehmen wir nur allzu gern an! Die letzten Projekte von Ihnen waren in aller Munde. Wenn Sie Ihre Schwerpunkte beschreiben müssten, wie würden diese lauten?

Julie: Nun, Blazing Imagination beschäftigt sich mit vielen, doch am Herzen liegt es uns, dem Alten ein neues Leben einzuhauchen. Sei es ein altes Möbelstück, ein Zimmer, oder gleich ein ganzes Haus. Darin liegt auch der Ursprung, dem sind wir immer treu geblieben.

Bluemoon: Was hat Ihnen an den Projekten am besten gefallen? Lag Ihnen eins davon besonders am Herzen, und wenn ja, dürfen wir den Grund dafür erfahren?

Julie: In diesem Jahr konnten wir ein sehr anspruchsvolles Projekt betreuen. Nach dem Tod ihres Mannes konnte eine ältere Dame es nicht mehr in der Wohnung voller Erinnerungen aushalten. Aber ausziehen wollte sie auch nicht. Es war das erste Mal, das wir einen derart persönlichen Auftrag erhalten haben. Die Frage war: Wie finden wir die richtige Balance zwischen neuen und alten Erinnerungen? Wie alte Strukturen aufbrechen, ohne dass der Sinn verloren geht?

Bluemoon: Das klingt wirklich herzerwärmend. Sie genießen scheinbar auch die Aufmerksamkeit, die die Projekte eingebracht haben.

Julie: Natürlich, wenn Projekte auch in der Community die gleiche Reaktion auslösen wie bei uns selbst, ist es das größte Lob. Je mehr Reichweite wir generieren, desto besser.

Das ist nichts, was wir verabredet haben, und auch bisher nicht abstimmen mussten, da wir ähnlich ticken. Dachte ich zumindest. Aber das hätte ich so nicht formuliert, da es auf eine Weise etwas eingebildet rüberkommt.

Bluemoon: Sie sind erst im vergangenen Jahr zu Blazing Imagination dazugestoßen. Entspricht die Arbeit Ihren Vorstellungen?

Julie: Es ist so viel mehr, als ich mir je erhofft habe. Ich bin Hazel sehr dankbar dafür, dass sie mich auf ihre Reise mitgenommen hat und ich so viel lernen konnte.

Mit pochendem Herzen lese ich weiter.

Bluemoon: Könnten Sie sich vorstellen, mit dem angeeigneten Wissen eine eigene Marke aufzubauen? Schließlich ist der Name Hazel Hughes ziemlich groß.

Julie: Davon versuche ich mich nicht einschüchtern zu lassen (lacht). Es sind sehr große Fußstapfen, in die ich trete, doch ich hege keinen Wunsch, Blazing Imagination zu verlassen. Im Gegenteil.

Bluemoon: Das klingt, als hätten Sie konkrete Pläne, wie es weitergehen soll?

Julie: Nun, ohne zu viel verraten zu wollen, kann ich sagen, dass es eine Neuausrichtung geben wird. Hazel wird sich in den nächsten Monaten aus dem Tagesgeschäft weitestgehend zurückziehen und ich habe viele Ideen und die dazugehörige Motivation, um die Veränderung zu bringen, die Blazing Imagination auf die nächste Stufe heben wird.

Bluemoon: Das sind Abschlussworte, die wir hier am liebsten so stehen lassen. Vielen Dank, Julie Evans. Wir sind gespannt, was wir noch von Ihnen hören werden.

Ich fühle mich wie im freien Fall. Was für Veränderungen? Was für Ideen? Nichts davon kenne ich.
Im oberen Bildschirmrand ploppt ein Text auf.

Das ist eine richtig miese Nummer. Ich kann es kaum fassen, dass sie dir das antut. Du willst doch nicht wirklich aufhören? – Keiko

Nein, tippe ich mit tauben Fingern und tauben Herz zurück. Alles, was ich wollte, war genügend Abstand, um zu mir selbst zurückzufinden.

Lass dich davon auf keinen Fall entmutigen. Hörst du, Hazel? Das ist dein Baby und wird es immer sein. Lass es dir nicht kaputtmachen – Keiko

Keiko möchte mich mit ihrer Nachricht sicher aufbauen, doch diese zieht mich nur tiefer hinab. Ich habe das Gefühl, mich selbst sabotiert zu haben. Diese Auszeit war für meine Marke das Schlechteste, was ich hätte machen können. Und hier so lange zu bleiben, ein Fehler. Ich habe meine Prioritäten aus den Augen verloren. Aus zwei Wochen sind inzwischen mehrere Monate geworden. In meiner Branche bedeutet Stillstand Rückschritt. Und ich bin von meiner besten Freundin überholt worden.

Ein kleiner Teil von mir hofft, dass *Bluemoon* die Aussagen von Julie falsch interpretiert hat. Denn, dass sie mich so hintergangen hat, kann ich kaum glauben.

Aber was mache ich mir da vor?

Keine Ahnung, wie ich das wieder geradebiegen soll. Das ist ein Marketing-Albtraum. Als erstes muss ich mit Julie sprechen. Aber wenn ich darüber nachdenke, was ich zu ihr sagen soll, werden meine Gedanken ganz leer. Kraftlos lasse ich mich mit dem Rücken an der Wand hinabgleiten. Wie in Trance rufe ich die Nachrichtenapp auf, um Maisie zu schreiben. Maisie weiß immer Rat. Aber das ist nur eine Übersprunghandlung, um mit den ganzen Emotionen fertig zu werden, die mich überrollen. Mit der Erkenntnis stecke ich das Handy wieder ein. Ich habe mich wieder verrannt. Ich bin kopfüber in diese neue Sache gestürzt, um meine Gedanken, meine Sorgen, meine Zweifel zu ertränken, doch ich habe mich dabei vergessen. Mein eigentliches Ziel vergessen.

Ich muss zurück nach Hause. Ich muss mit Julie sprechen, am besten persönlich, um das zu klären. Woher diese Aussagen kommen, obwohl wir nie darüber gesprochen haben, dass ich meine Marke aufgeben werde.

Kapitel 22

Hazel

Ein Schatten fällt auf mich. Als ich aufsehe, ragt Wyatts Silhouette über mir hinauf. Er hält Briefe in den Händen, Förderanträge, die er ausgefüllt hat. »Ist alles okay? Bist du gestürzt?«

»Nein, ich musste mich nur kurz hinsetzen«, erwidere ich leise. Irgendwie gelingt es mir, mich umständlich aufzurichten, nachdem meine Beine in der unbequemen Position eingeschlafen sind.

»Die Arbeit schlaucht ganz schön, hm?«

Ich nicke. Wyatt ahnt von nichts von meinem inneren Aufruhr. Er lächelt und streicht mir mit dem Handrücken über die Wange.

Vielleicht ist es der Schock, aber irgendwie funktioniere ich. Mein Körper übernimmt, ich lächle, ich antworte, ich arbeite weiter. Auf dem Rückweg hält Wyatt kurz bei der Post, um die Briefe aufzugeben. Während er reingeht, verbleibe ich im Wagen und lehne mich gegen die kühle Seitenscheibe. Hinter meiner Stirn baut sich ein Druck auf, der mir zunehmend die Sicht nimmt. Deshalb bin ich erleichtert, nach Hause zu kommen. Wyatt bleibt noch kurz, ehe er zu Gia weiterfährt. Es ist das erste Mal seit Tagen, dass er nicht bei mir übernachten wird.

Ich mache uns einen Tee, in der Hoffnung, dass es besser wird. Wyatt sitzt im Schaukelstuhl auf der Veranda und ich lasse mich in seine ausgestreckten Arme fallen. Seine Umarmung ist tröstlich und umgeben von seinem vertrauten Geruch lässt der Kopfschmerz etwas nach.

Die Dämmerung setzt ein, färbt den Horizont in flammendes Orange, das in ein nächtliches Blau übergeht. Das Interview mit *Bluemoon* lebt mietfrei in meinem Kopf. Julies Worte drehen Schleifen in meinen Gedanken und das werden sie wohl so lange, bis ich Antworten habe.

»Ich muss zurückfliegen. Nach Hause«, flüstere ich, auch wenn sich alles in mir dagegen sträubt. Aber ich kann nicht. Wenn ich bleibe, verliere ich alles, was ich mir in den letzten Jahren aufgebaut habe. Und dafür bin ich zu egoistisch.

Sein Blick ist nachtblau, aber der Mond scheint hell und erleuchtet seine Züge. Er wirkt nachdenklich und was auch immer er in meinem Gesicht zu lesen glaubt, lässt ihn die Stirn runzeln. »Erzähl mir, was passiert ist.«

Die Worte brechen aus mir heraus. In Wellen schwappen die Geschehnisse der letzten Stunden aus mir heraus, bis ich mich völlig entkräftet fühle. Meersalz verkrustet meine Lippen, vielleicht sind es auch nur die stummen Tränen, die meine Sicht verschwimmen lassen.

Wyatt nickt, versteht und ahnt nicht, wie sehr ich diese Art von Trost brauche. »Das ist wichtig.« Er greift nach meiner Hand, verschränkt seine Finger mit meinen. »Das ist richtig, dass du gehst.«

Ich nicke, kann es selbst noch nicht richtig glauben. Aber einen anderen Weg sehe ich nicht.

»Weißt du, wann du zurückkommst?«, fragt er sanft. Unsere verschränkten Hände zieht er an sich, legt sie auf seiner Brust ab.

Eine Pause entsteht.

»Du kommst doch zurück«, sagt Wyatt leise. Die Sorglosigkeit verblasst langsam aus seinen Zügen. »Oder nicht, Hazel?«

Meine Lippen, meine Zunge, mein Gaumen fühlen sich taub an. Ich traue mich nicht, meinen Mund zu öffnen, aus Angst, was herauskommt. Eine Lüge? Eine Halbwahrheit? Eine nicht ernst gemeinte Beschwichtigung?

»Darauf habe ich keine Antwort«, flüstere ich. »Ich weiß gerade gar nichts.«

Ich habe das Gefühl, an einer Klippe zu stehen. Auf diesen Klippen habe ich mein Leben aufgebaut, und der Stein bricht. Die Risse ziehen sich tief durch das Gestein. Mein Innerstes knackt und knirscht.

»Ich muss das klären, und dann ... dann sehe ich weiter.«

Ob ich zurückkomme. Doch das spreche ich nicht aus.

»Es tut mir leid«, sage ich leise.

Seine unausgesprochene Enttäuschung ist spürbar, auch wenn er sie gut zu verstecken versucht.

»Es ist wichtig«, wiederholt Wyatt. Mit einer sanften Bewegung streicht er eine Strähne hinter mein Ohr und bei dem Verständnis in seinem Blick möchte ich weinen.

Lange liegen wir uns in den Armen, und ich weiß nicht, wer wen fester umklammert.

***

Wyatts Abschiedskuss schmecke ich noch immer auf meinen Lippen, als ich widerwillig beginne, meinen Koffer zu packen und bin wieder überrascht, dass mein ganzes Leben dort hineinpasst. Auch wenn ich dieses Mal etwas zurücklassen muss, das ich sehr vermissen werde.

Tropfen prasseln beständig gegen die Scheibe. Mein Schlafzimmerfenster steht offen und lässt den Geruch nach Erde und Regen hinein. Das Licht meines Handydisplays brennt in meinen Augen. Ich checke die Rückflüge, bevor ich Maisies Chat aufrufe und zu tippen beginne.

Ich komme nach Hause – Hazel

Die Worte fühlen sich endgültig an, umso überraschter bin ich, als Maisie online kommt. Ihre Antwort kommt postwendend.

Du bleibst, wo du bist – Maisie

Ich will zu einer Antwort ansetzen, in der ich erkläre, weshalb es wichtig ist, und meine eigene Entscheidung – doch Maisie kommt mir zuvor. Auf meinem Bildschirm flammt das Bild von ihr mit ausgestreckter Zunge auf, die von *Ghost-Drops* blau verfärbt ist.

Ich nehme den Videocall an. »Maisie?«

Sie wirkt ernster als ich sie in Erinnerung habe. »Ich weiß, ich kann dir nicht vorschreiben, was du zu tun hast. Zum Glück muss ich sagen! Aber höre mich an, Hazel. Du bist wieder da, seitdem du von hier weggegangen bist. Der Ort tut dir gut. Die Leute, das Essen, die Meeresluft. Keine Ahnung, was auch immer es ist.« Maisie macht eine allumfassende Handbewegung. »Ich habe Angst, wenn du zurückkommst, dass du wieder verschwindest.«

Ein Kloß baut sich in meinem Hals auf.

»Ich versuche, nicht gekränkt zu sein«, erwidere ich. Es ist ein schwacher Versuch eines Witzes. Ich könnte Maisie nie böse sein. Denn ihre Worte sind ein Abbild meines Gemütszustands. Weil sie mehr sieht, als sie zu erkennen gibt.

Maisie lächelt. »Ich weiß, du liebst mich.« Doch ihr Lächeln verblasst, ihr Blick wandert zu einem Punkt hinter der Kamera. »Deswegen wirst du mir das sicher verzeihen. Irgendwann.«

»Maisie, was –« Der Protest erstirbt auf meinen Lippen, als sie die Kamera dreht, und Julie ins Bild rückt. Sie wirkt genauso überrascht, wie ich mich fühle.

Im Hintergrund höre ich das Schließen einer Tür, und ich bin mir sicher, dass Maisie den Raum verlassen hat. Vielleicht ist sie etwas zu sehr von sich überzeugt gewesen, dass ich ihr verzeihen werde.

Sekunden verstreichen, bis sich Julie räuspert. »Hey«, sagt sie.

»Hey«, wiederhole ich wenig geistreich. »Wir sollten wohl reden.«

»Das hat Maisie auch gesagt.«

Wieder entsteht eine Pause.

»Und hattest du auch das Gefühl, diese Situation aufklären zu wollen?«, frage ich schließlich.

Julie zögert und mir entgeht nicht, dass sie die Unterlippe trotzig vorschiebt. Es ist nur eine kleine Bewegung, doch das verpixelte Bild kann es nicht ganz verbergen.

»Was ist passiert, Julie?« Für einen Moment bin ich mir unsicher, ob sie überhaupt antworten wird.

»Vieles.« Etwas in ihrem Ausdruck verhärtet sich. »Aber mit dir konnte ich nicht darüber sprechen.«

»Das ist nicht wahr«, protestiere ich schwach. »Wir haben das zusammen gemacht ...«

»Wirklich, Hazel?«

Mit einem Mal fühle ich mich zurückversetzt zu den Tagen in London. Wie viele Stunden ich die Wand angestarrt habe, die Lichtstreifen über die Tapete wanderten, und ich nichts geschafft habe. Ich war festgefroren, über viele Monaten. Julie hat viel in der Zeit übernommen, und das, ohne sich zu beklagen.

Julie holt tief Luft. »Ich weiß, dass du die letzten Monate versucht hast, irgendwie den Kopf über Wasser zu halten. Aber über die Zeit hat sich immer mehr Arbeit angehäuft. Ich habe mich damit ziemlich allein gelassen gefühlt.«

»Wieso hast du nichts gesagt?«, frage ich.

»Hättest du denn zugehört?« In ihren Worten liegt kein Vorwurf, im Gegenteil. Julies Worte enthalten nur ehrlich formulierte Neugier.

Sie überlässt es mir, zu einer Antwort zu kommen.

»Natürlich hätte ich zugehört.« Ich halte kurz inne. »Aber ich weiß nicht, ob ich hätte helfen können. Mit etwas Abstand ist mir das jetzt auch klar.«

Über Julies Ausdruck huscht ein flüchtiges Lächeln. »Wir wussten nicht wirklich, wie wir dir helfen können, außer dir Arbeit abzunehmen.«

»Aber du hättest zu mir zu kommen müssen, als es dir zu viel geworden ist. Statt dieses Interview zu geben. Das war vor Monaten – und es war schon ziemlich erschütternd, deine Worte ohne Vorwarnung zu lesen.«

»Ich kann es mir vorstellen.«

»Du weißt, dass ich *Blazing Imagination* nicht aufgeben werde«, sage ich mit Nachdruck. »Das stand weder damals noch heute zur Debatte.«

»Ich weiß.«

»Aber wieso hast du dann gesagt, dass ich mich zurückziehen werde?«

Julie zieht die Lippe ein, überlegt. »Ich habe mich von der Situation mitreißen lassen«, gesteht sie schließlich. »Und ich habe mich danach auch nicht gut gefühlt. Je länger ich über meine Worte nachgedacht habe, desto mehr habe ich sie bereut. Aber Bluemoon wollte es nicht noch einmal wiederholen.« Julie blickt auf ihren Schoß hinab. »Ich muss dir noch etwas sagen.«

Ich weiß nicht, ob ich noch mehr hören kann, trotzdem sage ich: »Dann los.«

»Vor ein paar Monaten kam doch die Anfrage von Crimson Orchard. Mit der Serie, die sie produzieren wollten.«

»Ja, ich erinnere mich.« Zu dem Zeitpunkt hatte ich Julie ermutigt, die Chance für sich zu nutzen.

»Sie haben mir abgesagt. Sie wollten das Projekt nicht mit mir verfolgen. Nur mit dir«, gesteht sie.

Ich bin zu baff, um darauf zu reagieren. Das ist Monate her. Julie hatte das Projekt nicht weiter erwähnt und damit ist es ebenfalls aus meinem Bewusstsein verschwunden. Doch wie viel hat sie mir noch verschwiegen?

»Was machen wir jetzt?«, fragt Julie nach einem Moment der Stille.

Wenn ich das nur wüsste. In meinem Inneren ringen mehrere Gefühle miteinander. Ich fühle mich verraten, gleichzeitig wiegt das schlechte Gewissen schwer.

»Das Interview ist gegessen, das lässt sich nicht mehr rückgängig machen.« Ich seufze, reibe mir über die Augen. Mit einem Mal fühle mich müde, so unendlich müde. Diese bleibende Lethargie, von der ich dachte, sie in London zurückgelassen zu haben, ist mit einem Mal wieder da. Als wäre sie nie fortgewesen. Als hätte ich sie nie gänzlich abgeschüttelt, sondern in einem schlafenden Zustand mit mir herumgetragen. »Du hast dir inzwischen einen eigenen Namen gemacht«, sage ich schließlich.

Julie nickt schwach.

»Nutze ihn.«

Kraftlos lege ich das Handy beiseite. Ich habe Wyatt versprochen, mich zu melden, sobald ich gelandet bin. Doch ich schaffe es nicht, in einer Nachricht zusammenzufassen, dass sich die Pläne vielleicht geändert haben.

***

Die Schlaflosigkeit holt mich ein wie eine alte, vergessene Freundin. Seit dem Gespräch mit Julie fühle ich mich rastlos. Aber ich bin gut darin, mich zu beschäftigen. Der Morgen graut bereits und ein bläulicher

Schleier liegt über dem Gemüsebeet. Die Luft ist noch kühl. Auf dem Weg zum Gartenschuppen benetzt Tau meine Knöchel. Eine Gänsehaut breitet sich auf meinen Unterarmen aus, als ich mit dem Eimer voller Gartengeräten Richtung Auffahrt schreite. Heute geht es dem elendigen Busch an den Kragen, der mir seit meiner Ankunft ein Dorn im Auge ist.

Zuerst säge ich die größten Äste ab. Zurück bleibt ein Stumpf, der aus dem Kies ragt. Aus dem Schuppen hole ich die Schaufel, um die Erde drumherum auszuheben. An den Wurzeln beiße ich mir die Zähne aus.

Mit der Zeit kriecht die Sonne ums Haus und wärmt mir den Nacken. Ich halte inne und sammle mich. Der Busch ist verschwunden, doch die Fragen sind geblieben, was ich tun soll. Bisher habe ich mich nicht getraut, meine Social-Media-Profile aufzurufen. Ich glaube nicht, dass ich die Kommentare darunter ertragen könnte. Ich weiß, dass ich reagieren muss. Nur ist jetzt nicht der richtige Zeitpunkt dafür.

Ein eingehender Anruf reißt mich aus meiner Konzentration. Als ich den Namen auf dem Display erblicke, muss ich ein zweites Mal hinsehen.

»Tyler?«, sage ich beim Rangehen.

»Hazel.« Seine Stimme klingt etwas außer Atem. Im Hintergrund sind Straßengeräusche zu hören. Ein Auto hupt. »Gut, dass du rangehst.«

»Ich ... ich bin nur überrascht, das ist alles«, sage ich. Dabei ist das eine Untertreibung. Ich bin etwas durcheinander. »Wir haben uns schon so lange nicht mehr gesprochen. Ist bei dir alles okay? Ist etwas passiert?«

»Bei mir ist alles okay, nicht gut, aber okay, glaube ich.« Eine Pause entsteht. »Vor ein paar Tagen war die Beerdigung von meiner Mom.«

»O Gott, Ty.« Bei der Erinnerung an die warmherzige Frau füllen sich meine Augen mit Tränen. »Das tut mir so leid. Was ist passiert?«

»Mir auch.« Tyler räuspert sich. »Es war ein Herzinfarkt. Wir haben zu spät bemerkt, wie ernst es war. Es war nicht so, wie sie es beschreiben. Diese Brustschmerzen, oder Schmerzen, die in den Arm strahlen. Keiner hat gesagt, dass sich die Symptome bei Frauen unterscheiden. Das sind Dinge, die eher Männer als Symptome wahrnehmen. Mom war nur schlecht, und sie hatte diese Rückenschmerzen. Wenn wir mit ihr früher zum Arzt gefahren wären, vielleicht ...« Tylers Stimme wird leiser, bis sie gänzlich verstummt.

»Es ist nicht deine Schuld.«

»Glaub mir, das weiß ich.« Er lacht humorlos auf. »Das Gedankenkarussell dreht sich trotzdem weiter.«

Ich nicke, auch wenn er es nicht sehen kann. »Und wie geht es dir jetzt?«

»Besser als vor ein paar Tagen. Aber das ist nicht, weswegen ich anrufe.«

»Weswegen dann?«

»Ich bin letztens Maisie über den Weg gelaufen. Sie hat mir erzählt, dass du inzwischen Großgrundbesitzerin in Cork bist.«

»Das ist etwas übertrieben, aber ja, aktuell bin ich noch da. Ich muss mich auch um ein paar Familienangelegenheiten kümmern.«

Tyler seufzt. »Den Kram schiebe ich aktuell noch vor mir her. Ich will Dad damit nicht allein lassen. Mein

Bauchgefühl sagt mir, dass es nicht besser wird, je länger ich warte.«

»Dem kann ich nur zustimmen. Aber nimm dir die Zeit, die du brauchst. Papier hat Zeit. Ich meine, du musst dich erst mal um dich kümmern. Wie geht es deinem Dad?«

»Er schlägt sich tapfer.« Eine kurze Pause entsteht. »Hazel, ich … ich bin aktuell auch in Cork.«

»Was?«, stoße ich aus. »Wieso?«

»Ich habe eine Stelle an der Uni angeboten bekommen. Eigentlich war ein Kollege dafür vorgesehen, doch er fällt jetzt längere Zeit aus. Als ich zugesagt habe, wusste ich noch nichts davon, dass du auch hier bist. Versprochen.«

»Ich glaube dir«, erwidere ich. »Aber Wahnsinn. Was für ein Zufall.«

»Du sagst es«, stimmt er mir zu. Kurz wird es auf der anderen Seite der Leitung still. »Wollen wir uns treffen?«

Für einen Moment bin ich sprachlos.

»Hazel, bist du noch dran?«

»Bin ich«, erwidere ich gepresst. »Sorry, ja, natürlich können wir das. Wann würde es dir passen?«

»Eigentlich habe ich bisher jeden Abend frei, also kannst du es dir aussuchen. So viele Leute kenne ich hier noch nicht.« Er lacht unsicher.

»Wie wäre es heute Abend? Ich kenne ein Café, das unschlagbar guten Kuchen hat. Ich schicke dir die Adresse, okay?« Damit ist die Entscheidung endgültig. Ich bleibe. Trotz meines festen Vorsatzes, so schnell wie möglich wieder nach London zu kommen. Anscheinend bin ich nicht so standfest in meinen Vorsätzen, wie ich dachte, denn Maisie kann ich auch keine Sekunde böse sein.

Nachdem wir aufgelegt haben und ich den Chat mit Tyler aufrufe und meine letzte Nachricht an ihn sehe, zucke ich innerlich zusammen.

Du wirst mir fehlen. Als Freund – Hazel

Diese Nachricht hatte ich bereits verdrängt. Jetzt lesen sich diese Worte mit einem schalen Beigeschmack. An seiner Stelle hätte ich mir auch nicht mehr geantwortet. Umso überraschter bin ich, als am unteren Bildschirmrand drei Pünktchen auftauchen.

Passt dir halb fünf? – Tyler

Ich bejahe und verschicke die Antwort zusammen mit einem Screenshot der Adresse des Aroma Mocha.

Kapitel 23

Hazel

Nach dem Telefonat mit Tyler kann ich es kaum erwarten, Wyatt von meiner Entscheidung zu erzählen. Vor allem möchte ich ihm gegenüberstehen und ihm dafür danken, dass er so viel Verständnis für mich hat, auch wenn es sicher nicht einfach gewesen ist, so selbstlos zu sein. Am liebsten würde ich das gestrige Gespräch ungeschehen machen. Doch natürlich geht das nicht, und so hängt es zwischen uns. Ein Teil von mir ist daher nervös, ihm gegenüberzustehen.

Als ich das Jugendzentrum betrete, stelle ich zu meiner Überraschung fest, dass ich nicht die erste bin. Bei meiner Schlaflosigkeit hätte ich nicht damit gerechnet, dass noch jemand vor mir da sein würde. Das Licht brennt im Flur zur Küche. Geschirr klappert, der Wasserkocher beginnt zu brodeln.

»Hey«, rufe ich. Mein Herzschlag beschleunigt sich bei der Vorstellung, ihm gleich gegenüberzustehen. Die Geräusche ersterben, dann ertönen Schritte auf den Fliesen.

Amara erscheint im Türrahmen. Sie hat ihre roten Locken zu einem Dutt nach oben gebunden, aus dem einzelne Strähnen heraushängen. Als ihr Blick auf mich fällt, wirkt sie überrascht. »Hazel, du hier?«, fragt sie.

»Ich ... ja?«, gebe ich gleichermaßen verwirrt zurück. Auch wenn Amara durch die UCC bei der Planung mitwirkt, war sie bei den Renovierungen eher selten dabei.

»Möchtest du dich verabschieden?« Amara verschränkt die Arme vor der Brust und mir wird klar, dass Wyatt nicht der einzige ist, den meine Abreise schmerzen würde.

»Nein«, erwidere ich zögerlich. »Ich bleibe.«

Augenblicklich kann ich die Veränderung bei Amara erkennen. Ihr Blick wird weicher. Ihre Haltung entspannt sich. Im nächsten Moment lösen sich ihre verschränkten Arme. Am liebsten würde ich sie in eine feste Umarmung ziehen, ihr Trost geben und mir selbst. »Was hat sich geändert?«, fragt sie und macht einen Schritt auf mich zu, als hätte sie den gleichen Gedanken.

»Wyatt hat es dir erzählt, oder?«, entgegne ich stattdessen. »Wie viel hat er gesagt?«

Amara hält für einen Moment inne. »Dass du nach Hause musst, weil es einen Notfall gegeben hat. Ist alles wieder gut?«

Die Frage überrascht mich. »Nein«, sage ich schließlich. »Aber mit der neuen Realität muss ich lernen klarzukommen.«

»Was ist denn passiert? Wyatt wollte nicht so richtig mit der Sprache rausrücken ...«

Bei dem Mitgefühl in ihren Worten fangen meine Augen verdächtig an zu brennen. »Ich bin mir nicht mehr sicher, ob es Hazel Hughes noch gibt.«

»Kann nicht sein«, gibt sie trocken zurück. »Du stehst doch vor mir oder bist du zum Geist geworden?«

»Nein, natürlich nicht.« Mir entweicht ein kurzes Lachen. »Ich meine die Marke Hazel Hughes.«

»Hazel.« Amara überbrückt nun die letzten Meter zwischen uns und umfasst meine Schultern. »Ich glaube nicht, dass das möglich ist. Weißt du eigentlich, wie präsent du bist?«

Ehrlicherweise nicht, da ich mich die meiste Zeit ziemlich klein und unbedeutend fühle.

»Du brauchst dringend ein Coaching in Sachen Selbstbewusstsein, meine Gute.« Amara rückt auch nicht von ihrer Meinung ab, nachdem ich ihr den Vorfall mit Julie geschildert habe.

»Wie kannst du nur so optimistisch sein?«, frage ich sie, nachdem sie uns beiden einen starken schwarzen Tee aufgebrüht hat, der vom Koffeingehalt einem Kaffee Konkurrenz machen könnte.

»Das ist einfach. Es ist die Wahrheit. Du wirst das überstehen.«

Ich nicke, auch wenn ich meine Zweifel habe. »Was machst du eigentlich hier?«, frage ich schließlich.

Amara zieht eine Grimasse. »Dinge. Das Übliche halt.«

»Und in echt?«

»Ich behalte heute alles ein wenig im Auge ... das passt auch ganz gut, mein Chef will eine Ausarbeitung von mir haben, wie sich die Dinge hier entwickeln und welche Schlüsse auf die Jugendarbeit gezogen werden können. Ich habe zwar die Berichte von Margot und Wyatt, doch ich soll mir selbst ein Bild machen«, sagt sie und deutet auf einen gut gefüllten Ordner, der aufgeklappt auf dem Tisch liegt.

»Verstehe. Dann will ich dich nicht weiter aufhalten«, sage ich und erhebe mich.

Amara fasst sich ans Herz. »Ich weiß nicht, ob du mir damit einen Gefallen tust oder nicht. Aber ja, lass dich von mir nicht stören.«

Ich schmunzle. »Wie wäre es mit einer Kaffeepause in einer Stunde?«

Damit erhellen sich ihre Gesichtszüge. »Das halte ich für eine hervorragende Idee!«

Wyatt bleibt dem Jugendzentrum fern, was ungewöhnlich ist. Ich versuche mir meine Sorge nicht anmerken zu lassen, als vormittags die Jugendlichen eintreffen. Alle bis auf Sienna machen sich mit Feuereifer daran, die restlichen Wände zu tapezieren. Sie steht mit verschränkten Armen daneben und verfolgt das Geschehen mit gerunzelter Stirn.

»Du wolltest die Leseecke gestalten. Was hast du da im Sinn gehabt?«, frage ich.

Ihr Blick flackert zu mir. »Einiges. Ich habe mir einiges an Inspo abgespeichert.«

»Möchtest du mir das zeigen?«

Sienna zögert, doch dann zieht sie ihr Handy aus der Hosentasche und ruft die Bildergalerie auf. »Ich wollte schon immer so etwas haben«, sagt sie leise. Auf dem Foto ist ein Wandbogen aufgemalt worden, der sich in dunklen Tönen von der restlichen Wand abhebt. Farblich abgesetzt sind Regalbretter angeordnet, auf denen eine Reihe von Büchern angeordnet ist.

»Hast du alles, was du dafür brauchst?«, frage ich. Aus dem Augenwinkel sehe ich, dass Amara die Jugendlichen eine Weile beobachtet, ehe sie Chance ein paar Fragen stellt und sich seine Antworten notiert.

»Eigentlich ja. Nur das Regal fehlt – und die Bücher«, sagt Sienna und klingt unsicher. Dabei wird mir klar, dass das einer der Momente ist, die entscheiden, wie sich unser Verhältnis in Zukunft entwickeln wird.

»Darum kann ich mich kümmern, wenn du möchtest«, biete ich ihr an.

»Wirklich?« Überrascht hebt Sienna die Augenbrauen. Sie klingt so hoffnungsvoll. »Kein Haken?«

»Kein Haken«, verspreche ich ihr. »Brauchst du Hilfe bei der Vorbereitung?«

»Eigentlich nicht, aber ... vielleicht bei dem Bogen, den habe ich mal letzten Mal nicht richtig hinbekommen.« Mit dem *letzten Mal* meint sie wohl den Tag unserer Auseinandersetzung, als sie die nackten Wände bemalen wollte.

»Dann lass uns das mal zusammen ausprobieren«, sage ich leichthin. Sienna nickt dankbar und trottet mir hinterher, um die notwendigen Werkzeuge zu holen.

Es ist einfach, mit ihr zusammenzuarbeiten, unkomplizierter, als ich es mir vorgestellt habe. Auch wenn wir mehrere Anläufe brauchen für den perfekten Bogen, sind wir am Ende mit unserem Ergebnis ziemlich zufrieden.

Mir fällt erst auf, wie spät es ist, als Amara mit einem Klopfen auf sich aufmerksam macht und sich verabschiedet. »Bleib nicht mehr so lange«, sagt sie mit einem bedeutungsvollen Blick. »Okay?«

»Ich mache das noch fertig und dann gehe ich«, sage ich und zögere. »Weißt du, wo Wyatt heute ist? Es sieht ihm nicht ähnlich nicht im Jugendzentrum aufzutauchen.«

»Nicht wirklich.« Sie zuckt nur mit den Schultern. »Soweit ich weiß, hat Brooks ihn für irgendwas eingespannt.«

Die Worte lassen mich die Stirn runzeln. »Okay«, sage ich, auch wenn ich nicht ganz verstehe. Wyatt hat doch weniger arbeiten wollen. Er war so erleichtert gewesen, dass die Last nun endlich loszuwerden.

Als ich ihn mittags anrufe, geht er nicht ans Telefon. Nachdem er mich auch nicht zurückruft, kontaktiere ich Brooks.

Sehe ich aus wie die verdammte Auskunft? – Brooks

Brooks schickt ein Totenkopf-Emoji hinterher und ich bringe es nicht übers Herz, ihn darauf aufmerksam zu machen, dass er wahrscheinlich nicht damit ausdrücken möchte, wie sehr ihn die Situation amüsiert.

Ganz im Gegenteil.

Also, weißt du, wo Wyatt ist? Ich erreiche ihn nicht – Hazel

Ich gehe mal davon aus, dass er zu Hause ist. Oder bei seiner Flamme – Brooks

Nun schicke ich ihm ein Totenkopf-Emoji zurück, weil mich seine Antwort belustigt. Eine Sache lässt mich nachdenklich zurück. Da wir die meiste Zeit bei mir verbrachte haben, weiß ich nicht, wo er wohnt. Außer, dass es in Togher ist.

Seine Adresse, bitte – Hazel

Brooks lässt sich mit der Antwort Zeit, eine kleine Rache dafür, dass ich ihn wahrscheinlich bei wichtigen Dingen gestört habe. Als ich schließlich die Adresse habe, lasse ich mir die Route auf dem Handy anzeigen und radle nach Tougher.

Nachdem ich mein Rad vor Wyatts Haus angeschlossen habe, erhalte ich einen Anruf von Mr Shay, der sich das Haus vor wenigen Wochen angesehen und sich dann dagegen entschieden hat. Ich bin überrascht, als er davon spricht, dass er es sich nun doch anders überlegt hat, und wissen will, ob das Haus noch zu verkaufen sei. Ratlos lege ich den Kopf in den Nacken und blicke die Fassade des Backsteinhauses hinauf. Hinter einigen Fenstern brennt Licht. Mich überkommt das Gefühl, als würde gerade alles Schlag auf Schlag folgen. Die Sache mit Julie. Tylers Auftauchen. Immerhin scheint es für den Hausverkauf einen Lichtblick zu geben. Deshalb bejahe ich und verspreche, mich um die weiteren Schritte zu kümmern. Nachdem wir aufgelegt haben, vereinbare ich bei der Notarin einen Termin und sende Mr Shay die Einzelheiten

Ich sollte mich freuen, dass sich beim Hausverkauf ein Lichtblick auftut – doch die Erleichterung darüber bleibt aus. Es ist mir ans Herz gewachsen. Das Leben hier, das Haus, mein neues, altes Ich. Aber dafür hin ich hergekommen, es führt kein Weg daran vorbei, den Kauf abzuschließen.

Es dauert eine Weile, bis ich das Klingelschild mit seinem Nachnamen finde. *Dalton/Higgs* steht dort geschrieben. Eine Weile passiert gar nichts. Ich drücke erneut auf die Klingel und horche. Doch nichts. Minuten verstreichen, bis das Licht im Treppenhaus aufflammt.

Durch die Glaseinsätze erkenne ich eine Silhouette, die sich die Stufen hinabbewegt. Die Tür wird aufgerissen, dahinter kommt ein Mann zum Vorschein, der mich mit rot unterlaufenen Augen mustert.

»Wir kaufen nix!«, bellt er und will mir die Tür vor der Nase zuschlagen.

Doch ich bin schneller. Ich schiebe meine Schuhspitze dazwischen und blockiere so die Tür, gänzlich ins Schloss zu fallen. »Ich möchte zu Wyatt«, sage ich schnell.

Die Tür wird wieder ein Stück geöffnet. »Du bist nicht Gia«, grunzt der Mann.

»Ich möchte ihn sprechen«, sage ich, ohne auf seine Frage einzugehen. Ich habe wenig Lust, ihm unsere Beziehung zu erörtern. Dass er Gia kennt, gibt mir immerhin Hoffnung, bei der richtigen Adresse zu sein. Er zuckt nur mit den Schultern und wendet sich ab. Ich folge ihm mit gebührend Abstand hinein. Im Treppenhaus riecht es nach kaltem Rauch und Essen. Es ist eine unangenehme Mischung, die mir in der Nase kribbelt.

Die Wände im Treppenhaus sind bekritzelt. Von unzähligen Umzügen zeugen die Schmarren an den Wänden, an denen Möbel hängen geblieben sind und teilweise tiefe Dellen im Putz hinterlassen haben.

Im zweiten Stock steht eine Tür offen. Der Mann wirft mir einen misstrauischen Blick über die Schulter zu, als würde er seine Entscheidung, mich hineinzulassen, bereuen. Ohne ein weiteres Wort geht er hinein und verschwindet zu meiner Rechten aus meinem Blickfeld. Eine Tür fällt krachend ins Schloss.

Damit liegt es bei mir, ob ich diese Wohnung betreten möchte. Aber Wyatt ist dort. Mehr Gründe brauche ich nicht.

Die Dielen knarzen unter meinen Sohlen, sobald ich über die Schwelle trete. Auch wenn es den Typen nicht interessiert hat, schließe ich die Tür hinter mir. Der Flur ist schmal, es gehen mehrere Türen von ihm ab. Zu meinem Glück stehen die von Küche und Bad offen, damit bleibt nur eine Tür, die infrage kommt.

Ich hole tief Luft und klopfe an.

Sekunden vergehen, dann ertönt ein »Herein«. Es ist unverkennbar Wyatts Stimme.

Langsam öffne ich die Tür und entdecke ihn auf dem Bett sitzend. Seine Locken stehen etwas wild von seinem Kopf ab, ein verschlafener Ausdruck liegt in seinem Blick. Seine Wange wirkt gerötet, ein Kissenabdruck zeichnet sich ab, der bis zu seiner Schläfe reicht.

»Habe ich dich geweckt?«, frage ich leise. »Das tut mir leid.«

Wyatt blinzelt, sein Blick wirkt seltsam entrückt. »Hazel.« Seine Stimme klingt rau. »Was machst du hier?«

»Ich wollte dich sehen. Ich habe mir Sorgen gemacht, als du nicht im Jugendzentrum aufgetaucht bist ...« Ich schiebe mich in sein Zimmer und fühle mich wie ein Eindringling. Unschlüssig bleibe ich in der Mitte des Raumes stehen. Es ist sehr ordentlich, wenn auch etwas spärlich eingerichtet.

»Brooks hat mich heute ganz schön auf Trab gehalten. Schwieriger Job, schwieriger Kunde. Danach habe ich erst einmal einen Powernap gebraucht ... der anscheinend drei Stunden ging. Wow. Okay«, sagt Wyatt mit

Blick auf die Uhr. Er seufzt und reibt sich mit der flachen Hand über die Augen. »Ich wollte eigentlich am Nachmittag ins Jugendzentrum. Aber du bist hier. Nicht in London. Das verstehe ich nicht ganz, wenn ich ehrlich bin.«

»Ich wollte nicht gehen«, sage ich. »Von hier wegzugehen, fühlte sich schwerer an, als London zu verlassen. Ich habe nur keine andere Chance gesehen, das mit Julie zu klären. Persönlich. Aber mit etwas Überzeugungskraft von Maisie ... wir haben telefoniert. Es war kein sonderlich schönes Gespräch. Aber es war ausreichend, um die ersten Fragen zu klären.«

Ich möchte nichts lieber als in seine Umarmung sinken, doch etwas hält mich zurück. Wyatt sieht so abgekämpft aus. Inzwischen kenne ich ihn, weiß, wie er morgens aussieht, wenn er wach wird. Die wilde Frisur ist die gleiche. Nur die feinen Linien zwischen seinen Augenbrauen sind neu, genauso wie die Schatten darunter. Auch das Lächeln, das nun seine Mundwinkel hebt, kann diesen Eindruck nicht gänzlich vertreiben.

»Ich wollte dich zu keinem Zeitpunkt zurückhalten«, sagt er leise.

»Das weiß ich und bin dir sehr dankbar dafür.«

Wyatt bedeutet mir neben ihm Platz zu nehmen.

»Du siehst müde aus«, murmle ich und streiche mit meinen Fingerspitzen über sein Haar.

»Ich fühle mich auch müde«, erwidert er und reibt sich mit dem Handballen über die Schläfe.

»Möchtest du mir erzählen, was los ist?«

Wyatt schweigt für einen Moment. »Hast du manchmal das Gefühl, in einem Hamsterrad gefangen zu sein?

Du strampelst dich ab, kommst aber nicht von der Stelle?«

Ich nicke.

»Heute kickt es richtig.«

Bevor ich fragen kann, was es damit auf sich hat, zerreißt ein Brüllen die Stille und lässt mich zusammenzucken. Es klingt so nah, als würde es aus dieser Wohnung kommen. Ein Poltern ertönt, gefolgt von einer Reihe Beschimpfungen, von denen mir nicht alle geläufig sind.

»Das ist mein Mitbewohner. Ignoriere ihn einfach.« Für einen Moment fehlen mir die Worte.

»Passiert das öfter?«, frage ich mit einem Stirnrunzeln.

Eine Tür wird geräuschvoll aufgerissen, dann ertönen trampelnde Schritte über den Flur. Dann knallt wieder eine Tür.

»Öfter als mir lieb ist, ja.«

Ich würde ihn gern fragen, ob dies der Grund ist, weshalb er ausweichend reagiert hat, wenn ich ihn auf sein Zuhause angesprochen habe. Doch jetzt fühlt sich der Zeitpunkt dafür nicht richtig an. »Du hattest mir erzählt, dass du nicht mehr für Brooks arbeiten musst. Warum jetzt der Sinneswandel?«, frage ich stattdessen vorsichtig.

»Zu dem Zeitpunkt wusste ich noch nicht, dass sich die Umstände geändert haben«, sagt Wyatt. Er klingt resigniert, vielleicht auch verbittert.

»Wie meinst du das? Was hat sich geändert?« Vielleicht will ich auch nicht verstehen, was er anzudeuten versucht.

Wyatt holt Luft, als würde er sich wappnen wollen. »Es kamen wieder Rechnungen. Sie lagen gestern im Briefkasten, nachdem ich von Gia nach Hause gekommen bin ...« Wyatt verstummt und mein Herz wird schwer. Mein Innerstes verknotet sich schmerzhaft.

Ich traue mich kaum zu fragen, aber tue es dennoch. »Wie hoch sind diese?«

Eine schmerzliche Pause entsteht, in der ich mich am Stuhl festhalte, das Plastik beißt schmerzhaft in meine Handfläche.

»Ich hoffe, dass du weißt, dass du mit mir sprechen kannst. Auch darüber«, sage ich leise.

»Ich wollte dir nicht zur Last fallen. Du hast gerade selbst so viel um die Ohren, du wolltest nach Hause fliegen – ich hätte das schon geregelt. So wie die letzten Male.« Für einen kurzen Moment hält Wyatt inne. »Es sind insgesamt ein paar tausend Euro. Für Sachen, die sie längst verschachert hat. Und weißt du, was ihre Begründung dafür war?« Er klingt so gebrochen, dass ich schlucken muss. Sein Schmerz ist so präsent, dass ich mir einbilde, ihn auch zu fühlen.

»Was hat sie gesagt?«

Kurz presst er die Lider zusammen, als könne er so die Erinnerung daran auslöschen. »Sie müsste den Krempel nicht verkaufen, wenn ich sie etwas mehr unterstützen würde. Finanziell versteht sich.«

»Was sollst du denn noch machen?«, frage ich und spüre die Empörung darüber in mir aufsteigen. »Sie kann dich nicht für ihre eigenen Entscheidungen verantwortlich machen.«

»Interessanterweise hat das meine Therapeutin auch gesagt«, erwidert Wyatt leise.

»Gut so, sie sollte das wissen. Sie ist die Spezialistin.«

Ein müdes Lächeln stiehlt sich auf seine Lippen, das jedoch schnell wieder verblasst. »Hazel, ich muss ehrlich mit dir sein. Ich habe das Gefühl, mich vierteilen zu müssen, und es reicht nicht. Das Wasser steht mir aktuell bis zur Unterlippe, und wenn ich noch mehr einsinke, ertrinke ich.« Sein Satz läuft ins Leere, doch ich verstehe. Ich nicke, auch wenn es wehtut. »Ich weiß gerade nicht, ob ich genug Kraft habe für alles. Die Renovierung, die Schulden und ...«

Aber ich kenne dieses Gefühl, kurz vorm Burn-out zu stehen. Im Gegensatz zu mir versteht Wyatt, was mit ihm passiert, und zieht die Notbremse. »Du musst das alles nicht ertragen. Du weißt, dass es eine andere Lösung gibt, als dich kaputt zu machen, und Schulden zu begleichen, die nicht die deinen sind. Ihre Fehler sind nicht deine«, erwidere ich sanft.

»Das Problem ist, dass ich es nicht über mich bringe, diesen anderen Weg zu gehen«, gesteht er leise.

Ich nicke. Natürlich verstehe ich. »Du entscheidest, wie es weitergeht. Wir machen das in deinem Tempo. Aber mache dich darauf gefasst, dass ich nicht aufhören werde, dich zu unterstützen.«

»Das klingt dir gegenüber nicht sehr fair.«

»Du brauchst auch jemanden, der auf dich aufpasst. Ich würde gerne dieser jemand sein.« Ich werde Wyatt nicht einfach so loslassen. Ich erkenne seinen Schmerz, denn ich habe ihn auch gefühlt. Und er braucht jemanden, der den Weg mit ihm zusammengeht.

»Ich möchte deine Freundin sein, Wyatt. Die Freundin, die du gerade brauchst. Und wenn du gerade eine platonische Freundin brauchst, werde ich diese sein.

Der komplizierte Beziehungsquatsch kann warten. Okay?«

Sein wolkenverhangener Blick landet auf mir und ich habe das Gefühl, dass dieser etwas aufklart. »Wäre das für dich wirklich okay, wenn wir es langsamer angehen lassen?«

»Wie ich schon sagte: Wir machen das in deinem Tempo«, wiederhole ich.

Er schluckt und nickt.

»Dann erzähl, womit Brooks dich heute so gequält hat. Muss ich ein Wörtchen mit ihm reden?«

Er lacht leise und auch mir kommt es ziemlich albern vor, wenn ich mir vorstelle, mich Brooks entgegenzustellen. »Alle paar Monate meldet sich so ein reiches Pärchen und will etwas in ihrem Anwesen verändern. Und während du arbeitest, stehen sie die ganze Zeit hinter dir und kommentieren jeden Arbeitsschritt. *Also ich würde das aber anders machen*«, wiederholt er ihre Worte und verstellt die Stimme, sodass sie einen nasalen Unterton annimmt. »Ich nicke, und mache es dennoch anders. Danach sind sie jedes Mal mit dem Ergebnis zufrieden.«

»Und trotzdem rufen sie immer wieder Brooks an?«

»Seltsam, oder? Dann streiten sie sich eine Weile über den Preis, Brooks droht damit, nie wieder etwas bei ihnen zu machen, sie sind damit unzufrieden, und dann erlässt Brooks ihnen fünf Prozent von der Rechnung als Zeichen des guten Willens. Dabei wissen die nicht, dass er mindestens zehn Prozent als Schmerzensgeld aufschlägt.«

»Gerissen«, sage ich anerkennend. Eine Pause entsteht, in der mein Magen knurrt, und ich erinnere mich daran, dass ich eine Weile nichts mehr gegessen habe.

»Hast du Hunger?«, fragt Wyatt. »Ich kann dir leider nicht so viel anbieten. Ich habe es vorhin nicht geschafft, einkaufen zu gehen.«

»Als ich hergekommen bin, habe ich gesehen, dass es die Straße rauf Tacos gibt. Warst du da schon einmal?«

»Hast du gesehen, wie die Dinger dort zubereitet werden?« Wyatt zieht die Nase kraus. »Da fängst du dir sicher etwas ein.«

»Ne, aber zu meiner Verteidigung muss ich sagen, dass ich zügig vorbeigeradelt bin.« Beim Sprechen ziehe ich mein Handy aus der Tasche und rufe die Kartenapp auf. Nach einem Moment finde ich die Seite des Taco-Standes. »Hey, der ist aber gar nicht so schlecht bewertet. Über viereinhalb Sterne, das muss doch etwas heißen, oder nicht?«

»Weil alle anderen, die weniger Glück hatten, nicht mehr in der Lage sind, eine Bewertung abzugeben«, gibt er trocken zurück. Vielleicht bilde ich es mir ein, doch die Sorgenfältchen auf seiner Stirn wirken nun weniger tief. Ich bin etwas erleichtert, dass Wyatt wieder die Kraft für sarkastische Kommentare hat.

»Also, probieren wir aus, ob wir zu den Glücklichen gehören werden?«

»Sehe ich aus, als wäre ich lebensmüde?« Doch er streicht sich die Locken aus der Stirn und erhebt sich. Seine Fingerknöchel streifen meine Knie und kurz denke ich, dass er mich zu sich heranziehen will. Doch der Moment verstreicht. Aber das ist die neue Realität, wenn auch nur vorübergehend.

Wenig später treten wir auf die Straße hinaus. Der Wind hat zugenommen, meine Haare nehmen mir für kurze Zeit die Sicht. Es ist ein lauer Sommernachmittag, wodurch ich in meiner Jeansjacke nicht friere. Der Weg zum Taco Stand gehen wir schweigend.

Lichterketten spannen sich vor dem Vordach zu einem nahe gelegenen Baum. Darunter sind Stehtische aufgestellt, aber es ist nicht viel los. Nur an einem steht ein Pärchen, das sich ziemlich schmachtende Blicke zuwirft und nichts von ihrer Außenwelt mitzubekommen scheint.

»Das wäre jetzt die Chance, doch vielleicht die Biege zu machen«, flüstert mir Wyatt zu. Seine Nähe löst in mir eine Gänsehaut aus und ich brauche einen Moment, um mich zu sammeln.

»Wir ziehen das jetzt durch«, erwidere ich und trete vor die Theke. Die Zutaten sind dort in sauberen Aluminiumschalen verwahrt. Alles sieht frisch und ordentlich aus. Aber vielleicht täuscht mich auch nur das Licht.

»Kann ich ... kann ich dich einladen?«, frage ich leise, verunsichert. Ich möchte ihn nicht in seinem Stolz verletzen, in dem ich ihm die Entscheidung abnehme. Auch wenn er gerade nicht viel Geld hat, liegt die Entscheidung noch immer bei ihm. »Ich kann aber verstehen, wenn du das nicht möchtest.«

Wyatt bedenkt mich mit einem langen Blick. »Ich werde mich aber revanchieren.«

»Damit kann ich leben«, erwidere ich leichthin. Nachdem wir bestellt und bezahlt haben, stellen wir uns an einen Stehtisch. Ich beiße in meinen Taco und verbrenne mir prompt die Zunge am Käse. Ich schlage mir die Hand vor Mund und gebe mir Mühe, nicht allzu laut zu hecheln, während ich versuche, meinen Bissen zu kauen und herunterzuschlucken.

»Doch keine gute Idee gewesen, hm?« In Wyatts Blick funkelt ein Lächeln. »Geht's wieder?«

»Ja.« Das Wort gleicht mehr einem Ächzen, doch es wird schnell wieder besser. Ich bereue es nur ein wenig, nichts zu trinken bestellt zu haben. »Aber es schmeckt. Richtig gut sogar.«

Wyatt ist klüger und wartet einen Moment, ehe er in seinen hineinbeißt.

»Und wie viele Sterne würdest du dieser Erfahrung geben?«, frage ich, nachdem wir aufgegessen haben.

Er überlegt kurz. »Vielleicht dreieinhalb. Aufgerundet vier, weil ich heute nachsichtig bin.«

»Sieh an, der Herr ist heute in Gönnerlaune.«

Wyatt lächelt und er wirkt um einiges gelöster als vorhin. Das beruhigt mich etwas und gibt mir Hoffnung. Dabei weiß ich, dass es ein Prozess sein wird, bei dem es auch Rückschläge geben kann. Vielleicht könnte ich es nicht so gut nachvollziehen, wenn ich nicht selbst in dieser Situation gewesen wäre. Aber jetzt bin ich dankbar für diese Erfahrung, weil ich hoffentlich weiß, wie ich Wyatt helfen kann.

»Ich könnte Maisie um Rat fragen. Ich habe es vielleicht nicht erzählt, aber sie arbeitet in einer Anwaltskanzlei.« Beflügelt durch die Zuversicht sprudeln die Worte aus mir heraus. Noch während ich spreche, merke ich: Es sind die falschen Worte.

Der Ausdruck in Wyatts Gesicht verhärtet sich.

»Auf dem Papier sieht vieles so klar aus. Fragestellungen in schwarz auf weiß, bei der es nur eine eindeutige

Antwort gibt. Aber menschliche Beziehungen sind selten einfach, selten schwarz und weiß.«

»Aber möchtest du es nicht versuchen ...«

»Meine Antwort lautet Nein, Hazel«, erwidert er sanft. Mein Name klingt wie eine Bitte, es darauf beruhen zu lassen, und gleichzeitig wie eine Mahnung an ihn selbst. Eine Erinnerung, dass Wyatt nicht viel mehr braucht, um zu zerfallen. »Ich hoffe, du verstehst das.«

»Natürlich verstehe ich. Ich wollte es dir nur anbieten.«

»Ich weiß das zu schätzen, aber ... es geht nicht.«

Ich nicke und versuche mich an einem Lächeln. Es ist der falsche Zeitpunkt und ich hasse alles daran. Deshalb tut es umso mehr weh. Zittrig hole ich Luft. »Jemand möchte das Haus kaufen.« Ich würde es so gerne lassen. Ich kann es mir beinahe vorstellen, hier Wurzeln zu schlagen. Mein Leben hier aufzubauen. Aber mein Leben ist eigentlich nicht hier. Es ist London, dort, wo Maisie ist ... und Julie. Mein Studio ist dort. Mein Studio, das ich bisher mit Julie geteilt habe. Noch ein Punkt, der geklärt werden muss. »Wenn ich Glück habe, geht es jetzt ganz schnell. Der Notartermin steht auch schon.«

Wyatt nickt, dann sagt er: »Das freut mich für dich. Wann hast du den Termin?« Nichts an seinen Worten deutet darauf hin, dass er es nicht so meinen könnte. Vielleicht ist er ein besserer Lügner als ich.

»Am Montag nach der Eröffnungsfeier vom Jugendzentrum.«

»Das ist ja bald«, fasst er zusammen. »Ich hätte nicht gedacht, dass es so schnell geht.«

Damit spricht er mir aus der Seele. Noch immer fühle ich von der neuesten Entwicklung überrumpelt, als wir schweigend den Rückweg antreten. Mit jedem Schritt überlege ich, was ich sagen könnte, doch nichts fühlt sich richtig an. Wyatt fühlt sich so entfernt an, selbst jetzt, wo uns keine zwanzig Zentimeter trennen. Er wirkt nachdenklich, etwas entrückt. Unsere Verabschiedung fällt daher seltsam ungelenk aus.

»Pass auf dich auf, Wyatt«, sage ich, löse mich von ihm und schließe das Schloss von meinem Fahrrad auf. Als ich mich aufrichte, stelle ich fest, dass er noch im Türrahmen wartet.

»Das klingt wie ein Abschied«, stellt er fest.

»Es ist ein Wunsch.« Ich mache eine Pause. »Bist du morgen wieder im Jugendzentrum?«

Er schüttelt den Kopf. »Der Auftrag wird wohl noch mehrere Tage dauern und ich habe genug Überstunden, um mich darauf zu konzentrieren. Margot wird für mich einspringen. Gleich geht es für mich auch schon weiter.«

Bedauern erfasst mich, besonders, da ich mir nicht vorstellen kann, dass es sich Wyatt unter anderen Umständen nehmen lassen würde, die letzten Tage der Renovierung zu begleiten.

»Dann sehen wir uns wohl spätestens bei der Eröffnung?«

Das schlechte Gewissen spiegelt sich in seinen Augen. »Sieht ganz so aus, ja.«

Kapitel 24

Hazel

Die nächsten Stunden verbringe ich damit, indem ich meine Hände und meine Gedanken beschäftige. Im Garten baue ich die schwenkbaren Regalelemente weiter zusammen, die ich mir für das Jugendzentrum ausgedacht habe. Ich entferne den alten Teppichläufer, der auf der Treppe ins Obergeschoss verlegt worden ist und schleife die vielen Farbschichten von den Treppenstufen. Dann rücke ich Möbel herum, stelle fest, dass ein anderer Platz besser wäre, und verrücke sie erneut. Ich komme erst aus dem Takt, als mein Handy vibriert.

Als ich sehe, dass es eine Nachricht von Wyatt ist, beschleunigt sich mein Herzschlag.

Es erinnert mich an dich – Wyatt

Ein Foto folgt, das mich wehmütig stimmt und glücklich macht, und das alles gleichzeitig. Es ist ein Foto mit Blick auf die irische Küste, aufgenommen durch die Seitenscheibe seines Wagens. Seine Silhouette spiegelt sich etwas im Glas. Sofort fühle ich mich zu dem

Nachmittag zurückversetzt, an dem wir nach Nohoval Cove gefahren sind.

Ich will so vieles antworten, allen voran: *Du fehlst mir.* Um nicht aufdringlich zu wirken, entscheide ich mich für ein Emoji mit Herzchenaugen, der alles und nichts bedeuten kann.

Dann fällt mein Blick auf die Uhrzeit und ich springe auf. Es ist kurz nach vier, und wenn ich mich nicht beeile, komme ich zum Treffen mit Tyler zu spät.

Wenig später treffe ich vor dem *Aroma Mocha* ein und entdecke Tyler bereits durch das Schaufenster. Er sitzt an einem der Tische und studiert die Menükarte. So ist es immer gewesen, der erste Griff ging immer dorthin, auch wenn er nichts bestellen wollte.

Ich grüße Deirdre beim Eintreten, die hinter dem Tresen steht und dabei ist, einen Kuchen anzuschneiden. Sie schenkt mir ein warmes Lächeln, das meine innere Unruhe nicht mildern kann. Tyler Monate später zu sehen, bringt mich mehr aus der Fassung, als ich angenommen habe.

Tyler hebt den Blick, als ich an seinen Tisch trete. »Hey«, sagt er. Seine Stimme zu hören, die mir so vertraut ist, macht etwas mit mir.

»Du siehst gut aus«, rutscht es mir heraus, als ich ihm gegenüber Platz nehme. Ein wenig hat er sich verändert, sein Gesicht wirkt kantiger, aber der Dreitagebart ist geblieben. Er trägt ein schlichtes, schwarzes Shirt und sein linkes Handgelenk zieren noch immer eine Reihe von Festivalbändchen, bei denen ich mir sicher bin, das eins dazugekommen ist.

Alles an seinem Anblick ist mir so vertraut, dass es mir schwerfällt, die Erinnerungen an unser letztes

Gespräch beiseitezuschieben, die unweigerlich in mir aufsteigen. Aber mir ist auch klar: Ich bedaure nicht, ihn verlassen zu haben. Wenn ich nach Gefühlen für ihn suche, dann spüre ich da kein Bauchkribbeln, keine Verliebtheit. Bedeuten tut er mir immer noch viel, aber eben nicht so.

Tyler lächelt. »Dir steht die neugewonnene Freiheit auch gut.«

Ich deute auf die Karte in seinen Händen. »Hast du bereits einen Favoriten?«

»Ich schwanke zwischen Guiness Chocolate Mousse und Carrot Cake.«

»Du verschmähst den Apfelkuchen?« Gespielt entsetzt fasse ich mir ans Herz.

»Das mit dem Bier klingt einfach wild, ist das wirklich ein Ding hier?«, fragt Tyler.

Ich grinse. »Scheint so. Es ist wirklich lecker.«

»Dann muss ich es wohl probieren.«

»Unbedingt«, sage ich, als Deirdre zu uns an den Tisch kommt.

»Hazel, was kann ich euch bringen?« Wir geben unsere Bestellung auf, die sie sich auf ihrem Block notiert. Dann steckt sie den Block wieder ein und lächelt. »Möchtest du mir nicht deine Begleitung vorstellen?«

»Deirdre, das ist Tyler. Er kommt ursprünglich auch aus London. Wir waren einige Jahre zusammen.« Es fühlt sich komisch an, das auszusprechen. Aber das ist die Situation und es ist gleichzeitig wichtig, die Dinge beim Namen zu nennen.

»Schön dich kennenzulernen, Tyler«, sagt Deirdre in seine Richtung. »Wer weiß, vielleicht gefällt es dir in Cork genauso gut wie Hazel, dass du hierbleibst. Von dem, was ich gehört habe, ist Hazel bei der Renovierung des Jugendzentrums nicht mehr wegzudenken.«

»Die nächsten Monate ganz sicher«, erwidert Tyler und schüttelt ihre dargebotene Hand.

»Schön, ich bringe euch gleich eure Bestellung, ja?« Auf unser Nicken hin, wendet sich Deirdre mit einem Lächeln zum nächsten Tisch in der Nähe der Tür.

»Du hast hier Anschluss gefunden«, stellt Tyler nach einem Moment fest. »Das ist schön.«

»Die Menschen haben es mir hier einfach gemacht. Wenn ich ehrlich bin, fing es auch hier an. In diesem Café, nur zwei Tische weiter.« Bei der Erinnerung an das erste Aufeinandertreffen mit Amara muss ich lächeln. »Dich hier zu sehen, ist irgendwie verrückt und seltsam zugleich. Was wirst du hier machen?«

»Ich werde vorerst für ein Semester Gastdozent an der UCC sein. Das Semester fängt zwar noch lange nicht an, aber ich habe einige Dinge vorzubereiten.« Er lächelt milde. Mir entgeht nicht, dass seine Fingerspitzen kaum hörbar auf die Tischplatte trommeln, als würde er ein unsichtbares Instrument spielen. Vor wenigen Monaten ist das noch ein Zeichen dafür gewesen, dass er nervös ist. Doch jetzt fühlt es sich nicht richtig an, ihn darauf anzusprechen. Ich möchte ihn nicht dadurch noch mehr unter Druck setzen, wenn ich der Grund dafür bin. »Es hat sich ziemlich spontan ergeben, ich bin quasi nur die Vertretung. Aber es wird hoffentlich trotzdem richtig gut.«

»Ganz sicher. Du wirst das rocken.«

Tyler neigt den Kopf. »Danke, ich werde berichten.«

Das Glöckchen an der Tür bimmelt. Deirdre lacht und ihre Stimme hallt laut durch den Innenraum. »Schickt dich Brooks?«

Die Antwort geht in dem Gurgeln der Kaffeemaschine unter. Plötzlich bin ich mir seltsam bewusst, was um mich herum geschieht und wer hereingekommen sein muss. Mein Herz ahnt es auch, denn es schlägt plötzlich viel zu schnell.

Jemand tritt an unseren Tisch.

»Hey«, sagt Wyatt. Sein Blick wandert von mir zu meinem Gegenüber und ich kann die Müdigkeit in seinen Augen lesen. Wyatt hat seine Schutzmauern wieder hochgezogen und lässt wenig an sich heran. Er reicht Tyler die Hand und stellt sich ihm vor. Bei der Erwähnung von Tylers Namen zuckt so etwas wie Wiederkennen über sein Gesicht.

Damit habe ich nicht gerechnet, sie beide hier zu sehen. Meine Vergangenheit und meine Gegenwart. Bisher war alles räumlich so getrennt gewesen, und hier vermischen sie sich.

»Hey, was führt dich hierher?«, frage ich und fühle mich seltsam gehemmt. Da ist so viel, dass ich noch sagen, ihn fragen möchte. Aber vor Tyler fühlt es sich nicht richtig an, generell fühlt es sich falsch an, ihm zu begegnen und nicht in meine Arme schließen zu können.

»Deirdre hat Arbeit für Brooks. Und damit auch für mich. Diese Kuchentheke soll repariert werden«, sagt er und zuckt mit den Schultern. »Ich glaube, du kennst das Thema bereits.«

»So ist es.«

Wyatt wirft einen warnenden Blick in Richtung Tresen. Als ich mich herumdrehe, wirkt Deirdre etwas ertappt und stellt die Kiste vor sich ab. »Ich glaube, ich muss ihr die Kisten abnehmen, bevor sie alles allein zum Wagen schleppt. Viel Spaß noch«, sagt er und nickt mir zu. Gedankenverloren sehe ich ihm nach. Auf dem Weg hinaus nimmt er Deirdre die Kisten ab. Das Glöckchen über der Tür bimmelt erneut und ich fühle ich seltsam aufgekratzt.

»Jugendzentrum?«, fragt Tyler interessiert.

Ich muss mich kurz sammeln, ehe ich antworte. »Es wird gerade renoviert und ich ... helfe da aus. Frag nicht, wie ich da hineingeraten bin«, schiebe ich bei seinem verdutzten Gesichtsausdruck hinterher. »Lange Geschichte.« An der noch so viel mehr hängt. Wie ich Amara als Freundin gefunden habe. Ich mich selbst gefunden habe. Dass ich hier wieder frei atmen konnte. Wyatt. Alles mit Wyatt.

»Aber wir feiern nächsten Monat die Wiedereröffnung. Wenn du möchtest, bist du gern eingeladen, es dir anzusehen.«

Tyler wirkt über meinen Vorschlag überrascht, doch er nickt. »Sehr gern.«

Deirdre bringt unsere Bestellung. Hastig nehme ich einen Schluck von meinem Tee und verbrenne mir prompt die Zunge. »Wie geht es dir, Tyler? Ich meine, so ehrlich?«

»Ich werde nicht lügen. Es war schwierig, die ersten Wochen. Und dann das mit Mom, die Beerdigung. Ich verstehe es immer noch nicht richtig.«

»Das tut mir wirklich leid. Ich hätte dir da gern zur Seite gestanden.«

»Du hast dich entschieden zu gehen«, erinnert er mich. »Und das ist okay. Du musst nicht jeden retten. Daher entschuldige dich nicht für etwas, das für dich notwendig war.«

Ein Teil von mir ist dankbar, dass er es irgendwie versteht. Vielleicht mehr versteht als ich selbst zu Beginn.

Bevor die Sprechpause unangenehm werden kann, wechselt Tyler das Thema und beginnt von seinem neuen Job zu erzählen und wie er sich auf die Herausforderung freut. Die Zeit vergeht schneller als gedacht. Nachdem wir bezahlt haben, erheben wir uns zum Gehen und ich greife nach meiner Tasche.

Hinter mir werden erneut Stimmen laut. »Deirdre, hat Wyatt dir nicht gesagt, dass du das nicht hochheben sollst?« Amara steht an der Theke und hält einen der wiederverwendbaren Kaffeebecher zum Mitnehmen in der Hand. Deirdre lehnt sich von der anderen Seite dagegen und rümpft die Nase. »Ich kann ihm doch wohl etwas helfen, er muss das doch nicht alles allein schleppen.«

»Ich glaube, deine Bandscheiben könnten das etwas anders sehen, oder nicht? Ich meine, ich besuche dich gern zu Hause, aber das auch gerne, ohne dass du bewegungsunfähig auf dem Sofa liegst.« Ihr Blick fällt auf mich und ein Grinsen bricht aus ihr heraus. »Hazel! Ich bin gerade auf dem Weg ins Jugendzentrum, musst du da auch noch zufällig hin?«

»Dann können wir uns gemeinsam auf den Weg machen«, biete ich ihr an.

»Perfekt, ich wollte mir nur noch ein Sandwich mitnehmen. Ich bin gleich da.«

»Lass dir Zeit. Ich warte draußen«, sage ich. Dort verabschiedet sich Tyler, da er noch Unterlagen von der UCC abholen möchte.

»So, jetzt bin ich da«, ruft Amara, sobald sie hinausgetreten ist. »Wer war deine Begleitung? Oder habt ihr nur zufällig am gleichen Tisch gesessen? Ist das so ein Ding bei dir, um neue Leute kennenzulernen?«

Das entlockt mir ein Schnauben. »Das war Tyler. So wie es aussieht, wohnt er jetzt auch vorübergehend hier.«

Sie macht große Augen. »*Der* Tyler?«

»Ja, genau *der*«, bestätige ich trocken. »Zufälle gibts, oder?«

Amara beißt geräuschvoll in ihr Sandwich. »Unfaffbar«, kommentiert sie, was mich endgültig zum Lachen bringt.

Kapitel 25

Hazel

Wyatt behält mit seiner Einschätzung recht. An diesem Tag schafft er es nicht mehr, im Jugendzentrum vorbeizuschauen und auch in den nächsten Tagen macht sich seine Abwesenheit schmerzlich bemerkbar. Der Juli wird vom August abgelöst. Wir machen große Fortschritte, nur ohne ihn. Margot ist nun öfter da, dabei kann sie seine Abwesenheit nicht gänzlich ausgleichen. Das soll sie auch nicht, er fehlt mir nur.

Trotzdem halten er und ich täglich Kontakt. Ich rechne ihm hoch an, dass er meine vorsichtigen Nachfragen so schnell beantwortet. Ich kann mir vorstellen, dass er bei den Aufträgen, die er von Brooks erhält, genügend eingespannt ist.

Am Abend vor der Wiedereröffnung liegt ein Sirren in der Luft. Alle sind etwas aufgekratzt, noch ist alles vom Staub der vergangenen Wochen bedeckt. Dieser muss noch beseitigt werden, die letzten drehbaren Regale, die ich geschreinert habe, sind noch nicht im Boden verankert. Ich bereite die Bohrungen vor und versuche mich von dem Chaos um mich herum nicht aus der Ruhe bringen zu lassen.

»Wo sind die Glühbirnen? Ich. Kann. Die. Glühbirnen. Nicht. Finden!« Sienna klingt verzweifelt, während sie von einem Raum zum nächsten hetzt. Aus der Küche höre ich Chance' Stimme, doch seine Erwiderung quittiert Sienna nur mit einem abfälligen Schnauben. Ihre Stimme wird erst leiser, und dann wieder lauter, als sie sich mir nähert. »Hazel? Hazel, hast du sie gesehen?«

»Die Glühbirnen für die Leseecke?«, frage ich und versuche mich zu erinnern, wo ich diese zuletzt gesehen habe. Sienna hat sich extra solche gewünscht, die ein warmes Licht abgeben, ohne zu blenden. *Für die regnerischen, gemütlichen Lesenachmittage* hatte sie gesagt.

»Ja! Ich könnte schwören, dass der Karton direkt neben dem Sessel gelegen hat.«

»Oh.« Jetzt fällt es mir wieder siedend heiß ein. Die schwenkbaren Regale hatten sich unter diesem Karton befunden. »Es kann unter Umständen sein, dass ich diesen woanders hingestellt habe.«

»Hazel, ey. Das hat mich jetzt sicher zehn Minuten meines Lebens gekostet. Konntest du das nicht früher sagen?« Sienna schiebt die Unterlippe vor und blickt sich suchend um. »Und wo ist der jetzt?«

»Auf der Fensterbank«, sage ich und deute in die Richtung. Sie gibt ein erleichtertes Seufzen von sich, als sie ihn schließlich entdeckt. Sie nimmt ihn mit zum Lesesessel und setzt sich mit angezogenen Beinen darauf, bevor sie sich daranmacht, die Glühbirne in die Fassung zu schrauben.

Die erste Glühbirne brennt mit einem leisen *Pling* durch.

Die zweite leuchtet erst gar nicht.

»Wo kommen die denn her, aus dem Müll?«, mutmaßt Sienna niedergeschlagen und zieht die dritte hervor.

»Wir haben noch normale Glühbirnen ...«, schlage ich vor, doch Siennas Blick bringt mich zum Schweigen. Er sagt: *Diese hier oder keine.*

Sienna bricht in Jubel aus, als die dritte – und letzte – Glühbirne tut, was sie soll. Sie ist dabei so laut, dass Chance seinen Kopf durch die Tür steckt und einen kritischen Blick wagt.

»Ist bei euch alles gut?«, fragt er.

»Bestens«, erwidere ich und beobachte Sienna dabei, wie sie ein Buch aus ihrer Tasche zieht und es sich in dem Sessel bequem macht. Sie zieht die Beine an und mir fallen zum ersten Mal die neonpinken Schnürsenkel an ihren Chucks auf. Ich glaube nicht, dass sie sich da heute noch wegbewegen wird.

»Gut. Ich war mir nicht sicher, ob sich ein schwarzes Loch aufgetan hat, dass alles verschlingt.«

Über den Rand ihres Buches wirft sie Chance einen vernichtenden Blick zu. »Ich werde jetzt so tun, als hätte ich das nicht gehört.«

»Man weiß ja nie, die Grenzen können da fließend sein.« Schnell zieht er den Kopf zurück. Siennas Buch trifft mit einem lauten Klatschen die Wand neben der Tür und hinterlässt einen Abdruck auf der gestrichenen Tapete, die anscheinend noch nicht gänzlich durchgetrocknet ist.

Ich wende mich Sienna zu. »Ist das dein Ernst?«, frage ich. Aus dem Flur ertönt Chance' Lachen, doch er ist klug genug, nicht noch einmal aufzutauchen.

Sie zieht eine Grimasse und zuckt mit den Schultern. »Das war keine Absicht?«

»Das glaube ich dir. Aber das sieht nun nicht so nice aus, oder?«

»Wir könnten ein Bild drüber hängen?«, schlägt Sienna vor, ehe sie sich ihr Buch schnappt und sich wieder in den Sessel verkrümelt.

Ich schüttle nur den Kopf und widme mich der vor mir liegenden Aufgabe. Sie lässt sich nicht von den Geräuschen des Akkuschraubers ablenken und sieht erst wieder hoch, als ich wenig später mit Chance' Hilfe das Regal in seine Verankerung hebe.

»Sitzprobe!«, ruft sie und stürzt sich darauf.

»Aber vorsichtig«, murmle ich, doch das geht in Siennas Gelächter unter. Sie hat es sich auf der Sitzfläche gemütlich gemacht und stößt sich mit den Beinen ab. Sie dreht sich zusammen mit dem Regal um die eigene Achse.

»Wenn wir heute noch fertig werden wollen, könntet ihr mir beim Aufbau des zweiten helfen?«, schlage ich vor. Chance ist sofort dabei, doch Sienna tut so, als hätte sie mich nicht gehört, und verkriecht sich wieder in den Sessel.

Augenrollend wende ich mich meiner nächsten Aufgabe zu. Nachdem das zweite Regal ebenfalls aufgestellt ist, gelingt es mir, beide davon zu überzeugen, den Staub vom Boden und den Oberflächen zu wischen.

Die letzten Tage sind bereits die Möbel wieder zurückgebracht worden und stehen unter Folien verpackt in der Ecke des Aufenthaltsraumes. Ich ziehe die schützende Lage ab und vergewissere mich, dass die Möbel keine Schäden haben, ehe ich sie an Ort und

Stelle schiebe. Es hat etwas sehr Befriedigendes zu sehen, wie das Konzept am Ende aufgeht.

Nachdem das Sofa, der Couchtisch, das Regal und der Airhockey-Tisch an Ort und Stelle stehen, ist aus dem hallenden Raum eine Art Zuhause geworden. Chance und Josefine treten an dem Airhockey-Tisch sofort gegeneinander an, beobachtet von Sienna, die sich zwar vehement weigert mitzumachen, aber dennoch nicht ihre Augen von dem Geschehen reißen kann.

Gegen Abend sind nur noch Kleinigkeiten zu erledigen. Margot räumt die Kartons in die Regale ein. Ich hänge die Bilder auf, die noch aus den Zeiten vor der Renovierung stammen. Es handelt sich um Collagen von Fotos der vergangenen Jahre. Auf einigen sieht Wyatt so jung und unbeschwert aus, dass es wehtut, und ich mich frage, ob diese aus der Zeit von *davor* stammen. Bevor Clancy die Entscheidung traf, ihm so übel mitzuspielen, in dem Wissen, dass er sich nicht wehren könnte. Mit Sicherheit kann ich nicht sagen, wie es ihm geht. Nur, dass seine Abwesenheit immerwährend ist.

Gegen acht verabschieden sich die Jugendlichen, dafür trudelt Amara ein. Um ihre Schulter hängt eine Jutetasche und sie hält einen Ordner in der Hand, den sie auf dem Couchtisch ausbreitet.

»Wir brauchen noch einen Schlachtplan für morgen«, verkündet sie und bindet sich ihre Haare zu einem Dutt hoch. »Ich habe bereits den Zeitplan vom Büro des Bürgermeisters erhalten, den würde ich gern mit euch durchsprechen.«

»Fehlt dafür nicht Wyatt?« Margot runzelt die Stirn und lässt sich auf der Couch nieder. Ich bin ihr dankbar, dass sie die Frage stellt, die ich mich nicht getraut habe, zu stellen.

»Das schon«, gibt Amara zu und verzieht den Mund. »Aber ich glaube nicht, dass wir heute noch mit ihm rechnen können.«

»Was ist mit Brooks?«, frage ich.

»Der ist wohl schon auf dem Weg. Was auch immer das bedeuten mag«, schiebt Amara hinterher und seufzt. »Wie ist allgemein die Stimmung? Seid ihr mit allem so weit fertig geworden?«

»Erstaunlicherweise ja.« Margot zuckt mit den Schultern. »Ich weiß zwar nicht, wie wir das geschafft haben, aber es ist alles eingeräumt und an seinem Platz.«

Die Tür geht auf. Dieses Mal ist es Brooks, der eintritt. Seine Haare sind vom Wind zerzaust und auf den Schultern haben Regentropfen dunkle Flecken auf dem Stoff seines Pullovers hinterlassen.

»Bin da«, sagt er zur Begrüßung und setzt sich neben Margot auf das Sofa.

»Wundervoll, dann können wir starten.« Amara blättert in ihrem Ordner. »Ich habe bereits den beiden anderen gesagt –«

Erneut geht die Tür auf und mein Herz macht einen Satz, als ich Wyatt erblicke. Der Regen muss stärker geworden sein, seine Haare sind vom Regen schwer geworden. Mit einer unwirschen Bewegung streicht er sich einen Wassertropfen aus der Stirn.

»Sorry für die Verspätung«, sagt er, schließt die Tür hinter sich und schält sich aus der Regenjacke. Anders als Brooks, bleibt er stehen und lehnt sich gegen die Wand neben dem Fenster. Die Tage ohne Wyatt haben sich lang angefühlt, obwohl sie arbeitsreich gewesen sind. Ich bin erleichtert, erfreut, ein wenig nervös – eine explosive Mischung, die meinen Puls zum Stottern bringt.

»Es ist schön, dich zu sehen«, sage ich. Es der erste Gedanke, der mir durch den Kopf geht. Nicht unbedingt der Satz, den ich als nächstes sagen wollte. Unsere Blicke kreuzen sich und er fühlt sich weiter entfernt von mir an als jemals zuvor. Wyatt sieht müde aus. Die Schatten unter seinen Augen sind dunkler als zuvor, und ich frage mich, ob meine Worte die falschen waren.

»Ich habe nicht einmal mit dir gerechnet, also kann von Verspätung keine Rede sein«, sagt Amara, ohne etwas von der seltsamen Stimmung mitzubekommen. »Okay, Versuch Nummer drei. Wir haben einen Terminplan für morgen.«

Sie fährt fort, die einzelnen Punkte durchzugehen. Ich kann mich kaum auf die Uhrzeiten konzentrieren, die sie nennt. Meine Aufmerksamkeit schweift immer wieder zu Wyatt, der aussieht, als wäre er gedanklich ganz woanders.

»Die Führung kann ich übernehmen«, sagt er plötzlich, eine Antwort auf eine Frage, die ich nicht mitbekommen habe.

»Das ist gut.« Amara nickt und macht sich zu dem Punkt Notizen. »Ich denke, dass besonders der Bürgermeister sehen will, was hier verändert wurde. Und Baker.« Den Namen spricht sie leicht angeekelt aus, und wenn ich nicht so abgelenkt wäre, hätte es mich amüsiert.

»Er kommt auch?«, rutscht es mir heraus.

»Leider, schließlich ist er ja Eigentümer des Gebäudes.«

Natürlich macht das Sinn, dass er sich dann so eine wichtige Veranstaltung nicht entgehen lässt. Wie habe ich das nur verdrängen können? »Verstehe«, sage ich langsam.

Aus dem Augenwinkel bemerke ich, dass nun Wyatts Aufmerksamkeit auf mir liegt, und als ich mich ihm zuwende, ist seine Miene nur schwer lesbar. Es ist wie zu Beginn, als hätte er seine Unnahbarkeit wie ein Schild übergezogen. Meine Gedanken sind auch nicht hilfreich, die Erinnerungen an seine weichen Lippen, seine federleichten Berührungen steigen in mir auf. Vor meinem inneren Auge blitzen Bilder auf, an die Art, wie die feinen Linien um seine Augen bilden, wenn er lächelt. Das Grübchen, das erscheint, wenn er aus vollen Herzen lacht. Wie warm seine Umarmung ist und wie geborgen ich mich darin gefühlt habe.

»Wenn keiner mehr Fragen hat, wären wir durch«, verkündet Amara. Blinzelnd versuche ich in das Hier und Jetzt zurückzukehren. Ich habe keine Ahnung, worüber der Rest in den letzten Minuten gesprochen hat, und will mir nicht die Blöße geben nachzufragen. Alle erheben sich und Amara holt eine Flasche und Schnapsgläser aus ihrer Jutetasche hervor. »Kommen wir nun zum festlichen Teil.«

Das mir angereichte Glas lehne ich dankend ab und bin froh, dass Amara nicht weiter nachfragt. Zusammen mit Brooks und Margot geht sie in die Küche.

Wyatt bleibt genau wie ich zurück, und ich habe keine Ahnung weshalb. Ich nehme meinen ganzen Mut zusammen und trete zu ihm. »Hey«, sage ich leise. »Alles okay?«

»Es gab so viel zu tun.« Auf seine Worte folgt ein Seufzen und ich habe den Eindruck, dass er mir weiter entgleitet. Vor ein paar Tagen hätte er mir mit einem Lächeln geantwortet, vielleicht hätten wir uns geküsst. »Tut mir leid, dass ich mich rargemacht habe. Vor allem jetzt, so kurz vor der Eröffnung ... Es ist wirklich schön geworden.«

»In den letzten Tagen hat sich noch viel getan, das stimmt.« Ich nicke bekräftigend, möchte zum Weitersprechen ansetzen, doch mir fehlen die Worte. Ich möchte ihm so viel sagen, doch nichts davon scheint unter diesen Umständen wirklich eine Bedeutung zu haben. »Wegen der Sache im *Aroma Mocha* ...«, setze ich an, doch Wyatt unterbricht mich sanft.

»Machst du dir Gedanken, was ich darüber denke?«

Ich halte inne. »Ja, natürlich? Das war der denkbar ungünstigste Zeitpunkt meinen Ex zu sehen und ich kann mir vorstellen, welche Schlüsse du gezogen haben musst.«

Wyatt atmet hörbar aus. »Ich habe gar keine Schlüsse gezogen«, gibt er zu. »Schließlich kenne ich die Umstände des Treffens nicht. Und besonders in dieser Situation kann ich von dir nicht erwarten, dass du ewig auf mich wartest«, schiebt er beinahe unhörbar hinterher.

»Denkst du, dass ich mich umentscheiden könnte?« Es ist nicht das, was Wyatt ausdrücken will, aber diese Vorstellung verletzt mich so sehr, dass ich diese Frage stellen muss.

»Nein.« Er hält kurz inne. »Aber es wäre dein gutes Recht.«

»Du sagst das, weil du immer noch denkst, dass du es nicht wert bist«, erwidere ich und spüre den Ärger in mir aufwallen. »Ich würde dir empfehlen, mir in der Sache genau zuzuhören: Du bist es wert. Du bist alles davon wert und noch so viel mehr. Und dass sage ich nicht nur, weil ich eine verliebte Idiotin bin, okay?«

»Du bist keine Idiotin, Hazel«, sagt er mit einer Sanftheit, die meine Entschlossenheit, ihn nicht auf unsere Beziehung anzusprechen, zum Wanken bringt.

»Vielleicht schon, aber damit kann ich mich abfinden. Vielleicht hätte ich das bereits schon früher sagen sollen: Ich bin in dich verliebt und das schon eine ganze Weile. Und jetzt, wo alles ein bisschen anders ist, vermisse ich dich noch mehr.« Meine Augen fangen an zu brennen und ich muss mich abwenden, da es mir unangenehm ist, mich so verletzlich zu zeigen. »Ich vermisse dich und frage mich jede Sekunde, was du machst, was du denkst. Ob du mich genauso vermisst. Ich weiß, das ist nicht fair, nicht, nachdem du deutlich gemacht hast, dass du Zeit für dich brauchst. Das akzeptiere ich. Aber ich möchte, dass du verstehst, dass ich mich nicht umentscheiden werde. Das steht nicht zur Diskussion. Und wenn du irgendwann so weit bist, und die Entscheidung triffst, nicht zurückzublicken, dann ... darüber denke ich dann nach.«

Als ich zu ihm zurücksehe, wirkt er überrascht. Es ist das erste Mal heute Abend, dass seine Fassade leichte Risse bekommt. Es ist ein Erfolg, doch ich habe nicht das Gefühl, als hätte ich gewonnen. Im Gegenteil, das einzige, das ich spüre, ist Erschöpfung. Er öffnet den Mund zu einer Erwiderung und doch bleibt er stumm.

Ich schüttle sanft den Kopf. »Du musst nichts sagen. Ich wollte nur, dass du es weißt. Es ändert sich nichts daran, was wir ausgemacht haben. Ich bin für dich da, Wyatt. Darauf kannst du dich verlassen.« Dann durchzuckt mich ein Gedanke, sehr klar und sehr schmerzhaft, der mich für einen Moment meine Lider schließen lässt. »Vorausgesetzt, du möchtest das überhaupt. Ich will mich nicht aufdrängen, dir das Gefühl geben, du hättest keine Wahl.«

Ein Scheinwerferlicht jagt durch den Raum und für den Bruchteil einer Sekunde besteht Wyatts Gesicht aus einem Spiel aus Licht und Schatten. Seine Konturen verschwimmen. Das Einzige, was zurückbleibt, ist der klare Ausdruck in seinen Augen. »Zu wissen, dass du mich nicht aufgibst, ist das Einzige, was mich derzeit weitermachen lässt«, bringt er heiser hervor. »Ich wollte dir nie das Gefühl geben, du wärst unerwünscht.«

Die Erleichterung, die mich erfasst, lässt meine Knie weich werden. Ich nehme einen hastigen Atemzug und versuche mich zu sammeln. »Das reicht mir«, murmle ich. Gelächter dringt von der Küche zu uns und lässt mich zusammenzucken. Beinahe habe ich vergessen, dass wir nicht allein sind. Doch jetzt nehme ich wieder alles wahr: Brooks Stimme dröhnt dumpf durch die Küchentür zu uns herüber, Geschirr klirrt, irgendwo hier im Raum tickt leise eine Uhr.

»Es ist nicht viel, das ich dir aktuell geben kann«, erinnert er mich.

»Das reicht mir«, wiederhole ich. »Diese Phase wird vergehen, da bin ich mir sicher.«

»Und wenn nicht?«

»Dann wirst du dir überlegen müssen, wie du dich bei mir revanchierst«, sage ich. Der Versuch eines Witzes ist schwach, das weiß ich.

»Hazel.« Seine Stimme klingt flehend. Er schüttelt den Kopf und fährt sich mit der Hand durchs Haar. »Ich ... verlange das bitte nicht von mir. Ich kann es nie wieder gutmachen.«

Ich verstehe gar nichts mehr. »Du sagtest doch, dass es dir hilft zu wissen –«

»Ich weiß, dass es keinen Sinn ergibt. Für mich irgendwie schon. Nur so kann ich aktuell funktionieren. Aber ... ich kann dir nichts zurückgeben, nichts versprechen.«

Bevor ich zu einer Erwiderung ansetzen kann, ertönen Schritte. Amara streckt den Kopf durch die Tür, ihr Blick wandert von Wyatt zu mir. Ich frage mich, was sie hier sieht. »Was ist denn mit euch? Wenn ihr euch nicht beeilt, ist die Flasche gleich leer. Dann will ich auch keine Beschwerden hören, ich hätte euch nicht gewarnt.«

»Bin sofort da.« Mit einem letzten Blick zu Wyatt setze ich mich in Bewegung.

Die nächste Stunde geht in einem Rauschen an mir vorbei. Nur am Rande nehme ich wahr, dass auch Wyatt sich der Runde anschließt. Ich bemühe mich, mich an dem Gespräch zu beteiligen, etwas von der sorglosen Vorfreude auf den nächsten Tag in mich aufzusaugen, doch ich scheitere kläglich. Innerlich fühle ich mich wie erstarrt. Dabei versuche ich mich daran zu erinnern, dass sich eigentlich nichts geändert hat. Wyatt hat seinen Standpunkt nicht verändert. Doch was hat sich dann geändert?

Ich kenne die Antwort.

Ich. Die endlich beschreibende Worte für ihre Gefühle gefunden hat.

Mein Herz. Als es begriffen hat, dass es nicht so selbstlos ist, wie es gerne wäre.

Schließlich bin ich die letzte, die das Jugendzentrum verlässt. Hinter mir lösche ich das Licht und weiß nicht, was morgen bringt.

Kapitel 26

Hazel

Am nächsten Morgen fällt der Regen in Fäden vom Himmel. Als ich aus der Tür trete, liegt über der Welt ein Grauschleier. Eine Weile verharre ich vor der Eingangstür, unschlüssig, ob sich der Regen lichten wird. Die Uhr tickt unerbittlich weiter und wenn ich nicht zu spät kommen will, kann ich nicht länger warten. Ich ziehe mir die Kapuze meines Regenponchos über den Kopf, springe die Stufen hinab und umrunde hastig das Haus.

Gestern Abend habe ich mein Fahrrad in dem Gartenschuppen abgestellt, jetzt erscheint mir das eine weise Entscheidung und ich lobe mich innerlich dafür. Bis ich mit meinem linken Schuh in einer Pfütze lande. Ich spüre sofort, wie sich die Nässe durch meinen Schuh frisst und meine Socke vollsaugt, und fluche unterdrückt. Selbst meinem ärgsten Feind würde ich nicht wünschen, den restlichen Tag mit einer nassen Socke zu verbringen. Aber der Blick auf die Uhr bestätigt mir nur das, was ich eh schon weiß: Ich habe keine Zeit, noch einmal umzukehren.

Der Regen lässt auf dem Weg zum Jugendzentrum nicht wirklich nach. Von Weitem kann ich jedoch bereits eine kleine Menschentraube erkennen, die dicht gedrängt unter bunt gemusterten Regenschirmen zusammensteht. Jemand hat einen kleinen Pavillon seitlich vom Jugendzentrum aufgestellt, doch darunter finden nicht alle Platz.

Nachdem ich mein Fahrrad angeschlossen habe, entdecke ich Amara unter den Wartenden. Chance ist auch da, genauso wie Sienna, Josefine und Miles, die hinter ihr stehen. Margot befindet nicht weit entfernt. Sogar Deirdre ist gekommen. Mir entgeht nicht, wer noch fehlt.

»Seid ihr sehr aufgeregt?«, frage ich an die Jugendlichen gewandt.

»Ich weiß doch schon, wie es drinnen aussieht«, entgegnet Sienna. Sie rollt zwar mit den Augen, doch das Grinsen kann sie schlecht verbergen, das sich auf ihre Lippen stiehlt.

Die anderen nicken zustimmend. Ich kann ihnen ansehen, dass sie stolz auf ihre Arbeit sind. Und das können sie auch.

»Also mir ist schlecht«, murmelt Margot und presst die Lippen aufeinander.

»Hast du gestern zu viel gefeiert?«, fragt Chance mit unbewegter Miene, was ihm einen tadelnden Blick einbringt. Dabei ahnt er nicht, wie nah er der Wahrheit wirklich ist.

»Natürlich nicht, ich bin schließlich eine verantwortungsvolle Erwachsene«, sagt Margot, doch mir entgeht die Ironie ihrer Worte nicht. »Mir ist das hier nur etwas zu aufregend. Was ist, wenn sie es nicht mögen werden? Deswegen sind wahrscheinlich nur so wenig Leute da. Die wissen ganz genau, dass es schlecht geworden ist.«

»Auf gar keinen Fall«, halte ich dagegen. Dennoch lasse ich bei ihren Worten meinen Blick wandern. Es sind wirklich weniger, als ich gehofft habe. Schließlich ist Samstag. In den letzten Wochen war ein Zeitungsartikel über die Neueröffnung veröffentlicht worden. Zusätzlich hat Chance mit Miles in der Nachbarschaft Flyer verteilt, auf denen zu einem gemeinsamen Tag eingeladen wurde. »Es liegt sicher am Wetter«, murmle ich, wenn auch etwas entmutigt. Meine linke Socke erinnert mich die ganze Zeit daran, dass es klüger gewesen wäre, nicht das Haus zu verlassen.

Die Stimmung ist jedoch gut. Aufgeregte Gespräche surren um mich herum, ab und zu durchbrochen von aufregten Kindergeschrei. Inzwischen ist die Traube an Menschen um uns herum angewachsen, die sich von dem Wetter nicht beirren lassen.

Und ich fühle mich dankbar, dass alles seinen bestimmten Weg geht. Dass unsere Arbeit der letzten Wochen nicht umsonst gewesen ist. Sie hat einen Sinn, ist von Bedeutung. Nicht nur für uns, sondern auch für die kommenden Generationen. So wie Wyatt es gesagt hat – dieses Haus und die Menschen darin machen einen Unterschied.

Während wir warten, klärt Amara mich hinter vorgehaltener Hand auf, dass Vertreter einiger gemeinnütziger Vereine anwesend sind. Dabei sticht mir ein Mann ins Auge, der mit einer Kamera herum geht und mit den Anwesenden spricht. Nach kurzem Gespräch

macht er Fotos von ihnen. Als er zu uns kommt, zieht
sie die Luft ein.

»Amara«, sagt er zur Begrüßung. »Wie überraschend,
dich hier zu sehen.« Wahrscheinlich bilde ich es mir
ein, doch sein Tonfall kühlt sich mit jedem Wort ab.
»Hast du hier mitgewirkt?«

»Oh, ich bin nur Gast«, winkt Amara ab. Mir entgeht
nicht, dass sie einen Schritt zurückmacht, bis ich zwischen den beiden stehe. Ich versuche ihren Blick einzu-
fangen, um herauszufinden, was hier los ist, doch sie
blickt konsequent zur Seite. »Aber meine Freundin hat
tatkräftig mitgewirkt.«

Augenblicklich fällt sein Blick auf mich. Kurz weiten
sich seine Augen, als hätte er mich erst jetzt bemerkt.
»Verzeihung, ich bin Ian Basnett«, sagt er mit einem
milden Lächeln. Der harte Zug um seine Mundwinkel
entspannt sich ein wenig, sodass ich mich frage, ob ich
ihn mir nur eingebildet habe. »Ich bin Journalist und
schreibe einen Bericht für *The Echo.* Es freut mich, dass
ich nun endlich jemanden treffe, der direkt an dem Projekt geteilt gewesen ist. Hätten Sie Lust, mir ein wenig
von Ihren Aufgaben zu berichten?«

»Natürlich möchte sie das, nicht wahr, Hazel?«, antwortet Amara für mich. Ihre Stimme klingt betont
fröhlich. Was auch immer zwischen den beiden vorgefallen ist, ich scheine nun mitten hineingeraten zu sein.

»Natürlich«, wiederhole ich ungläubig und räuspere
mich. Am liebsten würde ich Amara fragen, was sie sich
dabei denkt, mich so vorzuschieben, doch ich möchte
Ian Basnett keinen Grund geben, negativ über das Projekt zu berichten. »Sie müssen dabei aber berück-sich-
tigen, dass ich nur ein Teil des Teams bin. Ich bin

kurzfristig zum Projekt dazugestoßen. Zu Beginn haben wir das Konzept ausgearbeitet. Das ist eigentlich die wichtigste Phase – zu entscheiden, wie das Ergebnis aussehen soll, und wie man dahin kommt. Wissen Sie, diese prägt den Verlauf des restlichen Projektes, daher können Sie sich sicher vorstellen, wie wichtig das war. Aber man sollte nicht der Illusion erliegen, dass sich gewisse Aspekte nicht auch ändern können, also muss man das mit Vorsicht genießen.« Ich lache ein wenig, als ich daran denke, wie spontan die Sache mit dem Einreißen der Decke war, und berichte von den Schritten, die darauf folgten.

Er stellt weitere Fragen, die ich ihm beantworte. »Sehr faszinierend, was Sie alles geschafft haben. Vor allem, wenn man bedenkt, wie wenig Zeit Sie eigentlich dafür hatten«, sagt er schließlich. Darf ich ein Foto von Ihnen machen? Sie sind Hazel Hughes, richtig?«

Ich nicke, auch wenn ich am liebsten mit den Zähnen knirschen würde. Ich möchte nicht, dass meine Anwesenheit einen Schatten auf dieses Projekt wirft. Dafür ist es zu wichtig. »Gern mit den anderen zusammen, die an dem Projekt mitgearbeitet haben. Hier hat jeder mit angepackt und seinen Beitrag geleistet. Ohne die Hilfe jedes Einzelnen hätten wir nicht so ein großartiges Ergebnis erzielt.«

Ian Basnett nickt. »Darauf komme ich gern zurück.« Er verabschiedet sich, um noch mit den anderen Anwesenden zu sprechen. Sobald er mir den Rücken zugewendet hat, will ich Amara am liebsten auf ihr merkwürdiges Verhalten ansprechen, doch der Ausdruck in ihren Augen hält mich davon ab.

»Es tut mir leid«, sagt sie leise und wirkt dabei seltsam abwesend. Sie blinzelt. Es dauert einen Moment, ehe ihr Blick wieder fokussiert ist.

Es gibt richtige und falsche Momente, um Themen anzusprechen, und ich spüre, dass das weder der richtige Zeitpunkt noch der richtige Ort ist, um meine Fragen loszuwerden. Nicht, wenn das Loch zu tief ist, in das man droht zu fallen, und kein Sicherheitsnetz unter einem ist.

»Du brauchst dich nicht zu entschuldigen«, erwidere ich und versuche mich an einem aufmunternden Lächeln, bei dem es mir nicht gelingt, Amara aus ihrer Starre herauszulösen. Ihr Handy beginnt zu klingeln, sie entschuldigt sich und tritt einen Schritt zur Seite.

Durch die entstandene Lücke entdecke ich Wyatt auf der anderen Straßenseite. Mir fällt erst jetzt auf, dass der Regen etwas nachgelassen hat. Inzwischen nieselt es nur noch. Er hat die Kapuze seiner Jacke tief in die Stirn gezogen, doch ich würde ihn überall wiedererkennen. Seine Silhouette hat sich unverkennbar in mein Gedächtnis gebrannt. Die breiten Schultern, sein leicht federnder Gang. Er blickt über die Schulter, ehe er die Straße kreuzt. Sein Blick findet mich sofort und mein Inneres wird warm und schwer zugleich.

»Wie geht es dir?«, murmle ich ihm bei unserer Umarmung ins Ohr. Meine Wange berührt flüchtig die seine, sein Geruch steigt mir in die Nase und es kostet mich jeden Funken an Selbsterhaltungstrieb, den ich besitze, nicht die Augen zu schließen und mich an ihn zu schmiegen.

»Gut, denke ich.« Seine Umarmung fühlt sich kraftlos an und straft seinen Worten Lügen.

»Bist du für den großen Tag bereit?«, frage ich und versuche mich betont fröhlich zu geben.

»Wird schon irgendwie werden«, erwidert Wyatt leise.

Hinter ihm taucht Brooks auf, der mich mit einem Kopfnicken begrüßt. Er hat seine weiten Pullover gegen ein dunkel gemustertes Paisleyhemd eingetauscht. Seine sonst zusammengebundenen Haare sind gekämmt und gescheitelt.

Amaras Gesicht hellt sich auf, als sie ihn erblickt. Sie setzt zum Sprechen an.

»Kein Wort«, brummt er und sie schluckt die Erwiderung herunter.

Kurze Zeit später wird es hektisch unter den Anwesenden. Die Mitarbeiter der Stadt wuseln um den Pavillon herum, dann schallt Musik aus einer Musikbox. Es werden Flöten mit Sekt und Orangensaft zum Anstoßen herumgereicht.

Oberbürgermeister O'Brien trifft ein und schüttelt allen nacheinander die Hand. »Es ist mir eine Freude, Sie alle heute hier zu sehen«, sagt er, als er mir gegenüber steht. Sein Händedruck ist fest und warm.

»Ganz meinerseits«, erwidere ich. Ein Wagen zieht meine Aufmerksamkeit auf sich, als O'Brien weitergeht. Dieser fährt mit heulendem Motor vor. Carl Baker hat die Fenster heruntergelassen, ein süffisantes Grinsen umspielt seine Lippen, das deutlich zeigt, wie sehr er die Aufmerksamkeit genießt. Bei seinem Anblick kann ich nur die Augen verdrehen.

O'Brien stellt sich die vor Anwesenden und hält eine kurze Rede, in der er auch die beteiligten Personen würdigt. Zum Schluss verkündet er mit feierlicher

Miene: »Ich würde nun alle Verantwortlichen bitten vorzutreten.«

Margot setzt sich als Erste in Bewegung. Die Jugendlichen folgen, dann kommen Amara, Wyatt, Brooks und ich hinzu. Wir positionieren uns vor der Eingangstür des Jugendzentrums, vor der nun ein roter Teppich ausliegt. Ich habe keine Ahnung, wann das passiert ist.

»Ein bisschen mehr zusammenrücken«, ruft Ian Basnett, während er durch den Sucher seiner Kamera blickt. Bürgermeister O'Brien zwängt sich zwischen Wyatt und Margot in die vordere Reihe. Mir entgeht nicht, dass sich Baker am Rande positioniert. Die Kamera löst mehrmals mit Blitz aus, dann zeigt Basnett einen Daumen hoch. Das ist anscheinend das Zeichen, dass die Aufnahmen geglückt sind.

»Wer will die Schere führen?«, fragt O'Brien und blickt erwartungsvoll in die Runde. Automatisch wandert mein Blick zur Tür. Die rote Samtschleife, die davor hängt, ist durch den Regen ganz schwer geworden, und hängt formlos herab.

»Wyatt«, sagt Sienna wie aus der Pistole geschossen. Alle stimmen zu und er fügt sich schicksalsergeben. Nur am Rande bekomme ich mit, dass eine andere Fotografin weiterhin Fotos macht, als O'Brien die übergroße Schere überreicht.

»Die ist wirklich schwer.« Wyatt klingt überrascht, als er diese in den Händen wiegt.

Bürgermeister O'Brien lacht. »Fühlen Sie sich bereit?«

»Nicht wirklich«, murmelt Wyatt, doch er lächelt dabei.

»Na dann«, sagt O'Brien und nickt ihm aufmunternd zu, woraufhin er die Schere ansetzt. Jemand aus der

Menge beginnt einen Countdown herunterzuzählen, in den alle einstimmen. Bei null angekommen schneidet er die Schleife durch, begleitet von einem Blitzlichtgewitter und Applaus. Wyatt lächelt erneut und für einen Moment wirkt er so ausgelassen wie an den Tagen, bevor er von den neuen Rechnungen erfuhr. Der Anblick sticht ein wenig, auch wenn er mich ein wenig beruhigt.

Eine Frau im Hosenanzug kommt mit einem Blumenstrauß auf uns zu, den sie Brooks in die Hände drückt. Er sieht mit der Aufmerksamkeit, die ihm dadurch zuteilwird, sehr unglücklich dabei aus, nimmt ihn jedoch dankend an und schüttelt ihre Hand. Noch mehr Fotos folgen, als weitere Blumensträuße verteilt werden. Ich grinse, auch wenn ich nach ein paar Minuten kein Gefühl mehr in meinen Wangen habe.

»Dürfen wir nun das Innere bestaunen?«, fragt O'Brien. Kurz treffen sich die Blicke von Wyatt und mir, und mein Inneres erfasst eine Aufregung. Für ihn ist der Moment so bedeutend.

»Wyatt sollte vorausgehen«, sage ich, woraufhin alle zustimmen. Sein Protest geht in den aufgeregten Gesprächen unter.

Die Gäste strömen hinein ins Gebäude. Nun, wo der Regen nachgelassen hat, sind deutlich mehr Leute auf der Straße vor dem Jugendzentrum versammelt.

»Großartige Arbeit.« Die Stimme des Bürgermeisters dröhnt durch den Aufenthaltsraum. Im Trubel verliere ich Wyatt für eine Weile aus den Augen. Ich bin überrascht, Tyler unter den Gästen zu entdecken. Wir unterhalten uns kurz und er beglückwünscht mich zu dem gelungenen Ergebnis.

Danach entdecke ich beim weiteren Umherschweifen eine Bilderwand, die mir bisher nicht aufgefallen ist. Es ist eine Collage, die die einzelnen Schritte der Renovierung zeigt. Die Bilder im direkten Vergleich zu sehen, macht mir erst so richtig bewusst, wie viel wir geschafft haben. Ein Foto zeigt Wyatt und mich. Es muss während einem der ersten Treffen aufgenommen worden sein. Sein Gesichtsausdruck ist neutral, beinahe reserviert, und ich wirke verunsichert. Es zeigt treffend, wie unsere Beziehung begonnen hat.

»Es ist so hell und freundlich«, sagt eine Stimme, die mich hochsehen lässt. Und dann sind da ganz viele, die dem zustimmen und sich fasziniert umsehen. Selbst ich bin jedes Mal begeistert davon, wie viel Raum wir geschaffen haben, indem wir die provisorisch eingezogene Decke entfernt haben. Inklusive des Schrecks, ob wir darin Asbest gefunden haben oder nicht.

Ich genieße es für den Anfang, die Rolle der Beobachterin einzunehmen. Sienna scheint es ähnlich zu gehen, sie hat den Lesesessel bereits für sich beansprucht und beobachtet von dort aus die Reaktionen der Leute.

»Was für seltsame Regale.« Ein Jugendlicher steht vor den schwenkbaren Elementen und dreht sie in jede Richtung. »Wo gibt es denn so was?«

»Das ist Marke Eigenbau«, erwidert Sienna und verengt die Augen, als würde sie nur darauf warten, dass der Junge etwas Falsches sagt. »Hazel ist ganz schön krass, was so was angeht.«

Er nickt beeindruckt. »Sie sollte mal darüber nachdenken, so was beruflich zu machen.«

Das entlockt sowohl Sienna als auch mir ein Lächeln. Dabei werde ich auf eine Frau aufmerksam, die neben mich tritt. Sie trägt eine auffällig gemusterte, weite Hose und ein Top im Batiklook.

»Hazel, es freut mich sehr«, sagt sie und reicht mir die Hand. Ihr Händedruck ist fest, aber nicht zu fest. »Ich habe schon viel von dir gehört.«

Verwirrt versuche ich ihr Gesicht einzuordnen. Es kommt mir ein wenig vertraut vor, auch wenn ich der felsenfesten Überzeugung bin, sie noch nie gesehen zu haben.

Sie muss mir meine Verwirrung anmerken, denn sie lacht peinlich berührt auf. »Entschuldige bitte, ich sollte mich vielleicht auch vorstellen. Ich bin Gia Dalton.«

Gia. Die Ähnlichkeit zu Wyatt ist verblüffend. Beide haben die gleich geschwungenen Lippen und das Grübchen in der Wange. »Nur Gutes, hoffe ich«, sage ich, nachdem ich meine Stimme wiedergefunden habe.

»Wyatt würde nie schlecht über jemanden sprechen«, sagt Gia, doch es klingt nicht wie ein Tadel. Eher wie eine Feststellung. »Ich freue mich zumindest sehr, endlich die Freundin meines Bruders kennenzulernen. Es ist eine Premiere, musst du wissen.«

»Oh, das kann ich nur zurückgeben«, sage ich ein wenig überrumpelt.

Zu meiner Überraschung geht sie nicht darauf ein und zuckt nur mit den Schultern. »Von der Sache mit dir konnte er gar nicht aufhören zu sprechen. Dabei erzählt er sonst nicht viel aus seinem Leben, zumindest nicht freiwillig. Er würde sich aber auch nicht aussprechen, wenn es ihm schlecht geht. Und er sieht aktuell aus, als hätte ihn ein verdammter Lastwagen erfasst. Ich verabscheue es normalerweise, hinter seinem

Rücken über ihn sprechen, aber ich bekomme einfach nicht aus ihm heraus, was los ist.«

»Ich kann nicht für Wyatt sprechen, tut mir leid.« Ich bedauere es wirklich, da ich ihr auch am liebsten zustimmen würde. Irgendetwas sagt mir, dass Gia ihm vielleicht helfen könnte, wenn er nur wollte. Auf mich macht sie keinen hilflosen Eindruck, ganz im Gegenteil. Auch wenn es mir schwerfällt, das Bild, das Wyatt von ihr gezeichnet hat, übereinzubringen. Ein weiches Herz ist nun einmal nicht jedem anzusehen.

Gia seufzt. »Er kann es nicht lassen, mich beschützen oder aus Ärger raushalten zu wollen. Dabei bin ich die große Schwester, verdammt.« Sie unterbricht sich, blinzelt verdächtig oft. »Weißt du, es gab einen Moment, in dem Wyatt der Größere von uns wurde. Auf dem Schulweg nach Hause haben Jungs aus der Abschlussklasse angefangen, rumzupöbeln. Wyatt ist eingeschritten, er hat die damals schon überragt. Er musste nicht einmal viel sagen.« Sie schüttelt bei der Erinnerung wehmütig mit dem Kopf.

Ihren Frust kann ich verstehen, ihre Gedanken sind mir nicht fremd. Aber ich verstehe auch Wyatt.

»Er fühlt sich verantwortlich«, fasse ich zusammen.

»Vielleicht ist es auch meine Schuld. Ich neige dazu, ihn um Rat zu fragen. Er hat immer eine Lösung parat.« Gia seufzt und blickt mich an. »Es ist schön, dich kennenzulernen, Hazel. Hoffentlich sehen wir uns bald wieder.« Mit diesen Worten verabschiedet sie sich von mir, um ihren Bruder zu suchen.

Es ist spät, als die letzten Gäste schließlich gehen. Mein Inneres besteht aus einer wohligen Mischung aus Erschöpfung und Zufriedenheit. Ich bin so richtig müde und damit schweigen seit Langem mal wieder auch die Zweifel.

»Es haben sich unglaublich viele zur nächsten offenen Stunde angemeldet«, sagt Amara. Genau wie Margot und ich ist sie auf der Couch zusammengesunken und hat sich seit einigen Minuten nicht mehr bewegt. »Ich bin wirklich begeistert und gerührt.«

»Was?« Wyatt hat sich in dem Sessel fallen lassen, den Sienna den ganzen Tag belagert hat, und macht sich nicht die Mühe, die Augen zu öffnen.

»Es haben sich ...«

»Nein, ich meine: Wie haben sie sich angemeldet?«, führt er weiter aus, nachdem Amara von Neuem zu einer Erklärung ansetzt.

»Na ja«, sagt sie gedehnt. »Ich habe einen Flyer gestaltet, für den Fall, dass jemand wiederkommen möchte. Mit Informationen, Öffnungszeiten, und so weiter. Wie man das halt so tut. War doch eine gute Idee, oder nicht?«

»Ich bin voller Ehrfurcht«, sagt Margot, sie grinst müde und erhebt sich schließlich von der Couch. »Das ist der Hammer. Ich werde mich morgen darüber ausgiebig freuen, aber aktuell ruft meine Badewanne zu laut nach mir. Seht es mir nach.«

»Wenn ich ehrlich bin, klingt das nach einer guten Idee.« Amara streckt sich ächzend, ehe sie sich erhebt und nach ihrer Tasche greift. »Es ist noch etwas Schnaps von gestern übrig, aber ich kann nicht mehr. Mein Bett ruft ziemlich laut nach mir. Aber bedient euch, wenn ihr wollt.«

»Wenn ich klug bin, mache ich mich jetzt auch auf den Weg«, murmle ich und suche nach dem letzten Rest

Motivation, um mich aufzuraffen. »Denn, wenn ich jetzt nicht gehe, werde ich hier einschlafen. Und das will keiner, da bin ich mir sicher.«

»Dann los, aufstehen!«, sagt Amara und lacht. Von ihrem verletzlichen Moment in Anwesenheit von Ian Basnett ist nichts mehr zu spüren und ich frage mich, ob er auch mit ihrer Traurigkeit nach dem Abend in der Bar zu tun hat. Sie danach zu fragen erscheint mir jedoch falsch – und ich hoffe, sie wird irgendwann mir soweit vertrauen, dass sie mir davon erzählt. Amara winkt in die Runde, dann ist sie mit Margot zur Tür raus.

Zurück bleiben nur Wyatt und ich. Ich wende mich ihm zu und stelle fest, dass sein Blick auf mir liegt. Dunkel, unergründbar. Es wäre ein leichtes mir vorzustellen, darin seine Gefühle für mich herauszulesen. Doch ich bin zwar verwirrt, was uns betrifft, aber nicht völlig desillusioniert. Ich habe so viele Fragen und weiß, dass er mir keine davon beantworten wird, wenn ich sie nicht ausspreche.

Wir sehen uns so lange an, bis das Licht erlischt. Eine der klugen Entscheidungen, das Licht mit Bewegungsmeldern zu steuern, da sowohl Margot als auch die Jugendlichen notorisch oft vergessen, das Licht hinter sich auszumachen. Einzig das Mondlicht fällt durch die Deckenfenster. Ein blassblauer Lichtsprenkel erhellt Wyatts Gesicht, als hätte sich dieser verirrt.

Im Schutze der Dunkelheit ist es einfacher, bestimmte Fragen zu stellen.

Eigentlich.

Deshalb entscheide ich mich für eine simple Frage.

»Begleitest du mich nach draußen?« Nun, wo ich so gut wie nichts sehen kann, sind meine anderen Sinne geschärft. Ich kann hören, wie sich Wyatt aufrichtet. Sein Gesicht verschwindet aus dem Lichtfleck und dann ist da nur noch Schwärze. »Ist das ein –«

»Ja.« Wyatts Stimme ist plötzlich so nah, dass ich zusammenzucke. Vorsichtig hebe ich meine Hand, meine Finger streifen sein T-Shirt. Mir entgeht nicht, dass ihm bei der Berührung ein zittriger Atemzug entweicht. Schnell ziehe ich sie zurück, doch seine Wärme bleibt. Sie klebt an meinen Fingerspitzen, und ich bilde mir ein, dass sie sich über meinen Arm auf meinen gesamten Körper ausbreitet.

»Was ist mit dem Licht los?«, frage ich, um von meiner Nervosität abzulenken. Meine Stimme hüpft verräterisch.

Wyatt lacht leise. Das Geräusch löst bei mir eine Gänsehaut aus. Mir ist nicht bewusst gewesen, wie sehr ich es vermisst habe. »Ich habe absolut keinen Schimmer.«

»Vielleicht ist der Sensor nicht richtig eingestellt«, mutmaße ich.

»Möglich.«

»Ich kann Brooks –«

»Wir kümmern uns morgen darum«, fällt mir Wyatt sanft ins Wort.

»In Ordnung.« Meine Augen benötigen eine ganze Weile, um sich an die Dunkelheit zu gewöhnen. Nur langsam kann ich Wyatts Umriss in der Dunkelheit ausmachen. Seine breiten Schultern setzen sich gegen das Mondlicht ab.

»Vielleicht hast du recht gehabt«, murmelt er. Seine Worte klingen rau, ein wenig erschöpft, und sehr echt.

Die Mauern, hinter der sich seine Müdigkeit und Hilflosigkeit verstecken, sind eingebrochen. Oder ich bin in der Dunkelheit an ihnen vorbeigeschlüpft.

Gerade weiß ich nicht, wo ich stehe.

»Womit?«

»Bei vielen Dingen.«

»Ich sollte vielleicht eine Hotline einrichten. *Hazels fabulöse Tipps.*« Innerlich verfluche ich, dass meine Worte atemlos klingen und nicht so selbstsicher, wie ich mich gern fühlen würde.

»Ich würde anrufen.« Ich kann das Lächeln aus seiner Stimme heraushören. »Aber du hattest vor allem damit recht, dass ich das nicht alleine machen muss. Das mit den Schulden. Ich ... ich habe auch keine Kraft mehr, um das allein durchzustehen. Das merke ich jetzt, nachdem ich so nah dran war, endlich alles abzubezahlen.«

»Das musst du nicht. Ich bin für dich da, wenn du das möchtest.«

Eine Berührung an meiner Schulter lässt mich zusammenzucken. Es liegt mehr daran, dass ich sie nicht kommen sehen habe. Vor Wyatt würde ich nie zurückschrecken. Niemals.

»Sorry«, stößt er leise aus. »Ich wollte dich nicht erschrecken ... darf ich?«

Erst nicke ich, bis mir siedend heiß einfällt, dass er es nicht sehen kann. »Ja«, bringe ich heiser hervor.

Seine Fingerspitzen tasten sanft über meine Schultern, hinauf zu meiner Halsbeuge. Mit einer sanften Bewegung streicht er mit dem Daumen über meine Wangen. Plötzlich fällt mir das Atmen schwer. Jede meiner Nervenfasern steht in Flammen, versenkt mich. Wyatt lehnt seine Stirn gegen meine, seine Nase streift dabei meine Augenbraue. Sein Geruch ist allgegenwärtig. So vertraut. So nah.

»Hazel, ich habe den Fehler gemacht, dich von mir wegzustoßen.« Seine Worte sind wie federleichte Berührungen gegen meine Haut.

Ich schlucke. »Ich war nie fort.«

Für einen kurzen Moment verfestigt sich sein Griff, ohne unangenehm zu werden. »Wieso bist du so verständnisvoll?«, flüstert er.

Meine Hände finden seine. »Weil ich verstehe, was es bedeutet, sich so zu fühlen.«

Der Rückweg besteht aus vielen flüchtigen Berührungen. Keiner von uns hat es ausgesprochen, wir folgen einer stillen Übereinkunft, dass wir gemeinsam zu mir gehen. Es ist fast, als würde Wyatt nicht glauben können, dass ich geblieben bin, obwohl er mich von sich wegstoßen wollte. Nachdem ich mein Fahrrad in den Schuppen geschoben habe, öffne ich die Haustür. Wyatt folgt mir und kaum, dass die Tür ins Schloss fällt, umfasst er mein Gesicht und küsst mich. Da ist so viel Gefühl in mir, in ihm, ich kann sie nicht auseinanderhalten. Sein Kuss ist fordernd, aber auch flehend, und ich kann ihm nichts absprechen.

Mein Mund öffnet sich automatisch zu einem Seufzer. Wyatt drängt mich mit sanfter Bestimmtheit gegen die Garderobe, bis wir von den Jacken eingehüllt sind, die über unseren Köpfen an der Wand hängen.

»Wyatt ...«

Er weicht von mir zurück. »Möchtest du das überhaupt?«

»Bei dir ist es immer ein Ja«, erwidere ich leise. »Aber ich wollte dich fragen, ob wir das hier oben fortsetzen wollen.« Was *das hier* ist, müssen wir noch ausdefinieren. Sein Atem streicht über meine Halsbeuge und ich bekomme eine Gänsehaut am ganzen Körper. Seine Wirkung auf mich hat die Zeit über nicht nachgelassen. Im Gegenteil, ich bin ihm ganz und gar verfallen, jetzt mehr noch als vorher.

»Von mir aus können wir das auch hier fortführen. Ich brauche nur dich.«

Mir entfährt ein atemloses Lachen. »Flirtest du mit mir, Wyatt Dalton?«

»Und, wenn dem so wäre?« Seine Lippen streifen meine Ohrmuschel und ich kann mich auf nichts anderes konzentrieren als die Wärme, die von ihnen ausgeht. Vielleicht ist das auch seine Absicht.

»Ich habe keine Einwände, es ist nur ...« Ich führe den Satz nicht zu Ende, aber das muss ich auch nicht. Wyatt versteht auch so, greift nach meiner Hand und zieht mich die Treppenstufen hinauf ins Obergeschoss. Auf der letzten Stufe hält er inne, bevor er mich in einer fließenden Bewegung gegen die Wand drängt. Er küsst mich erneut. Es gibt keinen Zentimeter, auf dem ich ihn nicht spüre. Seinen Oberkörper an meinen Brüsten und meinem Bauch. Seine Hände, die meinen Rücken hinabwandern, bis sie auf meinem Hintern liegen bleiben.

Meine Instinkte übernehmen. Ich presse meine Hüfte gegen seine, kann seine Erregung deutlich durch den Stoff hindurch spüren. Ein kehliger Laut entfährt ihm, der ein schmerzhaftes Ziehen in meinem Schoß auslöst. Seine Finger graben sich in meinen Oberschenkel, als er mich noch einmal fest an sich drückt. Ich kann nicht fassen, wie viele Schichten Stoff uns noch davon trennen, uns gegenseitig zu spüren. Meine Finger verhaken sich in dem Kragen seines T-Shirts, als seine meinen Hosenbund streifen. Mir entfährt ein Atemzug, als Wyatt den Knopf und Reißverschluss meiner Hose öffnet. Seine Finger streifen meine Scham, und dann lösen sich meine Gedanken auf. Er findet auf Anhieb die richtige Stelle. Seine Finger gleiten vor und zurück, und der Druck baut sich unaufhörlich auf. Meine Gedanken ergeben keinen Sinn. Ich will nicht, dass er aufhört, und gleichzeitig will ich, dass er aufhört. Meine Beine beginnen zu zittern, und sinke an der Wand zu Boden. Ich vergesse meinen Namen, mir liegt nur seiner auf der Zunge, als er wieder mich küsst. Er hört nicht auf, mich zu streicheln, auch nicht, als ich stöhne und ihn anflehe, aufzuhören.

»Lass dich fallen«, flüstert er. Vielleicht habe ich nur seine Erlaubnis gebracht, sie ist es zumindest, die mich meine Beherrschung verlieren lässt. In meiner Mitte baut sich ein unerträglicher Druck auf, bis sich alles in mir zusammenzieht.

Wir schaffen es noch ins Bett und lassen uns Zeit beim Ausziehen. Als er mir die Hose über die Beine zieht, weichen auch meine Socken. Meine Ferse streift seinen Arm.

»Ist dir kalt?«, fragt Wyatt besorgt und zieht die Decke fürsorglich über unsere Körper.

Bei der Erinnerung daran, wie der Tag begonnen hat, und wie viel sich in den wenigen Stunden geändert hat, muss ich lächeln. »Nein, nicht mehr«, wispere ich, während ich mich auf seinen Schoß herabsenke. Mir entfährt ein Seufzen, als ich ihn in mir spüre. Vielleicht reicht ihm das als Antwort, vielleicht vergisst er auch, was er noch sagen wollte. Er öffnet den Mund, doch sobald ich mich zu bewegen beginne, kommt nur noch ein Stöhnen über seine Lippen.

Kapitel 27

Hazel

Die Schlaflosigkeit klammert sich fest an mich. Obwohl zwischen Wyatt und mir nun wieder alles gut ist, liege ich wach. Durch das geschlossene Fenster dringt gedämpftes Vogelgezwitscher. Neben mir höre ich Wyatt leise atmen. Die Decke raschelt, als er sich im Schlaf ein wenig bewegt. Und trotzdem würde ich diesen Moment gerne anhalten. Diesen Morgenstunden hängt eine friedliche Ruhe nach, in der die Sorgen von gestern lange vergessen und die Probleme von heute noch zu weit weg sind.

Vorsichtig, um Wyatt nicht zu wecken, drehe ich mich zur Seite und deaktiviere den Wecker. Dann schlage ich die Decke zur Seite, um aufzustehen.

Ein starker Arm um meine Mitte hält mich zurück.

»Wo willst du hin?«, flüstert Wyatt. Seine Stimme ist vom Schlaf belegt und bringt meine Entschlossenheit ins Wanken.

»Ich muss mich fertig machen. Heute Morgen ist der Notartermin«, flüstere ich und wende mich ihm zu. Das Licht fällt hinter ihm gefächert durch das Fenster. Im

Sonnenlicht haben seine Locken einen goldenen Glanz. »Schlaf noch etwas.«

»Kannst du nicht hierbleiben?«

Die Frage entlockt mir ein Lächeln. Es ist das erste Mal, das Wyatt seine Gedanken klar formuliert, in der Bedauern mitschwingt. Ich habe keine Ahnung, woher er diese übermenschliche Kraft nimmt, über seine Bedürfnisse hinwegzusehen und mich in dieser Sache zu unterstützen, auch wenn es bedeutet, dass ich damit nicht nur das Haus, sondern auch unweigerlich Cork und ihn verlasse. Wenn auch nur räumlich. Nie im Herzen. »Für einen Rückzieher ist es wohl nun zu spät.«

Wyatt lächelt, und es ist gleichzeitig traurig und schön zugleich. Auf seiner Wange zeichnet sich ein Kissenabdruck ab, den ich mit meinen Fingerspitzen nachfahre. »Wahrscheinlich hast du recht.«

»Heute ist nicht unser letzter Tag«, erinnere ich ihn und mich. Noch gebe ich die Schlüssel zu meinem Haus nicht ab. Es ist ein kleiner Aufschub. Ich habe sechs weitere Wochen, in denen ich meine Angelegenheiten klären muss. Zu Beginn kam mir der Zeitraum bis zum heutigen Datum lang vor. Viel zu lang, doch inzwischen haben sich meine Gefühle in das Gegenteil gewandelt. Was würde ich dafür geben, noch etwas mehr Zeit zu haben. Mit Wyatt. Mit meinen Freunden. Mit der Stadt, die mir die Freude am Leben zurückgab, die ich so vermisst habe.

»Ich weiß auch nicht, wieso sich das heute so endgültig anfühlt.« Er blinzelt träge, doch ich kann spüren, wie die Unbeschwertheit des beginnenden Tages langsam verblasst. »Vielleicht, weil ich das Gefühl habe, die letzten Wochen mit dir verpasst zu haben.«

»Zerbrich dir deswegen bitte nicht den Kopf«, wispere ich und küsse seine Schläfe. Ich liebe das schläfrige Lächeln, das sich daraufhin auf seine Lippen stiehlt.

»Du warst währenddessen immer in meinen Gedanken. Auch wenn ich nicht über meinen Schatten springen konnte, um auf dich zuzugehen«, gibt er zu.

Es dauert nicht lange, bis mich doch die Sorgen von heute einholen. Mein Magen rumort, mein Frühstück bekomme ich daher nur mit Mühe herunter. Die Uhrzeit, die mir von meinem Handydisplay entgegenblickt, ist ein unerbittlicher Countdown.

»Darf ich mitkommen?« Wyatt lehnt im Türrahmen zur Küche. Seine Locken sind noch feucht von der Dusche und fallen ihm in die Stirn. »Ich könnte dich fahren.«

Überrascht sehe ich von meinen Schuhen zu ihm auf. »Wenn du das möchtest, gern.«

»Ich würde dich überall hin begleiten«, erklärt er sanft. In meiner Brust breitet sich ein wohlig warmes Gefühl aus, allen voran Dankbarkeit, dass Wyatt so voller Hingabe und Selbstlosigkeit ist.

Die Fahrt zum Büro der Kanzlei verläuft schweigsam. Im Radio sprechen sie über die lokalen Nachrichten, dann, welche Songs sich in den letzten Wochen auf der Spitze der Charts gehalten haben.

»Wir steigen jetzt mit Platz vier der Single Charts ein. Ein überraschender Wiedereinsteiger in dieser Woche«, kündigt der Radiomoderator an, bevor *Bad idea right?* von Olivia Rodrigo zu spielen beginnt.

Wyatt parkt das Auto unweit von der Kanzlei und wendet sich mir zu. »Bereit?«

»So gut es geht, ja.« Ich atme tief ein und sehe durch das Fenster die Fassade hinauf. »Weißt du, es ist irgendwie seltsam. Unwirklich. Das ist der Grund, weshalb ich überhaupt nach Cork gekommen bin. Alles zielte auf diesen einen Moment ab. Und nun ist es so weit. In einer halben Stunde ist die Sache durch. Meine Aufgabe erledigt.«

»Die Zeit macht komische Dinge«, sagt Wyatt leise.

Da kann ich ihm nur zustimmen. »Und du?«

Er blinzelt überrascht. »Ich?«

»Bist du bereit?«

»Ich klammere mich an die Vorstellung, dass du auch ohne Haus einen Grund haben wirst, nach Cork zurückzukehren.« *Zu mir zurückzukehren.* Die Worte spricht er nicht aus, doch sie klingen nach, wie ein stummes Echo, das von Armaturen im Wageninneren widerhallt.

»Immer«, verspreche ich ihm.

Auf dem Bürgersteig legt Wyatt den Arm um meine Schulter. Sofort fühle ich mich geborgen und seltsam getröstet. Sein Geruch umfängt mich, so vertraut, dass ich automatisch an *Zuhause* denken muss. Weil Zuhause nicht an einen Ort gebunden sein muss, sondern auch eine Person.

Und Wyatt ist meine Person.

Er stößt die Tür zum Treppenhaus auf, damit ich hindurchgehen kann. Sobald ich mich von ihm löse, um vorzugehen, spüre ich die Abwesenheit seiner Körperwärme. Wie eine Leerstelle, die nicht da sein sollte.

Dreizehn Stufen später stehe ich im Vorzimmer der Kanzlei, die die Kaufverträge geprüft und aufgesetzt hat. Am Empfang schickt man mich direkt weiter, während Wyatt zurückbleibt. Das Büro der Notarin, das ich betrete, ist opulent eingerichtet. Ein extravaganter Beistelltisch steht neben der Tür, auf der eine Tischlampe mit Marmorfuß steht. Schwere Aktenschränke säumen die Wand zu meiner Linken. Auf den einzelnen Fächern sind Etiketten angebracht worden, in denen in fein säuberlicher Schrift der jeweilige Verwendungszweck notiert worden ist.

Die Notarin Mrs Donne sieht von ihrem Laptop hoch, als wir eintreten. »Ms Hughes, willkommen«, sagt sie, setzt ihre Brille ab, und umrundet den Schreibtisch, um mich zu begrüßen.

Es folgt formelles Händeschütteln. Schließlich weist sie mich an, auf dem Stuhl vor ihrem Schreibtisch Platz zu nehmen. Nach einem kurzen Small Talk setzt sie sich ihre Brille wieder auf und zieht eine dünne Mappe aus der Dokumentenablage.

»Während wir auf die andere Partei warten, können wir bereits Ihre Formalitäten überprüfen«, sagt sie in ihrer trockenen Art und schlägt die Akte auf. Meine Akte. Nachdem ich meine Personalien und weitere Eckdaten bestätigt habe, blickt Mrs Donne zur Uhr und wieder zurück zu mir. In der Zwischenzeit sind seit meiner Ankunft mehr als zehn Minuten vergangen.

»Der Käufer steht vielleicht nur im Stau«, merkt Mrs Donne an und ich denke an die ruhige Fahrt hierher.

»Möglich«, entgegne ich, während mein Bauch einen nervösen Salto macht.

Schließlich höre ich eine Tür aufgehen. Die Stimme des Empfangsmitarbeiters dringt durch die angelehnte Tür zu uns hindurch, gefolgt von dem dunklen Timbre einer weiteren Männerstimme. Augenblicklich beschleunigt sich mein Herzschlag bei dem Gedanken, den Verkauf abzuschließen und dieses erdrückende Büro verlassen zu können. Das Gespräch setzte sich eine Weile fort, dann klappt wieder eine Tür.

Stille tritt ein.

Mrs Donne runzelt die Stirn und drückt auf eine Taste auf ihrem Telefon.

»Graham, was ist mit Mr Shay?«

»Bisher war er noch nicht da«, ertönt etwas verzerrt die bedauernde Stimme durch die Freisprechanlage. »Sobald er ankommt, schicke ich ihn durch.«

Mrs Donne seufzt. »Danke, Graham.« Und an mich gewandt: »Wie war Ihre Anfahrt hierher?«

»Ruhig«, antworte ich.

Sie nickt nur. Der Zeiger der Uhr tickt unaufhörlich vorwärts. Als er auf halb rutscht, seufzt Mrs Donne erneut und richtet sich etwas auf. »Wenn sich Mr Shay meldet, vereinbaren Sie bei Graham einen erneuten Termin. Wir finden da sicher eine kurzfristige Lösung, ja?« Ihr Ton nimmt beinahe einen mütterlichen Unterton an. Ich verstehe nicht ganz, was gerade passiert ist, doch ich nicke trotzdem. Grahams Blick ist eine Mischung aus Neugier und Mitgefühl, den ich noch an mir kleben fühle, als ich zusammen mit Wyatt hinaus auf die Straße trete.

»Ich kann nicht fassen, dass der Verkauf geplatzt ist«, murmle ich und fasse mir an die Stirn. »Er war der einzige Interessent.« Bei dieser Erkenntnis bricht ein Lachen aus mir heraus.

»Du wirst jemand Neues finden. Er kann nicht der einzige sein, dem das Haus gefällt. Du brauchst nur

Zeit«, sagt Wyatt. Ihm ist anzusehen, dass ihn meine Reaktion verwirrt, und ich kann es ihm nicht verübeln.

Aber will ich das? Mehr Zeit? Noch mehr Besichtigungen, noch mehr Fragen, noch mehr Fremde?

In meinem Haus?

Denn das ist es geworden.

Und zu meiner Schande muss ich eingestehen, dass das einzige Gefühl in mir so was wie Erleichterung ist. Denn ich will das nicht noch einmal durchspielen. Aus ganz selbstsüchtigen Gründen.

»Drauf geschissen«, sage ich schließlich und wische mir die Tränen aus den Augenwinkeln. Ich habe schon lange nicht mehr so heftig gelacht.

»Worauf?«

»Lass uns nach Hause fahren. Ich glaube, ich habe noch einen letzten Schluck von Noras Selbstgebrautem im Kühlschrank.«

»Ich glaube, ich kann dir nicht ganz folgen«, sagt Wyatt schließlich, als wir wieder im Wagen sitzen und er sich in den Verkehr einfädelt.

»Ich meine es so, wie ich es gesagt habe.« Das auszusprechen fühlt sich befreiend an. Richtig. Wie das einzig Sinnvolle. Rückblickend frage ich mich, wieso ich das nicht schon von Anfang erkannt habe.

Dieses Haus gehört zu mir und ich gehöre nach Cork.

»Ich werde das Haus nicht verkaufen.«

»Du wirst was nicht?« Wyatt wirft mir einen entgeisterten Blick zu, bevor er sich wieder auf die Straße konzentriert. »Sag mir bitte, dass ich mich verhört habe.«

»Willst du dich verhört haben?«

Er stöhnt leise und fährt sich mit der rechten Hand durch das Haar. »Das ist wirklich kein Gespräch für eine Autofahrt.«

»Wieso nicht?«, necke ich ihn.

»Weil ich mich konzentrieren muss, keinen Unfall zu bauen, wenn ich dich am liebsten besinnungslos küssen würde.«

Das verschlägt mir die Sprache.

Meine Starre hält an, bis Wyatt das Auto vor dem Grundstück parkt. *Meinem* Grundstück. Ich werde nicht müde, das in Gedanken extra zu betonen.

»Wirst du mich jetzt küssen?«, ziehe ich ihn auf und drehe mich ihm erwartungsvoll zu.

»Hazel ...«, beginnt Wyatt, zieht den Schlüssel ab und dreht sich zu mir. Es ist beinahe die gleiche Situation wie vor Kanzlei. Und wieder auch nicht. »Bist du dir sicher?«

»Dass du mich küssen sollst? Todsicher«, versichere ich ihm.

Sein Blick liegt lange und ernst auf mir. »Mit dem Haus, meine ich.«

»In diesem Moment, ja.«

»Und morgen?«

»Morgen immer noch ja.«

»Und übermorgen?«

»Gehen wir das jetzt für die nächsten Wochen durch?«, frage ich leichtherzig.

»Du wolltest das unbedingt«, erinnert er mich.

»Das ist richtig ... nur bis ich das nicht mehr wollte.«

»Wann hast du dich umentschieden?«

»Ich wusste, dass ich bleiben will, als du mir erzählt hast, was Clancy getan hat. Weil ich für dich da sein wollte. Und das könnte ich nicht, wenn du hier bist und ich in London.«

»Hazel ...«, beginnt Wyatt erneut und unterbricht sich. Für einen Moment sieht er mich nur an. Sein Blick liegt schwer auf mir. Darin spiegelt sich seine Erschöpfung, aber stärker leuchtet darin so etwas wie Hoffnung.

»Ich liebe an dir, dass du für jeden da bist, der dich um Hilfe bittet. Du zögerst nicht, du stellst keine Fragen. Du bist da, verlässlich, unerschütterlich. Aber du brauchst auch jemanden, der für dich da ist. Du musst mit allem nicht allein sein. Und diese Person möchte ich sein, Wyatt.«

Sein Blick verschwimmt.

In meinem Hals hat sich ein Kloß gebildet, der mir das Atmen erschwert. Dieser Moment ist so roh, so verletzlich, dass mir die Worte fehlen.

Schließlich nickt er langsam.

Weil Worte manchmal nicht ausreichen, um auszudrücken, was in einem vorgeht. Weil Worte manchmal nicht nötig sind, um auszudrücken, was in einem vorgeht.

***

Mit Wyatts Erlaubnis rufe ich am Nachmittag Maisie an. Ich lehne mein Handy gegen eine Vase auf dem Couchtisch, sodass wir beide im Bild sind. Sie kann ihren Schock, ihn neben mir zu sehen, gut verstecken. Nachdem ich ihn ihr vorgestellt habe, übernimmt Wyatt das Gespräch. Maisie hört ihm aufmerksam zu, als er seine Lage schildert.

»Ich kenne mich mit irischem Recht leider nicht gut aus«, sagt sie schließlich. »Aber ein ehemaliger Kommilitone von mir arbeitet aktuell in einer Kanzlei in Dublin. Wenn das okay ist, würde ich ihn kontaktieren. Jake wird euch sicher weiterhelfen können.«

Wenig später leitet sie eine Kopie seiner Antwort an mich weiter, in der steht, unter welcher E-Mail-Adresse ich ihn erreichen kann.

Während Wyatt eine E-Mail aufsetzt, um sie an ihren Kommilitonen zu schicken, folgt eine weitere Nachricht.

Können wir bitte darüber sprechen, wie ihr euch anseht??? – Maisie

Gefolgt von einem Screenshot, den Maisie während des Videocalls gemacht hat. Ihr Gesicht schwebt in dem kleinen Kästchen in der rechten Ecke, die Miene zum Teil amüsiert, zum Teil verblüfft. Sie hat einen Moment eingefangen, in dem wir uns gegenseitig anschauen, und Maisie muss nichts weiter erklären. Ich verstehe auch so.

Mit einem warmen Gefühl im Bauch sehe ich auf, zum gleichen Zeitpunkt, in dem Wyatt die E-Mail verschickt.

»Möchtest du eigentlich auch Gia davon erzählen?«, frage ich leise.

Mit einem leisen Klicken schließt er den Laptop und lehnt sich auf dem Sofa zurück. »Eigentlich nicht. Überwiegend, weil ich ein schlechtes Gewissen habe, es ihr es so lange verschwiegen zu haben. Aber ich sollte sie darauf vorbereiten, was kommt. Ich denke, ich kann mich auf einen Anschiss gefasst machen, der sich gewaschen hat.«

Das lässt mich lächeln, auch wenn nichts an dieser Situation witzig ist. »Du wirst es überleben, und wenn die Wut vorübergezogen ist, wirst du in ihr ganz sicher eine hervorragende Unterstützerin finden.«

Wyatt hinterlässt einen Kuss auf meiner Schläfe, ehe er aufsteht, um mit Gia zu telefonieren. Währenddessen wende ich mein Handy in den Händen, bis ich eine Nachricht an Maisie schicke.

Wie geht es Julie? – Hazel

Ich warte unruhig auf Maisies Antwort. Sie schreibt, pausiert, schreibt weiter.

Ihr habt bisher nicht wieder miteinander gesprochen, oder? – Maisie

Nicht wirklich. Wir tauschen Belanglosigkeiten per Nachrichten aus, doch nichts konzentriert sich auf die Frage, wie es mit uns weitergehen wird.

Sie macht sich Vorwürfe – Maisie

Damit ist sie nicht die Einzige, denke ich. Nicht nur Wyatt muss sich seinen Ängsten stellen. Das Gespräch mit Gia, das nur halb so laut ausfällt, wie ich erwartet habe, erinnert mich daran, dass auch bei mir ein Gespräch längst überfällig ist. Nachdem ich mich ins Schlafzimmer zurückgezogen habe, höre ich Wyatt im Erdgeschoss umhergehen. Wasser rauscht in den

Leitungen, als er in der Küche den Teekessel füllt und aufsetzt. Die Dielen knarzen bei jedem seiner Schritte, doch ich versuche mich davon nicht ablenken zu lassen, als ich das Adressbuch auf meinem Handy öffne und einen Kontakt anwähle.

Das Freizeichen ertönt.

»Hughes?«, fragt eine weibliche Stimme. Als hätte sie mich nicht bei ihren Kontakten abgespeichert.

»Mom«, sage ich und drücke auf das Lautsprechersymbol, bevor ich das Handy vor mir auf die Bettdecke lege. »Ich bin's.«

Es raschelt auf der anderen Leitung und ich stelle mir vor, dass sie das Handy von der linken in die rechte Hand verlagert, weil sie auf der Seite besser hören kann. »Weshalb rufst du an?«

»Schön, dass du fragst. Mir geht's auch gut«, murmle ich, ehe ich einmal tief Luft hole. Ihr Verhalten verletzt mich schon lange nicht mehr, nicht, seitdem ich mich damit abgefunden habe, dass es ihrem Wesen entspricht. »Ich muss dir etwas erzählen.«

»Ach ja?«

»Ja.« Ich fasse mich kurz, als ich ihr von dem Erbe berichte. Die Stille auf der anderen Seite der Leitung ist mir vertraut. Plötzlich fühle ich mich zurückversetzt zu den Zeiten, als ich ein Kind und Schweigen die Reaktion auf etwas war, das ich falsch gemacht hatte.

Ganz zu Beginn meiner Therapiesitzungen hatte ich erzählt, wie wenig ich Stille ertragen kann. Ganz automatisch muss ich daran denken, was mein Therapeut daraufhin gesagt hat. *Was denken Sie, woher dieser Gedanke kommt?*

Das.

Das ist der Ursprung.

»Ich bin übrigens gerade hier. In Cork, meine ich. Ich habe Deirdre kennengelernt und sie hat mir erzählt, was damals vorgefallen ist«, schiebe ich leise hinterher. Alles in mir sträubt sich dagegen, das Thema anzuschneiden, doch ich zwinge mich weiterzusprechen. Es könnte ihr vielleicht wichtig sein. »Das tut mir wirklich leid, Mom. Ich habe das alles nicht gewusst. Deirdre sagte auch, dass Eleonore erst später erfahren hat, dass nicht du sie beklaut hast. Sie hat wohl ihren Freund direkt nach deinem Auszug aus dem Haus geworfen.«

»Das herumzuerzählen hat wohl ihr Gewissen beruhigt«, erwidert sie bissig.

Aus Erfahrung weiß ich, dass ich sie nicht umstimmen kann, dennoch versuche ich es. »Vielleicht hilft es dir, selbst mit Deirdre zu sprechen. Dann könntest du vielleicht Frieden damit –«

»Das kannst du vergessen«, fällt sie mir ins Wort. Frustriert reibe ich mir über die Stirn. Dieses Gespräch ist so schwer, und ihr Verhalten macht es nicht besser. Die Vergangenheit hat sie nie losgelassen, oder sie nicht die Vergangenheit. Was für sie bedeutete, immer im Schatten des Vergangenen zu leben, was sie verbittert gemacht hat. Daran habe ich nichts ändern können, so sehr ich es versucht habe. Der Vertrauensbruch von Eleonore führte anscheinend dazu, dass sie dazu überging, anderen genauso zu misstrauen. Und wenn Vertrauen fehlt, fehlt eine solide Basis für eine Beziehung. Was auch der Grund war, weshalb die Ehe meiner Eltern früh zerbrochen ist. Neuanfänge nahm Mom schon immer wörtlich. Sie packte in Dublin alles zusammen und zog mit mir nach London. Dort habe ich begonnen, Wurzeln zu schlagen, und loszulassen, war ich nicht im Stande. Dort bin ich kleben geblieben, nachdem sie nach einigen Jahren nach Glasgow gezogen ist. Im Gegensatz zu mir war sie rastlos geblieben. Immer auf der Suche, immer unterwegs. Während ich zu Hause auf sie wartete. Doch ich konnte nicht ewig in dieser Starre verharren.

Damals fiel es mir schwer, einiges in den richtigen Kontext einzuordnen. Auch die Frage: *Würden Sie einschätzen, dass er einen großen Teil Ihres Denkens und Handelns beeinflusst?* Mein erster Impuls war sie zu verneinen, da ich mir nicht eingestehen wollte, wie sehr ich davon getrieben wurde. Aber die meisten Erfahrungen prägen einen so nachhaltig, dass es schwierig ist, diese von dem Rest des eigenen Seins zu separieren. Und sie hat ihre Erfahrungen gesammelt, ihre eigene Wahrheit, von der sie nun nach all den Jahrzehnten nicht mehr abweichen kann oder will.

Meine Mutter ist schon immer hervorragend darin gewesen, mehr Fragen aufzuwerfen, als zu beantworten. Deswegen bleibt sie mir eine Erklärung schuldig, weshalb sie meinen Vorschlag nicht in Betracht ziehen möchte.

Somit habe ich das Gefühl, keinen Schritt weiter gekommen zu sein, als ich schließlich auflege.

Kapitel 28

Hazel

Maisies Kommilitone Jake kann uns genau sagen, welche Schritte bei dieser Art von Identitätsdiebstahl einzuleiten sind. Und so unterstütze ich Wyatt dabei, dies bei der Bank und der Kreditagentur zu melden. Bevor wir uns mit den anderen im *Oval* treffen, macht sich Wyatt auf den Weg zur Garda. Gia begleitet ihn dorthin, um eine Anzeige gegen Clancy zu stellen. Es ist ein wichtiger Moment für die Geschwister. Die Erleichterung, eine Lösung zu haben, ist ihm anzumerken, auch wenn die Schuldgefühle nicht gänzlich nachlassen. Zumindest nicht auf einmal. Es wird ein Prozess sein, und auch wenn er manchmal noch immer ernst und nachdenklich scheint, wirkt es bereits jetzt so, als wäre ein Gewicht von seinen Schultern genommen worden.

Wir stoßen mit unseren Freunden darauf an, dass das Haus meins bleibt und dass Wyatt endlich mit Gia gesprochen hat. Nachdem Wyatt ein Tablett mit Pints an den Tisch bringt, legt er einen Arm um mich und zieht mich näher an sich. Mit der Gewissheit, dass zwischen uns alles gesagt ist, und wir auf derselben Seite stehen, ist vieles so leicht und selbstverständlich geworden. Wyatt umarmen. Wyatt küssen. Neben Wyatt im Bett aufwachen. Ich kann nicht genug davon bekommen, von diesen kleinen Alltagsmomenten, die *einfach so* passieren und dabei *alles* bedeuten.

Amara, die mir gegenübersitzt, verschluckt sich beinahe an ihrem Bier. »Was habe ich hier verpasst?«

»Was meinst du?«, fragt Margot, die neben ihr sitzt.

»Was soll ich meinen? Bin ich hier die Einzige am Tisch, die keine Ahnung hatte?« Sie blickt sich anklagend um, doch Margot zuckt nur mit den Schultern.

»Das geht schon seit Wochen so.«

Amara klappt der Mund auf.

»Ich ... wir haben nie ein Geheimnis daraus gemacht«, erwidere ich schwach.

»Aber für solche Blindfische wie mich muss man es doch offensichtlich machen!«, protestiert sie. Nachdenklich mustere ich meine Freundin und ich glaube, sie so gut zu kennen, dass ich erkenne, wenn sie ihre Verletztheit hinter lustigen Sprüchen versteckt.

»Ich wollte es vor dir nicht geheim halten«, sage ich und greife nach ihrer Hand. »Bitte fühl dich nicht außen vor gelassen.«

Sie drückt meine. »Mache dich auf viele Fragen gefasst. Und ich habe einige.«

»Damit kann ich leben«, sage ich lächelnd.

»Aber ich freue mich sehr für euch. Ich hätte es eigentlich vorhersehen müssen, ihr passt gut zueinander, auch wenn ich zu Anfang da meine Zweifel hatte, ob ihr beide das erste Aufeinandertreffen unbeschadet übersteht.«

»Oh, glaube mir, ich auch«, murmelt Wyatt neben mir, was mich zum Lachen bringt.

Es ist spät, als wir uns auf den Rückweg machen. Die verabschiedende Umarmung fällt länger aus. Besonders Amara wird mir fehlen, auch wenn ich in einem Monat wieder zurückkommen werde. Anders als bei meiner Ankunft in Cork, habe ich bereits einen Rückflug gebucht.

Zuhause stelle ich fest, dass das letzte Pint im *Oval* vielleicht keine gute Idee gewesen ist. Meine Gedanken fühlen sich wie in Watte gepackt und ich habe Schwierigkeiten, in dem trüben Licht den Schlüssel ins Schloss zu stecken.

»Brauchst du Hilfe?«, fragt Wyatt und tritt hinter mich. Seine Hand streift meine Schulter, doch ich gebe nur ein Ächzen von mir.

»Ich kriege das noch hin, auch wenn es länger – ha!«, mache ich triumphierend und drehe den Schlüssel herum. Die Eingangstür schwingt nach innen auf. Mir fällt es sogleich auf.

Irgendwas ist anders.

Irgendwo steht ein Fenster offen, obwohl ich mir ziemlich sicher bin, keines offen stehen gelassen zu haben. Der Luftzug zerrt an der Eingangstür, dessen Klinke ich noch in der Hand halte. Über meinem Kopf knacken Dielen von vorsichtigen Schritten. Meine gepackten Koffer stehen noch immer im Eingangsbereich, so wie ich sie vorhin zurückgelassen habe. Es ist kein Einbruch, denn ich bin mir fast sicher, dass Einbrecher keine Schuhe neben der Garderobe zurücklassen.

»Okay, gebt ihr euch freiwillig zu erkennen oder muss ich erst fragen, wer hier ist?«, frage ich und trete zur Treppe. »Sienna, deine Schuhe würde ich überall wiedererkennen. Ich würde dir empfehlen, weniger auffällige Schnürsenkel zu benutzen.«

Ein Schnauben ertönt.

»Ich habe dir doch gesagt, dass du die mit nach oben nehmen sollst«, flüstert Chance so laut, dass selbst ich das hören kann.

Was zum Teufel?

Sienna taucht im Türrahmen auf, ihre Wangen haben eine tiefrote Farbe angenommen. »Äh, hi, Hazel. Was geht?«

Es kostet mich alle Willensanstrengung, nicht in Gelächter auszubrechen. Stattdessen zwinge ich mich zu einer ausdruckslosen Miene. »Och, das Übliche. Du weißt schon, Besorgungen erledigen, nach Hause kommen, mich mit meiner Mitbewohnerin unterhalten ... wenn ich nicht alleine wohnen würde.«

»Ja ... also, was das angeht ...«, sagt sie gedehnt, ehe sie einen bösen Blick zur Seite wirft. »Ich kann das erklären. Aber vielleicht kommst du hoch?«

Ich schnaube. »Klar, kein Problem. Hast du dich da schon häuslich eingerichtet?«

»Nee. Komm einfach.« Der ungeduldige Unterton in ihren Worten hält mich nicht davon ab, meinen Blick wandern zu lassen. Doch ich kann nichts Verräterisches entdecken. Trotzdem kann ich das Gefühl nicht abschütteln, in einer Folge bei der *Versteckten Kamera* gelandet zu sein.

»Hast du ihnen deinen Schlüssel gegeben?«, frage ich an Wyatt gewandt, doch er hebt nur abwehrend die

Hände. »Ich verspreche dir, dass ich nichts dergleichen gemacht habe. Aber Sienna hat sich vorhin im Jugendzentrum meinen Schlüsselbund ausgeliehen, um sich eine Cola aufzumachen.«

Er zieht diesen hervor, seufzt und hält ihn mir hin. Der Ring, an dem sich der Schlüssel zu meinem Haus befand, ist leer.

Im Obergeschoss angekommen, steht Sienna mit verschränkten Armen vor mir und sieht eher so aus, als würde sie einige ihrer Lebensentscheidungen bereuen.

»Und möchtest du mir verraten, was dich hierher verschlagen hat?«, frage ich, als sie keine Anstalten macht, sich zu erklären.

»Ungern.« Sienna verhält sich so unkooperativ, dass es unfreiwillig komisch wirkt. Mir entgeht nicht, dass die Tür zum Dachgeschoss angelehnt ist. Jetzt kann ich auch den Blick deuten, den sie dorthin geworfen hat.

»Wart ihr dort oben?«, frage ich. Mit einem Mal ist mir nicht mehr zu Lachen zumute.

»Wärst du böse, wenn dem so wäre?«

»Nicht böse«, erwidere ich etwas zu atemlos. »Aber ... wieso?«

»Du hast erzählt, dass dich der Raum bedrückt.« Sienna schlägt die Augen nieder. »Und dass du dir dort so viel vorstellen kannst, was deine Projekte angeht. Und jetzt, wo du bleibst, wollten wir dir das zurückgeben, was du uns gegeben hast.«

»Sienna, ihr schuldet mir noch nichts«, erwidere ich schwach. Ich fühle mich augenblicklich ausgenüchtert. »Ich war dabei, weil es mir Spaß gemacht hat.«

»Wir haben es trotzdem gemacht. Sei bitte nicht böse, okay? Wir haben versucht, nichts kaputtzumachen.«

*Versucht?*Das von Sienna zu hören, überrascht mich beinahe am meisten. Weil mir die Worte fehlen, nicke ich nur und folge ihr die Treppe hinauf. Ich habe keine Ahnung, was mich erwartet. Als erstes entdecke ich Chance, der auf der obersten Treppenstufe sitzt. Er grinst verschmitzt und richtet sich auf. »Hi, Hazel.«

»Hi?«, gebe ich mit wackliger Stimme zurück.

Chance tritt beiseite und gibt den Blick auf den Dachboden frei. Hinter mir höre ich, dass sich Wyatt und Sienna mit gedämpften Stimmen unterhalten, doch kann mich nur auf das vor mir konzentrieren. Die Schränke sind abgebaut, die eingestaubte Deko fort. Dort, wo sich die Möbel befunden haben, heben sich die Bohlen in einem helleren Holzton vom Rest ab.

Ich drehe mich um meine eigene Achse und entdecke, dass das Fensterglas getauscht worden ist. »Wie habt ihr das gemacht?«

»Brooks war kurz da«, sagt Sienna. »Ich hoffe, das ist okay.«

»Nun, für Einwände ist es wohl nun zu spät«, murmle ich. »Wo ist alles hin?«

»Wir haben es in Kartons gepackt. Keine Sorge, wir haben nichts weggeschmissen.«

»Ich glaube nicht, dass ich es vermisst hätte«, entfährt es mir, während ich noch immer versuche, die Eindrücke in mich aufzunehmen. »Ich kann es kaum fassen. Ihr seid doch verrückt.«

»Bist du böse auf uns?«, fragt Sienna vorsichtig.

Erstaunt sehe ich zu ihr. »Auf euch? Auf keinen Fall. Höchstens auf mich, dass ich es nicht vorher selbst ausgeräumt habe.«

Die bedrückende Atmosphäre ist verschwunden. Die schwere Geschichte, die mit dem Haus und meiner Familie verbunden ist, ist nicht mehr so präsent wie vorher. Wenn mir vorher die Fantasie fehlte, was ich mit diesem Raum anstellen sollte, kann ich mir nun eher vorstellen, hier mein Arbeitszimmer aufzubauen. Die Vergangenheit kann ich nicht ändern. Erst jetzt merke ich, wie wichtig das für mich ist, das zu verstehen. Weil das hier meine Geschichte wird.

***

Mit der Entscheidung zu bleiben, bringe ich den Mut auf, mehr am Haus zu verändern. Ich bin nicht mehr nur Gast, und es soll sich auch nicht fremd anfühlen. Daher mache ich das, was ich am besten kann: Ich gestalte es nach meinen Vorstellungen. Eleonores Möbel werde ich nur bis auf wenige Ausnahmen behalten.

»Ausgerechnet das Sofa?«, fragt Wyatt, als ich ihm von meiner Entscheidung erzähle. Ich verstehe seine Skepsis, schließlich ist der Stoff abgewetzt und verblichen.

»Ich lasse es neu beziehen. Sobald ich wieder da bin«, schiebe ich mit Blick auf die Koffer hinterher, die im Flur stehen.

Wyatt entgeht dies nicht. »Wie viel Zeit haben wir noch?«

»Ein paar Minuten«, sage ich und befeuchte meine Lippen mit der Zunge. »Ich habe oben noch etwas, das ich dir zeigen möchte.«

Er ergreift meine dargebotene Hand und folgt mir bereitwillig ins Schlafzimmer. Hier ist inzwischen alles gewichen, das an Eleonore erinnert. Auch wenn es mir schwerfiel, dennoch glaube ich, dass es die richtige Entscheidung ist. Ich habe ihre Möbel verschenkt und die Wände neu tapeziert, bevor ich es neu eingerichtet habe. Vor der Kommode, die ich im Second-Hand-Laden gefunden habe, bleibe ich stehen.

»Ich habe dir hier etwas Platz gemacht«, sage ich und spüre, wie sich meine Wangen erwärmen.

So viele Fragezeichen in seinem Blick. »Eine Schublade für mich?«

»Wenn du möchtest. Damit du immer etwas hier hast«, sage ich hastig. »Aber du –«

»Ich nehme sehr gern die Schublade, Hazel«, unterbricht er mich sanft. In seinen grauen Augen funkelt es.

»Es ist eine Art ein Versprechen. Dass ich wiederkomme.« Auf eine Art ist es mir wichtig, das auszusprechen. London wird für immer meine Heimat bleiben, schließlich bin ich dort aufgewachsen. Aber hier bin ich zu der Person geworden, die ich sein will. Das hier ist keine Flucht, fort aus Cork. Es wird ein wieder nach Hause kommen geben.

Nach Hause. Zu Wyatt.

Das fühlt sich richtig an.

Wyatt hebt trotz meines Protestes die Koffer ins Auto, während ich kontrolliere, ob ich alle Fenster geschlossen habe und schließlich die Tür hinter mir abschließe. Heute wäre eigentlich Tag der Schlüsselübergabe gewesen. Daher ist es doppelt bedeutsam für mich. Ich werde zwar für eine Weile zurück nach London gehen, doch ich komme wieder. Das ist das, was ich mit Bestimmtheit weiß. Ich muss mich um mein Studio kümmern, Entscheidungen treffen, ob ich es in London behalte, oder nach Cork verlagern will. Etwas muss sich ändern, dem bin ich mir bewusst. Denn wenn ich so weitermache wie vor der Pause, weiß ich, dass ich wieder in die gleichen Probleme reinlaufen werde. Mir ist klar geworden, dass mir die Arbeit noch immer Spaß macht. Renovieren ist mein Ding. Aber die Bedingungen müssen sich ändern. Mir ist klar geworden, dass ich mit meiner Arbeit etwas verändern kann. Nicht nur oberflächlich. Sondern sinnstiftend. *Blazing Imagination* kann mehr, dessen bin ich mir sicher.

Noch hängt Julie mit drin. Zwischen uns ist es durchwachsen geblieben. Zum einen verstehe ich sie, doch richtig verzeihen kann ich ihr nicht. In London werde ich einige Entscheidungen treffen müssen, die schmerzhaft sein werden. Ich denke, wir sind an einen Punkt angekommen, an dem wir besser getrennte Wege gehen, wenn vielleicht auch nur vorübergehend.

»Hast du alles?«, fragt Wyatt, bevor er den Kofferraum schließt und mir auf halben Weg entgegenkommt.

»Ich hoffe ja«, erwidere ich und schlinge die Arme um seine Mitte. »Aber selbst wenn ich etwas vergesse, weiß ich, dass ich es hier wiederfinde.«

Wyatt erwidert meine Umarmung und legt sein Kinn auf meinem Scheitel ab. »Ich muss dir etwas sagen.«

Bei dem ernsthaften Tonfall sehe ich alarmiert zu ihm auf. »Was sagen?«

Er zögert kurz. »Mir fällt es schwer, dich gehen zu lassen.«

»Weil du Angst hast, dass ich nicht mehr zurückkomme?«

»Nein.« Er macht eine Pause. »Davor habe ich keine Angst. Vielleicht bin ich etwas selbstsüchtig geworden, aber ich habe dich gern um mich.« Seine Lippen hinterlassen einen warmen Abdruck an meiner Schläfe und ich lehne mich noch mehr gegen ihn.

»Lass das Gefühl zu«, wispere ich an seiner Halsbeuge. Denn er hat sich schon zu lange das verwehrt, was ihm so viel bedeutet. Er darf etwas wollen, sich nach dem Glück ausstrecken. Wir beide dürfen das. Schließlich haben wir erlebt, wie es sich anfühlt, wenn man seine eigenen Bedürfnisse zu lange ignoriert und zu einer leeren Hülle seines Selbst wird. Das darf sich nicht noch einmal wiederholen und wir haben einander, um uns daran zu erinnern.